二 見 文 庫

完璧すぎる結婚

グリア・ヘンドリックス&サラ・ペッカネン／風早柊佐=訳

The Wife Between Us

by

Greer Hendricks & Sarah Pekkanen

Published by arrangement with St.Martin's Publishing Group
through Japan UNI Agency, Inc., Tokyo.

グリアより――
ジョン、ペイジ、アレックスへ、愛と感謝をこめて。

サラより――
この本の執筆を後押ししてくれたみんなへ。

完璧すぎる結婚

登　場　人　物　紹　介

ネリー	幼稚園教諭
リチャード	ネリーの婚約者。 ヘッジファンド・マネージャー
ヴァネッサ	リチャードの前妻
モーリーン	リチャードの姉。大学教授
シャーロット	ヴァネッサの伯母
サマンサ(サム)	ネリーの同僚でルームメイト
エマ	リチャードのアシスタント
マギー	ヴァネッサの大学時代の後輩
ジェイソン	マギーの兄
ダニエル	大学教授

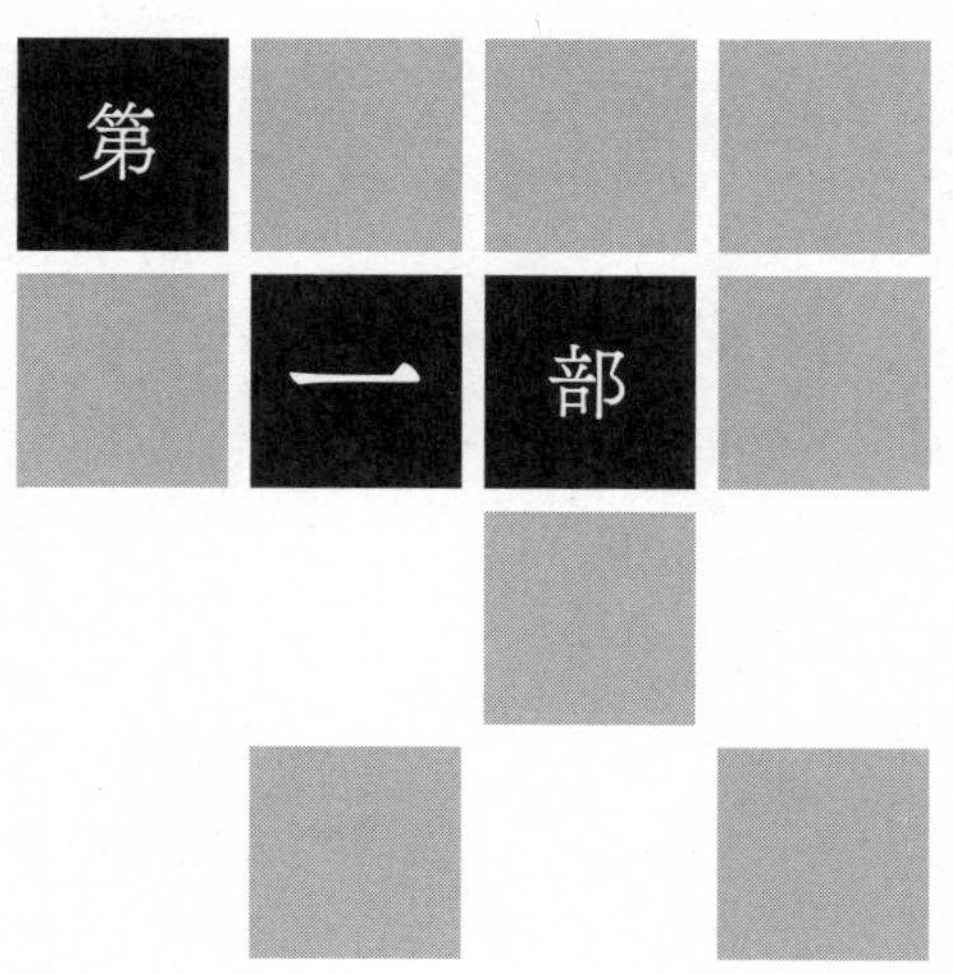
第
一
部

プロローグ

ブロンドを肩で弾ませながら、彼女は街の歩道を颯爽と歩いている。頬を紅潮させ、ジム用のバッグを腕にかけている。自宅アパートメントがある建物に着くと、バッグに手を入れて鍵を取りだす。通りは騒々しい。走り去る何台ものイエローキャブ、職場から帰宅する大勢の人々、角のデリの店へと入っていく買い物客。それでも私は決して彼女から目を離さない。

彼女が入口で立ち止まり、ちらりと振り返る。私の全身を電気が駆け抜ける。彼女はこちらの視線を感じたのだろうか。視線検知——誰かに見られていると察知する能力をそう呼ぶ。人間の脳には、こうした感覚を働かせるシステムが遺伝的に備わっている。動物の餌食にならないために、この特性に頼っていた祖先たちから受け継がれたものだ。私はこの防衛能力を培ってきた。肌がちりちりする感じを覚えると、本能的に顔をあげて、ふたつの目を探すのだ。この警告を無視するのがどれほど危険か、私は知っている。

しかし彼女は反対側を向いただけで、こちらを見やることなく、ドアを開けて建物内に消えていった。

私が何をしたのか、彼女は知らない。

私がもたらした被害に、仕向けた崩壊に、彼女は気づいていない。

ハート形の顔とみずみずしい体を持つ、若く美しい女性——夫のリチャードが私を捨てて走ったこの女性にとって、私は目に見えない存在だ。隣で歩道をつついているハトと同じくらいに。

このまま続けていればどんな目に遭うのか、彼女はわかっていない。いっさい何も。

1

　どうして目が覚めたのかわからない。けれどもネリーが目を開けると、白いレースのウエディングドレスを着た女がベッドの足元に立ってこちらを見おろしていた。

　悲鳴で喉がふさがる。ネリーはナイトテーブルに立てかけておいた野球のバットに急いで手を伸ばした。やがて夜明けの薄明かりに目が慣れてくると、激しい鼓動がおさまっていった。

　安全であることを悟り、小さな笑いがもれる。クローゼットの扉に吊ってあるウエディングドレスを見間違えただけだった。昨日ブライダルショップで受け取って、自分でそこにかけておいたのだ。ビニール袋に包まれた胴着(ボディス)とふくらんだスカートには、形崩れしないように、くしゃくしゃに丸めた紙が詰められている。ネリーは再び枕に倒れこんだ。呼吸が落ち着くと、ナイトテーブルに置かれた時計のブルーのブロック体の数字を確認した。まだ早すぎる。まただ。

ネリーは腕を頭上に持っていって伸びをしてから、アラームが鳴らないように左手で止めた。リチャードからもらったダイヤモンドの婚約指輪が重く、指に違和感を覚えた。

子どもの頃はうまく眠りに就けたためしがなかった。長々と続く就寝の儀式に、母は音をあげた。だけど父はネリーの背中を優しくさすり、パジャマの生地の上から文章を書いてくれた。〝愛している〟とか〝おまえがとても大切だよ〟とか書かれたメッセージを、ネリーがあてるのだ。円や星や三角などの模様を描いてくれたこともあった――ネリーが九歳のときに両親が離婚して、父が家を出ていくまでは。それからはシングルベッドでピンクと紫のストライプ柄の上掛けの下にひとり横たわり、天井にできた雨もりのしみをよく眺めたものだ。

なんとか眠りに落ちれば、七、八時間は熟睡することが多かった。あまりに深く夢も見ずに眠るものだから、母からは死んだように寝ていたと言われた。

だが大学四年生の十月の夜を境に、それががらりと変わってしまった。

不眠が急激に悪化したのだ。眠りは鮮明な夢と突然の目覚めに打ち破られるようになった。あるとき、大学の友愛クラブ〈カイ・オメガ〉の寮で朝食をとりに階下へ行くと、ひとりの寮生から意味不明なことを叫んでいたと言われた。ネリーはそれを軽くあしらおうとして言った。「最終試験のことでちょっとストレスがたまってたのよ。心理統計学の試験が危ういの」それから席を立ち、コーヒーのお代わりを取りに行った。

その後、ネリーは勇気を出して大学のカウンセラーのもとを訪れた。しかしカウンセラーが優しく話を聞いてくれるにもかかわらず、ウオッカのボトルと笑い声とともに始まり、警察のサイレンと絶望とともに終わったあの初秋のあたたかい夜について、語ることはできなかった。カウンセラーとは二回会ったが、三回目の予約はキャンセルし、二度と行かなかった。

リチャードには、何度も見る悪夢で目が覚めたときに、事情をいくらか打ち明けていた。そのときは彼に強く抱きしめられ、低い声で「僕が君を守る。僕といれば大丈夫だ」と耳元にささやかれた。リチャードと抱きあっていると、安全だと感じられた。それこそが事件の前からずっと求め続けてきたものだ。リチャードのそばで、ようやくネリーは深い眠りに落ちるという無防備な状態を再び自分に許せるようになった。足元でぐらぐらしていた地面が安定したかのようだった。

しかし昨夜は、ブラウンストーンの古い建物の一階にあるアパートメントでひとりきりだった。リチャードはシカゴに出張中で、親友でルームメイトのサムことサマンサは新しい恋人のところに泊まりに行っていた。ニューヨークの喧騒が壁を突き抜けて聞こえてきた。車のクラクション、ときおり発せられる大声、犬の吠え声……。アッパー・イースト・サイドはマンハッタン地区内で犯罪発生率が最も低い。それにもかかわらずアパートメントの窓は鉄格子に守られ、ドアはネリーが引っ越してきてから取りつけた太い錠も含め、三つの錠で安全を補強してあった。それでもなお、まどろむまでにはシャルドネがもう一杯よけいに必要だが、今はやめておくことにした。

ネリーはごろごろする目をこすりながら、ゆっくりとベッドから出た。タオル地のバスローブを羽織ってから再度ドレスを見つめ、これがおさまるように小さなクローゼットの中に場所を空けようかと考える。とはいえ、スカートのふくらみが大きすぎる。ブライダルショップにあったときは、スパンコールに覆われたほかのふわふわしたドレスに囲まれて、盛り髪だらけの中のシニョンのように上品でシンプルに見えたのに。けれども狭苦しいベッドルームの雑然とした服の山や、奥行きの浅い〈イケア〉の本棚の横にあると、一歩間違えればディズニープリンセスのドレスみたいだ。

そうはいっても、変更するにはもう遅い。結婚式はどんどん迫ってきており、細部まですべて準備万端だ。ウエディングケーキの飾りまでもう決まっている。最高の瞬間を切り取ったような、ブロンドの新婦とハンサムな新郎の人形だ。

「うわあ、あなたたちふたりにそっくり」リチャードが携帯電話に送ってくれた年代物の陶器の人形の写真を見せたとき、サムは言った。もともとはリチャードの両親のもので、彼のアパートメントのトランクルームに保管してあったのを、ネリーにプロポーズしたあとに彼が引っ張りだしてきたのだ。サムは鼻に皺を寄せた。「彼が完璧すぎておかしいと思ったことはないの？」

リチャードは三十六歳、ネリーより九つ年上で、ヘッジファンド・マネージャーをしている。ランニングで鍛えたしなやかでたくましい体格、それから情熱的なネイビーブルーの瞳とは裏腹の優しい笑顔の持ち主だ。

初めてのデートでは、フレンチレストランに連れていってくれた。リチャードはソムリエとブルゴーニュの白ワインについて、豊富な知識を披露しつつ議論していた。二回目のデートは雪の降る土曜日で、あたたかい服を着てくるよう言われた。現れた彼は、二台の明るいグリーンのプラスティック製のそりを抱えていた。「セントラル・パークで一番の丘を知ってるんだ」

そのときのリチャードは色あせたジーンズをはいていたけれど、そんな姿も仕立てのいいスーツを着ているときと同じくらいすてきだった。

サムの質問に答えるとき、ネリーは真面目な顔で言った。「毎日そう思ってるわ」

ネリーは新たなあくびを噛み殺しながら、七歩進んで狭いキッチンに入った。リノリウムの床が裸足に冷たい。天井の照明をつけると、サムが紅茶に蜂蜜を入れたあと、瓶をきれいにしていないことに気づいた——またしても。ねっとりとした液体が瓶の側面を流れ落ち、琥珀色の粘つく液だまりで一匹のゴキブリがもがいていた。マンハッタンに住んで数年経つが、この光景には今でも吐き気がする。ネリーはシンクからサムの汚れたマグカップを取り、ゴキブリをその中に閉じこめた。サムに始末させてやる。コーヒーができあがるのを待つ間、ノートパソコンを開いてメールをチェックし始めた。〈ギャップ〉からのクーポンが一件。どうやらベジタリアンになったらしい母から、結婚披露パーティの食事に肉抜きのオプションをつけてほしいという要請が一件。クレジットカードの支払期日の通知が一件。

ネリーはたくさんのハートと、〝世界一の先生〟という文字で装飾されたマグカップにコーヒーを注ぎ、ひと口飲んでほっとした。ネリーとサムはともに〈ラーニング・ラダー保育園〉に勤めていて、食器棚には似たようなマグカップが十数個も詰めこまれていた。今日は受け持っている三歳児クラスの子どもたち十人の保護者と、春の面談をする予定になっていた。カフェインなしでは〝おやすみコーナー〟で寝てしまいかねないので、調子を整えておく必要があった。最初の面談はポーター家の人たちだが、彼らは最近クラスにおいて、ハリウッドで最も次回作を期待されている映画監督のひとりであるウェス・アンダーソンのごとき創造性があまり培われていないのではないかと懸念していた。そこで大きなドールハウスの代わりに巨大なテントを置いてはどうかと勧めてきて、そのあと二百二十九ドルもする〈ランド・オブ・ノット〉のテントの販売サイトのリンクを送ってきた。

リチャードと住む家に引っ越したら、ポーター夫妻よりもほんのわずかながらゴキブリのほうを恋しく感じるかもしれない。ネリーはそう思い、サムのマグカップに目をやって、罪悪感がこみあげるのを感じた。そしてペーパータオルを使ってすばやくゴキブリをとらえ、トイレに流した。

携帯電話が鳴ったのは、シャワーを浴びようとしたときだった。ネリーは体にタオルを巻きつけ、急いでベッドルームへ行ってバッグをつかんだ。しかし携帯電話はその中になかった。いつもどこかに置き忘れてしまう。結局は上掛けを折り返した間から掘りあてた。

「もしもし?」

返事がない。

発信者の番号は〝非通知設定〟と表示されている。だがしばらくすると、画面にボイスメッセージが表示された。ボタンを押して聞いてみたものの、かすかに一定のリズムの音がするだけだった。呼吸音だ。

電話セールスだと自分に言い聞かせながら、携帯電話をベッドに投げた。たいしたことじゃない。たまにあるように、また過剰に反応してしまった。少し困惑しただけだ。どのみちあと数週間もすれば、アパートメントの荷物をまとめて引っ越す予定になっている。それから白バラのブーケを持って、新たな人生に向かって歩いていくのだ。変化のときは不安になるものだ。ネリーはいっぺんに多くの変化に直面しているところだった。

とはいえ、この三週間で三回目の着信だ。

ネリーは玄関を見やった。鋼鉄製のデッドボルト錠はきちんとかかっている。バスルームに向かいかけたものの、いったん戻り、携帯電話を拾いあげて持っていった。それを洗面台の隅に置いてドアを施錠し、タオルをバーにかけてシャワーの下に入った。あまりに冷たい水しぶきがかかり、思わず飛びのく。それから水温を調節し、両手で腕をさすった。

小さな空間に蒸気が充満した。シャワーの湯が肩の隆起部分を通って、背中へ流れ落ちていく。ネリーは結婚式がすんだら姓を変えるつもりだった。もしかしたら携帯電話の番号も変えるかもしれない。

彼女はリネンのワンピースをすばやく着て、ブロンドのまつげにマスカラを塗った。上品な服を着たり、フルメイクを施したりして仕事へ行くのは、保護者面談と卒園式の日だけだ。そのとき携帯電話が震動し、磁器製の洗面台で大きく金属的な音を立てた。ぎくりとした拍子にマスカラが跳ね、眉の近くに黒い筋が残る。

下を向くと、リチャードからのメッセージを受信したのが見えた。

〝今夜、君に会えるのが待ちきれないよ。時間が過ぎるのを指折り数えているくらいだ。愛している〟

フィアンセからの言葉を眺めているうちに、今朝からずっと感じていた胸のつかえがおりていった。〝私も愛している〟と返信する。

今夜、リチャードに携帯電話の着信のことを話そう。彼はワインを注いでくれて、自分の膝の上にネリーの足をのせながら話を聞いてくれるだろう。リチャードなら非通知設定の番号の追跡方法を見つけてくれるかもしれない。支度を終えたネリーは重いショルダーバッグを手に取り、春の淡い陽光の中へと出ていった。

2

シャーロット伯母さんの笛吹きケトルの音で目が覚める。ブラインドの隙間から弱々しい日光が差しこみ、胎児のように丸まって寝ている体にかすかな縞模様を落とす。もう朝だなんて、そんなことがありうるだろうか？　かつてリチャードと一緒に使っていたキングサイズのベッドではなくシングルベッドにひとりで眠るようになって数カ月が経つ。それなのに、いまだに左側でしか寝ていない。すぐ横のシーツは冷たいままだ。私は幽霊のためにスペースを空け続けている。

朝は一番いやな時間帯だ。一瞬、頭が冴え渡るから。このひとときがあまりにもつらい。パッチワークキルトの下で身を丸めていると、まるで重いものがのしかかり、私をここから動けなくしているかに感じる。

きっと今頃リチャードは、私の代わりのきれいな若い女性と一緒にいて、彼女の頬の曲線を指先でなぞりながら、あのネイビーブルーの瞳で彼女を見つめているのだろう。以前は私にささやいてくれた甘い言葉を、彼女に向けて語る彼の声がときどき聞こえてくるような気がする。

「君が愛しい。最高に幸せにするよ。君は僕の世界のすべてだ」

動悸がする。鼓動のたびに痛むほどに。深呼吸をするよう自分に言い聞かせても、うまくいかない。まったく効き目がない。

リチャードが私から去るに至った原因である相手の女性を見張るたび、あまりにだまされやすく無邪気な様子にいつも驚かされる。私とそっくりだ。初めて出会った頃の、リチャードがあたかも繊細な花を傷めはしないかと恐れるかのように優しく、手のひらで顔を包みこんでくれていた頃の私と。

あのめくるめく最初の数カ月さえ、彼にはどこか台本どおりに演じているかのように感じることがあった。でも、そんなことはどうでもよかった。リチャードは思いやりがあって、カリスマ性があって、洗練された人だった。私はあっという間に恋をした。彼も愛してくれていると信じ、疑ったことは一度もなかった。

だけど、リチャードとはもう終わった。私はアーチ型の玄関と豊かな緑の芝生を持つコロニアル様式の自宅を出た。結婚生活の間、四つあるベッドルームのうちの三つはずっと空いたままだったけれど、それでも家政婦は毎週欠かさず掃除をしてくれた。

た。

家政婦がそれらのベッドルームのドアを開けるとき、私はいつも口実を作って出かけた。

十二階下から響いてくる救急車のけたたましい音にせきたてられて、ようやくベッドから出る。シャワーを浴び、ドライヤーで髪を乾かしていると、根元の色が違ってきていることに気づく。洗面台の下から〈クレオール〉のダークブラウンのカラーリング剤の箱を取りだし、今夜新しく伸びた根元を染めるのを忘れないよう自分に言い聞かせる。カット代やカラー代に自分が——いや、リチャードが数百ドルも払っていた日々はもう終わったのだ。

私はチェリー材でできたアンティークの衣装だんすを開ける。シャーロット伯母さんがグリーンフリー・マーケットで買ってきて、自ら修理したものだ。以前は、今立っているこの部屋よりも大きなウォークインクローゼットがあった。色や季節ごとに整理されたワンピースのラックがあって、ダメージ加工の度合いがさまざまなデザイナーズジーンズの山があって、壁一面に並んだ色とりどりのカシミア製品があった。

そうした品々は私にとって、あまり意味がなかった。普段はヨガパンツに着心地のいいセーターという格好ばかりしていたからだ。まるでそれから通勤するかのように、リチャードが帰宅する少し前になるとスタイリッシュな服に着替えていた。

とはいえリチャードにウエストチェスターの家から出ていけと言われたとき、スーツケース数個に高級な服を詰めて持ってきてよかったと、今では思っている。高級百貨店〈サックス・フィフス・アヴェニュー〉の三階のデザイナーズブランド売り場の店員となった今は歩合が頼りで、そのために憧れのイメージを自身に投影することが大事なのだ。私は衣装だんすの中に軍人さながらの正確さで並べられたワンピースを眺め、コマドリの卵のようなブルーの〈シャネル〉を選ぶ。特徴的なボタンのひとつに傷がついている。そのうえ、前回はるか昔に着たときよりもゆるく、ボタンが垂れさがってしまう。体重計にのらなくても、痩せすぎてしまったことはわかる。身長が百七十センチあるにもかかわらず、服のサイズは4（日本のSサイズ）でなければ合わない。

キッチンへ行くと、シャーロット伯母さんがギリシャヨーグルトに新鮮なブルーベリーを添えて食べていた。私は伯母さんにキスをする。頬の肌はまるでベビーパウダーのようにやわらかい。「ヴァネッサ、よく眠れた?」伯母さんが言う。

「ええ」私は嘘をつく。

伯母さんは裸足にゆったりとした太極拳ウェアといういでたちでキッチンカウンターのそばに立っている。眼鏡越しにこちらを見つめながら、古い封筒の裏に書かれた買い物リストの項目を線で消し、その合間にスプーンで朝食を口に運んでいる。伯母さんにとって、動くことは精神衛生上欠かせない。伯母さんはいつもソーホーまでの散歩や、キリスト教青年会（YMCA）での芸術講義や、リンカーン・センターで上映される映画に一緒に行こうと誘ってくる。けれども活発に動いても意味がないことを私は学んだ。結局、どこへ行こうと強迫観念はついてまわる。

　私は全粒粉のトーストをかじりながら、ランチ用にりんごとプロテインバーをバッグに押しこむ。私が仕事に就けたことに、伯母さんがほっとしているのがわかる。でもそれは、ようやく私が元気になってきたように見えるからだけではない。私は伯母さんの生活の邪魔になっていた。本来なら、伯母さんはアトリエを兼ねた特大の予備のベッドルームで朝を過ごす。そこでキャンバスに豊かな油絵の具を広げ、今住んでいる世界よりもはるかに美しい夢の世界を創造しているはずだ。それでも伯母さんが不満を口にすることは絶対にないだろう。私が幼い頃、母さんにいわゆる〝オフの日〟が必要になると、私は母さんの姉であるシャーロット伯母さんに電話をかけた。「ママがまたお休みしてるの」とささやくだけでよかった。すると伯母さんが現れ、旅行用バッグを床に置き、絵の具で汚れた両手を伸ばして抱きしめ、亜麻仁油とラベンダーの香りで私を包みこんでくれた。自身に子どもがいなかったおかげで、伯母さんは生活に自由がきいた。私が何よりも伯母さんを必要としていたときに、伯母さんの生活の中心に据えてもらえたのは本当に幸運だった。

「ブリーチーズ……梨……」つぶやきながら、シャーロット伯母さんは買うものをリストにメモする。伯母さんの書く文字には輪っかや渦巻きが多い。スチールグレーの髪を無造作にシニョンにまとめた伯母さんの前には、コバルトブルーのガラス製のボウルや、紫のどっしりとした陶器のマグカップや、シルバーのスプーンといった雑多なものが置かれている。その空間は静物画のインスピレーションの源にでもなりそうだ。伯母さんと数年前に他界したボー伯父さんが、このあたりの不動産価格が急騰する前に購入したこともあり、このアパートメントはベッドルームが三つもあって広々としている。とはいえ、雰囲気は素朴な古い農家といった感じだ。木の床は傾いてギシギシと音が鳴り、各部屋はバターカップイエロー、サファイアブルー、ミントグリーンとそれぞれ異なる色で塗られている。

「今夜もまたサロン？」私が尋ねると、伯母さんはうなずく。

伯母さんと暮らすようになって以来、『ニューヨーク・タイムズ』の美術評論家やアートスタジオのオーナーたち、さらにはニューヨーク大学の新入生たちがリビングルームに集まっているところを頻繁に目にしてきた。

「帰りがけにワインを買ってくるわ」私は申しでる。シャーロット伯母さんに重荷だと思われないでいることが肝心だ。伯母さんは私に残されたすべてだから。

コーヒーをかきまぜながら、きっと今頃リチャードは新しい恋人のためにコーヒーを淹れ、それを持ってベッドへ引き返しているのだろうかと考える。昔、私と一緒に使っていたふかふかの羽毛の上掛けの下で、ぬくぬくとまどろんでいる女性がいる場所へと。リチャードのために上掛けを持ちあげる彼女の唇が、笑みの形にカーブを描くところが目に浮かぶ。リチャードと私は朝に愛しあうのが常だった。「今日このあとに何が起ころうと、少なくともこれだけはできたな」彼はよくそう言っていた。胃が引きつり、私はトーストを押しやる。結婚五周年の記念にリチャードからもらった〈カルティエ〉のタンクに目をやり、そのなめらかなゴールドを指先でなぞる。

リチャードが私の腕を持ちあげ、手首にこの時計をつけてくれた瞬間を、今でも感じることができる。洗濯済みの自分の衣類から、彼が体を洗うときに使っていた〈ロクシタン〉の石鹸のほのかなシトラスの香りがたしかに漂ってくることもある。リチャードが常に私と一緒にいるような気がする。影のように近く、それでいてぼんやりと。

「今夜はあなたも参加したらいいんじゃないかしら」シャーロット伯母さんが言う。

私はわれに返るのにわずかに時間がかかる。

「そうするかも」参加することはないとわかっていながらも返事をする。伯母さんの目が優しくなる。私がリチャードのことを考えていると気づいているに違いない。とはいえ私たちの結婚生活について、伯母さんは本当のことを知らない。男性によくあるパターンどおりにリチャードが若い女を追いかけた結果、私を捨てたと思っている。伯母さんは私を被害者だと考えている。中年に差しかかったせいで切り捨てられた女がまたひとり増えたと。

もし結婚生活の破綻に私が果たした役目を知ったら、伯母さんの憐れみは消え去るだろう。

「急がないと」私は言う。「店でほかに買うものがあったら、携帯電話にメッセージを送ってね」

ほんの一カ月前に販売の仕事を得たばかりだというのに、すでに遅刻で二回も注意されている。眠るのにもっといい方法を探さなければ。医師に処方された薬のせいで、朝はだるくなってしまうのだ。もしこの仕事を失ったとして、もう十年近くも働いていなかった私を雇ってくれるところがほかにあるだろうか。

開口部からほとんど新品の〈ジミーチュウ〉の靴が見えている重いバッグを肩にかけ、履き古した〈ナイキ〉の靴紐を結んで、イヤフォンを装着する。〈サックス〉まで五十ブロックの道のりを歩く間、心理学のポッドキャストを聴く。他人の強迫的な心理を耳にすると、たまに自分の衝動から解放されることがある。

起きたときに出迎えてくれたおぼろげな太陽から、外はあたたかくなるだろうと思ったけれど、だまされた。晩春の身を切るような風に気を引きしめ、アッパー・ウエスト・サイドからミッドタウンまでの旅に出る。

最初の客はナンシーと名乗る投資銀行家だ。大変な仕事なのだと彼女は言う。でも今朝は会議が突然中止になったそうだ。小柄なうえに、間隔の空いた目やピクシーカットの髪型、さらに少年っぽい輪郭のせいで、似合う服を探すのが難しい。私としてはそのほうが気が紛れてうれしいけれど。

「威厳を感じさせる服を着なきゃ。じゃないと、まともに取りあってもらえないの」ナンシーが言う。「だって、私を見てよ。いまだに身分証をチェックされるんだから！」

私はかっちりとしたグレーのパンツスーツからナンシーをさりげなく引き離す。その途中で、痛みの出そうな長さまで嚙みきられている彼女の爪に目が行く。ナンシーが私の視線に気づき、ブレザーのポケットに両手を突っこむ。彼女はあとどのくらいその仕事を続けられるだろうか。今の業界で心を壊す前に、ナンシーはサービス系とか、ひょっとしたら環境や子どもの権利にかかわる別の仕事を見つけられるかもしれない。

私はペンシルスカートと柄入りのシルクのブラウスに手を伸ばし、もう少し明るい色のものはどうかと提案する。

ふたりでフロアを歩いている間、ナンシーは練習不足ながら来月出場したいというニューヨークの五つの区を巡る自転車レースや、友人が自分のためにセッティングしたがっているブラインドデートのことをしゃべり続ける。私はさらにいくつかの品を手に取りながら、ナンシーの体形や肌の色をより正確に把握しようと彼女を盗み見る。

そのとき〈アレキサンダー・マックイーン〉の美しい黒と白の花柄のニットドレスが目に飛びこんできて、歩みを止める。私は持ちあげた手をそっと生地に走らせる。心臓が激しく打ち始める。「それ、きれいね」ナンシーが言う。

私は目を閉じ、これとそっくりなドレスを着た夜のことを思いだす。

あの日、リチャードが赤いリボンのついた大きな白い箱を持って帰ってきた。「今夜はこれを着るといい」私が着てみせると、リチャードが言った。「最高にきれいだ」

私たちは伝説のダンサーで振り付け師であるアルヴィン・エイリーのガラ・コンサー

トでシャンパンを飲みながら、彼の同僚たちと談笑した。すると、リチャードが私の腰に手を置いた。「ディナーのことは忘れて」耳元にささやかれた。「家に帰ろう」

「大丈夫？」ナンシーが尋ねる。

「大丈夫です」私はわれに返って返事をするけれど、言葉が喉に詰まりそうになる。

「そのドレスはあなたには似合わない」

ナンシーの驚いた顔に、あまりにきつい言葉が口をついて出ていたことに気づく。

「こちらのほうが」私はクラシックなトマト色のタイトワンピースに手を伸ばす。

服をかけた両腕がずっしりと重くなったところで、試着室に向かって歩く。「まずはこのくらいで充分でしょう」

ナンシーに試着してもらう順番に気をつけながら、壁際のハンガーラックに服をかける。まずは彼女のオリーブ色の肌をうまく引きたててくれそうなライラック色のジャケットから。最初に試すならジャケットが一番だと習った。品定めをするのに、客が脱ぐ必要がないからだ。

スカートやワンピースをよりきちんと見定められるようにストッキングとハイヒールを用意してから、いくつかの服のサイズを0（日本のXXSサイズ）から2（日本のXSサイズ）に交換する。最終的にナンシーはライラック色のジャケットと、先ほどのトマト色のものを含むワンピースを二着と、ネイビーのスーツを選ぶ。私はスーツのスカートの丈直しをする係を呼び、自分は会計のレジを打つと告げてその場を離れる。

しかし、さっきの黒と白のドレスのあるほうへ引き寄せられる。ラックには三着かかっている。それらを腕にすくいあげて倉庫に持っていき、欠陥品の列の後ろに隠す。ナンシーが仕事着に着替えている間に、彼女のクレジットカードとレシートを持って戻る。

「ありがとう」ナンシーが言う。「自分だったら選ばなかっただろうけど、着るのが本当に楽しみよ」

実際にこの仕事が楽しいのはこういうところだ――顧客に満足してもらえるところ。服を試したりお金を使ったりする中で、多くの女性は自問することになる。〝太って見える？〟〝私はこの服にふさわしい？〟〝自分らしい？〟そうした疑念を持つのはよく理解できる。私自身、何度も試着室に入って、自分がどんな人間であるべきかを解き明かそうとしてきたから。

ナンシーの新しい服をハンガーつきのバッグに入れて手渡す。一瞬、シャーロット伯母さんの言うとおりなのかもしれないと考える。前に進み続けていれば、その体にいずれは心もついてくるようになるのかもしれないと。

ナンシーが帰り、そのあとほかの何人かの客に対応してから、買われなかった商品を店内に戻すために試着室へ行く。ハンガーにかかった服の皺を伸ばしていると、隣の試着室でふたりの女性が話しているのが聞こえてくる。

「やだ、この〈アライア〉のドレスって最悪。私ったら、むくみすぎだわ。あのウエイトレス、醬油は減塩タイプだって言ってたけど、嘘ね」

その南部独特の話し方に、すぐにぴんとくる。ヒラリー・サールズ。リチャードの同僚、ジョージ・サールズの妻だ。ヒラリーとは長年、数えきれないほどのディナーパーティや仕事のイベントで一緒になった。公立校か私立校か、アトキンス・ダイエットかゾーン・ダイエットか、カリブのサン・バルテルミー島かイタリアのアマルフィ海岸かといったことに関する彼女の意見をさんざん聞いてきた。今日も聞かされるのは耐えられない。

「ちょっと！　誰か店員はいないの？　ほかのサイズがほしいんだけど」違う声が叫ぶ。試着室のドアが勢いよく開き、ひとりの女性が出てくる。ジンジャー色のカールした髪に至るまでヒラリーにそっくりで、きっと姉に違いない。「ねえ、お願いできる？　担当の店員がいなくなっちゃったの」

こちらが返答する間もなく、オレンジ色のものが目に飛びこんでくる。問題の〈アる？」

ライア〉のドレスが試着室のドアの上に放り投げられたのだ。「これのサイズ42はあ

ヒラリーがドレスに三千百ドルを使ってくれるのなら、私の歩合はこのあと彼女から投げかけられる質問に我慢してもいいくらいの額にはなる。

「確認いたします」私は返事をする。「ですが、お客様がランチに何をお召しあがりになったかにかかわらず、〈アライア〉は特にゆったりとした作りのブランドではありませんので……小さいといけませんから、サイズ44をお持ちいたしますね」

「聞き覚えのある声だわ」ヒラリーが塩分でふくらんだ図体をドアの後ろに隠しつつ外をうかがい、それから悲鳴をあげる。その場に立っているのもやっとの様子で、呆然と私を見つめる。「ここで何をしてるの？」

そこへ姉が割って入る。「ヒラリー、誰と話してるの？」

「ヴァネッサは古い友人なのよ。ジョージのビジネスパートナーの奥さんなの……あ、だ、だったのよ。ちょっと待ってて！　服を着るから」再び現れたヒラリーは、窒息しそうなほどきつく私を抱きしめる。それと同時に、私はフローラルの香水の香りに包みこまれる。「別人みたいだわ！　どこが変わったのかしらね？」ヒラリーが両手を腰にあてる。私は彼女の凝視に必死で耐える。「とにかくまず、すっかり痩せちゃった

わね。〈アライア〉も難なく着られそう。今はここで働いてるの？」

「ええ」私は答える。「会えてよかっ――」

携帯電話の着信音に話をさえぎられて、こんなにうれしかったことはない。「もしもし」ヒラリーがさえずるように電話に出る。「え？　熱ですって？　ほんとに？　覚えてるでしょ、このあいだもあの子にだまされて……ええ、わかったわ。すぐに行くから」姉に向き直る。「保健室の先生からよ。マディソンが病気かもしれないんですって。まったく、洟（はな）をするくらいで子どもを家に帰すなんて」ヒラリーがもう一度私を抱きしめてくる。彼女のダイヤモンドのイヤリングが私の頬をかすめる。「今度、ランチをして、ちゃんと話しましょ。電話して！」

ヒラリーたちがコツコツと音を立ててエレベーターへ向かう中、私は試着室の椅子に置かれたプラチナ製のバングルに気づく。私はそれを手に取り、急いでヒラリーを追いかける。

名前を呼ぼうとしたとき、彼女の声が後ろにいる私のところへ運ばれてくる。「かわいそうに」そう姉に言っている。その口調に、私は憐れみを感じ取る。「彼のほうが家も車も全部取っちゃったのよ……」

「ほんとに？」姉がきく。「弁護士を立てなかったの？」

「さんざんな結果に終わったのよ」ヒラリーが言い、肩をすくめる。まるで目に見えない壁に激突したかのようだ。

私は遠ざかっていくヒラリーを見守る。彼女がエレベーターを呼ぶボタンを押したので、私は引き返し、試着室の床に捨て置かれたシルクやリネンを片づける。けれども、その前にプラチナのバングルを腕にはめる。


結婚生活が終わりを迎える少し前に、リチャードと私は自宅でカクテルパーティを催した。ヒラリーに会ったのはそのときが最後だ。ケータリング業者が時間どおりに来なかったせいで、その夜はぴりぴりとした雰囲気の中で始まった。リチャードはいらだっていた——業者に。一時間早めに予約をしておかなかった私に。この状況に。それでも彼はリビングルームに急遽設けたバーカウンターの背後へまわってマティーニやジントニックを作り、ビジネスパートナーのひとりから二十ドルのチップを渡されると、のけぞって笑っていた。私は招待客の間を動きまわり、ブリーチーズとチェダーチーズの用意が充分でないことを小声で詫びながら、ちゃんとした料理がもうじき到着すると伝えて歩いた。

「ハニー、地下の貯蔵室から二〇〇九年のラヴノーを何本か取ってきてくれないか？」部屋の反対側からリチャードが私に呼びかけた。「先週、ひとケース注文したんだ。ワインセラーの真ん中の段に入っている」

私は凍りついたように固まった。全員の視線がこちらに集中したかに思えた。バーカウンターにはヒラリーがいた。ヴィンテージワインをリクエストしたのはおそらく彼女だったのだろう。ヒラリーのお気に入りのワインだったから。

私はスローモーションかと思うほどゆっくりと地階に向かったことを覚えている。リチャードの友人や仕事仲間のいる前で、自分にはすでにわかっている事実を彼に告げなければならない瞬間が来るのをなんとか先延ばしにしようとしていた。貯蔵室にラヴノーなどないことを。

孫に自分の名前をつける洗礼式用に新しい服がほしいという年配女性の接客をしたり、アラスカへのクルーズ旅行を控えた女性のために服装を考えたりしているうちに、一時間かそこらが過ぎる。体が濡(ぬ)れた砂のように重い。ナンシーの服選びを手伝ったあとに実感したあのかすかな希望も、もう消え失(う)せていた。

今度は声より先に、ヒラリーの姿に気づく。

私がラックにスカートをかけているところへ、彼女が近づいてくる。

「ヴァネッサ！」ヒラリーが叫ぶ。「まだいてくれて助かったわ。もしかして見かけてないかしら、私の……」

ヒラリーの視線が私の手首にとまり、言葉が途切れる。

私はそそくさとバングルを外す。「違うの……わ、私、忘れ物取扱所に預けるのが心配で……あなたが戻ってくるんじゃないかと思っていたから。戻ってこなければ電話をかけようと」

ヒラリーの目から陰りが消える。私の話を信じている。少なくとも、信じたいと思っている。

「娘さんは大丈夫？」私は尋ねる。

ヒラリーがうなずく。「たぶんあの小さなペテン師は、算数の授業をさぼりたかっただけね」くすくす笑いながら、手首の重いバングルをひねる。「あなたは命の恩人よ。つい一週間前の誕生日に、ジョージからもらったばかりだったの。もしなくしたなんて言ったらどうなってたと思う？　離婚されるに……」

ヒラリーが目をそらすと同時に頬が紅潮する。彼女は決して意地悪な人ではなかった。それは覚えている。昔は笑わせてくれたりもしたくらいだ。

「ジョージは元気？」私はきく。

「もう忙しくて忙しくて！　どのくらいかはわかるでしょ」

ほんの少し、間が空く。

「最近、リチャードには会っている？」私はさりげなさを装うものの、うまくいかない。彼のことを知りたいという渇望がにじみでている。

「まあ、ときどきね」

私は待つ。だがヒラリーがそれ以上言いたくないのは明らかだ。

「それはそうと」私は言う。「〈アライア〉を試着したかった？」

「もう行かなきゃ。また来るわ」そう口にしているものの、ヒラリーは来ないだろう。今、彼女が目にしている二年前の〈シャネル〉の傷がついたボタンと、プロにスタイリングしてもらっていないヘアスタイルは、絶対に自分に伝染してほしくない姿だから。

ヒラリーはごく短いハグをして去りかけたが、戻ってくる。

「もし自分があなただったら……」彼女が切りだす。額に皺を寄せ、何かに葛藤している。心を決めかねているのだ。「その、きっと知りたいだろうなって……」

次の言葉がまるで突進する列車のように襲いかかってくる。

「リチャードは婚約したの」ヒラリーの声ははるか遠くから漂ってきているみたいに

聞こえる。「ごめんなさい……ただ、聞いてないのかもしれないと思って。だとしたら、そんなのって……」

頭の中で轟音が鳴り響き、そのあとのヒラリーの言葉がかき消される。私はうなずき、その場を離れる。

リチャードが婚約した。私の元夫が彼女と本当に結婚する。

私はなんとか試着室にたどり着く。壁にもたれたまま床にずるずると崩れ落ちる。ワンピースの裾がめくれあがり、腿がカーペットにこすれて焦げるように熱い。私は両手に顔をうずめて、すすり泣く。

3

〈ラーニング・ラダー保育園〉が入っている尖り屋根の古い教会の一方の側には、世紀の変わり目頃に建てられた墓石が三つ立っていた。どれも年月を経て風化しているうえに、木々に囲まれて隠れてしまっている。反対側には、砂場やブルーとイエローのジャングルジムを備えた小さな遊び場があった。生と死の象徴がそこにはあった。その両方を敬う儀式を数えきれないほど目撃してきた教会を挟んで。

墓石のひとつにはエリザベス・ナップという名が刻まれていた。二十代で亡くなった彼女の墓は、ほかのふたつから少し離れたところにある。ネリーはこの小さな墓地を避けるため、いつものように遠まわりをした。それにもかかわらず、この若い女性のことが気にかかった。

エリザベスの生涯が短くして終わってしまったのは、病気や出産のせいだったのかもしれない。もしくは事故か。

彼女は結婚していたのだろうか？　子どもはいたのだろうか？

ネリーはバッグを下に置き、遊び場を取り囲むフェンスの子ども用安全ロックを解除した。風が木立の間を吹き抜けていく。エリザベスが亡くなったのはたしか二十六歳か二十七歳だった。どちらだったか思いだせない。そんな細かいことが突然気になった。

確認しようと墓地に向かって歩きかけたが、そのとき教会の鐘が八回鳴った。低い荘厳な和音があたりに響き渡り、ネリーは十五分後に面談が始まることを思いだした。太陽の前に雲が漂いだし、ぐっと気温がさがる。

ネリーはきびすを返して門を通り、また門を閉めた。そして子どもたちが外に遊びに出てきたときすぐ使えるように、砂場を覆っている防水シートを巻き取った。突風が吹き、シートの端が飛ばされそうになる。ネリーはシートを押さえてやり過ごしてから、重い植木鉢を引っ張ってきてシートの端にのせて固定した。

急いで教会に入り、保育園がある地下への階段をおりた。豊かなコーヒーの香りが、園長のリンダが先に来ていることを告げていた。いつもはリンダに挨拶をする前に、自分の教室に寄って雑事をすませる。しかし今日は知った顔をどうしても見たい気持ちに駆られ、誰もいない教室を通り過ぎ、園長室からもれる黄色い光のほうへと廊下を突き進んだ。

園長室に足を踏み入れると、コーヒーのほかにペストリーがのった大皿が見えた。リンダは大量の発泡スチロールカップの横に紙ナプキンを広げていた。つややかなボブスタイルのダークブラウンの髪と、クロコダイル革のベルトを締めたブラウンがかったグレーのパンツスーツといういでたちは、取締役会でも場違いにならなそうだ。リンダがこうした格好をするのは、保護者が来る日に限ったことではない。たとえ運動会の日であっても、いつカメラを向けられてもいいような身なりをしている。

「まさかそれ、チョコクロワッサンじゃないですよね」ネリーは言った。

「〈ディーンアンドデルーカ〉のよ。好きに食べてちょうだい」

ネリーはうめき声をあげた。朝、体重計にのって、結婚式までにあと二キロ――いえ、三キロは減量しなければならない現実を突きつけられたばかりなのに。

「ほら」リンダが促す。「保護者のご機嫌取りのために、たくさん用意したんだから」

「アッパー・イースト・サイドの方々ですから、誰も糖質なんてとりませんよ」ネリーは冗談を返し、再び大皿に目をやった。「半分だけならいいかも」そう言って、プラスティックナイフで切り分ける。

ネリーはクロワッサンをかじりながら自分の教室へ行った。教室の空間はしゃれているとは言えないけれども広々としていて、高い窓からは自然光が入ってくる。四方を縁取るように走るアルファベット列車の絵柄が描かれたやわらかなラグが敷いてあり、読み聞かせの時間になると、園児たちはそこにあぐらをかいて座る。ほかにもシェフの帽子をかぶって鍋やフライパンで騒々しい音を立てながら遊べるキッチンもあるし、医師の白衣からバレリーナのチュチュ、宇宙飛行士のヘルメットまでなんでもそろった〝着替えコーナー〟もある。

以前ネリーは、どうして本物の教師にはなりたくないのかと母にきかれたことがあった。そのとき母は、その質問にどうして娘が腹を立てたのか理解できなかった。

信頼しきってネリーの手を握りしめてくる、子どもたちのぽっちゃりした手の感触。ページに書かれた文字を読み解き、初めて単語を発音できた子が、不思議そうにこちらを見あげてくるあの瞬間。彼らが生き生きと世界を理解していく姿……そうしたものをどれほど愛おしく感じるかを、どう説明したらいいのだろう？

ただとにかく、教えたいという気持ちがずっとあった。作家や芸術家になることこそ自分の目指す道だと感じる子どもが出てくるような教え方をしたいと。

ネリーは指先についたバターたっぷりの薄片をなめ取ると、バッグから配布予定の通信簿の束と自分の予定表を取りだした。保護者たちはわが子を一日に数時間ここに通わせるために、年間三万二千ドルも支払っている。ちゃんと教えてほしいと思っているのは、テントのリンクを送ってきたポーター家の人たちだけではない。ネリーのもとには毎週たくさんのメールが届いた。たとえば最近では、レヴァイン家の人たちが天才児(ギフテッド)である娘のリースのために追加の課題を要求してきた。緊急時用に教師たちの携帯電話の番号を保育園の名簿に載せてあるのだが、〝緊急時〟という言葉に自分に都合のいい定義をあてはめる保護者もいた。あるとき、朝の五時にベネットという園児の母親から電話を受けた。夜中にベネットが吐いてしまい、前日に保育園で何を食べたか気になったからというのが理由だった。

その電話が危険なものではないとネリーはすぐに気づいたが、それでもあのとき暗闇で突然鳴り響いた甲高い着信音に、部屋中の明かりをつけずにはいられなかった。そしてクローゼットやドレッサーの引き出しの中を整理することで、ほとばしるアドレナリンを消費した。

「なんて身勝手な女なの」ネリーが電話の内容を語って聞かせると、ルームメイトのサムは言った。「寝るときは携帯電話の電源を切っちゃえば?」

「いい考えね」ネリーは嘘をついた。サムの提案に従うつもりは決してなかった。ネリーはジョギング中も通勤中も、大音量で音楽を聴いたりはしなかった。夜遅くにひとりで歩いて帰ることもしなかった。

万が一にも脅威が迫っている場合に備えて、できる限りの警告がほしかった。

デスクで最後にいくつかメモを書きつけていると、ドアをノックする音が聞こえた。顔をあげ、ポーター夫妻を見る。夫はネイビーのピンストライプのスーツ、妻はローズ色のワンピースを着ていた。まるで交響楽団の演奏でも聴きに行く途中のような格好だ。

「ようこそお越しくださいました」ネリーが言うと、彼らは近くに来て握手をした。

「どうぞおかけください」夫妻が折りたたみテーブルのまわりに置かれたキッズサイズの椅子でバランスを取るのに苦労している間、ネリーは笑みを噛み殺した。彼女も同じ椅子に座っていたが、もう慣れっこだった。「さて、ご存じのとおり、ジョーナはすばらしいお子さんです」ネリーはどの面談でも、あなたたちの子どもは人並み以上に優れていると思わせる口ぶりで切りだしていたが、ジョーナの場合は真実だった。

ネリーのベッドルームの壁には園児たちの描いた絵が飾ってあるが、その中には彼女をマシュマロマンに見立てたジョーナの絵もあった。

「あの子の鉛筆の握り方には気づいた？」ミセス・ポーターが尋ねながら、ハンドバッグからメモ帳とペンを取りだした。

「あの、いえ……」

「内側にまわりこむんだ」ミスター・ポーターが口を挟んだ。妻のペンを握り、実際にやってみせる。「見てくれ。こんなふうに手が曲がるんだ。作業療法を受けさせたほうがいいかどうか、どう思う？」

「まあ、ジョーナはまだ三歳半ですし」ネリーは再び話し始めた。

「三歳と九カ月よ」ミセス・ポーターが訂正する。

「そうでしたね。その年齢の子どもの多くは、細かな運動能力が未発達で——」

「君はフロリダ出身だろう？」ミスター・ポーターが言った。

ネリーは目をしばたたいた。「どうしてそれを……失礼しました、どういう趣旨のご質問でしょうか？」

ネリーがポーター夫妻に自分の出身地を教えたはずはない。自分の生い立ちについて明かさないよう、常に気をつけてきたのだから。

一度コツを覚えてしまえば、質問をかわすのは難しくない。誰かに幼少時についてきかれたら、父が造ってくれたツリーハウスのこととか、自分を犬だと思っていて、お座りをして褒美をねだる黒猫のことを話せばいい。大学の話題になれば、フットボールチームの不敗シーズンの話ばかりすればいい。あるいはキャンパス内の食堂でしたアルバイトの話でもいい。そこでトーストを焼いているときにぼやを起こしてしまい、後始末をさせられたことがあるとか。雑多な長話をして、肝心なことは何も話していないという事実から注意をそらすのだ。その他大勢から区別されかねない詳細は避け、卒業年度などは曖昧な話でごまかす。本当に必要なときだけ嘘をつく。

「それはその、ニューヨークではいろいろと事情が違うからね」気づくとミスター・ポーターが返事をしていた。ネリーは彼をよくよく観察した。ゆうに十五歳は年上だろうし、アクセントからしてマンハッタン生まれなのがわかる。これまでふたりの歩んできた道が交わったことはないはずだ。いったいミスター・ポーターはどうやって知ったのだろう？「われわれはジョーナを落ちこぼれにしたくないんだ」ミスター・ポーターは椅子にもたれかかったが、大慌てでひっくり返らないようにこらえた。

「夫が言いたいのは、つまり」妻が口を挟んだ。「今度の秋に幼稚園を受験させようかと思っているということなの。一流校を検討しているわ」

「そうですか」ネリーは言った。意識を集中し直す。「たしかにご両親がお決めになることではありますが、あと一年待ってみてもいいかもしれません」ジョーナがすでにマンドリンのクラスに空手、さらに音楽のレッスンも受けていることを知っていた。ジョーナがあくびをしたり、眠そうに目をこすったりしているところを、今週は二度も見かけた。少なくともここにいるうちは、砂の城を建てたり積み木で塔を作ったりする時間がある。「私のほうからは、クラスメイトのひとりがランチボックスを持ってくるのを忘れたときのことをお伝えしたいと思っていました」ネリーは切りだした。「ジョーナはその子に自分の分をあげると申してました。それはもう思いやりと優しさがあって……」

ミスター・ポーターの携帯電話が鳴ったので、ネリーの声はしだいに小さくなっていった。

「はい」彼が応答する。ネリーと目を合わせたまま、視線をそらさない。

ネリーがミスター・ポーターに会ったのは今までに二回、保護者懇談会と秋の面談のときだけだ。彼女を見つめてきたことなどなかったし、妙な行動を取ったこともない。

ミスター・ポーターは手をぐるぐるとまわし、面談を続けるよう合図した。

誰と話しているのだろう？

「子どもたちの評価は定期的にしているのかしら？」ミセス・ポーターが質問した。

「なんですって？」ネリーはきき返した。

ミセス・ポーターは笑みを浮かべた。ネリーはミセス・ポーターの口紅の色がワンピースの色とまったく同じだと気づいた。「〈スミス・スクール〉ではしているそうよ。三カ月ごとに。幼稚園に入れるだけの学習能力が備わっているかどうか評価するテストでしょう。あとは能力に基づいた少人数制の読書準備サークルとか、掛け算の早期予習とか……」

掛け算？

「子どもたちの評価でしたら、私もしています」ネリーは言いながら、背筋を伸ばした。

「冗談だろう？」電話の相手に向かってミスター・ポーターが言った。ネリーはまた彼に目を向けそうになった。

「掛け算はしていませんが……その……足し算や文字認識などのもっと基礎的な能力については……」ネリーは言った。「通信簿の裏を見ていただければ……評価の区分があります」

ミセス・ポーターがネリーのコメント書きに目を通している間、しばらく沈黙が流れた。

「その件は進めるようサンディに伝えてくれ」ミスター・ポーターが言った。「あの取引先は逃すな」電話を切り、首を振った。「もうすんだか？」

「そうね」ミセス・ポーターはネリーに言った。「お忙しいだろうから」

ネリーは唇を引き結んだまま、ほほえんだ。こう言いたかった。ええ、忙しいわよ。昨日はある子がチョコレートミルクをこぼしたので、ラグをこすり洗いした。ストレスだらけのあなたの息子がやすめるように、〝おやすみコーナー〟用にやわらかいブランケットも買いに行った。ウエイトレスとして働いているレストランでは、今週三回も遅番を担当した。だって、ここでの稼ぎだけでは生活費が足りないから。それでも子どもたちのため、毎朝八時に元気にそのドアをくぐっているのよ。

ネリーがクロワッサンの残りの半分をもらいに園長室へ戻ろうとしたとき、ミスター・ポーターの大声が聞こえた。「ジャケットを忘れた」そう言いながら教室にまた入ってきて、小さな椅子の背からジャケットをつかみ取った。

「なぜ私がフロリダ出身だと思ったんです？」ネリーはつい口走っていた。

ミスター・ポーターは肩をすくめた。「姪(めい)がフロリダ州立大学に行っていたんだ。君もだと誰かが言っていた気がしてね」

その情報は保育園のウェブサイト上の経歴には載っていない。大学のマークがついた品も、ネリーはひとつも持っていなかった。トレーナーも、キーホルダーも、三角旗も何ひとつ。

リンダがポーター夫妻に教えたに違いない。教員の経歴を知りたがるタイプの親という感じだものと、ネリーは内心でつぶやいた。

それでもさらに注意深くミスター・ポーターを見つめ、彼と同じ目鼻立ちをした若い女性を想像しようとした。ポーターという姓の人物はひとりも思いだせないが、だからといってその人が授業中に後ろの席に座っていなかったり、同じ友愛クラブに入ろうとしなかったりしたとは限らない。

「そうですか」ネリーは言った。「次の面談が始まりますので……」

ミスター・ポーターは誰もいない廊下を見つめ、それからネリーに視線を戻した。

「そうだな。ではまた卒園式で」

彼は口笛を吹きながら廊下へと歩いていった。その姿がドアの向こうに消えるまで、ネリーはじっと見守った。

リチャードは元妻についてほとんど話さない。そのためネリーはその女性について、ごくわずかなことしか知らなかった。知っているのは今もニューヨークに住んでいることとくらいだ。リチャードとは、彼がネリーと出会う少し前に離婚した。長いダークブラウンの髪にほっそりとした顔の美人だ——以前にグーグルで検索したとき、ネリーはぼやけたサムネイル写真を見つけていた。

そして彼女は遅刻ばかりしていたという。リチャードをいらだたせる癖だった。面談ネリーはイタリアンレストランめがけて、最後のブロックを全速力で走った。面談を無事乗り越えたご褒美として、三歳児と四歳児のクラスの先生たちとピノ・グリージョを二杯飲んでしまったことをすでに後悔していた。飲みながら、みんなで奮闘ぶりを語りあった。勝者と判定されたのは、ネリーの隣のクラスを担任しているマーニーだった。ある両親が英語のあまり話せない留学生のベビーシッターを送ってよこし、代わりに面談をさせたというのだ。

トイレに行く途中で携帯電話をチェックするまで、ネリーは時間を忘れていた。そのあとトイレの個室を出たところで、ひとりの女性と危うくぶつかりそうになった。「ごめんなさい!」反射的に言って片側へ寄ったものの、バッグを取り落として中身を床一面にぶちまけてしまった。相手の女性は何も言わずにその惨状をまたぎ、そそくさと個室に入っていった(「お行儀はどうしたの!」ネリーの保育園の教師としての一面がそう叱りつけてやりたくなったが、そのままかがんで財布やメイク用品を拾い集めた)。

十一分遅れでレストランに到着し、重いガラスのドアを引き開けると、案内係が革の予約台帳から顔をあげた。

「フィアンセと待ち合わせをしてるんです」ネリーは息を切らして言った。

ダイニングエリアを見渡すと、隅のテーブルでリチャードが席から立ちあがるのが見えた。彼の目のまわりにはわずかに細かな皺ができていて、こめかみの黒髪には数本白髪がまじっている。リチャードはネリーを上から下まで眺めてから、いたずらっぽくウインクをした。彼の姿を見ていると、体の中で感じるこのときめきがおさまることなんてありえない気がした。

「ごめんなさい」ネリーは近づいていきながら言った。リチャードがキスをしながら椅子を引いてくれる。ネリーは彼の清潔なシトラスの香りを吸いこんだ。

「大丈夫かい？」

ほかの人なら社交辞令で尋ねているようにしか聞こえないだろう。しかしリチャードの視線はネリーから動かなかった。彼女の返答を心から気にしてくれているのがわかる。

「大変な一日だったわ」ネリーはため息まじりに腰をおろしながら返事をした。「保護者面談だったの。もしあなたみたいに完璧な子がテーブルの向こう側に座っていたら教えて。先生にお礼を言いに行くから」

ネリーがスカートを撫でつけている間に、リチャードはワインクーラーで冷やしてあったヴェルディッキオのボトルに手を伸ばした。テーブルではキャンドルの小さな明かりが、重厚なクリーム色のテーブルクロスに金色の円を映していた。

「半分だけにしておくわ」ネリーは言った。「面談のあとに、ほかの先生たちと軽く飲んだの。リンダがご馳走してくれたのよ。激戦に対する特別手当ですって」

リチャードが顔をしかめた。「知っていれば、ボトルで頼まなかったんだが」人差し指をかすかに動かしてウエイターに合図し、炭酸水のサンペレグリノを注文した。

「君は昼間に飲むと、頭痛を起こすことがあるからね」リチャードに言われて、ネリーはほほえんだ。それは彼に最初に話したことだった。

母のもとを訪れたあとにフロリダ南部発の飛行機に乗り、とある兵士の隣の席に座っていたときのことだ。ネリーは大学を卒業後すぐに、再出発を目指してマンハッタンに引っ越していた。もし母がずっと故郷に住んでいなければ、ネリーは決して帰省しなかっただろう。

飛行機が離陸する前、客室乗務員が近づいてきた。「ファーストクラスをご利用のお客様が、席をお譲りしたいとのことです」

そう告げられた若い兵士は、立ちあがって言った。「最高だ！」しばらくすると、リチャードが通路を歩いてきた。まるで長い一日を終えたかのように、ネクタイの結び目がゆるんでいた。お酒のグラスと革のブリーフケースを手にしている。ネリーと目を合わせ、彼はあたたかい笑みを浮かべた。

「とても親切なのね」リチャードが隣に腰を落ち着けると、ネリーは言った。

「たいしたことじゃない」リチャードは否定した。機内安全アナウンスが始まり、数分後、飛行機は揺れながら離陸した。

エアポケットを通る間、ふたりの体が跳ね、ネリーは肘掛けを握りしめた。

リチャードの低い声がすぐ耳の近くで聞こえて驚いた。「車が道路のくぼみを通るようなものだよ。至って安全だ」

「理屈ではわかっているんだけど」

「でも、だめなんだね。これなら大丈夫かもしれない」

リチャードがグラスを手渡してきたとき、ネリーは彼の薬指に指輪がはめられていないことに気づいた。ネリーはためらった。「昼間に飲むと、頭痛を起こすことがあるから」

そのとき機体が轟音を立て始めたので、ネリーは大きくひと口飲んだ。

「全部飲んでかまわない。同じものをもう一杯頼もう……それともワインのほうがいいかな?」リチャードがうかがいを立てるように眉を持ちあげると、右のこめかみに三日月形をした銀色の傷跡があるのが見えた。

ネリーはうなずいた。「ありがとう」それまで、機内で隣に座った人に慰めてもらったことなど一度もなかった。たいていの人はこちらがひとりでパニックと闘っている間、目をそらすか雑誌をめくるかするだけだ。

「わかるよ」リチャードが言った。「僕も血を見ると同じようになる」

「そうなの?」

機体がわずかに揺れ、翼が左に傾いた。ネリーは目を閉じ、ごくりと唾をのみこんだ。

「話してもいいけど、僕を見損なわないと約束してくれなければだめだ」

リチャードの心地よい声を止めたくなくて、ネリーはうなずいた。

「数年前に同僚のひとりが会議の最中に気を失って、会議室のテーブルの角に頭をぶつけたんだ。低血圧だったんだろう。あるいは会議が退屈で昏睡状態に陥ったか」

ネリーは目を開け、小さく笑った。飛行機で笑うなんて、最後にそうしたのがいつだったか思いだせないくらい久しいことだ。

「僕はみんなにさがっていろと言って、椅子をつかんでその男を寝かせた。誰か水を持ってきてくれと大声で叫んでいたとき、血が見えたんだ。すると突然めまいがし始めて、こっちまで失神しそうになった。僕は自分が座れるように、怪我人を椅子から蹴飛ばす勢いで追い払った。そうしたら急にみんながそいつをほったらかして、僕を助けようとしだしてね」

機体が水平になった。やわらかなチャイム音が鳴り、乗務員たちが通路を歩いてヘッドフォンを配りだした。ネリーは肘掛けから手を離し、リチャードを見た。彼はにっこりしていた。

「助かったね。雲を通過したんだ。ここからはかなり穏やかになるはずだよ」

「ありがとう」ネリーは言った。「お酒と、あと、話もしてくれて……常に男らしいのね。失神するときまで」

二時間後、リチャードはヘッジファンド・マネージャーである自分の仕事についてネリーに説明した。ほかにも、ある先生に〝R〟を発音できるように手伝ってもらって以来、ずっと教師という職業に愛着があるのだとも語った。「君に〝ヴィチャード〟と自己紹介せずにすんだのは、その先生のおかげだ」ネリーがニューヨークに家族がいるのかと尋ねると、リチャードは首を振った。「ボストンに住む姉がひとりいるだけだ。両親はずいぶん昔に亡くなった」彼は組んだ手に視線を落とした。「車の事故でね」

「私の父も亡くなったわ」ネリーが言うと、リチャードは再び視線をあげて彼女を見た。「父のこの古いセーター……今でもときどき着ているの」

一瞬、ふたりは黙りこんだ。乗務員がテーブルと座席をもとの位置に戻すよう乗客に指示した。

「着陸は平気かい？」リチャードが尋ねる。

「あなたがまた別の話をしてくれたら、やり過ごせるかもしれない」ネリーは言った。

「そうだな、すぐには思いつかない。思いついたときのために、電話番号を教えてくれないか？」

リチャードがスーツのポケットからペンを取りだし、渡してきた。ネリーが頭を傾けて紙ナプキンに番号を書くと、長いブロンドが肩から落ちた。

リチャードは手を伸ばし、彼女の髪に指をそっと滑らせてから、耳の後ろにかけた。

「とてもきれいだ。この先もずっと切らないでくれ」

4

ヒラリーがつけていたバラの香水の香りがいつまでも残る試着室の床に座りこんでいると、結婚式のことを考えてしまう。私の次の女性はきっと美しい花嫁になるのだろう。彼女がリチャードを上目遣いで見つめ、愛と貞節を誓うところを想像する。まさに私と同じように。

声まで聞こえてきそうだ。

彼女の声なら知っている。何度か電話をかけているから。といっても、プリペイド式の携帯電話を使って非通知設定で。

「はい」メッセージが再生される。その口調は屈託がなく明るい。「電話に出られなくてごめんなさい！」

本当に申し訳ないと思っているのだろうか？　それとも勝ち誇っているのだろうか？　今でこそリチャードと彼女の交際は公になっているが、それが始まったのは彼がまだ私と結婚している頃だった。私たち夫婦はいくつかの問題を抱えていた。どの夫婦もハネムーンの幸福が色あせればそんなものではないだろうか。とはいえ、リチャードからあんなに早く出ていけと言われるとは思ってもいなかった。私たちの関係の痕跡を消し去りたいがために。

リチャードはまるで私との結婚をいっさいなかったことにしたがっているように思えた。私なんて存在しないかのように。

彼女は私に思いを馳せ、自分のしたことに後ろめたさを感じたりしているのだろうか？

毎晩そんな疑問に私は打ちのめされている。体にシーツを巻きつけ、何時間も目が冴え渡ったままベッドに横たわっていることもしょっちゅうだ。無理やりきつく目をつぶり、ようやく眠りに落ちそうになったところで、ふいに彼女の顔が脳裏に浮かびあがるのだ。私は背筋を伸ばして座り、ナイトテーブルの引き出しに入れた薬を探す。そしてのみこまずに嚙み砕く。そのほうが効き目が早いからだ。

留守番電話の挨拶を聞いたところで、彼女の気持ちを知る手がかりはひとつも得られない。

けれども、ある晩リチャードと一緒にいたときの彼女は光り輝いて見えた。

私はアッパー・イースト・サイドにある夫婦でお気に入りだったレストランへと歩いていた。過去のつらい思い出が詰まった場所へ行き、自分にのしかかっているエネルギーを解き放って街を再び自分のものとして取り戻そうと、ある自己啓発本に書かれていたからだ。そこで、かつてリチャードとカフェラテを飲みながら、一緒に『ニューヨーク・タイムズ』の日曜版を読んで過ごしたカフェまで歩いた。毎年十二月に会社主催の豪華な年末パーティが開かれた、リチャードのオフィスの前にも行ってぶらぶらした。セントラル・パークのマグノリアやライラックの木々の中も通った。一歩進むたびに気分が悪くなった。最悪のアイデアだ。あの本が値引きコーナーの棚に放置されていたのも無理はない。

それでも、私は続けた。最後の何回かの記念日をリチャードと一緒に祝ったレストランバーで一杯飲んで、ツアーを締めくくるつもりだった。ふたりを見たのはそのときだ。

もしかしたらリチャードもまた、あの場所を取り戻そうとしていたのかもしれない。あともう少し急ぎ足で歩いていたら、彼らとほぼ同時に入口へたどり着けたはずだ。でもそうはせずに近くの店の中にすばやく身を隠し、その隅からじっと見守った。日焼けした脚、魅惑的な体の曲線、そしてドアを開けてくれたリチャードに向けたほほえみがちらりと見えた。

リチャードが彼女をほしがるのも当然だ。ほしがらない男なんているわけがない。彼女はまるで熟れた桃のようにおいしそうな魅力を放っていた。

近くまで忍び寄り、床から天井まである窓越しに見つめていると、リチャードが恋人に飲み物を注文した。どうやら彼女はシャンパンを楽しんでいるらしく、細いフルートグラスから金色の液体を少しずつ飲んでいる。

自分がこの場にいることをリチャードに気づかれるわけにはいかない。彼は偶然だとは思わないだろう。言うまでもなく、私は前にもリチャードを尾けたことがあった。というより、彼らふたりを尾けていた。

それなのに、私の足は動こうとしなかった。脚を組み、ワンピースのスリットから腿をあらわにしている女性を食い入るように見つめ続けた。

リチャードは恋人のスツールの背に腕をまわして体を倒し、彼女に身を寄せていた。前より髪が伸びて、スーツの襟元にかかっている。その髪型も似合っていた。彼が浮かべた雄々しい表情には見覚えがあった。何カ月も取り組んでいた大きな商談がやっとまとまったときに、あんな顔をするのだとあるとき気づいた。

リチャードが言った何かに、彼女はのけぞって笑った。

手のひらに指が食いこむ。私はリチャードより前にここまで誰かを愛したことはなかった。あの瞬間、気づいた。リチャードより前にここまで誰かを憎んだこともなかったと。

「ヴァネッサ?」

試着室の外から呼ぶ声にぎくりとして、もの思いからわれに返る。この英国のアクセントは上司のルシールだ。辛抱強いとは言えない女性。

私はマスカラがにじんでいないかと、両目の下に指を走らせる。

「ちょっと片づけをしていて」かすれた声で返事をする。

「〈ステラマッカートニー〉の売り場でお客様がお待ちよ。試着室の片づけはあとにして」

ルシールは私が出てくるのを待っている。悲しみに乱れた跡を消すためにメイクを直している時間はない。おまけに私のバッグは従業員休憩室にある。私がドアを開けると、ルシールが一歩さがる。

「具合でも悪いの?」彼女の完璧な弓形の眉が持ちあがる。

私はここぞとばかりにチャンスにしがみつく。

「よくわかりません。ただちょっと吐き気がして……」

「今日一日、店頭に立てそう？」声に同情の色はない。これでクビになってしまうのだろうか。こちらが返事をする前に、ルシールが自分で答えを出す。「無理ね。風邪でも引いたのかしら。今日は帰りなさい」

私はうなずき、急いでバッグを取りに行く。ルシールの気が変わっては困る。地上階までエスカレーターに乗っている間、過ぎ去っていく鏡に断片的に次々と映りこむ、やつれきった自分の姿を見つめる。

リチャードが婚約したと、心の中でつぶやく。

従業員通用口からそそくさと出て、警備員がバッグの中身を確認するほんのわずかな時間だけ立ち止まり、それから建物の脇にもたれかかってスニーカーを履く。タクシーに乗ろうかと一瞬考えるが、ヒラリーの言ったことは本当だ。ウエストチェスターの家はリチャードのものになった。彼が独身時代から所有していて、会議で遅くなった夜に寝泊まりするのに使っていたマンハッタンのアパートメントも。そのアパートメントに彼女を泊めていたのだ。車も、株も、貯金もリチャードのものになった。私は争わなかった。自分は何も持たずに結婚した身だから。私は働いていなかったし、彼の子どもを産まなかったし、嘘をついていた。

私はいい妻ではなかった。

でも今になって、リチャードが提案したわずかな一時金を受け取ることでなぜ納得してしまったのだろうと考える。リチャードの新しい花嫁は、私が選んだ食器で食事の用意をするのだろう。私が選んだスエードのソファで、彼に寄り添うのだろう。私たちのメルセデスでリチャードの隣に座り、彼の脚に手を置いて、彼がギアを四速に入れるのを見てハスキーな声で笑うのだろう。

バスが騒々しく通り過ぎ、熱い排気ガスを吐きだす。あたりに灰色の羽毛が積もっていくみたいだ。私は建物を出て五番街を歩く。大きなショッピングバッグを持ったふたり組の女性に、危うく歩道から押しだされそうになる。ビジネスマンが耳に携帯電話を押しつけ、表情をこわばらせたまま大股でそばを通り過ぎていく。道を渡ろうとすると、わずか数センチのところにバイクが突っこんできて、運転者が去り際に何か叫んでいく。

街が自分のまわりでどんどん狭まっていく。スペースがほしい。私は五十九丁目を渡り、セントラル・パークに入る。

三つ編みの女の子が自分の手首に結ばれた動物型の風船を見て目を丸くしている。私は女の子を目で追う。あの子が私の子どもであった可能性もある。もし妊娠できていれば、今もリチャードと別れていなかったかもしれない。彼のほうが私に出ていってほしくないと思ったかもしれない。母子でここに来て、昼休みのパパとランチをとれたかもしれない。

私は息苦しくなってくる。お腹の上で組んでいた両腕を開いて、背筋を伸ばす。前だけを見て、北へ歩く。スニーカーの底が舗道を打つリズムに神経を集中させ、一歩一歩数えながら小さな目標を立てる。百歩進もう。進んだら、さらに百歩。

ついに八十六丁目とセントラル・パーク・ウエストの交差点で公園を出て、シャーロット伯母さんのアパートメントのある方角に曲がる。何もかも忘れて眠りたい。薬はあと六錠しか残っていない。前回、医師にまたほしいと頼んだところ、彼女は渋った。

「薬に依存したくはないでしょう。毎日エクササイズして、昼以降はカフェインをとらないように心がけて。就寝前にあたたかいお風呂に入って、様子を見ましょう」

けれども、そんなのは月並みな不眠の対処法であって、私には効かない。

アパートメントに着きかけたとき、ワインを買い忘れたことに気づく。また出直したくないので、リカーショップまで一ブロックだけ引き返す。伯母さんに頼まれたのは、赤ワインが四本と白ワインが二本。私は買い物かごにメルローとシャルドネを入れる。

なめらかな重いボトルに手が伸びる。リチャードから出ていけと言われたあの日以来、ずっとワインは飲んでいない。だが今でもそのまろやかなぶどうの味に、眠った舌を揺さぶり起こしてほしくてたまらない。私は躊躇（ちゅうちょ）し、それから七本目と八本目のボトルを買い物かごに追加する。レジへ行く間に、腕にかごの持ち手が食いこむ。

カウンターの若い男は何も言わずにレジを打っていく。デザイナーズブランドを着た髪がぼさぼさの女が、昼日中にやってきてワインを買いこむ姿など、別に珍しくもないのだろう。かつての私は、リチャードと住んでいた家に配達してもらっていた。少なくとも彼にお酒を断つよう勧められるまでは。そのあとは、車で三十分ほどかけてワインショップまで行くようになった。そうすれば、知り合いの誰にも会わずにすむからだ。そして資源ごみの回収日は早朝から散歩に出かけ、近所のリサイクル品を入れる容器に空のボトルを紛れこませた。

「これで全部ですか？」店員が尋ねる。

「ええ」私はデビットカードに手を伸ばす。もし十五ドルのボトルではなく高価なワインを選んでいたら、私の当座預金では支払いきれなかっただろう。

店員が四本ずつ袋に詰めてくれる。私は肩でドアを押し開け、シャーロット伯母さんのアパートメントへ向かう。腕を引っ張る重みが心地よい。アパートメントの建物に着き、老朽化したエレベーターのドアがギシギシと音を立てて開くのを待つ。十二階までの道のりが永遠に続くかのようで、私は喉を伝って胃をあたためる最初のひと口のことで頭がいっぱいになる。心の痛みが和らいでいく。

　ありがたいことに、伯母さんは留守らしい。冷蔵庫にかかっているカレンダーを確認すると、〝D、午後三時〟と書いてある。きっとお茶を飲む友人だろう。伯母さんの夫である、ジャーナリストだったボー伯父さんは、数年前に心臓発作で急死した。ボー伯父さんは伯母さんの生涯の恋人だった。以来、伯母さんが誰かと真剣なデートをしたことはないと思う。私はキッチンカウンターに袋を置き、メルローのコルクを抜く。ゴブレットを手に取ったが、思い直してそれを置き、コーヒーのマグカップをつかむ。途中まで注いでいると、それ以上待ちきれなくなって、マグカップを唇まで持ちあげる。豊かなチェリーの風味が優しく口の中に広がる。目を閉じて飲みこむと、喉を流れ落ちていくのが感じられる。ゆっくりと体の緊張が解けていく。シャーロット伯母さんがいつまで出かけているかわからないので、さらにワインを注ぎ足したマグカップとボトルを持ってベッドルームへ行く。

　ワンピースを脱いで、そのまま足元の床に落ちるに任せる。足を抜いてから腰を曲げて拾いあげ、ハンガーにかける。そして淡いグレーのやわらかいTシャツとフリースのスウェットパンツを着て、ベッドに潜りこむ。最初にここへ移ってきたときに、シャーロット伯母さんが小さなテレビを部屋に運びこんでくれたが、ほとんど使っていなかった。でも今はどうしてもひとりでいたくない。たとえともに過ごす相手がテレビのバラエティ番組であったとしてもかまわない。リモコンを手にチャンネルを切り替えていって、最終的にトークショーに落ち着く。両手でマグカップを包みこみ、もうひと口飲む。

　画面で繰り広げられているドラマティックな状況に没頭しようとしたものの、今日のテーマは不倫だった。

「結婚がさらに強固なものになることもあるのよ」隣に座る男性の手を握りながら、中年の女性が主張している。男性は椅子の上で向きを変えて床を見つめる。

　結婚が台なしになることだってあると、私は思う。

　私は男を凝視する。相手はどんな人？　どうやって出会った？　出張中に？　それとも、デリのサンドイッチを買う列に並んでいたとき？　致命的な一線を越えずにいられなくなるほど、その女性の何に惹(ひ)かれたの？

　マグカップを強く握りすぎて手が痛い。そのまま画面に投げつけてやりたくなったが、そうする代わりにワインを注ぎ足す。

男が足首のところで組んでいた両脚を伸ばす。咳払(せきばら)いをしたり、頭をかいたりしている。居心地悪そうな姿に、いい気味だと思う。男は筋骨たくましく、危険な魅力を発していて、私の好みではないけれど、女性からもてるのはわかる。

「信頼を取り戻すのは長い道のりですが、双方ともに努力すれば充分に可能です」画面の下にカップル・セラピストと紹介されている、別の女性が言う。

冴えない見た目の妻はしゃべり続けている。どうやって夫婦の信頼を再び見事に築きあげたのか、今は結婚生活がどれほど大切か、一度は互いを見失ったものの、どうやってまた見つけたのか。まるで〈ホールマーク〉のグリーティングカードでも読みあげているみたいだ。

セラピストが夫のほうを見る。

「あなたも信頼は回復されたと思いますか?」

彼は肩をすくめる。最低な男と私は思う。どうして不倫がばれたのだろう。

「努力してはいるが」夫が言う。「難しいね。今でも頭に思い描いてしまうんだ。妻があの——な野郎と一緒にいるところを」

言葉がピーという電子音でかき消される。

つまり、私は思い違いをしていたらしい。夫のほうが不倫したのだと思っていた。

ヒントは目の前にあったのに、勘違いしていた。こういったことは今回が初めてではない。

またワインを飲もうとして、マグカップに前歯をぶつける。テレビなんかつけなければよかったと思いながら、ベッドの足元へと移動する。

不倫相手を求めるのと、プロポーズして妻を求めるのとでは何が違うのだろう？リチャードはただ遊んでいるだけだと思っていた。ふたりの情事はたとえ激しく燃えあがっても、どうせすぐに冷めるものと考えて、私は見て見ぬふりをした。それに誰もリチャードを責められない。私は彼がかつて結婚した女性ではなくなってしまった。体重が増え、ほとんど家から出ず、そのうえリチャードの行動の裏の意味まで探り始めた。彼が私に嫌気が差していることを示す手がかりを得ようとして。

彼女はリチャードの理想どおりの女性だ。以前の私のように。

七年間の結婚生活が正式に終わりを告げた、あのあっけなく淡々としていると言っていいほどの一幕のあと、リチャードはすぐにウエストチェスターの家を売りに出し、市内のアパートメントに引っ越した。とはいえあのあたりの静かでプライバシーが保てる点をひどく気に入っていたから、おそらく新しい妻のために郊外にまた別の家を買う気なのかもしれない。彼女は仕事を辞めて、リチャードに尽くすつもりだろうか。

私みたいに子どもを授かろうと試みるのだろうか。

まだ涙が涸れていないなんて自分でも信じられない。けれども、さらなる涙が頬を伝う。私はマグカップにもう一杯ワインを注ごうとする。ボトルはほとんど空で、白いシーツに何滴かこぼれ落ちる。そのワインのしみがまるで血のごとく浮かびあがる。

古い友人を抱きしめるような、どこか懐かしい靄があたりを取り囲む。自分とマットレスの境がぼやけていく。母さんも〝オフの日〟に同じように感じていたのかもしれない。当時もっとよく理解してあげられたらよかったのに。あのときは自分が見捨てられた気になったものだが、今ならわかる。あまりにつらすぎて、とても抵抗できない痛みがあることを。ただ身を潜め、砂嵐が過ぎ去るのを願うほかないのだ。でも母さんにそう伝えるにはもう遅い。両親はふたりとも亡くなってしまった。

「ヴァネッサ？」ベッドルームのドアを優しくノックする音が聞こえ、シャーロット伯母さんが入ってくる。厚い眼鏡の奥で、ブラウンの瞳が拡大されて見える。「テレビの音が聞こえた気がしたから」

「仕事中に具合が悪くなったの。うつるといけないから、それ以上近づかないほうがいいわ」

ナイトテーブルに二本のボトルが置いてある。伯母さんには見せられない。

「何か持ってきましょうか？」伯母さんが尋ねる。

「少し水をもらえるとうれしいわ」最初の〝少し〟で、わずかに舌がもつれる。伯母さんに早く部屋から出ていってもらいたい。

シャーロット伯母さんがドアを少し開けたままキッチンへと歩いていったので、私はベッドから出る。ワインのボトルをつかんだとき、二本がカチンとぶつかる音がして、一瞬ひるむ。急いで衣装だんすへ向かい、扉を開けてボトルを置くと、一本が倒れそうになり、慌てて置き直す。

ベッドに戻ると同時に、シャーロット伯母さんがトレイを持って戻ってくる。

「塩味のクラッカーとハーブティーも持ってきたわ」声にこめられた優しさに、私は胸が締めつけられる。伯母さんがベッドの足元にトレイを置く。

私は呼気に含まれるアルコール臭に気づかれませんようにと願う。

「キッチンにワインを置いておいたから」立ちあがって出ていこうとする伯母さんに声をかける。

「ありがとう。何か必要なものがあったら呼んでちょうだい」

ドアが閉まり、私は枕に頭を戻す。めまいに襲われる。残りはあと六錠……あの苦く白い錠剤を舌の上で一錠溶かせば、きっと朝まで眠れるに違いない。

突然、もっといいアイデアが思い浮かぶ。その考えが心の靄を突き抜けてくる。ふたりはただ婚約したにすぎない。まだ手遅れじゃない！

私はバッグを引っかきまわし、携帯電話をつかむ。リチャードの番号はまだ登録されたままだ。呼び出し音が二回鳴り、彼の声が聞こえる。その声色は元夫よりももっと大柄な人のものという感じがする。そのギャップにいつも魅了されたものだ。「すぐに折り返します」録音されたメッセージがそう約束する。リチャードはいつもきちんと約束を守る。

「リチャード」口をついて言葉が出る。「私よ。婚約のことを聞いたわ。とにかくあなたと話さないと……」

まるで指の間を魚がすり抜けていくように、ほんの少し前まで感じていた晴れやかな気分が消えていく。なかなか適切な言葉が見つからない。

「折り返し連絡して……とても大事なことなの」

最後の言葉で声が乱れ、通話を切る。

握りしめた携帯電話を胸に引き寄せ、目を閉じる。数々の兆候をもっとちゃんと見きわめていれば、この身をずたずたに引き裂く後悔を避けられたのかもしれない。事態を正さなければ。遅すぎることはないはずだ。リチャードが再婚すると思うと耐えられない。

うとうとしていたに違いない。一時間後に携帯電話が振動し、はっとする。下を向くと、メッセージを受信していた。

〝悪いが、話すことはもう何もない。元気で。R〟

その瞬間、気づく。リチャードは別の女性に乗り換えた。それなら私だって、粉々になった自分の人生をいずれもとに戻せるようになるかもしれない。自分で家を借りる資金が充分貯(た)まるまで、シャーロット伯母さんのアパートメントにいてもいい。もしくは、思い出がひとつもない違う町に引っ越してもいいかもしれない。ペットを飼うこともできる。そのうちきっと、太陽にアビエーターのサングラスをきらめかせ、仕立てのいいスーツを着た黒髪のビジネスマンが角を曲がってくるところが見えても、リチャードではないと冷静に思えるようになるだろう。

けれどもやはりリチャードが彼女と――私が気づかないふりをしているうちに、意気揚々と新ミセス・トンプソンへの階段をあがっていた女性と一緒にいる限り、私に平穏は決して訪れない。

5

人生をよくよく振り返ってみれば、ネリーは自分が二十七年の間に何人かの異なる女性に分裂していたような気がした。自宅のあった街区の端を流れる小川で、何時間もひとり遊んで過ごしたひとりっ子時代。暗闇で待ち伏せしている悪い人なんていないから大丈夫と自分に言い聞かせながら、ベビーシッター代をベッドに隠していたティーンエイジャー時代。わざわざドアに鍵をかけなくても眠れることもあった〈カイ・オメガ〉の親睦係時代。そして、今のネリーだ。ホラー映画のヒロインが追いつめられているときに映画館から出てしまうほどの怖がりで、〈ギブソンズ・ビストロ〉で午前一時のラストオーダーのあとに、締め作業をして最後のひとりになることは絶対にしないウエイトレスのネリー。

保育園にも別バージョンのネリーがいた。モー・ウィレムズ作の〈ぞうさん・ぶたさんシリーズ〉の本をすべて記憶していて、オーガニックの動物型のクッキーや、喉に詰まらせないよう小さく切ったぶどうを配り、感謝祭の日に子どもたちが手形を使って七面鳥を描くのを手伝ってあげる、ジーンズ姿の先生だ。〈ギブソンズ〉の同僚たちが知っているウエイトレスのネリーは、黒のミニスカートをはき、赤い口紅をつけ、より多くのチップを稼ぐため、大盛りあがりのビジネスマンたちの一気飲みに参加し、グルメバーガーをいくつものせたトレイを難なく持てる。これらのネリーのうちの一方は昼に属し、もう一方は夜に属していた。

リチャードは両方の世界を渡り歩くネリーを見ているが、保育園の先生の人格をより好ましく思っているのは明らかだ。ネリーは結婚したらすぐにウエイトレスの仕事を辞めるつもりだった。妊娠すれば先生の仕事も。リチャードとネリーはどちらとも早く子どもを授かることを望んでいた。

しかし婚約して間もなく、リチャードから〈ギブソンズ〉に退職すると伝えてはどうかと言われた。

「今すぐ辞めろってこと?」ネリーは驚いてリチャードを見た。

たしかに働くのはお金のためではあったが、それ以上に一緒に働いている人たちが好きだった。活気に満ちた彼らはまるで蛾さながらに光り輝く街に引き寄せられ、全国からニューヨークに集まってきた情熱的で創造性豊かなさまざまなタイプの人々の縮図のようだった。同じウエイトレスのジョシーとマーゴットのふたりは、劇場デビューを目指す女優だった。主任ウエイターのベンは第二のジェリー・サインフェルドになると心に決め、店が忙しくないときはコメディのせりふの練習をしていた。俳優のジェイソン・ステイサムにそっくりで、百九十センチという長身のバーテンダーのクリスは、女性客を店に引きこむ役割を一手に担っていたが、毎日シフトに入る前に必ず小説を数ページずつ執筆していた。

彼らはどこか恐れ知らずで、何度となく突きつけられる不合格にもくじけず、心の内を隠さずに夢を追いかけている。その姿は、ネリーがフロリダで過ごした最後の年に捨ててしまった、彼女の中のある部分に響くものがあった。その点において、彼らは子どものようだ。世界やその可能性が自分たちに開かれていると考え、飽くなき希望を抱いている。

「ウエイトレスの仕事は週に三日だけなのに」ネリーはリチャードに言った。

「僕と一緒にいられる夜が三日増えるだろう」

ネリーは片方の眉をあげた。「あら、じゃああなたは、あんなにたくさん出張するのはもうやめるの？」

ふたりはリチャードのアパートメントのソファでくつろいでいた。彼は寿司、ネリーは天ぷらのデリバリーを頼み、ちょうど『市民ケーン』を見終えたところだった。というのもそれがリチャードの大好きな映画で、これを君が見るまでは結婚できないと彼に冗談めかして言われたからだ。そのとき生魚が嫌いというだけでもどうかと思うとも言われて、からかわれた。ネリーは両脚をリチャードの脚の上に置き、左足を優しくマッサージしてもらっていた。

「もうお金の心配はしなくていいんだよ。僕のものはすべて君のものだ」

「そんなにすてきなことばかり言わないで」ネリーは体を傾けてそっと彼の唇にキスをした。リチャードがキスを深めようとしてきたが、ネリーは彼の体を押し返した。

「でも、好きなの」

「好きって、何が?」リチャードの両手がネリーの脚をのぼってくる。彼の表情が真剣味を帯び、深海のような瞳が暗くなったのが見て取れた。リチャードがベッドをともにしたがっているときは、いつもそうだ。

「仕事よ」

「ベイビー」彼の両手の動きが止まった。「ただ、君が昼は立ちっぱなしで、夜は間抜けたちのために駆けずりまわってドリンクを運んでいるかと思うとね。だったら、僕の出張についてこないか?　先週ボストンに行ったときに君も一緒だったら、モーリーンともディナーをとれたのに」

モーリーンはリチャードの七歳年上の姉だ。ふたりはずっと仲がよかった。ティーンエイジャーだったときにリチャードは両親を亡くし、そのあと学校を卒業するまでの間、彼女のもとへ身を寄せて一緒に暮らした。現在モーリーンはマサチューセッツ州ケンブリッジで女性学の教授を務めており、リチャードとは週に何度も連絡を取っていた。

「姉はとても会いたがっていた」リチャードが続けた。「君が来られないと言うと、本当にがっかりしてたよ」

「出張にはついていきたいわ」ネリーは静かに言った。「でも、私の教え子たちはどうするの？」

「オーケー、わかったよ。だけど、とりあえず夜はウエイトレスの仕事をする代わりに絵画教室に行くことを考えてみてくれないか。前に行きたいと言ってただろう」

ネリーは口ごもった。絵画教室に行きたいかどうかの問題ではない。彼女は繰り返した。「〈ギブソンズ〉で働くのが本当に好きなの。どのみち、あと少しの間だけだし……」

ふたりはしばらく押し黙った。リチャードは何か言おうとしたようだったが口には出さず、手を伸ばしてネリーの白い靴下を片方脱がし、それを宙に振った。

「降参だ」ネリーの足をくすぐる。ネリーが甲高い悲鳴をあげると、今度は彼女の両手を頭の上で押さえ、脇腹を攻撃した。

「お願い、やめて」ネリーはあえぎながら訴えた。

「何をだい？」リチャードがからかいながら続ける。

「リチャード、本当にやめてってば！」ネリーは身をよじって逃れようとしたが、彼がのしかかってくる。

「どうやら君の弱点を見つけたみたいだな」リチャードは言った。ネリーは肺にまともに酸素を取りこめなかった。彼のたくましい体が覆いかぶさってきて、背中にリモコンが食いこむ。ネリーはようやく両手をねじって拘束を解き、リチャードを押しのけた。さっきキスを続けようとしてきたときよりも、はるかに強い力で。

呼吸がもとに戻ると言った。「くすぐられるのは嫌いよ」

意図したよりも辛辣な口調になった。リチャードが彼女を見つめる。「悪かった」

ネリーは服のトップスを直し、彼に向き直った。自分でも大げさに反応しすぎたのはわかっていた。リチャードはふざけていただけなのに、閉じこめられたように感じて、パニックを起こしてしまった。混雑したエレベーターの中にいるときや、地下トンネルを通るときにも同様の感覚に襲われる。こうした問題にリチャードは普段から気を遣ってくれているが、だからといって常に気持ちを察してくれるものと思いこんではいけなかった。

ふたりでこんなにもすてきな夜を過ごしていたのに。ディナーをとって、映画を見て。リチャードは気前のよさを発揮し、親切にしようとしてくれただけなのに。ネリーは状況をもとに戻したかった。

「いいえ、こちらこそごめんなさい。私ったら、いらいらしてるわね……ちょっと最近働きすぎかも。それにアパートメントのある通りがひどく騒がしくて、窓を開けているといつも眠れないの。あなたの言うとおり、もう少しリラックスしたほうがいいのかもしれないわね。今週中に店長に話してみる」

リチャードは笑顔になった。「代わりの人はすぐ見つかるかな？　僕の新しいクライアントがブロードウェイのいくつもの優れた劇場に資金提供をしている。見たいものがあれば、君とサマンサに招待席を用意してあげられるよ」

ニューヨークに越して以来、ネリーはまだ三回しか舞台を見たことがなかった。チケット代が恐ろしく高いからだ。三回ともバルコニー席に座ったが、一度はひどい鼻風邪の男性の後ろで、あとの二回は視界が一部さえぎられる柱の後ろだった。

「最高！」ネリーはリチャードに身を寄せた。

いつかふたりで本物の喧嘩をするときもあるだろうけど、リチャードに本気で腹を立てている自分をネリーは想像できなかった。むしろネリーのだらしなさにリチャードがいらだっている可能性のほうが高い。ネリーは脱いだ服をベッドルームの椅子に無造作にかけるか、ときどき床に脱ぎっぱなしにしていることもある。それに比べてリチャードは、毎晩スーツをハンガーに吊し、上質な生地の皺をきちんと伸ばしてからクローゼットにしまう。Tシャツすら、ドレッサーの引き出しにぴったりおさまる、おそらく〈コンテナ・ストア〉の商品であろう透明のプラスティックケースの中に、まるで兵士の隊列のように整然と並べられている。さらに驚異的なことに、黒とグレーの列、白の列、その他の色の列と、色分けまでされているのだ。

リチャードの仕事には高い集中力と細心の注意が求められる。彼は几帳面にならないわけにはいかなかった。一方、保育園児に教える仕事は決して楽とは言えないが、抱えているリスクははるかに低いものに感じられた。言うまでもなく勤務時間はずっと短いし、たまに動物園へ遠足に行くくらいしか必要な出張もない。

リチャードは自分の身のまわりのことにひどく気を遣った——ネリーのことにも。彼はネリーが〈ギブソンズ〉からアパートメントまで帰るのを心配し、家に無事に着いたかどうか確認するために毎晩電話かメッセージをくれた。ネリーはリチャードから最上位機種の携帯電話を買い与えられた。出かけるときに必ず持っていてくれると安心だからと言われて。さらに催涙スプレーも買ってくれそうになったが、ネリーはすでに持っているから大丈夫だと伝えた。「それはよかった」リチャードは言った。「外には危ないやつがたくさんいるからね」

そのとおりだと、震えを抑えつつネリーは思った。彼女はとても感謝していた。あのときのフライトに、あの若い兵士に、さらには飛行中に自分が感じた不安にまで。なぜなら、それがリチャードと初めて会話するきっかけになったのだから。

リチャードがネリーに腕をまわした。「映画は気に入ったかい？」

「悲しかったわ。彼はあんなに大きな家とあれだけのお金を持っていたのに、とても孤独だったのね」

リチャードはうなずいた。「そうなんだ。僕も見るとき、いつもそう思う」

リチャードはネリーにサプライズをするのが好きだった。ネリーにも徐々にそれがわかってきた。

今日もリチャードは何かを計画していて、仕事を早く切りあげて迎えに行くと言った。それはミニゴルフから美術館まで、どんなものだってありえた。ネリーはあらゆる可能性に対応できる服を着なければならず、お気に入りのネイビーと白のストライプのサンドレスとフラットサンダルにしようと決めた。

〈ラーニング・ラダー〉に着ていったTシャツとカーゴパンツを脱いで洗濯かごに向かって放り、それからクローゼットに手を突っこんだ。服を押しのけて太いストライプ柄を捜したが、見あたらない。

ネリーはサムの部屋へ行き、ベッドに置かれたそのワンピースを見つけた。でも文句は言えなかった。自分のクローゼットにも、サムのトップスが少なくとも二枚は入っている。サムとは本も服も食べ物も、なんでも共有していた。ただし靴はネリーのほうがワンサイズ大きいため、別々だった。それとメイク用品も。サムが白人と黒人の両親を持ち、暗い色の髪と瞳をしているのに対し、ネリーの肌の色は――そう、ジョーナが彼女を表現するのにマシュマロマンを選んだ理由はそこにある。

バレンタインデーのプレゼントに〈カルティエ〉のラブブレスレットと一緒にリチャードからもらった〈シャネル〉の香水を両耳の後ろに軽くつけると、ネリーはもうすぐ彼が迎えに来るはずなので外で待っていようと思った。

アパートメントの部屋を出て共用廊下を歩き、建物の正面のドアを引き開けると、その瞬間に誰かが入ってきた。ネリーは反射的に飛びのいた。だが、それはサムだった。

「ああ！」サムは言った。「家にいたのね、知らなかった！　ちょうど鍵を捜してたの」手を伸ばしてネリーの腕を強く握った。「驚かせるつもりはなかったのよ」

ネリーが引っ越してきたとき、彼女とサムは週末を丸々使ってこの古いアパートメントの部屋のペンキ塗りをした。キッチンのキャビネットにクリーム色のペンキを並んで塗っている間、ふたりの会話はさまざまな話題に飛んだ。サムがたくましい男性と出会うために入会しようかと考えているロッククライミングのサークルのこと、教員をいつも口説こうとしてくる園児の父親のこと、娘のサムを医大に行かせたがっているセラピストの母親のこと、ネリーが〈ギブソンズ〉での仕事を受けるべきか、それとも衣料品店での週末のアルバイトを探すべきかといったことだ。

そして夜の帳（とばり）がおり、サムが二本あったワインの一本目のコルクを開けると、話題はさらに個人的なことに及んだ。ふたりは午前三時まで語りあった。

ネリーはあの日を、ふたりが親友になった夜だとずっと思っていた。

「すてきね」サムは言った。「でもベビーシッターをするにはちょっと着飾りすぎじゃない？」

「先に用事があるけど、六時半にはコールマン家に行くわ」

「オーケー。代わってくれてありがと……自分がダブルブッキングしちゃったなんて信じられない。まったくもって私らしくないわ」

「ええ、とても信じがたいわね」ネリーは笑って言った。おそらくそれがサムの狙いだろうから。

「両親は十一時までには絶対に帰ると言ってたわ。ということは、きっと真夜中になるわね。あと、ハンニバル・レクターに寝る時間だって言うときは気をつけて。この前、私があの子の粘土を取りあげたら、腕を嚙みちぎろうとしてきたのよ」

　サムは担任しているクラスの子どもたち全員にあだ名をつけていた。〝ハンニバル〟は嚙みつく子、〝ヨーダ〟はちびっこ哲学者、〝ダース・ベイダー〟は口呼吸する子。とはいえ、子どもの癇癪を抑えることにかけては、サムより上手な人はいない。以前、分離不安を抱える子どもたちを落ち着かせることができるからと、園長のリンダにロッキングチェアを購入するよう説き伏せたこともあった。

　クラクションが鳴ったので、ネリーが見あげると、リチャードのBMWのオープンカーが停まるところだった。彼はフロントガラスに駐車違反切符が貼ってある白のトヨタの横に二重駐車した。

「いい車に乗ってるのね!」サムが叫んだ。

「そうかい?」リチャードが叫び返す。「借りたいときがあれば言ってくれ」サムがくるりと目をまわすのが見えた。サムはリチャードにもあだ名をつけているのだろうかと、ネリーはたびたび思った。でも決して尋ねたりはしなかった。

「ほら」ネリーは言った。「彼は仲よくしようとしてるのよ」

サムは再びリチャードを見ながら顔をしかめた。

ネリーはすばやくサムを抱きしめ、急いで階段をおりて車に向かった。リチャードが車から出てきて、助手席のドアを開けてくれる。彼はアビエーターのサングラスをかけ、黒のシャツにジーンズというネリーの大好きな格好をしていた。

「ハイ、きれいなお嬢さん」そう言って、ネリーに長々とキスをした。

「ハイ」ネリーが車に乗り、体をひねってシートベルトをつかんだとき、サムが玄関からまだ移動していないのが見えた。ネリーは手を振ってから、リチャードに向き直った。「どこに行くか教えてもらえるの?」

「いや」リチャードは車を発進させ、FDRドライブのある東へ向かった。

運転している間リチャードは無口だったが、彼の口角が始終あがっているのが見えた。ハッチンソン・リヴァー・パークウェイの出口で高速をおりると、リチャードはダッシュボードの小物入れに手を突っこみ、アイマスクを取りだした。

「着くまでは外をのぞいてはだめだぞ」ネリーの膝にアイマスクを投げる。

「ちょっと変なプレイっぽいわね」ネリーは冗談を言った。

「さあ、つけて」

ネリーはゴムバンドを頭の後ろに引っ張った。きつめなので、下からのぞくのは無理だ。

リチャードが右へ急カーブを切ったので、ネリーはドアに押しつけられた。視覚的な手がかりがなく、車の動きに対して身構えることができない。だがリチャードはいつもどおり車を飛ばしていた。

「あとどれくらい？」ネリーはきいた。

「五分か十分くらいだ」

ネリーは鼓動が速まるのを感じた。以前、飛行機でアイマスクをつけてみたことがある。それで恐怖が消えるかもしれないと期待したのだ。しかし逆効果だった。それまでにないほどの閉所恐怖症に襲われた。今も脇の下にいやな汗をかき、気づけばドアハンドルを握りしめていた。ただ目をつぶっているだけではだめかとリチャードに尋ねかけたが、そこで彼が膝にアイマスクを投げてきたときの少年のような満面の笑みを思いだした。五分。六十秒かける五で三百秒。ネリーは円状に動く秒針を思い描き、頭の中で秒を数えて気を紛らわせようとした。そのときリチャードに膝を握りしめられ、はっと息をのんだ。彼が愛情をこめたつもりなのはわかっている。けれどもネリーの筋肉はこわばった。膝のすぐ上にある敏感な箇所にリチャードの指が食いこむ。

「もう少しだよ」リチャードが言った。出し抜けにBMWが停止し、エンジン音が止まる。ネリーはアイマスクを外そうと手を伸ばしかけたが、リチャードの声に制止された。「まだだめだ」

リチャードがドアを開ける音が聞こえたかと思うと、彼が助手席側に来てネリーを外へ連れだした。リチャードに腕を取られて導かれている間、ふたりは何か硬い感触のものの上を歩いた。芝生ではない。舗装道路？　歩道？　都会では絶えず自分を取り巻いている騒音に慣れきっていたため、音がしないのは気味が悪かった。一羽の鳥がさえずりだしたが、それも突然やんだ。たった三十分ほど車を走らせただけなのに、まるで別の惑星に来たかに感じられた。

「もうすぐだ」リチャードが言った。耳元にあたる彼の吐息があたたかい。「準備はいいかい？」

ネリーはうなずいた。アイマスクを外すためなら、なんだって同意していただろう。リチャードがアイマスクを持ちあげると、ネリーは強い日差しに目がくらんでまばたきした。目が慣れてくると、前庭に〝成約済み！〟と書かれた看板が立てられた、れんが造りの巨大な家を自分が見あげていることに気づいた。

「君への結婚プレゼントだ、ネリー」ネリーは振り返ってリチャードを見た。彼はにこやかな笑みを浮かべている。

「これ、買ったの？」ネリーは口をぽかんと開けた。

その家は通りから奥まった、少なくとも四千平方メートルはある土地に建てられていた。ネリーは住宅についてさほど詳しくない。彼女が育ったフロリダ南部の質素な平屋のれんが造りの家は、〝直方体〟と言ってもいいような代物だった。だが、この家が豪華なのは明らかだ。それは大きさだけではなく細部からも一目瞭然だった。ステンドグラスの窓と真鍮（しんちゅう）の取っ手がついた木製のドア、芝を囲む手入れの行き届いた庭、歩哨（ほしょう）さながらに歩道に沿って並べられた背の高いランタン。どれもぴかぴかの新品だ。

「私……言葉にならないわ」

「そんなことを言われるとは思ってもいなかったな」リチャードが冗談めかして言っ

た。「結婚するまで隠しておくつもりだったが、契約が早めにまとまって待ちきれなくなってね」ネリーに鍵を渡した。「さあ、入ろうか?」

ネリーは玄関の階段をあがり、鍵穴に鍵を差しこんだ。ドアがなめらかに開き、二階まで吹き抜けになっている玄関ホールに足を踏み入れると、足音が光沢のある床に反響するのが聞こえた。左側にはガス暖炉のある羽目板張りの書斎が、右側には窓下に広々としたベンチがついた楕円形の部屋があった。

「まだまだこれからだ。君にも自分がここの一部であるように感じてもらいたい」リチャードがネリーの手を取った。「一番の場所は奥にあるんだ。すばらしい空間だよ。おいで」

彼のあとについていきながら、ネリーは花柄の壁紙を指でなぞった。だがふとわれに返り、汚してしまう前に指を引っこめた。

そこはすばらしいどころではなかった。キッチンにはビルトインコンロやワインセラーが特徴的な、淡いブラウンの御影石のバーカウンターがあり、そこからモダンなカットガラスのシャンデリアが配されたダイニングルームへと続いている。一段低くなったリビングルームは、木の細工を施した折り上げ天井、石造りの暖炉、羽目板張りの壁といったしつらえだ。リチャードは裏口の鍵を開け、二階建てになっているデッキへとネリーを連れだした。遠くの木の下で、ダブルハンモックが揺れている。

リチャードがネリーを見つめた。「気に入った？」彼の眉間に皺が寄っている。

「その……信じられないわ」ネリーはやっとの思いで言った。「どれも触れるのが怖いくらい！」小さく笑った。「完璧すぎて」

「君は郊外に住みたがってただろう。都心は騒々しくてストレスが多いから」

そんなことを言っただろうかとネリーは不思議に思った。たしかに混沌としたマンハッタンについて不満をもらしたことはあったが、引っ越したいと言った覚えはなかった。でも、きっと言ったのだろう。住宅街で育ったと話したときにでも、生まれてくる子どものためにそんな環境を再現したいという希望を口にしたのかもしれない。

「僕のネリー」リチャードが歩み寄り、彼女を強く抱きしめた。「二階を見たら驚くよ」ネリーの手を取り、ふたつに分かれている階段の上へと彼女を導いた。小さめのベッドルームをいくつか通り過ぎながら廊下を進む。「この部屋をモーリーンが来たとき用のベッドルームにしたらどうかと考えていたんだ」指さしながら言ったあと、彼はマスターベッドルームのドアを開けた。ふたりは左右の壁に収納スペースが並んだウォークインクローゼットを通り、頭上から光がたっぷり差しこむメインバスルームへ行った。一列に並んだ窓の下には、ふたりで入れるジャグジーがあり、それとは別にガラスに囲まれたシャワーブースもあった。

一時間前、ネリーは隣人が炒めるオニオンの匂いを吸いこみ、サムがドアの内側に置いたダイエット・コークのケースに足の指をぶつけていた。二十五パーセント分のチップをもらえたとか、古着のリサイクルショップで〈ハドソン〉のすてきなジーンズを見つけたとか言って喜んでいるような女が、どういうわけか今は別の生活に迷いこんでしまった。

ネリーはバスルームの窓から外を眺めた。青々とした厚みのある生け垣が、隣家との間をさえぎっている。ニューヨークでは上階に住むカップルがジャイアンツの試合のことで言い争っているのが、ラジエーターを通して聞こえてきた。ここでは自分が呼吸する音がうるさく感じられる。

ネリーは身震いした。

「寒いのか?」リチャードがきいた。

ネリーは首を振った。「誰かが私のお墓の上を歩いてるだけよ。気味の悪い言いまわしでしょう? 父がよくそう言っていたの」

「ここはとても静かだな」リチャードは深く息を吸いこんだ。「なんとも平和だ」ネリーをそっと自分のほうへ向き直らせた。「警備会社には来週来てもらう予定だ」

「ありがとう」ネリーは言った。もちろんリチャードはそうした細かな点まで考慮済みだ。

彼女はリチャードに腕を巻きつけ、そのがっしりとした胸に安らぎを感じた。

リチャードがネリーの首にキスをし始める。「君はひどくいい香りがする。ジャグジーを試してみないか？」

「ああ……」ネリーはゆっくりと体を離した。われ知らず、指にはめた婚約指輪をもてあそんでいた。「すてきなアイデアだけど、どうしても行かなければならないの。サムにベビーシッターの仕事を代わってほしいと頼まれていて……ごめんなさい」

リチャードはうなずき、両手をポケットに入れた。「じゃあ、お預けだな」

「もうびっくりだわ」ネリーは言った。「これが私たちの家になるなんて信じられない」

しばらくしてリチャードは両手をポケットから出し、ネリーを再び強く抱きしめた。見おろしてくる彼の顔は優しかった。「今夜のことは気にしないでくれ。これからの人生で、毎晩でも祝えるんだから」

6

頭がずきずきする。口の中に酸っぱい味が広がる。ナイトテーブルにある水のグラスに手を伸ばしたけれど、すでに空だ。

まるでこちらの気分に反抗するかのように、開けたブラインド越しに太陽が明るく輝き、目を痛めつけてくる。時計を見ると、すでに九時近くになっている。また病欠の電話をかけなければならない。もう一日分、仕事を——歩合を失うことになる。昨日はひどい二日酔いでかれた声のおかげで、上司のルシールには本当に病気なのだと納得してもらえた。それからベッドに入ったまま二本目のワインを飲み、そのあとシャーロット伯母さんのサロンで半分残ったボトルもあっという間に飲み干した。そしてあの女性と絡みあうリチャードの幻想が頭から離れなくなると、薬ものんだ。

電話に手を伸ばそうとすると胃がむかついて、よろめきながらバスルームへ向かう。膝をついて便器に覆いかぶさるが、吐けない。お腹が空っぽのあまり、へこんでしまったように感じる。

体を起こして洗面台の蛇口をひねり、金属の味がする水を大量に飲む。それから顔をばしゃばしゃと洗い、鏡に映った自分を見る。

長いダークブラウンの髪はもつれ、両目は腫れぼったい。頬がこけ、鎖骨がくっきりと浮きでている。アルコールの味を洗い流そうと歯を磨いてから、バスローブを羽織る。

ベッドに戻り、携帯電話を手に取る。〈サックス〉の番号に電話をかけ、ルシールにつないでもらう。

「ヴァネッサです」自分の声が深刻そうに響き、ほっとする。「ごめんなさい。まだかなり具合が悪くて……」

「いつ出てこられそう？」

「明日とか？」おそるおそる言う。「あさってには必ず」

「そう」ルシールがいったん口をつぐむ。「今日から先行予約販売が始まるの。とても忙しくなるわ」

ルシールは暗に訴えている。おそらく彼女は生まれてから一日も仕事を休んだことがないのだろう。これまで、私の靴や服や時計を値踏みするルシールの目を見てきた。

私が遅刻したときに固く引き結ぶ口を見てきた。ルシールは私がこの仕事を遊び半分でやるような女だと思っている。たしかに彼女は来る日も来る日も、私みたいな種類の人たちに仕えているのだ。

「でも、熱はないので」私は急いで言う。「行きましょうか？」

「よかった」

電話を切ると、一言一句すべて記憶に焼きついているにもかかわらず、リチャードのメッセージを読み返す。それからなんとかシャワーを浴びに行き、ハンドルを左にひねってできるだけ熱くする。しばらくシャワーの下に立ちつくしていると肌が赤くなってきたので、タオルで体を拭く。髪を乾かしてから、根元を隠すためにねじり編みにする。今晩こそカラーリングをしようと自分に誓う。飾りけのないグレーのカシミアのアンサンブルセーターと黒のパンツを身につけ、黒のバレエシューズを履く。目の下のくまと血の気のない顔色を隠すために、コンシーラーとチークを多めにつける。

キッチンへ行くと、シャーロット伯母さんの姿はないものの、カウンターに私の食事が用意されている。コーヒーを飲み、伯母さんが残しておいてくれたバナナブレッドをかじる。すぐに自家製だとわかる。何口か食べたところで、胃が受けつけなくなる。伯母さんには全部食べたと思われることを願いつつ、残りをペーパータオルに包んでごみ箱に捨てる。

金属音とともにアパートメントの入口のドアを背後で閉める。どうやらこの二日間で天候がずいぶん変わったらしい。すぐに厚着しすぎたことに気づく。でも、別の服に着替えるにはもう遅い。ルシールが待っている。それに地下鉄の駅まではたったの四ブロックだ。

歩道を歩いている間、大気が私に叩きつけられる。蒸し暑く、さらに角の屋台で売っているワッフルや、収集されていない生ごみや、煙草の細い煙の臭いが私の顔に向かって漂ってくる。ようやく私は地下鉄の入口にたどり着き、階段をおりる。

またたく間に太陽がさえぎられ、湿気が一段とひどくなった気がする。メトロカードを挿入して回転式の改札を通るとき、固いバーにウエストを押し戻されそうになる。

地下鉄の車両が轟音を立てて駅に入ってくるが、私が乗る路線ではない。大勢の人が押しあいながらプラットホームの縁近くまで進んでいく中、私は壁際にとどまり、危険な線路から距離を取る。中には誤って転落死する人もいるし、突き落とされる人もいる。そのどちらが起こったのか、警察が判断できないことも珍しくない。

ひとりの若い女性がやってきて、壁際の私の隣に立つ。ブロンドで、小柄で、間違いなく妊娠している。彼女は円を描くようにゆっくりと手を動かし、優しく自分のお腹を撫でる。私は心を奪われてつい見入ってしまう。まるで遠心力に思考を支配されたかのように、心があの日に引き戻される。妊娠検査キットにブルーの線が一本、それとも二本現れるのかと気をもみながら、バスルームの床に座りこんでいたあの日に。

リチャードと私は子どもがほしかった。ふたりの間では三人ほしいということで意見が一致していたものの、彼は十人でもいいと冗談を言うのが好きだった。私は働くのをやめ、家政婦にも毎週家に来てもらった。夫婦の営みが私の唯一の仕事になった。

最初は自分がどんな母親になるのかと、手本から無意識に学んでしまったことを思うと不安だった。昔、学校から帰ると、母さんが爪楊枝（つまようじ）でダイニングルームの椅子の割れ目からパンくずをほじくりだしているのをよく目にした。玄関のドアの郵便投入口の下の床には郵便物が散乱したままだったし、シンクに食器が積みあがったままということもよくあった。〝オフの日〟に母さんのベッドルームのドアをノックしてはならないことは、早い時期から学んでいた。母さんが放課後の美術教室や、友達との遊びの会に迎えに来るのをよく忘れるものだから、言い訳をして代わりに父さんを呼んでと言うのもうまくなった。

三年生になると、自分でランチボックスを詰めるようになった。ほかの子たちは手作りスープの入った魔法瓶や、星の形のパスタを入れたタッパーウェアを持参し、中にはそこに冗談や愛のメッセージを記したメモを添える親たちもいた。その子たちが容器にスプーンを突っこむのを横目に、私は毎日大急ぎでサンドイッチを食べた。まだ冷たいうちにピーナッツバターを塗ったせいで破れたパンを、誰かに気づかれないうちに。

しかし結婚して数カ月経つ頃には、恐怖よりも憧れのほうが強くなった。私はすっかり母親になった気でいた。現に子どもを思うことができていた。夜にリチャードの隣で寝そべりながら、まつげの長い小さな男の子にドクター・スースの本を読んであげたり、リチャードと同じく愛らしい笑顔の娘と、ミニチュアのティーカップをかちゃかちゃ鳴らしたりする空想によくふけったものだ。

妊娠検査キットにブルーの線が一本だけ、ナイフの切り傷と同じくらい鮮明にまっすぐ現れると、私はそれを呆然と見つめた。その朝リチャードはベッドルームにいて、クリーニング店の袋からチャコールグレーのウールのスーツを取りだしたりして、私がバスルームから出てくるのを待っていた。私にはわかった。彼が私の目から結果を読み取り、自分の目にも同じような失望を浮かべるのを。リチャードは腕を伸ばしてささやくだろう。「いいんだ、ベイビー。愛している」

けれどもこの六度目の陰性のテスト結果によって、正式に時間切れとなった。六カ月しても私が子どもを授からないなら、リチャードが検査を受けに行くとふたりで前々から決めてあったのだ。産婦人科医からは、精子数を測定するほうが体を傷つけずにすむと説明された。『プレイボーイ』を眺めて、ズボンに手を入れるだけでいいと。そのときリチャードは、十代の頃にはしていたから余裕だと冗談を言った。私の気分を楽にしようとしてくれているのがわかった。もしリチャードに何も問題がなければ、今度は私が検査を受ける番だ。もちろん彼に問題はないだろう。問題があるのは私なんだから――。

「スイートハート?」リチャードがバスルームのドアをノックした。

私は立ちあがり、ノースリーブの淡いピンク色のネグリジェを整えた。濡れた顔のまま、ドアを開ける。

「ごめんなさい」まるで隠すべき恥ずかしいもののように、検査キットを背中の後ろで握りしめた。

リチャードはいつもと変わらず私を強く抱きしめ、正しいことばかり言ってくれた。でも私は、ふたりの間のエネルギーが微妙に変化したのを感じた。ふと、ある記憶がよみがえった。結婚してすぐの頃にリチャードと近所の公園を散歩したとき、八歳か九歳くらいの男の子と父親がキャッチボールをしているのを見かけた。親子はおそろいのヤンキースの野球帽をかぶっていた。リチャードは足を止め、彼らを見つめた。「僕も息子とキャッチボールをするのが待ちきれないよ」リチャードは言った。「僕よりいい腕をしているといいな」

私は笑いながら、胸にほんのかすかな痛みを感じた。生理前にも痛くはなるのだが、それが妊娠の兆候でもあると何かで読んだことがあった。すでに妊婦用のビタミン剤はのんでいた。午前中は長い散歩をして過ごし、初心者用のヨガの動画ももう買ってあった。低温殺菌していないチーズを食べるのもやめたし、夕食にワインを一杯以上飲むのもやめた。専門家に勧められたことはすべて実行していた。

でも、どれも効果はなかった。

「とにかく頑張り続けよう」前にリチャードは言っていた。まだふたりが楽観的だった頃に。「こういうのも悪くない。そうだろう？」

六本目の妊娠検査キットをバスルームのごみ箱に投げ捨て、見なくてすむように上からティッシュペーパーをかぶせた。

「考えていたんだが」リチャードが言った。私から遠ざかり、ドレッサーの上の鏡を見ながらネクタイを結んでいる。彼の背後にあるベッドには、開いたスーツケースがのっていた。リチャードは頻繁に出張に行ったが、たいていは一、二泊の短いものだ。ふいに彼がこれから何を言う気なのかわかった。一緒においでと私を誘うつもりなのだ。友人がひとりも住んでいないすてきな住宅街の、美しくも寂しい家から逃れられると思うと、暗闇が明けるような気持ちになった。さっきの失敗から離れられると。だがリチャードが言ったのはこうだった。「酒をいっさいやめてみたらどうだ?」

妊婦が離れていく。私はわれに返り、激しくまばたきをする。線路のほうへ、近づいてくる車両の轟音のするほうへと向かう彼女を、じっと目で追う。車輪がキーッと音を立てて停まると、うんざりしたため息とともにドアが開く。大勢が押しあいへしあいしながら乗車し終えるのを待ってから、私は一抹の不安を覚えつつ前へ進む。

電車の入口をまたぐと、ドアが閉まることを告げる警告のチャイムが鳴りだす。「すみません」目の前の男性に声をかけたが、どいてくれない。彼の頭はヘッドフォンからもれ聞こえる大音量の音楽に合わせて上下している。私にまでベース音の振動が伝わってくるほどだ。ドアが閉まっても、電車は動きださない。あまりに暑く、パンツが脚にまとわりつく感じがする。

「座るかい?」年配の男性が立ちあがり、先ほどの妊婦に席を譲る。申し出を受けて、その女性は笑みを浮かべる。着ているチェックのワンピースはシンプルで安っぽく、彼女が首の後ろの髪を持ちあげて片手であおぐと、胸全体に薄い生地が張りついた。肌は紅潮し、しっとりとつやめいている。輝くように美しい。

リチャードの新しい恋人は、妊娠なんてしないはずだ。そうでしょう？

そんなことはありえないと思いながらも、リチャードが彼女の後ろから両手をまわし、大きなお腹を包みこむところが頭に浮かぶ。

私は浅い呼吸をする。袖ぐりの黄ばんだ白のタンクトップ姿の男性が、私の頭の横あたりで手すりにつかまっている。顔をそらしても、鼻を突く汗の臭いが漂ってくる。

車両が急に傾き、『ニューヨーク・タイムズ』を読んでいる女性のほうに倒れかかってしまう。彼女は新聞から顔をあげもしない。あと駅五つだと自分に言い聞かせる。十分、いえ、十五分かもしれない。

電車は線路に沿って怒ったようなすさまじい音を立てながら、暗いトンネルの中を走る。誰かの体に押されている気がする。近すぎる。誰も彼も近すぎる。膝ががくんと崩れた拍子に、汗ばんだ手が滑って手すりから離れる。そのままドアにぶつかってくずおれ、膝に頭を近づけてうずくまる。

「大丈夫か？」誰かが尋ねる。

タンクトップの男性がこちらに身を近づけてくる。

「気分が悪くて」私は息を切らして答える。

体を揺らし始め、線路に沿ってがたんごとんと車輪が回転する一定のリズムを刻む音を数える。一、二……十……二十……。

「……車掌さん！」ひとりの女性が叫ぶ。

「おい！　誰か医者はいないか？」

五十……六十四……。

百十八で電車が停まる。ウエストに腕がまわされたかと思うと、体を引き起こされる。それから半ば持ちあげられるようにしてドアを通り、プラットホームへおりる。十メートルほど離れたところにベンチがあり、誰かがそこまで連れていってくれる。

「誰か呼ぼうか？」知らない声が尋ねる。

「いいえ、風邪で……家に帰れば大丈夫です」

また息ができるようになるまで、そこに座って待つ。

そのあと、十四ブロックを歩いてアパートメントまで戻る。全部で九百三十八歩を声に出して数えて、ようやくベッドに潜りこむ。

7

ネリーはまたもや遅刻していた。

ここ数日、絶えず動悸がした。ひどい不眠で意識が朦朧(もうろう)とし、それを帳消しにしようと余分に飲むコーヒーのせいで神経が高ぶっていた。常にもうひとつよけいに何かやろうとしてしまうらしい。たとえば今日の午後も。リチャードから保育園が終わり次第、また車で新居に行って、半地下をテラスに造り直している建築業者に会わないかと言われた。

「君も石の色を選んだらいい」リチャードは言った。

「石って灰色以外にも色があるの？」ネリーがきくと、彼女が真剣だと気づかずに、リチャードは笑った。

ネリーは同意した。初めてあの家を見に行ったときに、早めに切りあげてしまったことを申し訳なく感じていたからだ。けれどもそれは、今夜サムが開催してくれる独身お別れパーティ（バチェロレッテ・パーティ）に先立ち、彼女とふたりで豪勢に前祝いしようと思っていた予定をキャンセルするということだ。今夜のパーティには〈ラーニング・ラダー保育園〉と〈ギブソンズ〉の両方の友人が来てくれる。ネリーの異なる世界がぶつかりあう珍しい機会だ。〝ごめん！〟ネリーはサムに携帯電話でメッセージを送り、少しためらってからつけ加えた。〝急に結婚式のことで用事が……〟

親友よりもフィアンセを選んだと思われないように言い訳するにはどうすればいいか、ネリーには考えつかなかった。

「パーティに行く支度をするから、六時までには家に戻りたいわ」ネリーはリチャードに言った。「七時にみんなとレストランで会う予定になっているの」

「いつも門限つきだね、シンデレラ」リチャードは彼女の鼻の頭に軽くキスをした。「心配しないでくれ。遅くはならない」

しかし遅くなってしまった。交通渋滞がひどく、アパートメントに戻ったときには六時半近くになっていた。サムの部屋のドアをノックしてみたが、ルームメイトはすでに出かけてしまっていた。

ネリーはしばらくその場に立ちつくし、サムがベッドのヘッドボードに巻きつけた白いクリスマスライトや、グリーンとブルーのシャギーラグを見つめた。ふたりで見つけたとき、このラグは五番街にある高級アパートメント前の道路脇に丸められていた。「本気で誰かこれを捨てるつもりなの？」サムが言った。「お金持ちってどうかしてるわ。まだ値札もついたままじゃない！」ふたりでそのラグを肩に担いで家まで運んだ。途中で通りを渡ろうと信号待ちをしている魅力的な男性とすれ違ったとき、サムはネリーにウインクをして、それからわざと振り返ってラグの端を彼の胸にぶつけた。結局サムはその人と二カ月つきあった。彼女にしては長くもったほうだ。

　レストランに行くまでに三十分しかない。ということは、シャワーは省略しなければならない。それでもワインをグラスに半分注いでちびちび飲みながら、ビヨンセの曲の音量をあげて支度をした。リチャードがいつも注文してくれるような高価なワインではなかったが、どのみち味の違いはたいしてわからなかった。

　冷たい水で顔を洗い、色つきの乳液で肌を整えたあと、スモーキーグレーのアイペンシルでグリーンの目にラインを引いた。アパートメントのバスルームはとても狭かったので、ネリーはしょっちゅう洗面台やドアの縁にぶつかっていた。また薬棚を開ければ、そのたびに〈クレスト〉の歯磨き粉のチューブやらヘアスプレーのボトルやらが転げ落ちてきた。ネリーはもう何年も風呂に浸かっていなかった。アパートメントには、かがんで脚の毛を剃るのもやっとの小さなシャワールームがあるだけだ。

新居のメインバスルームのシャワーブースには、ベンチとレインシャワーがあった。さらにあのジャグジー。

ネリーは長い一日のあとにジャグジーに浸かる自分の姿を想像しようとした……一日何をするのだろう？　裏庭でガーデニングをするとか、リチャードのために夕食を作るとかだろうか。

彼女が家にあった唯一の観葉植物を水のあげすぎで枯らしてしまったことや、冷凍食品をあたためるくらいしか料理のレパートリーがないことを、リチャードは知っているのだろうか？

市内へ戻る道中、ネリーはウインドウの外の景色を眺めた。新しく住む地区は否定しようがなく美しかった。大邸宅、花が咲き誇る木々、真新しい歩道。なめらかに舗装された道路を汚すごみなど、ひとつも落ちていなかった。芝生すら、市内よりも青々として見えた。

守衛所を通り過ぎるとき、リチャードは制服姿の警備員に小さく手を振った。ネリーはアーチ型の看板に書かれた開発地区の名前を見た。太い飾り文字で、〝クロスウィンズ〟とあった。

もちろん、今後もリチャードと一緒に毎日マンハッタンまで通うことになる。両方のいいところを享受できるというわけだ。ハッピーアワーにサムと会い、〈ギブソンズ〉に寄ってバーカウンターでハンバーガーを食べながら、クリスの小説の進み具合をきくこともできるだろう。

　ネリーは振り返り、リアウインドウから外をのぞいた。歩道を歩いている人はひとりも見あたらなかった。車も一台も走っていない。ネリーが見ていたのは写真だったのかもしれない。

　でももし結婚してすぐに妊娠したら、秋からまた〈ラーニング・ラダー〉で働くわけにはいかない。新居の住宅街が遠ざかっていくのを見つめながら、ネリーは思った。年度の途中で子どもたちを置いて辞めるのは無責任だろうから。そうなるとリチャードは一、二週間ごとに出張があるので、あの家でかなり多くの時間をひとりきりで過ごすはめになる。

　数カ月は、ピルの使用をやめるのを待ってもいいかもしれない。そうしたらあと一年は教えられる。

　ネリーはリチャードの横顔に目をやり、まっすぐな鼻や力強い顎、右のこめかみにある細い銀色の傷跡に見入った。八歳のときに自転車のハンドルにぶつかって転んでできた傷だと彼は言っていた。リチャードは片手でハンドルの下のほうを握り、もう一方の手をラジオのボタンに伸ばした。

「ところで、私――」ネリーが言いかけたそのとき、リチャードはWQXR‐FMをつけた。彼のお気に入りのクラシック専門のラジオ局だ。

「ラヴェルのこの作品はすばらしいな」そう言いながら音量をあげた。「ラヴェルが作った一連の曲は多くの同時代の作曲家に比べて小品ばかりだが、彼は多くの人からフランスで最も偉大な作曲家のひとりと考えられているんだ」

ネリーはうなずいた。彼女の言葉は曲の冒頭の音にかき消された。でも、かえってよかったのかもしれない。今はその話をするタイミングではなかったのだ。

ピアノの音がしだいに盛りあがってきた頃、リチャードは赤信号で車を停め、ネリーに向き直った。「この曲は好きかい？」

「ええ、その……すてきよね」クラシックやワインのことを勉強しなければとネリーは思った。リチャードはどちらについても確固たる意見を持っている。豊富な知識を持って、彼と意見を交わせるようになりたかった。

「音楽は第一に感情的であり、その次に理知的であるべきだとラヴェルは信じていた」リチャードが言った。「君はどう思う？」

問題はそこだとネリーはようやく気づき、現実に立ち戻ると同時にバッグをあさって〈クリニーク〉の淡いピンクのリップグロスを捜した。だが前に捜したときも見つからなかったのであきらめ、代わりにピーチシェード色のものをつけた。頭では、この先の変化がすばらしいものであることはわかっていた。人もうらやむほどに。でも心では、いろいろなことに少し気後れしていた。

ネリーはジョーナの両親がテントに替えてほしいと言った、教室のドールハウスを思い浮かべた。子どもたちは、そのかわいい小さな家の家具の配置を換えては、人形をあちこちの部屋へ移動させるのが大好きだった。暖炉の前に置いたり、テーブルのまわりにある椅子に体を折り曲げて座らせたり、狭い木製のベッドに寝かせたり。

〝ドールハウスのネリー人形〟——その考えは、まるでいじめっ子に校庭で言われた罵り言葉のように心に広がっていった。

ネリーはワインをあおってからクローゼットの扉を開け、着ようと思っていたラップワンピースを脇へ押しのけて、初めてニューヨークに来たときに〈ブルーミングデールズ〉のセールで買った黒の革のぴったりしたパンツを引っ張りだした。ファスナーをあげようと、顔をゆがめながら息を吸ってお腹を引っこめた。きっと伸びると自分に言い聞かせる。とはいえ、あとで一番上のボタンを開けなければならなくなる事態に備えて、襟ぐりの深いゆったりしたタンクトップを合わせた。

このアイテムのどちらかをまた着ることはあるのだろうか。ネリーは、カーキ色のカシミアのケーブルニットセーターと、ブラウンのスエードのローファーを身につけた、平凡なボブヘアの〝ドールハウスのネリー人形〟が、カップケーキののったトレイを差しだすところを想像した。

絶対にそうはならないと、ネリーは心に誓った。黒のハイヒールを捜しまわり、やっとのことでベッドの下から見つけだす。彼女とリチャードは家にあふれんばかりの子どもを授かるのだ。そうすれば笑い声や、枕で作った要塞や、玄関横のかごに積みあがった小さな靴で、部屋の格調高さも和らぐだろう。みんなで暖炉のそばでボードゲームの〈キャンディ・ランド〉や〈モノポリー〉をして遊んだり、スキー旅行に出かけたりするのだ。ネリーはスキーをしたことがないけれど、リチャードが教えてくれると言っていた。数十年後には、家族の楽しい思い出の詰まった玄関ポーチのブランコに、リチャードと並んで座るのだ。

それに、壁に飾る絵は自分のものも絶対に持っていこうと思った。ジョーナが描いたマシュマロマンのような彼女の肖像画や、《白の上の青》というなんともふさわしいタイトルのついたタイラーの哲学的な絵など、園児たちの独創的な作品をすでにいくつも持っている。

ネリーは出発するはずだった時刻の十分後に支度を終えた。いったんアパートメントを出たところで、引き返して玄関脇のフックにかけてあった二本のカラフルなビーズ紐を手に取った。数年前にヴィレッジ・ストリート・フェアで、サムとそれぞれ一本ずつ買ったものだ。ふたりはそれを〝幸せのビーズ〟と呼んでいた。

ネリーはそのうちの一本を首にかけてから、通りを見渡してタクシーを探した。

「ごめん、ごめん」ネリーは大声をあげながら、長いテーブルにいる女性たちのほうへと急いだ。片側に〈ラーニング・ラダー保育園〉の同僚たちが、もう一方の側に〈ギブソンズ〉の同僚たちが分かれて並んでいた。全員の前にワイングラスのほかにもショットグラスがたくさん置かれているのが見え、女性たちはみんなくつろいでいるようだ。ネリーは友人ひとりひとりをハグしてまわった。

サムのもとへたどり着くと、ルームメイトの首にビーズをかけた。彼女はとても楽しそうだ。きっとひとりで前祝いに行ったに違いない。

「まずは飲んで。話はあとよ」ウエイトレス仲間のジョシーが命じ、ネリーにテキーラのショットグラスを手渡した。

ネリーがそれを一気に飲み干すと、歓声があがった。

「じゃあ、今度は私があなたに身につけるものをあげる番ね」サムはチュールでできたきらきらと輝く大きなベールがついた櫛を、ネリーの頭頂部の髪に挿した。

ネリーは笑った。「微妙ね」

「保育園の先生にベール作りを頼んでおいて、何を期待しているっていうの？」隣のクラスの担任をしているマーニーが言った。

「それで、今日は何をしてきたの？」サムが尋ねた。

ネリーは話そうと口を開いたが、いったんあたりを見まわした。女性たちはみんな低賃金の仕事をしているにもかかわらず、薪窯で焼くピザの有名なレストランで大枚をはたいている。さらにテーブルの端の空いた席には、プレゼントも山積みになっている。ネリーはサムが新しいルームメイトを探しているのを知っていた。サムひとりでは家賃を払えないからだ。ふいにネリーは、自分の豪華な家のことだけはとにかく話したくなくなった。それに厳密に言えば、あれは結婚式の用事ではなかった。きっとサムには理解してもらえないだろう。

「楽しいことは何も」ネリーは軽く言った。「もう一杯いい？」

サムは笑いながらウエイターに合図を送った。

「ハネムーンの行き先はもう教えてもらった？」マーニーが尋ねる。

ネリーは首を振りながら、ウエイターが新しいテキーラを早く持ってきてくれることを願った。問題はリチャードが行き先をサプライズに取っておきたがっていることだった。「新しいビキニを買っておいてくれ」ネリーがヒントをねだっても、彼はそれしか言ってくれなかった。もしタイのビーチに連れていく気だったらどうすればいいだろう？　十二時間も飛行機に乗るなんて耐えられない。考えるだけでも、心臓が激しく打った。

この数週間で、いくつも不安な夢を見た。そのうちの二回は、乱気流で荒れ狂う飛行機に閉じこめられる夢だった。直近のものでは、恐慌をきたした客室乗務員が通路を疾走してきて、乗客全員に不時着に備えて身をかがめる体勢を取るよう叫んでいた。乗務員の大きく見開かれた目、上下に揺れるジェット機、小さな窓の外で渦巻く分厚い雲。その情景があまりにも鮮明で、ネリーは息も絶え絶えに目を覚ました。

「ストレス性の夢ね」翌朝、サムは小さなバスルームでマスカラを塗りながら言った。ネリーはボディローションを取ろうと、サムの頭上に手を伸ばしたところだった。セラピストの娘として、サムは日頃から友人を分析するのが大好きだった。「何が不安なの？」

「別に」ネリーは言った。「まあ、どう考えたってフライトよね」

「結婚じゃなくて？　フライトっていうのは一種の暗喩（メタファー）だと思うんだけど」

「悪いけど、フロイト博士、これはそれほど複雑な話じゃないの」ネリーはそれをありがたく飲み干した。

新しいテキーラのショットグラスが目の前に現れたので、ネリーはそれをありがたく飲み干した。サムがテーブル越しにネリーと視線を合わせてほほえむ。

「テキーラ」サムは言った。「それがいつも答え」

ふたりのお決まりのやり取りで、即座に次のせりふがネリーの口をついて出た。

「たとえ問いなどなくても」

「もう一度あのダイヤモンドを見せて」ジョシーが言い、ネリーの手をつかんだ。

「リチャードにセクシーでお金持ちの兄弟はいないの？　ちょっと友達が知りたがってるのよ」

ネリーは手を引っこめ、三カラットのダイヤモンドをテーブルの下に隠してから笑って答えた。指輪のことを友人に大騒ぎされるたび、いつも居心地の悪さを感じてしまう。「残念だけど、お姉さんがひとりいるだけよ」

モーリーンはここ数年コロンビア大学で夏の六週間コースを教えていて、例年どおりこの夏もニューヨークに来ていた。ネリーは二日後にようやく会う予定だった。

一時間後、ウエイターが皿を片づけると、ネリーはプレゼントを開けていった。

「これはマーニーと私から」四歳児クラスの補助教員のドナが、真っ赤なリボンのついた銀色の箱を渡してきた。ネリーが黒いシルクのランジェリーを取りだすと、ジョシーが男性のように口笛を吹いた。サイズが合えばいいと思いながら、ネリーはそれを体にあててみた。

「それって彼女に？　それともリチャードに？」サムがきいた。

「すてき。みんなからの熱い夜を過ごせという思いがひしひしと伝わってくるわ」ネリーは〈ジョーマローン〉の香水や、ベッドでの体位を絵柄にしたトランプ、ボディマッサージ・キャンドルなど、すでに包装を解いたプレゼントの横にそのランジェリーを置いた。

「最後になったけど」サムが言い、ネリーにシルバーの写真立てを渡した。中には生成り色の厚い紙が入っており、イタリック体で詩が印字されていた。「その紙を抜いて、結婚式の写真を入れてね」

ネリーは声に出して読み始めた。

今でも覚えてる。あなたに会った日のこと、すぐにあなたを好きになったこと。

〈ラーニング・ラダー保育園〉で二日酔いの私に頭痛薬をくれたね。ふたりの間に、一瞬で絆（きずな）ができた。

あなたにとってこれがニューヨークでの初めての仕事で、私があなたを導いた。最高の屋内サイクリングスタジオや、一番近いドラッグストアの場所を教えたり。

いろんなコツも教えてあげた。リンダに気に入られる方法とか、とにかく隠れたくなったときのための、秘密の備品部屋のこととか。

それから間もなく、私たちはルームメイトになった。虫だらけのアパートメントで。

メイク用品や、雑誌や、子どもたちが絵を描いてくれたマグカップであふれ返っている部屋で。

あなたは家賃を滞納した。言わせてもらうと、あなたはお金のやりくりが苦手。

私は片づけがちょっと苦手。いつもマグカップと蜂蜜をほったらかしにしちゃう。

長年、あなたは子どもたちに数の数え方や文字の書き方を教えてきた。

子どもたちが喧嘩を始めると、手を出すのではなく、言葉を使う方法を教えてあげた。

私たちは毎日懸命に働いた。この頑張りが保護者には伝わらないなんてね。

いまだに怒鳴りつけられて、ふたりして泣きだすこともしょっちゅうある。

私たちは一緒にすばらしい五年を過ごしてきた。

私たちはお互いのことをよくわかってる——希望も不安も。

あなたが婚約したとき、リンダがカロリーたっぷりの豪華なケーキを買ってくれたけど、ふたりの給料を合わせたよりも値段が高くて、とんだ皮肉だったよね。

あなたがもうすぐ引っ越したら、自分が落ちこんでしまいそうで不安なの。

とりあえず、お酒に走ることは間違いないわ（今以上にね、苦笑）。

だけど何か古いもの（サムシング・オールド）と何か新しいもの（サムシング・ニュー）を身につけてバージンロードを歩くときは、これからもずっとあなたが私の親友だってことをどうか知っておいて。

　心から愛してる。


ネリーはなんとか詩を読み終えた。ニューヨークに来た当時のことがよみがえる。フロリダで起こったすべての出来事から離れたい一心だったあの頃。ヤシの木の代わりに舗装道路を、騒々しい女子寮の代わりに無機質なアパートメントを選んだ。何もかもが変わった。ただ、記憶だけははるか遠くから追いかけてきて、重いマントさながらにネリーにまとわりついた。

もしサムがいなかったら、ネリーはここにとどまっていなかったかもしれない。今でも逃げ続け、安全だと感じられる場所を必死で探し求めていたかもしれない。ネリーはテーブルに寄りかかり、ルームメイトを強く抱きしめてから目をぬぐった。「ありがとう、サム。とても気に入ったわ」間を置いて言う。「みんな、ありがとう。寂しくなるわ。それと……」

「やだ、やめて。めそめそしないでよ。たかが電車で一本の距離でしょ。いつでも会えるわ。でも、これからは毎回支払いをお願いね」ジョシーが言う。

ネリーは小さく笑った。

「ほら、もう行きましょ」サムが言い、椅子を引いた。「ラッドロウ・ストリートでキラー・エンジェルズが演奏してるわよ。踊りに行きましょうよ」

大学の最終学年だったとき以来、ネリーは煙草を吸っていなかった。だが今は〈マールボロ・ライト〉を三本吸い、テキーラのショットを三杯、そのあとさらにワインも二杯飲んでいた。何時間も踊り続けていて、汗が背中を滴り落ちるのが感じられる。革のパンツは賢明な選択ではなかったかもしれない。フロアの向こう端では、ハンサムなバーテンダーがサムの作ったベールをつけて、マーニーといちゃついていた。

「自分がどれほど踊るのが好きだったか、ほとんど忘れかけてたわ」ネリーは大音量のビートに負けないように、声を張りあげた。

「こっちはあなたのダンスがここまでひどいのを、ほとんど忘れかけてたわよ」ジョシーが叫び返す。

ネリーは笑った。「熱意はあるの！」彼女は言い返し、両腕を頭上に持ちあげてシミーを大げさに踊ってみせてから、一回転しかけた。その途中で凍りつく。

「ああ、ニック」ジョシーが声をかけると、ローリング・ストーンズの一九七九年の色あせたコンサートTシャツに、ウォッシュ加工のブラックジーンズという格好の、背の高い細身の男が近づいてきた。

「ここで何をしてるの？」ネリーはそう尋ねてから、自分がいまだに腕を高く持ちあげていることに気づいた。湿ったタンクトップが体にぴったり張りついているのが気になり、手をおろして腕組みした。

「ジョシーが呼んでくれた」ニックが言った。「何週間か前に戻ってきたんだ」

ネリーは友人をにらんだ。するとジョシーは何食わぬ顔をして肩をすくめ、人だかりの中へ溶けこんでいった。

ニックは一年間、ネリーと一緒にテーブルの給仕を担当していたが、その後、所属するバンドのメンバーとともにシアトルへ引っ越していった。〝セクシーなニック(スリック・ニック)〟――みんなはそう呼んでいたものの、彼を追いかけて心が傷ついた何人かの女性は〝卑劣なニック(ニック・ザ・プリック)〟と呼び名を改めた。ニックはネリーがそれまでにデートした中で一番セクシーな男だった――といっても、ふたりが会うのはほとんどベッドルームでだったから、〝デート〟というのは正確な表現とは言えない。

ニックの黒髪は短くなっていて、尖った頬骨が強調されていた。彼の丸い鼻、太い眉、大きな口など、顔の造作のひとつひとつは強烈かもしれないが、それらが合わさると効果を発揮して格好よくなる。しかもネリーが知っていた頃よりも一段と格好よくなっていた。

「君が婚約したなんて信じられないよ。ついこのあいだまで一緒にいた気がするのに……」ニックが手を伸ばしてきて、ネリーのむきだしの腕をゆっくりと撫であげた。

ネリーは腕を引き離し、一歩後ろへさがったにもかかわらず、体は一瞬にして反応していた。

ネリーにほかの恋人ができた今になって、ニックがまた自分に興味を示してきたことは予想外でもなんでもない。彼はニューヨークを去って約二分後には、ネリーからのメッセージに返信しなくなった。ニックはいつだって難題に挑戦するのが好きだった。

「幸せなことに、婚約できたわ」ネリーは言った。「来月、結婚式を挙げるの」

ニックのまぶたの重そうな目はおもしろがっているように見える。「もうすぐ結婚する人には見えないな」

「どういう意味?」

後ろから誰かがぶつかってきて、ネリーはニックの近くへ押しやられた。ニックがネリーのウエストに片方の腕をまわす。「セクシーだね」優しくささやいてくる。顎の黒い不精ひげで肌がむずがゆくなるほど、彼の唇が耳に近づく。「シアトルの女なんて、君とは比較にもならないよ」

ネリーは下腹部が引き絞られた。

「君が恋しかった。俺たちふたりの関係が」ニックの指がタンクトップの生地の下に滑りこんできて、腰の位置で止まった。「一日中ベッドで過ごした雨降りの日曜日を覚えてるかい?」

彼はウイスキーの匂いがした。Tシャツ越しに、ニックの引きしまった体の熱が伝わってくる。

ビートのきいた音楽とこみあった部屋の熱気に、ネリーはめまいがした。彼女の髪が目に落ちかかると、ニックはそれを後ろに撫でつけた。

彼はネリーの目を見据えたまま、ゆっくりと頭の位置をおろしていった。

「最後にもう一度キスしないか？　昔のよしみで」

ネリーは背中をそらしてニックを見あげ、頬を差しだした。

ニックはネリーの顎をそっと包みこみ、唇を自分のほうに向けさせた。そして優しくキスをする。彼の舌が唇にあたると、ネリーは口を開いた。ニックの体に強く引き寄せられ、思わずうめき声をもらす。

自分でも受け入れがたいけれど、認めないわけにはいかない。リチャードとの関係には常に満足している。それでもベッドでのニックは最高だった。

「だめよ」ネリーは言い、彼を押しのけた。

踊っていたときよりも息が荒くなる。

「いいじゃないか、ベイビー」ニックが言った。

ネリーは首を振り、バーカウンターへと向かった。人波にもみくちゃにされてひるんでいると、男性の肘が右のこめかみにぶつかった。人ごみをかき分けて進むうち、今度は誰かの足につまずいた。ネリーがなんとかマーニーのところにたどり着くと、マーニーが肩に片手をまわして抱きついてきた。

「テキーラの時間?」マーニーはきいた。

ネリーは顔をしかめた。ディナーのときは話すのに忙しすぎて、ピザをひと切れ食べただけだし、昼もサラダだけだった。少し吐き気もしているうえ、ハイヒールで踊ったせいで足も痛い。「先に水を」ネリーは言った。ほてっている頰を片手であおぐ。バーテンダーがうなずくと同時に、頭につけているベールが上下に揺れ、彼は蛇口から背の高いグラスに水を注ぎ始めた。

「リチャードには会った?」マーニーが尋ねる。

「なんですって?」

「彼、ここに来てるわよ。あなたなら踊ってるって教えたけど」

ネリーは向きを変え、周囲の顔を見渡した。ようやく部屋の向こう側にリチャードを見つける。

「すぐ戻るわ」マーニーに言った。彼女はバーカウンターに身を乗りだし、バーテンダーとショットグラスを鳴らして乾杯している。「リチャード!」ネリーは叫び、彼のほうへ急いで向かった。ちょうどたどり着いたタイミングで、べたべたした床に足を滑らせる。

「おっと」リチャードがネリーの腕をつかんで支えた。「誰かさんはずいぶんと飲んだみたいだな」

「ここで何をしているの？」

バンドが新しい曲を演奏し始めると、リチャードの顔全体に紫のライトがあたった。彼の表情は読み取れない。

「もう帰るところだ」リチャードは言い、ネリーの腕を放した。「一緒に来るか？」

リチャードに目撃されていたのだ。彼の振る舞いを見ればわかる。外面は動じていない様子だが、心の内でエネルギーが激しく渦巻いているのが感じられた。

「ええ、挨拶だけしてくるわ……」

最後に気づいたとき、サムとジョシーはダンスフロアにいたが、今はどこにも見あたらなかった。

リチャードに視線を戻すと、彼はすでに出口へと向かっていた。ネリーは追いかけた。

外に出ても、リチャードは無言だった。タクシーを拾ってアパートメントの住所を告げたあとも、依然として押し黙っている。

「さっきの人は……彼とは昔、一緒に働いてたの」ネリーは切りだした。リチャードはまっすぐ前を見つめていたので、ほんの数時間前に車に乗っていたときと同様に、ネリーは彼の横顔を眺める形になった。でもあのときのリチャードはネリーの腿に片手を置いていたが、今は固く腕組みをして座っている。

「君は昔の同僚全員とあんなに熱烈に挨拶をするのか?」ひどく改まった彼の口調に、ネリーは硬直した。

タクシーの運転手が渋滞する車の間を蛇行するうち、彼女は胃がむかついてきた。腹部に片手をあて、ボタンを押してウインドウを十センチほどさげた。髪が風に吹かれ、頬に叩きつけられる。

「リチャード、私は彼を押しのけたの……私は……」

リチャードはネリーに向き直った。「私は、なんだ?」一音一音を強調して口にする。

「あんなことをするつもりはなかった」ネリーは小声で答えた。彼女は間違っていた。リチャードは怒っているわけではない。傷ついているのだ。「本当にごめんなさい。彼から逃れて、あなたに電話をかけようと思ってたの」

その部分は嘘だが、リチャードには知る由もない。

ようやく彼が表情を和らげた。「君がするたいていのことは大目に見る」ネリーはリチャードの手に自分の手を伸ばしかけた。しかし次の言葉に固まった。「だが、裏切ったら許さない」

たとえ仕事の件で電話の相手と言い争っているときでさえ、リチャードがここまで有無を言わせぬ物言いをするのは聞いたことがなかった。

「約束するわ」ネリーはささやいた。目に涙があふれる。リチャードは自分のために最高にすばらしい家を見つけてくれた。少し前に彼は携帯電話にメッセージをくれていた。結婚式と披露パーティの間のカクテルアワーに、招待客はオードブルかビュッフェのどちらを出してほしいだろうかと尋ねるメッセージだった。〝それとも両方かな？〟と書いてあった。返信がなくて、リチャードは心配したはずだ。彼はネリーが不安の中、夜遅くにひとりで暗いアパートメントに帰ることになるのを知っていた。だから無事を確かめるため捜しに来てくれたのだ。

それなのに、ネリーはニックとキスをした。〈ギブソンズ〉の半数もの女性とつきあっていて、ネリーの姓もきっと思いだせないような人と。

どうしてそんな危険を冒してしまったのだろう？

ネリーはリチャードと結婚したかった。そこにためらいはない。

だがニックのことが引っかかった。たしかに遊び人だけれど、優しい一面もあるとネリーは知っていた。昔、彼が〈ギブソンズ〉で祖母と電話で話しているのを聞いたことがある。ネリーがすぐ近くの隅でナプキンにカトラリーを包んでいるとは知らずに、明日の夜チョコチップのカンノーロを持っていくから、一緒に『ホイール・オブ・フォーチュン』を見ようと約束していた。

ニックはネリーが大学を卒業してから初めてベッドをともにした人でもあった。でもリチャードと出会う前には、すでにニックのことは考えなくなっていた。それなのにダンスフロアで身を寄せられたとき、彼に強く求められていると知り、自分の手から力が流れこんでくるのを感じ、その喜びの瞬間に酔いしれてしまった。

テキーラのせいにできるほど簡単な話ならいいのに。真実はそんなきれいごとではすまされない。

あのとき一瞬、反抗心が芽生え、ネリーは安定よりも自然の衝動を受け入れてしまった。郊外に落ち着いてしまう前に、最後にもう一度都会を味わいたかった。

「あなたが迎えに来てくれて本当にうれしい」ネリーは言った。そしてついにリチャードの腕に抱きしめられるのを感じた。

ネリーは深く息を吸いこんだ。

これまで、ある決断をくだしては後悔するのを繰り返してきたが、リチャードを選んだことは決して後悔しないはずだ。

「ありがとう」ネリーはリチャードの胸に頭をもたせかけた。彼の安定した鼓動が聞こえる。ほかに何をしてもだめなときでも、唯一ネリーを眠らせてくれる音だ。

このところずっと、リチャードの過去には根深い苦痛があるのではないかと感じていた。ひとりで抱えこんで、まだ話してくれていない苦痛が。おそらく元妻に関することか、あるいはもっと以前に心に傷を負ったことがあったのかもしれない。

「あなたを傷つけるようなことは絶対にしないわ」ネリーは言った。これ以上神聖な誓いは、結婚式においてさえ立てられないだろう。

8

頭を動かすと、ベッドルームの入口に立ち、廊下の電球で逆光になったシャーロット伯母さんのシルエットが目に入る。いつからそこにいたのかわからない。私がぼんやりと天井を見つめていたことに気づいただろうか。

「気分はよくなった?」伯母さんが部屋に入ってきて、ブラインドを引き開ける。日の光がどっと差しこみ、私は顔をしかめて目を覆う。

シャーロット伯母さんには風邪を引いたと言ってあった。でも伯母さんは心と体の健康が絡みあっていることをよく理解している——前者がいかにして後者をとらえ、太い蔓(つる)植物さながらに息の根を止めようとするか。なんといっても伯母さんは、私だけではなく症状が出ているときの母さんの面倒も見た人なのだ。

「少しだけ」私は返事をしたが、起きあがろうとはしない。

「心配したほうがいいかしら?」伯母さんの口調は冗談と本気のはざまを行き来して

いる。それには聞き覚えがある。伯母さんが母さんを手伝ってベッドからシャワーへ行かせるとき、そんな口調で言っていたのを覚えている。「少しの間だけだから」母さんのウエストに腕をまわしながら、そう言いくるめていた。「シーツを取り替えなければならないでしょう」

シャーロット伯母さんなら、きっとすばらしい親になっていただろうに。けれども伯母さんには子どもがひとりもいなかった。その理由には、母さんと私を育てた長年の日々が何か関係しているのではないかと思っている。

「大丈夫、仕事に行くわ」私は言う。

「今日は一日ずっとアトリエにいると思うわ。肖像画の制作の依頼を受けたの。その女性は自分の裸婦画を夫にプレゼントして、暖炉の上に飾ってもらいたいそうよ」

「冗談でしょう?」私は起きあがりながら、声にエネルギーを注ぎこもうとする。まるでずきずきと歯が痛むときのように、リチャードのフィアンセのことにばかり考えが向いてしまい、ほかがおろそかになる。

「まったくよね」シャーロット伯母さんが言う。「私はYNCAの更衣室ですら好きになれないのに」

部屋を出ていこうとする伯母さんに、私は必死で笑顔を作る。しかしそのあと伯母さんがドア脇にあるドレッサーの縁に腰をぶつけ、小さな悲鳴をあげる。

私はベッドから飛び起き、今回は私が伯母さんのウエストに腕をまわして椅子まで連れていく。

シャーロット伯母さんは、私の腕と心配の両方を払いのける。「大丈夫よ。年寄りは動作がおぼつかなくなるものね」

ふいに現実を突きつけられる。伯母さんは年を取りつつあるのだ。

いやがる伯母さんに腰にあてる氷を用意してから、チェダーチーズとエシャロットを入れた、ふたり分のスクランブルエッグを作る。皿を洗い、キッチンカウンターを拭く。そして仕事へ行く前に、シャーロット伯母さんを強く抱きしめる。再び思いがこみあげる。私には、伯母さんしかいない。

ルシールに会うのが恐ろしかったが、驚いたことに彼女は心配そうに私を出迎えてくれた。

「昨日、来させようとなんてしなければよかったわ」

ルシールの視線が、私の〈ヴァレンティノ〉のトートバッグに注がれていることに気づく。それを携えてリチャードが帰ってきたのは、彼がサンフランシスコへ出張に発つ直前の夜のことだった。金具のまわりの革が少しすりきれてしまっている。このバッグを使ってもう四年になる。ルシールはそうした細部をよく観察するタイプの女性だ。彼女がバッグをじっくり眺め、それから古い〈ナイキ〉の靴や、指輪をはめていない薬指を見ているのがわかる。ルシールの目が鋭くなる。まるで初めて私という人間を本当に見てくれているかのようだ。

地下鉄で力尽きたあと、私はルシールに電話をかけた。そのときの会話をすべて思いだすことはできないけれど、自分が泣いていたのは覚えている。

「少し早めにあがりたくなったら言って」ルシールが言う。

「ありがとうございます」恥ずかしさを感じ、私はうなだれる。

今日は日曜で特に忙しいが、それでも足りない。仕事に出れば気が紛れるかもしれないと思ったのに、あの女性の幻影が頭に押し寄せてくる。彼女が将来なるかもしれない姿を思い浮かべる。ふくらんだお腹にのせた彼女の手。ふくらんだお腹にのせたリチャードの手。ビタミン剤はちゃんとのんだか、しっかり睡眠をとったほうがいいと言って、夜、彼女を抱きしめるリチャード。もし彼女が妊娠したら、きっと彼はベビーベッドを組みたて、そこにテディベアを置くだろう。

私が妊娠しようと苦心していたときも、やわらかな肌触りの笑顔のテディベアが、赤ちゃんのために用意した部屋で待っていた。初めのうち、リチャードはそれをふたりの幸運のお守りと呼んでいた。

「子どもを授かれるよ」リチャードは私の不安を笑い飛ばした。

しかし陰性の結果が六カ月続いたあと、リチャードは精液を調べてもらうために医師のもとへ行った。精子数は正常だった。

「医者が言っていたよ。僕のものは、かのマイケル・フェルプス並みの泳ぎ手だそうだ」彼が冗談を言っている間、私はなんとかほほえもうとした。

そして今度は私が不妊治療の専門医の予約を取った。するとリチャードは一緒に行くために打ち合わせの予定を再調整してみると言った。

「その必要はないわ」軽い口調を保とうとしつつ、私は言った。「あとで詳細を教えるから」

「そうかい？　もしクライアントが早く帰れば、ランチに君と会えるかもしれない。君がまだ市内にいてくれるなら。ダイアンに〈アマランス〉の席を予約させよう」

「ランチで決まりね」

しかし診察予約時間の一時間前、ちょうど電車に乗ろうとしていたときにリチャードが電話をかけてきて、彼もクリニックに行くと言った。

「クライアントに予定をずらしてもらった。こっちのほうが重要だ」

私はリチャードに自分の表情が見えないことをありがたく思った。

不妊治療医はいろいろと質問をしてくるはずだ。夫の前では答えたくない質問を。電車がグランド・セントラル駅へと疾走している間、私は窓から外をのぞき、すっかり葉の落ちた木々や、板で窓をふさがれた落書きだらけのビルを眺めた。嘘をつくこともできる。医師とふたりきりで話す時間を作ろうと思えばできるかもしれない。真実を話すという選択肢はない。

鋭い痛みを感じて下を向いた。甘皮をいじっていたら、痛みの出るところまでむしってしまっていた。指を口に入れ、血を吸う。

どうすべきか考えつく前に、電車が甲高い音を立てて駅に入っていった。そのあとは、あっという間にタクシーでパーク・アヴェニューにある優美な建物へと運ばれた。ロビーで落ちあったとき、リチャードは私の動揺に気づいていない様子だった。もしくは診察を不安がっているだけだと思ったのかもしれない。彼はエレベーターで十四階のボタンを押してから、私が先に出られるように一歩さがった。その間、私は夢遊病にでもなったような心地でいた。

私たちはリチャードがかかった泌尿器科医からドクター・ホフマンを紹介しても

らっていた。五十代半ばくらいのすらりとした上品な女性で、私たちが受付をすませるとすぐに笑顔で出迎え、診察室まで案内してくれた。白衣の下から、鮮やかな赤紫色がちらりと見える。私たちは廊下を後ろからついていった。ドクター・ホフマンは十センチくらいのハイヒールを履いていたが、それにもかかわらず私は彼女のペースに合わせるのに苦労した。

ドクター・ホフマンのきちんと整頓されたデスクの向かいに置かれた布張りの長椅子に、リチャードと並んで座った。私は膝の上で両手をひねり、指にはめた細いゴールドの指輪をもてあそんだ。最初ドクター・ホフマンは、多くの夫婦は妊娠するのに半年以上かかるものだと説明し、私たちの不安を深刻にとらえていないようだった。「ですが八十五パーセントの夫婦が一年以内に赤ちゃんを授かりますから」安心させるように言った。

私は無理やり笑顔を作った。「そうなんですか。でしたら――」

しかしリチャードがさえぎった。「統計はどうでもいい」私の手を取る。「僕たちは今すぐ子どもがほしいんです」

そう簡単にいくわけがないと、私は承知しておくべきだった。

ドクター・ホフマンがうなずく。「不妊治療を検討されるのはもちろんかまいません。ただし時間がかかりますし、費用が高額になる場合もあります。副作用もあるかもしれません」

「再度、失礼ながら言わせてもらうが、そういう問題は重要ではないんです」リチャードは言った。仕事をしているときの彼の様子が垣間見えた。威圧的で説得力がある。抵抗するのは不可能だ。

こんな大事なことをリチャードに隠し通しておけるなんて、どうして一度でも思ってしまったのだろう?

「手が氷みたいだ」リチャードが言い、私の手を両手で挟んでさすった。

ドクター・ホフマンは頭を動かし、私をまっすぐ見つめた。彼女の髪は流行(はや)りのゆるいツイストにまとめられ、肌はつるりとして皺もない。私はシンプルな黒のパンツとクリーム色のタートルネックセーターなんかではなく、もっといい服を着てくればよかったと思った。おまけに今、気づいたが、セーターの袖口には小さく血のしみがついている。私はその部分を怪我した指で隠してから、唇をなんとか笑みの形に曲げようとした。

「わかりました。では、まずはヴァネッサにいくつか質問させてください。リチャード、待合室でお待ちいただけますか?」

リチャードが私を見た。「僕に出ていってほしいかい?」

私は躊躇した。リチャードがなんと言ってほしいのかはわかっている。彼は私につき添うために仕事を抜けてきた。もしここで出ていってほしいと頼み、あとでどのみち隠していた事実を知られることになったら、そのほうがよほど大きな裏切りになるだろうか? おそらくドクター・ホフマンには倫理的にリチャードに伝える義務があるはずだし、もしくは看護師が私のカルテを見て、いつかうっかり口を滑らせるかもしれない。

難しすぎて考えがまとまらない。

「ハニー?」リチャードが促す。

「ごめんなさい。もちろん、いてもらってかまわないわ」

質問が始まった。ドクター・ホフマンの声は低くやわらかい口調だったが、それでも質問のひとつひとつが銃弾のように感じられた。生理の周期は? どれくらいの期間続くか? これまでにどんな避妊方法を用いたことがあるか? 私の胃は握り拳のように固く締めつけられた。最終的にどんな質問をされるのかはわかっていた。

そしてドクター・ホフマンは尋ねた。「妊娠の経験は?」

私は厚いカーペットを見つめた。グレー地に小さなピンクの四角形の模様が並んでいる。その模様を私は数え始めた。

リチャードの視線の熱が伝わってくる。「君は妊娠したことなんてないだろう」彼は言った。それは断言だった。

今もあの頃について考えることはあるが、その記憶は自分の中だけに封じこめてきた。

これはとても重要なことだ。

結局、嘘はつけなかった。

私はドクター・ホフマンを見あげた。「妊娠の経験ならあります」かすれた声になったので、咳払いをした。「まだ二十一歳でした」

〝まだ〟の部分がリチャードに対する言い訳であることには、自分でも気づいていた。

「堕ろしたのか？」リチャードが尋ねた。その口調から心情は読み取れなかった。

私は再び夫を見あげた。

やはり真実をすべて打ち明けるのは無理だと悟る。

「私、あの、流産したの」また咳払いをして、リチャードの視線を避けた。「妊娠してほんの数週間しか経っていなかった」少なくともそれは真実だ。六週目だった。

「なぜ話さなかった？」リチャードは私から身を離すように椅子にもたれかかった。

動揺が彼の顔をよぎる。それから別の何かも。怒り？　裏切られたという思い？

「話したかったけど……ただ……どう話せばいいのかわからなくて」なんとも煮えきらない返答をする。

　リチャードにばれずにいられると期待していたなんて、私は愚かだった。

「話す気はあったというのか？」リチャードが言う。

「いいかしら」ドクター・ホフマンが割って入った。「こうした会話は感情的になりがちです。ふたりになる時間が必要ですか？」

　彼女は落ち着き払った口調で言い、メモを取っていた太いシルバーのペンを宙で止めている。まるでこれがいつも取っている休憩だとでもいうように。とはいえ、私と同様の秘密を夫に黙っていた妻がほかにも大勢いたとは想像しがたい。ドクター・ホフマンにはいつか内密に真実を洗いざらい話すしかないだろう。

「いや、いい。大丈夫だ。続けようか？」そう言ってリチャードは私に笑いかけたが、数秒後には脚を組んで私の手を放した。

　ようやく質問が終了すると、ドクター・ホフマンは私の体を診察し、血液検査をした。その間リチャードは待合室に座り、自分の携帯電話でメールをチェックしていた。診察室から出る前に、ドクター・ホフマンは私の肩に片手を置き、そっと力をこめた。

それが母親のような優しい仕草に感じられて、私は喉元を震わせながら必死で涙をこらえた。リチャードとは診察後にせめてランチにでも行ければと期待したけれど、彼はクライアントとの打ち合わせを午後一時に遅らせたので、オフィスに戻らなければならないと言った。ふたりで見知らぬ数人の人たちと一緒にエレベーターに乗り、黙って階下に向かった。全員がまっすぐ前を見つめていた。外へ出てから、私はリチャードを見あげた。

「ごめんなさい。私――」

診察中はサイレントモードにしていたリチャードの携帯電話の着信音が鳴りだした。彼は番号を確認し、私の頬にキスをした。

「電話に出ないと。また家で」リチャードは言った。リチャードが通りを歩いていく間、私は彼の後ろ姿を見つめ、振り返って笑顔を見せるなり手を振るなりしてほしいと切に願った。しかしリチャードはそのまま角を曲がって消えた。

リチャードを裏切ったのはこれが初めてではなく、これが最後になることもなかった。これが最悪の裏切りになることもなかった。最悪なんてほど遠い。

私は彼が結婚したと思っているような女ではなかった。

〈サックス〉の客の流れが少し落ち着いてきたところで、私はコーヒーを飲みに休憩室へ入る。お腹は落ち着いてきたものの、こめかみにまだ鈍い痛みがある。靴売り場の販売員のリサが長椅子に腰かけ、サンドイッチを食べている。二十代の彼女は、ブロンドの健康的な美人だ。

私は視線をそらす。

ある心理学のポッドキャストで、バーダー・マインホフ現象が取りあげられていた。たとえばよく知らないバンドの名前や、新しい種類のパスタといったものを知ったあとに、急にそれをどこでも目にするような気になるというものだ。頻度錯覚（フリクエンシー・イリュージョン）とも呼ばれる。

今、若いブロンドの女性が私を取り囲んでいる。

今朝出勤したとき、若いブロンドの女性が〈ローラメルシエ〉のコスメカウンターで口紅を試していた。また別の若いブロンドの女性が〈ラルフローレン〉の売り場で服を触って確かめていた。そして今、リサはサンドイッチを持ちあげてひと口かじっている。その左手にきらりと光る指輪が見える。

リチャードとフィアンセはあまりにも早く結婚に向かって突き進んでいる。彼女が妊娠するなんてありえないと再び思う。呼吸がいつものごとく乱れるのを感じ、体中に悪寒が広がる。それでも無理やりパニックを追い払う。

今日、彼女に会わなければ。ちゃんと知る必要がある。

彼女は今、私が立っているこの場所からそう遠くないところに住んでいる。

個人情報をインターネットでたくさん得ることができる人というのがいる。ランチのブリトーにサワークリームをトッピングしたかどうかから、結婚式の日取りまでなんでも。そうではない人の情報は追跡が難しい。それでも住所、電話番号、勤め先といった基本的なことなら、大半の人については特定できるものだ。

ほかの詳しい情報は、監視していればわかってくる。

まだ結婚していた頃のある夜、私はリチャードを尾行して彼女の家まで行き、アパートメントの外に立ちつくしていた。彼は白いバラの花束とワインボトルを抱えていた。

ドアを叩き、リチャードの後ろから押し入り、彼を怒鳴りつけて家へ帰れと命じることもできただろう。

でも、そうはしなかった。私は自宅へ戻り、数時間後に帰ってきたリチャードを笑顔で出迎えた。

「夕食を残してあるわ。あたためましょうか?」

妻はいつだって最後まで気づかないと人は言う。けれども、私は違った。見て見ぬふりをすることにしたのだ。その期間が長く続くなんて、夢にも思わなかった。

後悔の傷がぱっくりと開く。

きれいな若い販売員のリサが、そそくさと荷物をまとめている。サンドイッチがまだいくらか残っているのに。彼女はそれをごみ箱に放りながら、私をちらりと盗み見る。額に皺を寄せている。

私はどのくらいの時間、リサを見つめていたのだろう。

休憩室を出て、残りのシフトの間、愛想よく接客する。服を持っていき、ワンピースやスーツが似合っているかと相談されれば、うなずきながらアドバイスをする。

その間ずっと、この高まる欲求をもうすぐ満たせるのだと思いながら時が過ぎるのを待つ。

ついに仕事をあがれる時間になる。気づくと私は彼女のアパートメントへと向かっている。

彼女のもとへと。

9

ネリーは便器に向かってかがみこんだ。胃がむかむかする。そのままリチャードのバスルームの大理石でできた床にへたりこんだ。

昨夜の映像が頭に浮かびあがってくる。テキーラのショット。煙草。キス。そして、このアパートメントへ帰る途中のタクシーの中でリチャードの顔に浮かんだ表情。自分が彼との将来を台なしにするところだったなんて信じられない。

真向かいにある全身鏡がネリーの姿を映しだしていた。目の下はマスカラで汚れ、髪にはベールからこぼれたシルバーのラメがついている。でも着ているのは、清潔なニューヨークシティマラソンのTシャツ。リチャードが貸してくれたものだ。

ネリーはなんとか立ちあがり、口をぬぐおうとタオルに手を伸ばした。だが、そこでためらった。ロイヤルブルーで縁取られた、雪のように真っ白なタオルばかりだったからだ。リチャードのアパートメントにあるほかのあらゆるものと同様に、露骨なほど優雅だった。自分だけが違うとネリーは思った。代わりに〈クリネックス〉のティッシュペーパーをつかんで使い、それをトイレに流した。どうもリチャードはごみ箱にごみを入れたことがないように見え、ネリーは汚れたティッシュペーパーをそこに捨てる気になれなかった。

歯を磨き、氷のように冷たい水で顔を洗うと、肌が青ざめ、さらにまだらに赤くなった。そのあとまたリチャードの贅沢な羽毛の上掛けの下に戻りたくなったものの、彼を捜しに行こうと覚悟を決める。何を言われようと耐えるつもりだった。

しかしネリーが見つけたのはフィアンセではなく、光る御影石のキッチンカウンターに置かれた〈エビアン〉のボトルと、頭痛薬の瓶だった。その横にはリチャードのイニシャルが型押しされた厚い生成り色の紙があり、メモが書かれていた。〝君を起こしたくなかった。アトランタに行ってくる。明日には戻る。具合がよくなりますように。愛している。R〟

オーブンの上の時計を見ると、十一時四十三分だった。どうしてこんなに遅くまで寝てしまったのだろう？

それに、リチャードの出張の予定を忘れていたなんてありえない。ネリーは彼がアトランタについて何か言っていたことすら思いだせなかった。

振りだした二錠の薬をまだ冷えている水でのみくだしながら、ネリーはリチャードの整ったブロック体の文字をまじまじと見つめ、彼の気分を推し量ろうとした。昨日の夜の記憶は途切れ途切れだ。しかしネリーを寝かしつけたあと、リチャードが部屋から出ていってドアを閉めたことは覚えていた。結局はベッドに戻ってきて彼女の隣で寝たのかもしれないが、そうだとしても気づかなかった。

ネリーはカウンターにあるコードレスフォンを取り、リチャードの携帯電話にかけた。だが留守番電話につながった。「すぐ折り返します」彼の声が約束する。

リチャードの声を聞いて、会いたくてたまらなくなった。

「もしもし」ネリーは言葉を探した。「あの……愛していると言いたかっただけよ」

ベッドルームへ戻る途中、廊下に並んだ何枚かの大きなフレーム入りの写真の前を通り過ぎた。ネリーのお気に入りはリチャードの子どもの頃の写真だ。彼の手はモーリーンの手にしっかりと握られ、ふたりで海辺にたたずんでいる。モーリーンのほうがリチャードより背が高かった。今でこそ百八十センチあるが、十六歳になるまでは成長が遅かったとリチャードは言っていた。隣には、リチャードとモーリーンが両親とポーズを取った写真があった。リチャードが母親から鋭い目を、父親から厚い唇を受け継いだのが見て取れる。一番端には、彼の両親の結婚式のモノクロ写真があった。

家族の写真を壁に飾る、つまり家族の顔をリチャードが毎日目にしたいと思っていることは、彼という人について非常に多くを物語っていた。リチャードの両親がまだ生きていればよかったのに。とはいえ、彼には少なくとも姉がいる。ネリーは明日のディナーのときに、リチャードのお気に入りのレストランでモーリーンに会えることになっていた。

家の固定電話が鳴り、ネリーの思考は中断された。リチャードだ。ほとばしる喜びを感じながら、キッチンに駆け戻って受話器をつかんだ。

しかし待っていた声は女性のものだった。「リチャードはいる？」

「あの、いえ」ネリーは口ごもった。「モーリーン？」

沈黙がおりる。それから女性は返事をした。「いいえ、またかけ直すわ」味気ないダイヤルトーンがツーと切れ目なく鳴った。

日曜にリチャードに電話をかけてきて、伝言を残すのをいやがるなんて、いったい誰だろう？

迷ってから、発信者番号を確認した。非通知設定になっていた。

リチャードのアパートメントにネリーはもう何度も来ていた。けれども、ここでひとりきりになったのは今回が初めてだ。

ネリーの背後にあるリビングルームには、壁のようにずらりと窓が連なり、セントラル・パークやほかの何棟かの住居ビルのすばらしい景色を見晴らすことができた。ネリーは窓際まで歩いていって外を眺め、複数のアパートメントに視線を走らせた。部屋の多くは暗いか、ブラインドやカーテンが閉まっていた。しかし、中には透明な窓ガラスに何も覆いがされていないところもあった。

角度によっては室内の家具や人影がぼんやり見えてしまうのに。

つまりその建物にいる誰かにも、リチャードのアパートメント内が見えるということだ。

夜になる前にリチャードがブラインドを閉めるところを、ネリーは見たことがあった。そのため、向こうの壁に照明やブラインドの配線とつながった複雑な電気システムがあるのを知っていた。ネリーがボタンのひとつを押すと、埋めこみ式の天井照明が消えた。外がかなりどんよりとしていたので、アパートメントの中は暗く陰になった。

もう一度同じボタンを押すと、電球がついた。ゆっくりと息を吐いてから、別のボタンを試してみる。今度はうまくいったらしく、ブラインドがするするとおりてきた。ロビーにはドアマンもいたが、急いで玄関へ行って鍵を確認した。ちゃんと施錠されている。たとえどんなに腹を立てていたとしても、リチャードが彼女を無防備な状態に置いて出かけるはずがない。

それからシャワーを浴びた。リチャードのシトラスの香りのする〈ロクシタン〉の石鹸で体を洗い、髪についた煙草のいやな臭いをシャンプーで洗い落とした。頭を後ろに傾け、目をつぶって石鹸の泡をすすぎ終えると、水を止めてリチャードのバスローブに身を包んだ。その間も、さっきの電話の静かな声について思いを巡らせる。女性には訛りがなかった。年齢を判断するのは無理だ。

ネリーはリチャードの薬棚を開けてジェルを取りだすと、少量を濡れた髪に櫛で梳かしつけてポニーテールにまとめた。アパートメントの建物内にあるジムをたまに利用するときのために持ってきてあった、エクササイズ用の服に着替える。そのあとベッドの足元を見ると、キャンバス地の小さなトートバッグの上に、皺くちゃのトップスと革のパンツがきちんとたたんであった。バッグに服を入れ、アパートメントの部屋から出る。その際、取っ手をガタガタ揺らし、鍵がきちんとかかっていることを確認した。

エレベーターへ向かって歩いていると、リチャードと同じフロアの唯一の隣人であるミセス・キーンが部屋から出てきた。手には飼い犬のビション・フリーゼのリードを握っている。ロビーでミセス・キーンとばったり出くわすたび、リチャードは郵便物を取りに行くふりをしたり、彼女を避けるための何か別の口実を考えたりしていた。「一度許すと、永遠に話し続けるぞ」リチャードからそう警告されていた。

ミセス・キーンはきっと孤独なのではないかと思っていたので、ネリーはエレベーターの呼び出しボタンを押しながら、彼女に大きな笑みを向けた。

「あら、あなた、最近なぜいないのかしらと思っていたのよ!」

「いいえ、つい数日前もここに来ましたよ」ネリーは言った。

「そうなの。今度、私の家のドアを叩いてくれたら、お茶にお招きするわ」

「かわいい犬ですね」ネリーはふわふわした白い毛を撫でた。ミセス・キーンと犬は同じ美容師にスタイリングしてもらっているみたいだと思いつつ、笑みを噛み殺す。

「この子はあなたのことが好きみたいね」ミセス・キーンが言った。「それで、あなたの恋人はどこにいるの?」

「リチャードは仕事でアトランタに行かなければならなくて」

「仕事? 日曜に?」ミセス・キーンが話している間、犬はネリーの靴をくんくんと嗅いでいた。「彼って忙しすぎじゃないかしら? 飛行機に乗るからと、いつも走って去っていくのよ。留守中は私が家を見ておいてあげると言っているんだけれど、厄介はかけられないと断られちゃって……あなたはこれからどこにお出かけ？」

孤独で噂好きだ、とネリーは心の内でつぶやいた。エレベーターが到着し、ネリーはミセス・キーンと犬が乗りこむまで、腕でドアを押さえた。

「実は私も仕事に行くんです。保育園で教えていて、年度末に向けて教室をきれいにしなければならないので」

卒園式は明日だった。従来であれば、教員たちは子どもたちが去った数日後に部屋を整理して、そのときにこっそり持ちこんだワインでちょっとしたパーティをする。だがネリーは週末にフロリダへ行くため、今、片づけておかなければならなかった。

ミセス・キーンが満足げにうなずく。「なんてすてきなのかしら。リチャードにこんなすばらしい若いお嬢さんが見つかってうれしいわ。前の人はあまり愛想がよくなかったから」

「なんですって？」

ミセス・キーンは身を乗りだした。

「つい先週、彼女がドアマンのマイクと話しているのを見たの。かなり動揺していたみたい」

「彼女がここに？」リチャードはそんなことは言っていなかった。

ミセス・キーンの目の輝きは、こんな大事件を話せるのが楽しくてしかたがないことを物語っている。

「ええ、そうなのよ。彼女はマイクにショッピングバッグを渡して……あれは〈ティファニー〉ね。あの特徴的なブルーでわかったんだけど、それをリチャードに返しておいてと言っていたの」

エレベーターのドアが開いた。ミセス・キーンの犬が、ちょうどパグを連れて建物に入ってきた別の住人に向かって飛んでいった。

ネリーは小さなアートギャラリーのようなロビーに出た。大きなランの花が背もたれの低いふたつのソファに挟まれたガラステーブルを優美に飾り、何枚もの抽象画がクリーム色の壁に華やぎを添えている。日曜勤務のドアマンのフランクが、強いブロンクス訛りで挨拶してきた。彼はアッパー・イースト・サイドにあるこの建物の住民を見守り続けている白手袋のスタッフの中でも、ネリーが好感を持っている人物だった。

「ハイ、フランク」ネリーは言った。すきっ歯の顔に浮かべた彼の大きな笑みにうれしくなる。ミセス・キーンをちらりと振り返って見ると、別の住人と生き生きと会話していた。もれ聞こえてくる話によると、どうやらリチャードの元妻は前に彼にもらった何かを返しに来ただけで、リチャードとは会えもしなかったらしい。ショッピングバッグの中身は誰も知る由もない。とにかく彼らの別れが険悪なものだったことはたしかなようだ。

たいがいの離婚はそうよと、ネリーは自分に言い聞かせた。それでもまだ落ち着かなかった。

フランクはネリーにウインクをしてから、外を指さした。「雨が降りそうですよ。傘はお持ちですか？」

「三本持ってるわ」ネリーは言った。「自分のアパートメントにね」

フランクは笑った。「これをどうぞ」そう言いながら、ドア脇の真鍮製の傘立てに手を伸ばす。

「あなたって最高」ネリーは左手を差しだし、傘を受け取った。「必ず返しに来るわ」

そのとき、フランクがネリーの指輪にちらりと目をやったことに気づいた。それから彼はすばやくもう一度見てから、はっと気づいたように目をそらした。フランクもふたりの婚約のことは知っていたが、普段ネリーは街を歩くとき、ダイヤモンドのついたほうを手の内側に持ってきて、外から見えないようにしていた。リチャードがそうしたほうがいいと言ったからだ。

「ありがとう」ネリーは言いながら、頬がほてるのを感じた。おそらくフランクの年収くらいはするものを指にはめているのが、なんだかこれ見よがしな気がした。ネリー自身の年収もそのくらいだった。

リチャードの元妻は近くに住んでいるのだろうかとふと考える。もしかしたら道ですれ違ったことがあるかもしれない。

傘が勢いよく開き、ようやくネリーは知らないうちにワンタッチ式のボタンをいじっていたことに気づいた。父の声が頭の中に響き渡る。〝室内で傘を開いては絶対にだめだぞ。運が悪くなる〟

「雨に濡れないよう、お気をつけて」フランクが言い、ネリーは湿気を含んだ灰色の空模様の下へ足を踏みだした。

サムは丈の長いTシャツを着ていた。正面に〝なんて美しい混沌（What a beautiful mess）〟という文字が筆記体で書かれている。ネリーは卵とチェダーチーズ、ベーコン、ケチャップを挟んだケシの実つきのベーグルが入った紙袋を掲げて振った。ふたりのお気に入りの二日酔いの薬だ。

「おはよう」ネリーは言った。

　昨日サムが履いていたサンダルが玄関を入ってすぐのところに脱ぎ捨てられていて、次にバッグ、さらに数十センチ離れたところにミニスカートが落ちている。「脱皮の跡みたい」ネリーは冗談を言った。

「ハイ」マグカップにコーヒーを注ぎながら、サムが返事をした。振り向いてネリーを見ることはしなかった。「ゆうべはどうしたの？」

「リチャードのところへ行ってたの。テキーラを飲みすぎたわ」

「ええ、彼が来たってマーニーが言ってた」サムの口調はそっけなかった。「挨拶もなしに帰るなんて、ずいぶんじゃない」

「私……」言いかけて、突然ネリーは泣きだした。サムのことまで怒らせてしまった。サムが振り返る。「ちょっと、どうしたのよ？」

　ネリーは頭を振り、こみあげる涙をこらえた。「帰ると伝えなくて、本当にごめんなさい……」

「そう言ってくれてありがと」サムが言った。「正直、腹が立ったわ。パーティにも遅れてきたあとだったたから、よけいに」

「帰りたいわけじゃなかった。でもサム……私、ニックとキスをしてしまったの」

「知ってる。見たもの」

「そう。リチャードも見ていたの」ネリーはペーパーナプキンで目元をぬぐった。「彼、本当にショックを受けて……」

「解決はしたの？」

「いちおうは。だけど彼はアトランタに行かなければならなくて、そんなに話せなかったの……ただ今朝、私がひとりでいたとき、リチャードのアパートメントに女の人から電話がかかってきて。名前は言おうとしなかったわ。そのあとリチャードの隣に住んでる人に聞いたんだけど、彼の前の奥さんが先週来たそうよ」

「何それ？　リチャードはまだその人と会ってるわけ？」

「違うわ」ネリーは急いで言った。「何かを返しに来ただけ。ドアマンに預けていったの」

サムが肩をすくめた。「だったら、まあ潔白ね」

ネリーはためらった。

「それにしても、ふたりの関係は数カ月前に終わったのに」返しに来た品について、本当は結婚しているときにリチャードが元妻に贈ったプレゼントではないかと疑っていることを、なぜかサムには打ち明けられなかった。さらにそれが〈ティファニー〉なら、高価なものに違いないことも。

サムはコーヒーをひと口飲んだあと、マグカップをネリーに手渡した。ネリーも同じようにひと口飲む。「リチャードにきいてみたら？」サムが言った。

「たぶん……気にするべきじゃないと思うの」

「ふうん」サムはベーグルをひと口かじって咀嚼（そしゃく）した。ネリーも自分のベーグルの包みを開けかけたが、胃が締めつけられた。いつもなら起きるとお腹がぺこぺこなのに、今日は食欲が消え失せている。

「彼女はもうまったく関係ないと思っていた」ネリーは続けた。「今回は本当に思いつきで来ただけだと。そうでしょう？　でも、私に何度もかかってくるあの妙な電話は……」

「その人なの？」サムが尋ねる。

「わからない」ネリーは小声で言った。「だけどリチャードと婚約してすぐに電話がかかってくるようになった。これって偶然？」

サムは答えが見あたらないようだった。

「それに今朝、私が〝もしもし〟と言ったあと、しばらく息遣いだけが聞こえてきた。ほかの電話とそっくりだったわ」ネリーは続けた。「それから相手の女性がリチャードはいるかときいてきて、だから……。声に出して言うと、なんだか私、頭がどうかした人みたい」

サムはベーグルを下に置き、ネリーを強く抱きしめた。

「あなたは頭がどうかしてなんかいない。だけどリチャードとは話すべきだわ。ふたりは長い間、一緒に暮らしていたんでしょ？　あなたには彼のその部分について知る資格があるはずじゃない？」

「知ろうとはしたわ」ネリーは言った。

「そんなふうにあなたに何も教えないなんて、ずるい」

「彼は男性なの、サム。私たちとは違って、とことん話す必要を感じないのよ」

あなたとは違って、だとネリーは思った。

「どうやらまったく何も話しあっていないみたいね」

ネリーは受け流した。サムとはめったに口論しない。この件に関して、これ以上深く掘りさげたくはなかった。

「ただふたりの心が離れてしまったとリチャードは言ってたわ。そういうこともあるでしょう？」

だがリチャードが言ったことはほかにもうひとつあった。今になってそれが特に重要な意味を持つ気がした。

〝彼女は僕が思っていたような人じゃなかった〟

一言一句、リチャードが言ったとおりの言葉だ。そう口にしたときの嫌悪にゆがんだリチャードの顔に、ネリーは驚いたものだ。

これを聞けば、ルームメイトは必ず何か思うに違いない。

しかしサムはすでに何を考えているのか読み取れない表情をしていた。リチャードに家を買ってもらった話をしたときと同じだ。ネリーが婚約指輪をはめて帰ってきた日も、やはりそんな顔つきだった。

「でも、あなたの言うとおりね」ネリーは軽い口調で言った。「もう一度、リチャードにきいてみるわ」

サムの話がまだ終わっていないのはわかっていた。だがネリーはリチャードをかばいたい思いに駆られた。サムにはリチャードの元妻のことなど気にする必要はないと言ってほしかったのであって、彼との関係の欠点を指摘されたいわけではない。

ネリーは冷蔵庫と壁の狭い隙間に押しこんであったショッピングバッグを何枚か手に取った。

「保育園に行ってくるわ」ネリーは言った。「教室の片づけを始めないと。一緒に来る？」

「疲れてるの。昼寝するわ」

ふたりの関係は依然としてどこかおかしかった。

「先に帰ったことをもう一度謝るわ。本当に最高のパーティだった」ネリーは親友の肩を軽くつついた。「ねえ、今夜は一緒に過ごさない？　フェイスパックを塗って『ノッティングヒルの恋人』を見て、中華料理のデリバリーを頼むの。私のおごりで……」

相変わらずサムは例の表情を浮かべていたものの、この無言の休戦協定を受け入れた。「いいわ、楽しそうじゃない」

リチャードの前の奥さんは、実際どんな人だったのだろう？　細身で色っぽい人だったのだろうと、ネリーは〈ラーニング・ラダー保育園〉に向かいながら考えた。きっとクラシック音楽をたしなみ、ワインのトップノートを嗅ぎ分けられるような人。それから以前、メニューを指さすことしかできなかったネリーとは違い、〝charcuterie（シャルキュトリー）〟の発音にも自信があるに違いない。

リチャードと出会ってすぐの頃、ネリーはその人の話題を持ちだしたことがあった。彼が自分より前に人生をともにした女性について気になったからだ。あるけだるい日曜の朝、愛を交わして一緒にシャワーを浴びたあと、リチャードと『ニューヨーク・タイムズ』の紙面を交換して読んでいた。ネリーはリチャードが買ってくれた予備の歯ブラシを使い、前に来たときに自分が置いていったTシャツを着ていた。そこで、このアパートメントにはなぜ元妻の痕跡がひとつもないのかと不思議に思ったのだ。彼らは何年も一緒にいたのに、バスルームの洗面台下のキャビネットに置き忘れられたヘアバンドも、食料品庫の奥にほったらかしになったハーブティーの缶もないし、飾りけのないスエードのソファにやわらかな印象を加えるかわいらしいクッションもない。

アパートメントはどこまでも男性的だった。まるで元妻がここで過ごしたことなど一度もないかのように。

「思ったんだけど」ネリーは切りだした。「あなたの前の奥さんについて、あまり話したことがなかったわよね……どうして別れたの？」

「理由はひとつじゃない」リチャードは肩をすくめ、ビジネス欄のページをめくった。「ただ心が離れてしまったんだ……」そして今、ネリーの頭から離れなくなっているあの言葉を口にした。「彼女は僕が思っていたような人じゃなかった」

「じゃあ、ふたりはどうやって出会ったの？」ネリーは尋ね、冗談半分に彼が読んでいる新聞をはたき落とした。

「おいおい、僕が一緒にいるのは君だ。彼女のことなんか話したくない」

リチャードの言葉は優しかったが、口調は違った。

「わかったわ」ネリーは言った。「ごめんなさい……ちょっと気になっただけだから」

ネリーは二度と元妻のことは話題にしなかった。どのみち自分にも彼には話したくない過去の出来事がある。

リチャードはもうアトランタに着いている頃だろうと思いつつ、ネリーは遊び場を囲む門の子ども用安全ロックを外し、保育園に向かって歩いた。彼は会議中か、あるいはホテルの部屋にひとりでいるのかもしれない。リチャードの頭はネリーの元恋人のイメージでいっぱいになっているのだろうか？　ちょうどネリーがリチャードの元妻に執着しているように。

彼がほかの女性とキスをしているところを見てしまったらどれほど苦しいか、ネリーには想像もつかなかった。もしかしたらリチャードは、自分のことも思っていたような人とは違うと気づいてしまったのではないだろうか。

リチャードに電話をかけようと携帯電話に手を伸ばしかけて、思いとどまった。すでにメッセージは残してある。それに元妻の訪問についてリチャードに質問するつもりはない。リチャードはネリーを信頼してくれていた。それなのにネリーは彼の信頼を揺るがしてしまった。

「おーい！」

ネリーが視線をあげると、教会の青年会のリーダーが彼女のためにドアを開けて押さえてくれていた。「ありがとう」ネリーは急いでそちらへ向かった。彼の名前を思いだせないという事実の埋め合わせをしなくてはと思い、満面に笑みを浮かべた。

「ちょうど鍵をかけるところだったんだ」リーダーの男性が言った。「保育園の誰かが日曜にここへ来るとは思わなかった」

「教室の片づけをしようと思ったの」ネリーは説明した。

彼はうなずいてから、ちらりと空を見あげた。厚い雲が流れ、太陽を覆い隠している。「ぎりぎり雨に降られずにすんだみたいだね」朗らかに言った。

ネリーは地下へ向かい、階段をおりるときに天井照明をつけた。自宅に戻らず、リチャードのアパートメントから直接ここへ来ればよかった。早い時間なら、教会に信者が大勢いただろう。まさか誰もいないとは考えていなかった。

教室に入ると、ぽつんと落ちていた紙の王冠を危うく踏みそうになった。身をかがめてそれを拾いあげ、折り目を伸ばす。内側にブリアナの名前があった。ネリーが形を教えたアルファベットが、ガタガタの文字で書かれている。「ほら、〝B〟は突きでたお腹がふたつあるのよ」ブリアナがうまく書けないので、ネリーはそう教えたものだ。ちゃんと書けるようになったとき、ブリアナはとても誇らしげだった。

子どもたちが王冠を作ったのは、卒園式でかぶるためだ。みんなでカーテンの後ろで列を作り、ネリーがひとりずつ小さな肩に手を置き、「はい、行って！」とささやくのを待つ。それから仮設の通路に出ていって、保護者たちが立ちあがって喝采を送りながら写真を撮る中を行進するのだ。

自分の王冠をなくして、ブリアナは気が気でないだろう。長い時間をかけてさまざまなシールを貼り、さらにボトル半分もの接着剤を使ってそれぞれの先端部分に違う色のポンポンをつけていた。ネリーはブリアナの両親に電話をかけて、王冠を見つけたことを知らせてあげようと思った。

ショッピングバッグのひとつに王冠をしまうと、いつにない静けさの中にたたずんだ。

教室は質素で、おもちゃも多くの園児の家庭にあるものに比べればごくありふれたものばかりだ。それでも子どもたちは毎朝飛び跳ねながら入ってきて、ランチボックスを棚にしまい、小さなジャケットやセーターをフックにかけた。ネリーが一日の中で一番好きなのは発表の時間(ショウ・アンド・テル)で、そこでは予想どおりに予想外のことが起こった。あるときアニーが薬棚で見つけたのだという小型のフリスビーを持ってきたことがあった。ネリーはお迎えのとき、その避妊用のペッサリーをアニーの母親に返した。「バイブレーターじゃなかっただけましね」母親は冗談を言った。ネリーは瞬時に彼女に親近感を覚えた。またあるときルーカスがランチボックスを開けると、生きているハムスターが現れた。自由になる機会を手にしたそのハムスターはすぐさま飛びだし、見つかるまでに二日間かかった。

保育園を辞めるのがこんなにつらいだなんて思ってもいなかった。

ネリーは子どもたちが作った色画用紙の蝶(ちょう)を壁から外し、各園児の家に送ろうと別々のフォルダにしまい始めた。そのうち一枚の端で人差し指の先を切ってしまい、顔をしかめる。

「まったくもう」そう言って中指を立てた。ここまでの悪態をついたのは、以前そうしたせいで幼いデイヴィッド・コネリーをひどく驚かせてしまい、単におもちゃのトラックを指さしただけよと慌てて言い聞かせたとき以来、数年ぶりだ。ネリーは指を吸いながら備品庫に手を突っこみ、エルモの柄の絆創膏(ばんそうこう)を取りだした。

それを指に巻いているとき、廊下で物音がした。

「誰かいるの?」ネリーは大声できいた。

返事はない。

ネリーはドアまで歩いていき、そっと外をのぞいた。狭い廊下には誰もおらず、リノリウムの床に天井照明の光が反射していた。ほかの教室は暗く、ドアも閉まっている。たまに教会の古い骨組みがきしんで音を立てることがあった。きっと床板が鳴ったに違いない。

笑い声や混沌のない保育園は異様な感じがした。

ネリーはバッグに手を入れ、携帯電話を取りだした。リチャードからの連絡はまだ来ていない。一瞬ためらってから、彼にメッセージを送った。〝今、〈ラーニング・ラダー保育園〉にいるの……できたら電話して。ひとりきりなの〟

ネリーの居場所ならサムも知っているが、彼女は昼寝中だ。リチャードにも知っておいてもらえれば、気持ちが楽になるだろう。

携帯電話をバッグに戻しかけたが、思い直してストレッチパンツのポケットに押しこんだ。もう一度廊下をのぞいて、しばらくの間、耳をそばだてた。

そのあと再び壁から園児の作品を外し始めた。全部なくなるまで手早く作業する。大きな文字で印字された時間割をイーゼルからおろし、掲示板の大きなカレンダーもはがそうと手を伸ばした。そこには曜日や天気のマークが描かれたマジックテープ式のカードが並べて貼りつけられていて、金曜日のところには笑顔の太陽のマークがまだ残ったままだった。

ネリーは窓の外をちらりと見やった。雨のしずくがパラパラと落ち始めていた。危うく見過ごすところだったが、門のすぐ向こうに女性が立っていることに気づいた。

高いジャングルジムに視界を一部さえぎられ、淡いブラウンのレインコートと顔を隠しているグリーンの傘だけがかろうじて見えた。それから、風になびくダークブラウンのロングヘアも。

きっと犬を散歩させている誰かだろう。

ネリーは首を伸ばし、違う角度から見てみた。犬はいない。

保育園の様子を見に来た入園予定の保護者？

しかし保育園が閉まっている日曜に来ても意味がないはずだ。

教会の信者かもしれない……けれども礼拝なら何時間も前に終わっている。

ネリーはポケットから携帯電話を取りだし、窓に近づいた。すると女性が突然動きだし、木々に紛れるようにして歩き去っていった。三基の墓石近くの角を曲がるところで、女性の姿がはっきり見えた。

教会の反対側の出入口に向かっている。

そこのドアは、断酒会などの夜間活動が予定されているときには、重いれんがを挟んで開けたままにされている。

その人物のぎくしゃくとした動きは、保護者面談の日にトイレでバッグを取り落とす原因になった女性を思い起こさせた。

ネリーはもうあと一分たりともその場にとどまっていられなかった。バッグをつかみ、デスクの上の散らかった書類を放置したままドアへと向かった。手の中で携帯電話が鳴り、ぎくりとする。リチャードからだった。

「あなたからで本当によかった」ネリーは息を切らして言った。

「大丈夫か？　気が動転しているみたいだが」

「保育園でひとりきりなの」

「ああ、メッセージを読んだよ」リチャードが言った。「教会のドアの鍵はかかっているのか？」

「わからない。でも、もう帰るわ」ネリーは言いながら、階段を駆けあがった。「なんだか気味が悪いの」

「怖がらないで。僕が電話越しに一緒にいるから」

ネリーは建物から出るとすばやく振り返り、それから歩みをゆるめてひと息ついた。ブロックの端までたどり着くと、傘を開いてから、にぎやかな交差点へ向かって歩きだした。外に出てようやく、自分が過剰反応していたことに気づく。

「あなたに会いたくてたまらない」ネリーは言った。「それと、ゆうべのことが本当に心苦しくて」

「いいかい、それについて考えていたんだが、君があの男を押しのけたのを、僕はちゃんと見ていた」リチャードが言った。「君が僕を愛してくれているのはわかっている」

彼は実際、完璧すぎておかしいくらいだ。

「今日、一緒にいられたらよかったのに」ネリーは言った。リチャードが出張するのを忘れていたことは知られたくなかった。「卒園式がすんだら、私はすべてあなたのものよ」

「僕にとってそれがどれだけうれしいか、君は想像もつかないだろうな」リチャードが言った。

彼の声に安心感を覚えた。

その瞬間、ネリーはこれ以上教員を続けたくないと思った。秋にはリチャードと旅行をしよう。子どもたちとはこれからだって一緒にいられる——ふたりの子どもと。

「クライアントのところに戻らないと」リチャードが言った。「気分はよくなったかい？」

「かなりよくなったわ」

それからリチャードは、今後ネリーの中に永遠に残る言葉を告げた。

「たとえその場にいなくても、僕はいつも君とともにいる」

10

彼女は活気のある通りに住んでいる。ニューヨークにはこうした街区が何十もある。高級でもなく、みすぼらしくもなく、その中間の幅広い層のどこかに属するような場所だ。

私が初めてリチャードと出会った頃に住んでいた地区を思い起こさせる。

土砂降りの雨がつい先ほどあがったばかりだというのに、まわりにはそれなりに人が多く、私がいても目立たない。彼女の住むブロックの角にはバス停があり、その隣はデリの店、アパートメントの二軒隣は小さなヘアサロンになっている。ベビーカーを押す父親が、手をつないで歩くカップルとすれ違う。女性が食料品が入った袋をいっぺんに三つも抱えて運んでいく。中華料理のデリバリースタッフがしぶきをはねあげて水たまりを通り過ぎ、私にも少しかかる。彼が通ったあとには、自転車の後ろに積まれた料理の匂いが漂う。昔なら、そのチキンチャーハンやエビのチリソースのおいしそうな匂いに胃袋が刺激されていただろう。

彼女は近所の人々をどのくらい知っているのだろうか。

きっと誤って自分の部屋のドア脇に置かれた宅配便の荷物を手渡すために、上階の部屋のドアをノックしたことがあるかもしれない。デリで果物やベーグルを買い、そこでレジを打つ店主に名前で呼びかけられて挨拶されているかもしれない。

彼女がいなくなったら、寂しい思いをするのは誰だろう？

私は長時間でも待つ覚悟だ。食欲はない。体は暑さも寒さも感じない。必要なものは何もない。でも、すぐに彼女が角を曲がってやってくる。少なくとも、そんなに長く待った感じはしない。私は脈が速まり、息が苦しくなる。

彼女は手に袋を持っている。私は目を凝らして、サラダのテイクアウト店〈チョップト〉のロゴを読む。彼女が歩くたびに袋が揺れ、それに合わせて高く結んだポニーテールもやわらかく弾む。

一匹のコッカースパニエルが目の前に突進してきて、彼女はリードに巻きこまれないよう一瞬立ち止まる。飼い主が犬を引き寄せると、彼女はうなずいて何やら声をかける。そのあと、かがみこんで犬の頭を撫でる。

リチャードが犬をどう思っているか、彼女は知っているのだろうか？

私は携帯電話を耳にあてつつ、半分背中を向け、顔が隠れるように傘を傾ける。彼女がこちらに向かって歩き続けている間、私はその姿に釘づけになる。ヨガ用のカプリパンツとゆったりした白のトップスというういでたちで、ウエストにウインドブレーカーを巻いている。サラダにエクササイズ。自分の最高に美しいウエディングドレス姿を見せたいと思っているに違いない。彼女はアパートメントの建物の前で立ち止まり、バッグに手を入れる。それからすぐに建物の中へと消えていく。

私は傘をおろし、意識を集中させようと額をもむ。自分はなんて愚かな真似をしているのだろう。たとえ彼女が妊娠していたとしても、まだ見た目にはわからないだろうに。そんな可能性は信じないけれど。

それならどうしてここへ来たのだろうか？

彼女が閉めたドアを見つめる。もしドアをノックし、反応があったとして、何を言うつもりだったのだろう？　結婚式を取りやめてと懇願することもできたかもしれない。きっと後悔するはめになると警告することもできたかもしれない。私を裏切ったのだから、あなたにも同じことをするはずだと。でもたぶん彼女はドアをぴしゃりと閉めて、リチャードに電話をかけるだけだろう。

リチャードには彼女を尾けていたことを絶対に知られたくない。

彼女は今、自分が安全だと思っている。プラスティックのサラダの容器をすすぎ、リサイクル用のごみ箱に入れる彼女の姿が思い浮かぶ。もしかしたら泥パックでもしながら両親に電話をかけて、間近に迫った結婚式の詳細について話をしているかもしれない。

まだ多少の猶予はある。衝動的になってはならない。

私は家までの長い道のりを歩く。角を曲がり、彼女が歩いてきた道を反対方向に進む。一ブロック行ったところで〈チョップト〉をいったん通り過ぎたが、引き返して店に入る。彼女と同じものを注文したくて、何を頼んだのかあてようとメニューを凝視する。

プラスティック容器に詰められ、フォークとナプキンと一緒に白い紙袋に入れられたサラダを店員に手渡され、笑顔で礼を言う。女性店員と軽く指が触れあい、ふと私の代わりとなるあの女性にもこの人が接客したのだろうかと考える。

まだドアを出もしないうちに、突然激しい空腹感に襲われる。しばらく夕食は寝てばかりでとり損ない、朝食は抜き、昼食はごみ箱に捨ててしまっていた。その皺寄せが一気に来て、空っぽな体内を満たしたいという狂暴なまでの欲望を刺激する。

私は店の端のほうへそれる。そこにはカウンターとスツールがあるが、荷物を置いて席に座るわずかな時間も待てない。

指を震わせながら容器を開け、ひと口、またひと口とフォークで口に運び始める。こぼさないように顎の近くまで容器を持っていき、強い風味の葉物野菜をむさぼるように食べ、つるつる滑る容器の中の卵やトマトのかけらをフォークで追いまわす。最後のひと口をのみこむと、吐き気がしてくる。お腹がふくれあがったように感じる。それでも、相変わらず満たされないままだ。

私は空になった容器を捨て、家へと歩きだす。


アパートメントの部屋に入ると、シャーロット伯母さんがソファに寝そべっているのが目に入る。頭をクッションに預け、タオルで目を覆っている。いつもなら日曜の夜はベルヴュー病院でアートセラピーのクラスを教えている。私の知る限り、伯母さんが行かなかったことは一度もない。

それにうたた寝しているところを見るのもこれが初めてだ。

不安が私の心に突き刺さる。

ドアが閉まる音に、伯母さんが頭を持ちあげる。タオルが手の中へと滑り落ちていく。眼鏡をかけていないと、顔立ちが普段より優しく感じられる。

「大丈夫？」尋ねてから、その皮肉に気づく。このアパートメントの前の道路脇でタクシーからおろされ、背後にスーツケースを三つ置かれたときからずっと伯母さんに言われ続けてきた言葉を今、自分が口にしている。

「ひどく頭痛がするだけよ」伯母さんがソファの端をつかんで立ちあがる。「今日はやりすぎちゃったわ。リビングルームを見てちょうだい。モデルが帰ったあと掃除をしたんだけれど、二十年分くらいのごみが出たんじゃないかしら」

伯母さんはまだ絵を描いていたときの作業着姿のままだ。ジーンズに、亡くなった夫のブルーのオックスフォードシャツ。今ではそのシャツはやわらかく着古されている。垂れたり、はねかかったりした絵の具の跡が装飾のように何層にも重なり、シャツ自体がアート作品と化している。伯母さんの創作人生の目に見える歴史だ。

「伯母さんは病気なのね」言葉が口をついて出る。パニックになって声がうわずる。シャーロット伯母さんが近づいてきて、私の肩に両手を置く。ほぼ同じ身長の伯母さんはまっすぐ私の目をのぞきこんでくる。そのブラウンの目は加齢で色あせてはいるものの、今も変わらず隙がない。

「私は病気ではないわ」伯母さんは言う。

シャーロット伯母さんは難しい会話を決して避けたりしない。私が幼い頃も、母さんの心の問題について、簡潔に率直な言葉で私にもわかるように説明してくれた。

伯母さんを信じているとはいえ、私は尋ねる。「誓って病気じゃない？」涙で喉が詰まる。伯母さんを失うわけにはいかない。絶対に。

「誓うわ。私はどこにも行かないわよ、ヴァネッサ」

伯母さんが抱きしめてくる。私は少女時代に支えとしていた匂いを吸いこむ。絵の具の亜麻仁油の匂いと、体温の高い部分につけられたラベンダーの香りだ。

「夕食はとった？」伯母さんが尋ねる。「適当に何か作ろうと思っていたけど……」

「まだよ」私は嘘をつく。「夕食は私に任せて。料理したい気分なの」

シャーロット伯母さんが疲弊しているのは、きっと私のせいだ。私は伯母さんから多くのものを奪いすぎているのかもしれない。

伯母さんが目をこする。「うれしいわ」

伯母さんも私と一緒にキッチンまで行って、スツールに腰かける。私は冷蔵庫にチキンとバターとマッシュルームを見つけ、フライパンでチキンを焼き始める。

「肖像画はどうだった？」それぞれのグラスに炭酸水を注ぎながら尋ねる。

「彼女、私が描いている間に寝ちゃったのよ」

「本当に？　裸で？」

「案外、驚くことでもないの」シャーロット伯母さんは言う。「忙しすぎるニューヨーカーは、この制作工程を意外に落ち着くと感じるものなのよ」私がシンプルなレモンソースをかきまぜていると、伯母さんが身を乗りだして匂いを吸いこむ。「おいしそう。あなたの母親よりもずいぶんと料理が上手ね」

私はカッティングボードをすすいでいた手を止める。

日頃から感情を押し隠すことには慣れているため、すばやく笑みを作って伯母さんとおしゃべりするのは別に難しくない。とはいえ、記憶を呼び覚ますものは常にそこら中にある――ソースに入れる白ワインもそうだし、さっき冷蔵庫の野菜室からマッシュルームを取るために脇へどけたサラダ菜もそうだ。私は伯母さんと軽快に話し始める。頭の中でぐちゃぐちゃになっている思考の上を、会話が滑っていく。あたかも必死で水をかいている足は見せずに、水面をゆったりと漂う白鳥のように。

「母さんは竜巻だった」私は言う。顔に笑みまで浮かべて。「思いだすわ。シンクはいつも鍋やフライパンであふれ返っていて、カウンターはオリーブオイルやパンくずまみれだった……それに床も！　よく靴下がくっつきそうになったものよ。母さんは作業をしながら片づけるっていう考えがあまりよくわかっていなかったみたい」カウンターに置いた大きなセラミックのボウルに手を入れ、スイートオニオンを取りだす。

「でも料理はおいしかった」

調子がいい日の母さんは、凝った三品のコース料理を作ってくれた。わが家の本棚には、ジュリア・チャイルドやマルセラ・ハザーン、ピエール・フラニーといった料理家の古い本が何冊も並んでいた。私がジュディ・ブルームの児童書に夢中だったみたいに、母さんも料理本をむさぼるように読んでいたのをよく見かけたものだ。

「なんでもない火曜の夜に、自家製のブルゴーニュ風ビーフシチューとレモンタルトを食べていた五年生なんて、たぶんあなただけだったでしょうね」シャーロット伯母さんが言う。

私はチキンの胸肉をひっくり返す。火の通っていない側の肉が熱いフライパンでパチパチと音を立てる。今、母さんの姿がありありと目に浮かぶ。オーブンからもれる熱に髪を乱しながら、ガスコンロで鍋をガチャガチャ動かし、ガーリックをみじん切りにする。そして大声で歌うのだ。「おいで、ヴァネッサ!」私を視界にとらえると、母さんは言った。私をくるくるとまわし、それから手に塩を振りだして鍋に入れた。「レシピに忠実に従うなんてだめ」母さんはいつも言っていた。「自分の直感でするものよ」

そうした数日のあと、つまりエネルギーが燃えつきたあとには、母さんがすぐにひひどく落ちこむことはわかっていた。それでもものがあった。嵐のようなむきだしの喜び。子どもの頃の私にはそれが怖かったけれど。

「あの子は特別だった」シャーロット伯母さんはブルーのタイルのカウンターに肘をつき、片手に顎をのせる。

「そうね」自分が結婚したときに、母さんがまだ生きていてくれてよかったと思う。そして母さんがもうそばにはおらず、結局私がどうなったかを見なくてすんだことに、ある意味、感謝している。

「あなたも今では料理が好きになった?」伯母さんがきく。注意深く私を見ている。観察されているのかと思うくらいに。「あなたは本当に母親にそっくりね。声もあまりに似ているから、別の部屋で聞くとあの子かと思うこともあるほどよ……」

伯母さんの頭には、口には出さない別の質問があるのではないだろうか。母さんの症状は三十代で悪化した。今の私と同じくらいの年齢で。

私は結婚している間、シャーロット伯母さんとは疎遠だった。私が悪かったのだ。私は母さんよりもさらにひどい状態だったけれど、伯母さんに助けに飛んできてもらえればすむ話でないことはわかっていた。もはや手遅れだった。今の私はリチャードと結婚したときの、希望に満ちあふれた明るく若い女性とは別人になってしまった。

〝さんざんな結果に終わったのよ〟とヒラリーは言っていた。まさにそのとおりだ。母さんも症状が出ている間、強迫観念に悩まされたのだろうか。ベッドでやすんでいるとき、母さんの心はむしろ空虚で何も感じなくなっているのではないかと、日頃私は思っていた。だけど答えはもうわからない。

私は簡単なほうの質問に答えることにする。

「料理をするのは苦じゃないわ」

料理なんて大嫌いだと心の内で思うと同時に、ナイフを振りおろしてスイートオニオンを真っぷたつに切る。

リチャードと結婚した当時の私は、キッチンの使い方をまるで知らなかった。独身時代の夕食は中華のテイクアウトか、体重に悩まされているときはレンジで解凍した冷凍食品だった。たまに夕食はいっさい抜いて、ワインを飲みながらクラッカーとチーズをかじるだけの夜もあった。

それでもリチャードと結婚したら、平日の夜は必ず私が料理を作るというのが暗黙の了解になっていた。仕事は辞めるつもりでいたので、それは理にかなっているように思えた。私の料理はチキン、ステーキ、ラム、魚を順番に繰り返すだけだった。たんぱく質と炭水化物と野菜を皿にのせただけの、手のこんだ料理ではなかったが、リチャードは私の努力を理解してくれているようだった。

初めてドクター・ホフマンのところへ行った日――私が大学時代に妊娠していた事実をリチャードが知った日、私は彼のために初めて特別な料理に挑戦した。

ふたりの間の張りつめた空気を和らげたかった。リチャードのお気に入りがインド料理であることは知っていた。そこでドクター・ホフマンのクリニックを出たあと、ラムカレーのレシピを調べ、その中で一番難しくなさそうなものを探した。

おかしな話だけれど、ささいなことばかりがやたらと記憶に残っている。たとえば通路を曲がるたびにショッピングカートの車輪がキーキーと音を立てるものだから、調整しなければならなかったこととか。私はスーパーマーケットの中をさまよい歩き、クミンやコリアンダーを探した。そうして、私が別の男の子どもを身ごもっていたと知ったときのリチャードの顔を忘れようとした。

愛していると伝えようと彼に電話をかけたが、応答してもらえなかった。リチャードに失望された、さらに幻滅されたかもしれないと思うと、どんな口論をしたときよりも不安になった。リチャードは怒鳴ったりはしなかった。彼はいったん怒ると、また感情を制御できるようになるまで、自分の殻に閉じこもるようなところがあった。それも普段ならそう長くはかからないので、今回は度がすぎたのかもしれないと心配だった。

閑静な通りを運転して家まで帰ったことを覚えている。リチャードに買ってもらったメルセデスのセダンで低いエンジン音を立てながら、重厚なコロニアル様式の家を次々と通り過ぎた。どの家の施工も、リチャードにわが家を販売した建築業者と同じだった。ときおり幼い子どもを連れて外出している子守（ナニー）が目に入ったが、私はまだ近所の誰とも親しくなかった。

夕食を作り始めたときは希望を持っていた。注意深くレシピに沿って、ラム肉を均等な大きさに切った。リビングルームの大きな出窓から、やわらかい日の光が差しこんでいたことを覚えている。一日の終わりになるにつれて、毎日そんなふうに光が入ってきた。私はｉＰｏｄを探しだして、プレイリストをビートルズまでスクロールしていった。スピーカーから《バック・イン・ザ・Ｕ.Ｓ.Ｓ.Ｒ.》が流れた。ビートルズは常に私の気分を高めてくれる。なぜなら父さんがよく古いセダンで、ジョンやポールやリンゴやジョージを大音量で流していたからだ。昔、母さんに一、二日ほどしか続かず、シャーロット伯母さんの助けも必要ないくらい比較的軽めの症状が出ると、父さんはそうやってアイスクリームを買ったり、映画を見たりに車で連れだしてくれたものだった。

私はリチャードに大好物の料理を出したあと、ふたりでベッドで寄り添って話しあうところを想像した。洗いざらい打ち明けるわけにはいかないが、いくつかのことは言っても大丈夫だと思った。ひょっとしたらこの告白で、ふたりの仲がより深まるかもしれない。自分がどれだけ申し訳なく思っているか、どれだけあの出来事を消し去ってやり直したいと思っているかを伝えるつもりだった。

そういうわけで、〈ヴュストホフ〉のナイフや〈カルファロン〉の鍋やフライパンなどがある優美なキッチンで、私は夫のために夕食を作った。幸せだったように思うが、記憶違いかもしれない。幻想を見ているだけなのかもしれない。誰もが思い出に幻想を塗り重ねるものだ。人生を自分の見たいように見るフィルターというわけだ。

私はレシピに忠実に作ろうと奮闘した。しかし別にかまわないかと思い、フェヌグリークを買っていなかった。それがどういうものなのか、見当もつかなかったからだ。さらにフェンネルを加える段になると、絶対にカートに入れたはずなのに見あたらなかった。なんとか築こうとしていた、もろい心の平穏は砕け始めた。なんでも与えられてきたのに、私はまともな食事ひとつ作れなかった。

ココナッツミルクをしまおうと冷蔵庫のドアを開けると、ボトルに半分残ったシャブリが目に入った。私はためらいつつ、それを見つめた。

リチャードにはお酒をやめると約束していたが、少しだけなら別に問題ないだろうと思った。私はグラスに半分注いだ。舌にピリッと感じるミネラルのおいしさを、もはやすっかり忘れていた。

ダイニングルームにあるオーク材の大きなキャビネットから、アイロンをかけたブルーのリネンのランチョンマットと、同色のナプキンを取りだした。それからヒラリーとジョージが結婚祝いにくれた上等な食器を並べた。結婚したばかりの頃は、マナー関連のウェブサイトを見て、フォーマルなテーブルセッティングの仕方を学ばなければならなかった。母さんは豪勢な料理を作ってくれたものの、食事中のムードには関心がなかった。食器が全部汚れているときには、紙皿で食べることもあったほどだ。

私はテーブルの中央に燭台（しょくだい）を置き、音楽をクラシックに変えた。リチャードが好きな作曲家のワーグナーを選ぶ。それからソファに退散し、かたわらにワイングラスを置いた。その頃には、家に家具が増えていた――リビングルームのソファ、シャーロット伯母さんが子どもの頃に描いてくれた私の肖像画も含めた、壁にかけられたたくさんのアート作品、暖炉の前の鮮やかな青と赤の東洋風のラグなど。それでもまだ、部屋はやや特徴に欠けているように感じられた。ダイニングキッチンにベビーチェアがあれば、ラグにいくつかぬいぐるみが散らばっていれば……。自分が指の爪でグラスを叩いて鐘のような小さな音を立てていることにふと気づき、手の動きを止めた。

普段、リチャードは八時半頃に帰宅したが、その日は九時過ぎになってようやく鍵を開ける音がし、続いてどさりと床にブリーフケースを置く音がした。

「ハニー」私は呼んだ。返事はない。「リチャード？」もう一度呼んだ。

「ちょっと待っててくれ」リチャードが言った。

階段をあがっていく足音が聞こえた。追いかけていいものかどうかわからず、私はソファにとどまった。彼が階段をおりてくる音を耳にしたとき、ちょうどワイングラスが目にとまった。私はシンクへ走り、リチャードに見られる前に急いでグラスをすすいで、濡れたままキャビネットにしまった。

リチャードの気分を読み取るのは不可能だった。私に腹を立てていたのかもしれないし、単に仕事で大変な一日だったのかもしれない。彼はその週、ずっとぴりぴりしていた。気難しいクライアントと交渉していたことは私も知っていた。夕食の間、私はなんとか会話をしようと努め、快活な口調で心の底にある不安を押し隠した。

「おいしいよ」リチャードが言った。

「ラムカレーが大好物だって、前にあなたが言っていたのを思いだしたの」

「僕がそんなことを？」リチャードは尋ねながら、うつむいてライスをフォークですくった。

私は困惑した。彼はそう言っていなかった？

「話さずにいてごめんなさい。あのことを……」切りだしたものの、声がしだいに小さくなっていった。言葉が出てこない。

リチャードはうなずいた。「もう忘れよう」静かに言う。

いろいろ質問されると思って覚悟していたのに。彼の言葉はほとんど期待外れと言ってもよかった。結局のところ私は、人生のあの部分をリチャードに共有してほしいと思っていたのかもしれない。

「わかったわ」それしか言えなかった。

テーブルを片づけながら、彼の皿の料理がまだ半分も残っていることに気づいた。片づけがすんだときには、すでにリチャードは寝てしまっていた。私は隣で丸まり、自分も眠りに落ちるまで彼の規則正しい呼吸に耳を澄ました。

翌朝、リチャードは早くに出勤した。日中にヘアサロンでハイライトカラーを入れてもらっていると、携帯電話が鳴り、近くのフランス料理学校からメールが届いた。〝愛しい君（マ・シェリ）へ。愛している（ジュ・テーム）。リチャード〟とあった。添付ファイルを開くと、それは料理教室の十回分のギフト券だった。

「ハニー？」心配そうなシャーロット伯母さんの声がする。

私は目元をぬぐい、カッティングボードを指さす。「ちょっとオニオンが」そう言ったが、信じてもらえたかどうかはわからない。

夕食後、シャーロット伯母さんは早めにベッドへ入り、私はキッチンを片づける。それから自分も部屋へ戻り、古いアパートメントの夜の音に耳を傾ける。唐突にブーンと鳴りだす冷蔵庫の音、階下の部屋でドアが閉まる音。寝つけない。まるで失われたこの数カ月の間に、自然な体内時計が働かなくなるだけの睡眠を充分すぎるほどとったとでもいうように。

私の心は、最近ポッドキャストで聴いたテーマへとさまよっていく。強迫観念だ。「遺伝子はわれわれの運命を決定づけるものではありません」話し手はそう主張していた。とはいえ、その人は依存症に遺伝性があることを認めていた。

母さんが残した破壊の跡を思いだす。

母さんが興奮したとき、手のひらに爪を食いこませていたことを思いだす。

そして、絶えず彼女のことを思いだす。

頭の中に計画が浮かぶ。あるいは計画はずっとそこにあって、私が気づくのを待っていたのかもしれない。実行に移せるだけの強固なものになるのを待っていたのかもしれない。

再び彼女の姿が思い浮かぶ。道すがら、かがみこんで小さな犬の頭を撫でていた。引きしまった脚を組んで、レストランバーで――私たちのレストランバーでリチャードに身を寄せていた彼女の姿が思い浮かぶ。まだ結婚していたとき、昼休みにリチャードのオフィスへ行った日に見かけた彼女の姿が思い浮かぶ。彼らはふたりで建物から出てきた。あの女性が着ていたのはバラ色のワンピースだった。リチャードは彼女の腰のくぼみにそっと手を添えながら、ドアから先に出るよう促していた。彼女は自分のものだと、その仕草が告げていた。

かつてリチャードは私にもあんなふうに触れたものだ。その繊細でセクシーな指の感触がたまらなく好きだと、前に彼に言ったこともあった。

私は起きあがり、闇の中を静かに移動して、ドレッサーの一番下の引き出しからプリペイド式の携帯電話とノートパソコンを取りだす。

リチャードが再婚するなんてありえない。

私は準備を始める。次に彼女に会うときには、万端整っているはずだ。

11

暗闇の中、ネリーは横たわり、開けた窓の鉄格子から舞いこんでくる街の音に耳を傾けていた。クラクションの音、《Y.M.C.A.》の歌詞を絶叫する声、遠くで鳴り響く、車の盗難防止警報器の甲高い音。

郊外はずいぶんと静かに感じそうだ。

サムは数時間前に出かけたが、ネリーは家に残ることにした。リチャードから電話があったときに、アパートメントにいるようにしておきたかった。それにこの二十四時間に起きた一連の出来事で疲弊しきっていた。

〈ラーニング・ラダー保育園〉から帰宅したあと、ネリーはサムと一緒にコバルトブルーのタラソパックを顔に塗り、中華料理のデリバリーが到着するのを待った。スペアリブ、餃子（ギョーザ）、チキンの甘酢あんかけ、それと結婚式に向けた名ばかりのダイエットのために玄米も。

「ブルーマンのオーディションで不合格になった人みたい」ネリーの頬にパックを延ばしながら、サムが言った。

「そっちこそ、セクシー・スマーフみたいよ」ネリーは言い返した。

朝はぎくしゃくし、保育園では不可解な脅威にさらされたので、そのあとにサムとこうして笑いあえるのがひどくうれしかった。

ネリーはシンクの横の引き出しからプラスティックのフォークを取りだした。そこには、ほかにもチリソースやマスタードの小袋やら、不ぞろいのペーパーナプキンやらがぎっしり詰めこまれていた。「今夜はいいカトラリーでも使おうかな」そう言ったところでふと、これが結婚式の前にふたりで食べる最後の食事になるかもしれないと思った。

料理が到着すると、ふたりでパックを洗い流した。「十ドルを無駄にしたわね」肌をチェックしながら、サムが言い放った。ふたりはソファにどさりと腰をおろし、料理にかぶりつきながら、ありとあらゆる話をした。ただしネリーの本音は除いて。

「去年の卒園式のあとに、シュトラウブ夫妻はバーバラに〈コーチ〉のバッグをあげたの」サムは言った。「私もなんか高いものをもらえると思う？」

「そうだといいわね」ネリーは言った。実は先週、普段ネリーが持ち歩いているバッグにインクのしみがついているのに気づいたリチャードから、〈ヴァレンティノ〉のバッグをプレゼントしてもらっていた。不織布の収納袋に入れて、まだベッドの下に置いたままだ。子どものフィンガーペイントの汚れがついてしまう危険は絶対に冒せない。そのバッグのことはサムには話していなかった。

「本当に一緒に来る気はないの？」サムがきいた。ぐらぐらしながら、ネリーの〈AG〉のジーンズをはこうとしている。

「昨日の夜からまだ立ち直ってないから」

ネリーはサムに出かけないで一緒に映画を見てほしかった。けれどもサムがほかの人との交友関係も保つべきなのはわかる。どのみち、一週間経てばネリーはいなくなるのだ。

母に電話をかけようかと思ったが、母との会話には少々いらいらさせられることが多かった。母はリチャードに一度しか会っていなかったものの、すぐさま年の差に食いついてきた。「彼には若い頃に女と遊んで、つきあって、人生を楽しむ時間があったのよ。身を固める前に、あなたも同じことをしたくはないの？」自分はリチャードとつきあって、リチャードと楽しみたいのだとネリーが言い返すと、母は肩をすくめた。「わかったわ」そうは言ったものの、完全には納得していない様子だった。

もう真夜中を過ぎていたが、サムはまだ帰ってこない。きっと新しい恋人か、もしくは前の恋人と一緒にいるのだろう。

ネリーは疲れ果てていたうえ、カモミールティーを飲み、お気に入りの瞑想音楽を聴く就寝の儀式までしたのに、サムが鍵を開ける音を期待してひたすら耳を澄ますばかりだった。なぜ寝たくてたまらない夜に限って寝つけないのかと不思議に思った。

ふと気づけば、再びリチャードの元妻のことを考えていた。さっきフェイスパックを買いにドラッグストアの〈デュアン・リード〉に行ったとき、ネリーはある女性の後ろに並んだ。その人は携帯電話で話しながら、ディナーに誰かと会う予定を立てていた。小柄でヨガをしていそうな引きしまった体つきをしていて、通話中にこぼす笑い声はまるで輝く硬貨のようにきらきらしていた。こういう人がリチャードの好みのタイプなのだろうか？

ネリーは、ナイトテーブルの手の届くところに携帯電話を置いておいた。それを見つめ、またしても気味の悪い電話がかかってきた場合に備えて身構えた。夜が更けるにつれ、携帯電話の沈黙がネリーをあざけっているかのようで、いっそう不気味に感じられた。結局は起きあがり、ドレッサーのほうへ歩いていった。その上には、幼少時から持っているムーギーという名のぬいぐるみの犬が飾ってあった。片側に傾き、茶色と白の毛はすりきれているけれど、まだやわらかさは残っていた。自分でもばかばかしいと思いつつも、ネリーはぬいぐるみを取りあげ、ベッドに連れて戻った。

どこかのタイミングでようやくまどろむことができたが、午前六時になると、アパートメントのすぐ外で削岩機の音が炸裂した。ネリーはよろよろとベッドから出て窓を閉めたものの、強烈な機械音は執拗に続いた。

「そのふざけた機械を止めやがれ！」隣人が怒鳴った。その声がラジエーターを通して伝わってくる。

ネリーは頭に枕をかぶせたが、無駄だった。

シャワーを長めに浴びながら、痛みを和らげようと首をぐるぐるまわした。それからバスローブを羽織り、卒園式にぴったりな淡いブルーにイエローの小さな花柄のワンピースを捜そうと、クローゼットをくまなくあさった。しかし結局、それはほかの数着の衣類と一緒にまだクリーニング店にあるのだと思いだした。

クリーニング店に行くことは、屋内サイクリングのクラスのスケジュール表の裏に走り書きした、やることリストにも入っていた。ほかにもリチャードの収納ボックスに本を移動、ビキニを買う、郵便局で住所変更、と書いてある。ちなみに今月は、屋内サイクリングのクラスにもまだ参加できていない。

七時きっかりに電話が鳴った。

「制汗剤のコマーシャルの仕事が入ったの！　〝汗かき三人娘〟よ！」

「ジョシーなの？」ネリーは言った。

「ごめん、ごめん。こんな早くに電話をかけたくはなかったけど、ほかの人にはもうあたったの。私のシフトの前半はマーゴットがしてくれることになったから、あとは二時から代わってくれる人が必要なのよ」

「ああ、私は——」ネリーは言いかけた。

「せりふもひと言あるのよ！」ジョシーが声を張りあげた。「これで映画俳優組合(SAG)の会員証がもらえるわ！」

ネリーがノーと言うべき理由はたくさんあった。卒園式は一時まで終わらない。いいかげん、荷造りもすませなければならない。しかも今夜はリチャードとモーリーンとディナーだ。

とはいえ、ジョシーは本当にいい友人だった。それに彼女はもう二年もＳＡＧの会員証を手に入れるために必死で努力してきたのだ。

「わかったわ。頑張ってきてね」ネリーは言った。「汗をかいてきてね、のほうがいい？」

ジョシーは笑った。「愛してる！」

ネリーは両方のこめかみをさすった。かすかにずきずきと脈打ち始めている。ノートパソコンを開き、件名に〝絶対やること!!〟と入れて自分用にメールを打った。〝クリーニング店に行く。本の片づけ。二時に〈ギブソンズ〉。七時にモーリーン〟

鐘の音が鳴り、未読の新着メールがあることを告げた。一件はリンダからで、教員たちは早めに来て卒園式の準備をするよう念押しするメールだった。大学の友愛クラブの仲間で、いまだフロリダに住んでいるレズリーからは、ネリーの婚約を祝うメッセージが届いていた。ネリーはいったん躊躇してから、返信せずにそれを削除した。伯母からは、間近に迫った結婚式の件で何か手伝うことがあるかという内容だった。毎月自動で行っている慈善寄付の今月分が、当座預金口座から引き落とされたという通知もあった。そして結婚式のフォトグラファーからも一通届いていた。

手付金を返金したほうがいいか、それとも日程変更を検討中なのか、連絡がほしいとある。

ネリーは顔をしかめた。意味がわからない。携帯電話に手を伸ばし、本文の下に書かれた電話番号にかけた。

三度目の呼び出し音で、フォトグラファーが電話に出た。声が眠そうだ。

「ちょっと待ってください」ネリーがメールのことを尋ねると、彼は言った。「今、オフィスへ行くから」

足音がして、続いて書類をめくる音が聞こえてきた。

「ああ」フォトグラファーが言った。「伝言がありますね。結婚式はキャンセルになったと先週電話を受けています」

「なんですって？」ネリーは狭いベッドルームの中を行ったり来たりし始めた。何歩か行くたびにウエディングドレスの前を通り過ぎる。「誰から？」

「伝言を受けたのはアシスタントですね。彼女によれば、電話はあなたからだそうです」

「私はかけてないわ！　結婚式もキャンセルしたりしてません！」そう訴えながら、ネリーはベッドに身を沈めた。

「申し訳ない。彼女とは二年近く一緒に仕事をしてますが、これまでこんなことは一度もなかったんですが」

ネリーとリチャードはふたりとも、招待客の少ない内輪だけの結婚式を望んでいた。

「ニューヨークなんかで式を挙げたら、同僚全員を招待しなければならない」リチャードはそう言っていた。フロリダのネリーの実家からそう遠くないところにある、驚くほどすてきなリゾートを見つけたのは彼だった。白亜の円柱が並ぶ海に面した建物で、ヤシの木や、赤やオレンジ色のハイビスカスに囲まれている。そして招待客用の部屋や、食事やワインなどの費用はすべてリチャードが支払ってくれることになった。おまけにサムとジョシーとマーニーの航空運賃まで出してくれる気だ。

ふたりでそのフォトグラファーのウェブサイトを見たとき、リチャードはその報道写真のような撮影スタイルに感心していた。

「ほかのフォトグラファーはみんな硬いポーズの写真を撮るが、この男は感情をとらえている」

このフォトグラファーの写真をリチャードへの結婚プレゼントにしたくて、ネリーは何週間もかけてお金を貯めた。

「あの……」ネリーは声がうわずった。今にも泣きだしそうなときには、いつもそうなる。リゾートのほうで別のフォトグラファーを探してもらうこともできるだろうが、それでは違うのだ。「面倒なことを言うつもりはないけど、明らかにこれはそちらのミスだわ」

「今、確認しています」フォトグラファーは言った。「電話を切らないで。式は何時からでしたっけ？」

「四時です。式の前にも写真を撮る予定でした」

「ええと、すでに三時に別の撮影の予約が入っているな。だが、なんとかしましょう。そっちのほうは婚約写真だから、一時間くらい予定をずらしても気にしないでしょう」

「ありがとう」ネリーは安堵のため息をついた。

「わかりますよ。結婚式の日ですもんね。すべてが完璧じゃないと」

両手が震える中、電話を切った。絶対にアシスタントのミスなのに、あのフォトグラファーはかばっていたのだとネリーは思った。たぶんアシスタントは、ネリーたちの結婚式を別のカップルの式と間違えてしまったのだろう。とはいえ、もしフォトグラファーがメールをくれなかったら、母の安物のカメラで撮った写真しか残らないところだった。

フォトグラファーの言うとおりだ。すべてが完璧でなければならない。

何もかも完璧にいくはずだ。ただ……。ネリーはドレッサーの一番上の引き出しから、モノグラムのついた淡いブルーのハンカチを入れた、小さなサテンのポーチを取りだした。そのハンカチは父のものだった。バージンロードを父とともに歩くことはかなわないので、このハンカチをブーケに巻こうと思っていた。象徴的な旅路の間、父の存在を感じていたかった。

ネリーの父は冷静な人だった。大腸癌と診断されたことを娘に話したときも、涙はなかった。けれどもネリーが中学校を卒業したときは、目に涙を浮かべていた。「これからいろいろなことを見逃すのだと思うとな」父は言い、ネリーの頭のてっぺんにキスをした。次に見たときには父の目からはもう涙は消えていた。まるで日の光が差して朝霧が蒸発するように。そして半年後、父自身もいなくなった。

ネリーはやわらかなハンカチの皺を伸ばし、指の間に絡めた。父もリチャードに会えたらよかったのに。間違いなく認めてくれただろう。

「よくやった」父はそう言ったに違いない。「よくやったな」

最後にハンカチを頬に押しあててから、ネリーはまたポーチに戻した。

ガスコンロの上の時計を確認した。九時になったらクリーニング店が開く。卒園式は十時からだ。今すぐ家を出れば、花柄のワンピースを受け取り、着替えをすませてから保育園に行って、卒園式の準備もなんとか間に合うだろう。

ネリーはバーカウンターに身を乗りだし、クリスが三十一番テーブルのダーティ・

マティーニを作り終えるのを待っていた。客は誕生日を祝っている弁護士のグループだった。彼女は手首につけた新しいブレスレットをもてあそんだ。大玉のきらきらしたビーズでできていて、不器用な結び方で縛られている。卒園式でジョーナからもらったものだ。

これで担当するテーブルは三回転目だった。もうすぐ六時、仕事をあがろうと思っていた時間だ。リチャードにはジョシーの代わりにシフトに入っていることを伝えておらず、モーリーンとの待ち合わせに遅れるわけにはいかなかった。

最初、レストランは暇だった。ネリーはオハイオ州から来たという白髪の夫婦とおしゃべりをした。おいしいベーグルショップを紹介したり、メトロポリタン美術館の新展示をぜひ見たほうがいいと勧めたりした。夫婦は五人の孫の写真を引っ張りだしてきて、一番下の子がなかなか文字を読めるようにならないのだと言った。そこでネリーは役立ちそうな本のリストを書きだしてあげた。

「親切なお嬢さんね」女性のほうが言い、メモ書きした紙をハンドバッグにしまった。彼女の左手にはまっているゴールドの指輪に気づき、ネリーはふと考えた。数十年後、自分の孫の写真を持てるようになり、それを出会ったばかりの人に見せるとき、いったいどんな気分になるだろうか。その頃までには婚約指輪も、指にくっついた重く慣れない物体とは思わず、肌になじんで自分の一部のように感じられるだろう。

しかしシフトが終わりに近づくにつれ、いつも職場から直行して騒ぎに来ているらしい二十代や三十代のグループで店はいっぱいになった。

「私の担当テーブルを締めてもらってもいい？」別のウエイターのジムがバーカウンターの前を通りかかったとき、ネリーは頼んだ。

「あと何卓残ってる？」ジムがきき返す。

「四卓。みんなもう食べる気はなくて、ただ居座ってるだけ」

「くそっ、今は手が離せない。少し時間をくれないか？」

ネリーはもう一度時計を見た。いったん家に帰ってシャワーを浴び、黒のアイレットレースのワンピースに着替えたいと思っていた。〈ギブソンズ〉を出るときは、必ずフライドポテトの匂いがしみついているからだ。でも今はもう、卒園式で着た花柄のワンピースに着替えるほかなかった。

ネリーが弁護士たちのダーティ・マティーニをのせたトレイを持ちあげようとした瞬間、誰かが彼女の肩に腕をかけてきた。振り返ると、飲酒ができる二十一歳に達したばかりと思われる背の高い男が立っていた。彼には数人の連れがいて、みんなして大事な試合に臨むアスリートのような荒々しいエネルギーを発していた。普段なら、ネリーは男性のグループ客が好きだった。女性客と違い、会計を別々にしてくれと頼んでこないし、チップも気前よく払ってくれるからだ。

「君のテーブルにはどうやったら座れる?」

男は男子学生友愛クラブ〈シグマ・カイ〉のTシャツを着ていた。そのギリシャ文字が目の前に迫り、ネリーは顔をそむけた。

「悪いけど、あと何分かしたら帰るの」そう言って、男の腕の下から抜けだした。

ネリーがドリンクを持って背を向けたとき、連れのひとりが言うのが聞こえた。

「彼女のテーブルに潜りこめないなら、彼女の下着にどうやって潜りこめばいいんだよ?」

ネリーはバランスを崩し、トレイをひっくり返してしまった。ジンとオリーブジュースでびしょ濡れになる。グラスが床で粉々に割れると、男たちから拍手喝采がわき起こった。

「もう!」ネリーは声を荒らげつつ、袖で顔をぬぐった。

「濡れTシャツコンテストだな!」男のうちの誰かが野次を飛ばす。

「落ち着け、みんな」ジムが連中に言った。「大丈夫か? もう代われるって言いに来たんだ」

「平気よ」ネリーは言った。ウエイター助手がほうきを持ってくる中、ネリーは濡れたシャツを胸から引き離しながら、裏のオフィスへ駆けこんだ。ジムバッグをつかんでトイレに入り、服を脱いでペーパータオルで体を拭いた。さらに別のペーパータオルを濡らしてできる限り体をこすり、それからようやくバッグの中の花柄のワンピースに手を伸ばした。多少皺が寄っているが、とりあえず汚れてはいない。

ネリーは鏡に映る自分を見つめた。頬のほてりと髪の乱れには目をつぶる。何もかも変わってしまった翌朝に女子寮で目を覚ました、二十一歳の頃の自分の姿が重なって見える。あのとき、泣いたせいで喉がひりつき、あたたかいパジャマとキルトに身を包んでいたにもかかわらず、体の震えが止まらなかった。

さっきの愚か者たちには近づくまいと思いながら、ネリーはトイレを出た。彼らはバーカウンターの近くに輪になって群がり、ビールのボトルを片手に、けたたましい笑い声をあげていた。

「ああ、帰らせたくなかったのになあ」男のひとりが言った。「キスして仲直りしないか?」そう言って、両腕を差し伸べてきた。彼はほかの男たちと同様にバーカウンターに背を向けている。その向きなら店内にいる女性を物色できるからだろう。

ネリーは彼をにらみつけた。顔にドリンクを投げつけてやりたかった。そうして何が悪いというのだろう？　どうせクビにはならない。

しかし近寄っていきながら、男のすぐ後ろのバーカウンターに置かれているものに気づいた。

「いいわよ」ネリーは愛想よく言った。「ハグしましょう」

バーカウンターにジムバッグを放ってから体を寄せ、押しつけられる彼の体の感触に耐えた。

「楽しい夜を」彼女はバッグを手に取った。

ネリーはそそくさとタクシーを拾った。後部座席に身を落ち着けると、すぐさま薄い革の札入れを開けてみた。さっきバーカウンターからジムバッグを取るときに、一緒にかすめ取ったのだ。上からクレジットカードの端がはみでていた。

一ブロック進み、タクシーが赤信号で止まったところで、ネリーはさりげなくそれをウインドウからにぎわう交差点へ落とした。

12

「〈サックス〉に行っていたの?」帰宅した私に、シャーロット伯母さんが尋ねる。「どうしてかしら、今日はお休みだと思ってたわ……それはそうと、〈フェデックス〉から荷物が届いていたわよ。部屋に置いておいたから」

「本当に?」私は荷物に関心を引かれたふりをして、伯母さんの質問をごまかす。実のところ、今日は仕事ではなかった。「何も注文してないけど」

シャーロット伯母さんはキッチンのスツールの上に立ってキャビネット内を整理していたが、中断しておりてくる。カウンターにはより分けたボウルやマグカップが並んでいる。

「リチャードからよ」伯母さんが言う。「サインしたときに、依頼主の欄に名前があるのが見えたの」

伯母さんが見つめてくる。こちらの反応を待っているのだ。私は冷静な顔を保つ。

「きっと私の残ってた荷物を送ってきただけよ」リチャードに対して、彼が婚約したことに対して私が何を思っているのか、伯母さんに知られるわけにはいかない。何か助けられなかったのかと、あとあと自分を責めてほしくないからだ。「夕食用にサラダを買ってきたの」黒い文字と舞い踊る野菜のデザインが入った白い紙袋を持ちあげる。もっと伯母さんに協力的になろうと誓ったのだ。それに〈チョップト〉は立ち寄るのに便利な場所にあった。「これを冷蔵庫に入れたら着替えてくるわ」私は届いた箱を開けたくてうずうずしている。

荷物はベッドの上で待ち構えている。すべて大文字で書かれた、きれいなブロック体の文字を見て、両手が震えだす。仕事へ行く前、リチャードは毎日のようにこれと同じ筆跡でメモを残してくれたものだった。〝寝顔がすごくきれいだ〟とか、〝今夜も愛しあうのが待ちきれないよ〟とか。

時が経つにつれ、メモの内容は変わっていった。〝今日はエクササイズしてみてくれ、スイートハート。きっと気分がよくなるはずだ〟そして結婚生活が終わりに近づくと、メモではなく携帯電話のメッセージになった。〝今、電話をかけたが、出なかったな。また寝ているのか？　この件で今夜話したい〟

鋏（はさみ）でテープを切り、自分の過去を開ける。

一番上にあったのは結婚式のアルバムだ。ずっしりとしたサテンの記念品を持ちあげると、その下にはきちんとたたまれた何着かの衣類が見える。あの家から出るとき、私は冬用の服ばかり持ってきてしまった。リチャードは夏向きのアンサンブルを送ってきていた。彼はこれまでもずっと、私に最適な服を選んでくれた。

一番下には、クッションつきの黒のジュエリーボックスが入っている。開けてみると、中にあったのはダイヤモンドのチョーカーだった。私がどうしても耐えられず、身につけることができなかったアクセサリー。なぜならひどい喧嘩をしたあとにリチャードからプレゼントされたものだったからだ。

もちろん私が置いてきたものはこれだけではない。たぶん残りはリチャードが慈善団体に寄付でもしたのだろう。

私があまり服にこだわりがないことはリチャードも知っている。彼が本当に返したかったのはアルバムとチョーカーだ。でもなぜ？

箱の中にメモはない。

でも、その中身にメッセージがこめられているのだと気づく。

私はアルバムを開き、ひとりの若い女性をまじまじと見つめる。スカートがたっぷりふくらんだレースのウエディングドレスに身を包み、リチャードにほほえみかけている。それが自分だとは、ほとんどわからない。まるで違う人の写真を見ているみたいだ。

ふと思う。新しいフィアンセは彼の姓を名乗るつもりだろうか。トンプソンと。それはまだ私の名前でもある。

牧師が式を執り行う間、リチャードに顔を向ける彼女の姿が目に浮かぶ。その人は光り輝いている。リチャードは私のことを一瞬でも考えるだろうか？　記憶を追いやってしまう前に、あの瞬間の私の姿を思いだすだろうか？　彼が誤って彼女を私の名前で呼ぶことはあるのだろうか？　ベッドの中でふたりで寄り添いながら、私の話をしたりするのだろうか？

私はアルバムを部屋の反対側に投げつける。それは壁に傷を残してから、大きな音を立てて床に落ちる。今では全身が震えている。

ずっとシャーロット伯母さんのために演技をしてきた。だけどもう、今の自分を隠しきれない。

通り沿いのリカーショップに思いを馳せる。ボトルを一、二本買ってこようか。飲めば、怒りがおさまるかもしれない。

箱を衣装だんすの中に押しこんだが、今やリチャードが彼女の顎を持ちあげ、彼女の首にダイヤモンドのチョーカーをつける姿が頭に浮かんでしまう。そのあと身をかがめてキスをする姿も。重なりあうふたりの唇も手も、想像するなんて耐えられない。

もう時間がない。

彼女に会わなければならない。今日も何時間もアパートメントの外で待ち続けたのに、姿を見せなかった。

怯(おび)えているのだろうか？　何か勘づいているのだろうか？

私は最後にもう一本だけワインを自分に許すことにする。それを飲んで、また計画を見直すのだ。しかしリカーショップに行く前に、あることをしようと考える。このなんでもない行動によって、奇跡的にも思いがけないチャンスが舞いこむ。

私はモーリーンに電話をかけようと決意する。何年経とうと、リチャードの最も近くにいるのはモーリーンだ。

もう長い間話していなかった。私たちの関係はそれなりにいい感じで始まったものの、弟と私の結婚生活が続いていくにつれ、彼女の私に対する気持ちは変わってしまったようだった。モーリーンはよそよそしくなった。きっとリチャードが姉を信用していろいろ秘密を打ち明けていたに違いない。私を警戒するようになったのも当然だ。

とはいえ当初は私もモーリーンと親しくなろうと努力した。リチャードにとって、私たちが親しいことが重要だったように思えたからだ。私は一、二週間に一度は彼女に電話をかけた。しかし、あっという間に話題が尽きてしまった。モーリーンは博士号を持っていて、毎年春にはボストンマラソンに参加するような人だった。お酒はめったに飲まず、特別なときにシャンパンをグラスに一杯飲むだけ。朝は五時に起きて、大人になってから始めたというピアノの練習をする。そんな人だった。

結婚して間もなく、モーリーンの誕生日に毎年行っているというスキー旅行に、私も連れていってもらった。彼女とリチャードが難しいコースを楽々と滑りおりていく中、私は立っているのがやっとだった。結局、昼にはひとりコースから離れ、ホットトディを飲みながら暖炉のそばで縮こまっていた。リチャードとモーリーンが頬をピンク色に染めて意気揚々と戻ってきて、夕食に呼びに来てくれるまでずっと。それからもふたりは毎年声をかけてくれたが、最初の旅行以降、私が参加することはなかった。彼らがアスペンやヴェイルなどのコロラドのスキーリゾートや、モーリーンの四十五歳の誕生日にはスイスにまで行っている間、私は家で留守番をしていた。

私はモーリーンの携帯電話の番号にかける。三回目の呼び出し音で彼女が出る。

「ちょっと待って」モーリーンが言ったあと、くぐもった声が聞こえてくる。「九十二丁目とレキシントン・アヴェニューの交差点までお願い」

なるほど、モーリーンはすでに市内にいる。コロンビア大学で講義をするために、夏はニューヨークに来ているのだ。

「ヴァネッサ？　元気にしている？」

モーリーンの口調は落ち着いている。至って普通だ。

「元気よ」私は嘘をつく。「あなたはどう？」

「おかげ様で」

ポッドキャストで、ある心理学の実験について紹介されていた。研究者が異なるいくつもの顔をプロジェクターに次々と映しだし、学生たちがそれぞれの感情をすばやくあてていくというものだ。これには驚いた。一秒にも満たない中、顔つきのわずかな変化だけを手がかりに、ほとんどの学生が嫌悪、恐怖、驚嘆、歓喜といった違いを正確に言いあてたのだ。けれども声もまた、同じくらい多くの感情を表すものだと私は思っている。人間の脳には、口調に含まれるごくわずかなニュアンスを汲み取って分類できる力がある。そう常々思うのだ。

モーリーンは、私とかかわりたくないと思っている。さっさと電話を切ろうとしている。

「ちょっと考えたんだけど」私は言う。「明日、会ってランチでもどう？　それかコーヒーを飲むだけでも？」

モーリーンがため息をつく。「今、ちょっと忙しいの」

「そっちに出向いてもいいわ」私は続ける。「その、どうなっているのかなって……結婚のことよ。リチャードは――」

モーリーンがさえぎる。「ヴァネッサ、リチャードは前に進んでいるの。あなたもそうしなきゃ」

私は食いさがる。「私はただ――」

「お願いだからやめて。もうやめて。リチャードが言っていたわ。あなたから絶えず電話がかかってくるって……ねえ、あなたは別れたことで動揺しているんでしょうけど、リチャードは私の弟なのよ」

「あの人には会ったの？」私はつい口走る。「結婚するなんてだめよ。リチャードはあの人を愛してなんかいない……リチャードは――」

「たしかにあまりに突然よね」再び話しだすモーリーンの声は優しくなっている。「わかるわ。あの子がほかの女の人と一緒にいるところを見るのはつらいでしょう。自分じゃない人がリチャードのそばにいるなんて、考えるのも耐えられないわよね。

でも、リチャードは前に進んでいるんだから」

そうして電話が切れる音とともに、リチャードと私を結んでいた最後の糸がぷつりと切れる。

私は呆然とその場に立ちつくす。モーリーンはいつだってリチャードをかばいだてした。これからは新しい奥さんと仲よくするのだろうか。ふたりでランチに行くのだろうか……。

そのとき、弧を描く車のワイパーで曇りをぬぐい去ったかのように、私のぼんやりとした頭が冴え渡る。九十二丁目とレキシントン・アヴェニューの交差点。そこには〈スフォリア〉がある。リチャードはあのレストランが大のお気に入りだった。もうすぐ七時――ディナータイムだ。

モーリーンがタクシーの運転手に告げていたのは、あそこの住所だったに違いない。コロンビア大学からは遠いが、リチャードのアパートメントのすぐ近くだ。そこでモーリーンはリチャードに――リチャードと彼女に会おうとしているのだろうか？

彼女とふたりきりにならなければ。リチャードには見えないところで。

今すぐ家を出れば、店に来る彼女を角で待ち伏せできる。それがだめなら、女性用トイレの近くの席を取って、彼女が利用するときに一緒についていけばいい。

二分で事は足りる。

衣装だんす脇の面取りガラスの鏡に映る自分の姿をちらりと見やる。急いで行かなければならないけれど、うまく場に溶けこめるようにそれなりの格好をする必要がある。私は少しだけ時間を割いて、髪をブラシで梳かし、〈クリニーク〉の新しいリップグロスを塗る。その色が自分のチョークのように白い肌には薄すぎると今さらながら気づいたが、もう遅い。目の下にコンシーラーを叩きこみ、チークで整える。

鍵を捜しながら、用事で出かけてくるとシャーロット伯母さんに大声で伝える。返事を待たずに、玄関から飛びだす。エレベーターでは遅すぎるので、螺旋(らせん)階段を駆けおりる。バッグが弾んで、バンバンと体の脇にあたる。この中に、必要なものがすべて入っている。

ラッシュアワーで、通りは渋滞している。バスも見あたらない。だったら、タクシー？　イースト・サイド方向に歩きつつ黄色い車に目を走らせたが、どれも客を乗せているようだ。歩けば二十分。そこで、私は走りだす。

13

タクシーが着くまでに、ネリーは大学生に触られた不快感をなんとか追い払った。さほど難しくはなかった。とっくの昔に、心に生じるこうした感情を割りきれるようになっていた。それでもレストランに着いたら、トイレで少しの時間ひとりになりたかった。そこでリップグロスを塗り直そうと考える。もちろん香水もつけ直すのだ。しかしいざ到着すると案内係に、テーブルですでに女性が待っていると告げられた。

「バッグをお預かりいたしましょうか?」案内係に尋ねられ、濡れた制服が入った鮮やかなブルーとイエローの〈ナイキ〉のバッグを手渡した。自分を田舎者くさく感じる。ネリーは彼にチップを渡すべきなのかどうかわからなかった。あとでリチャードに確かめようと思った。ネリーにとっては、特大サイズのメニューと一緒に子ども用のクレヨンを持ってきてくれる女主人がいるようなレストランのほうが、はるかになじみがある。

ネリーは案内に従ってバーエリアを抜け、グランドピアノを演奏するタキシードを着た白髪の男性の横を通り過ぎ、その先にある天井の高いダイニングエリアへ通された。胃がきりきりと締めつけられる。モーリーンは十六歳も年上で、しかも大学教授だ。一方のネリーは揚げ物の匂いを漂わせ、少々皺になった服を着た保育園の先生だった。

なんとも最悪な夜に初顔合わせをするはめになったものだ。

けれどモーリーンを見た瞬間、ネリーは息をついた。リチャードの姉は、写真のネガとポジのように彼とそっくりだった。クラシカルなボブに切りそろえられた髪に、シンプルなパンツスーツというういでたちのモーリーンは、老眼鏡をかけて『エコノミスト』を読んでいた。リチャードが集中しているときにいつもするように、彼女も唇を噛んでいる。

「ハイ！」ネリーは声をかけ、モーリーンをハグした。「ハグは変でした？　もうすぐ姉妹になるからと思ったんですけど……それに私には姉妹がいないから」

モーリーンはほほえみ、ハンドバッグに雑誌をしまった。「会えてうれしいわ」

「ひどい格好でごめんなさい」ネリーはモーリーンの向かいの椅子に腰をおろした。内心の緊張の副作用でおしゃべりになる。「職場から直接来たので」

「保育園？」

ネリーは首を振った。「私、ウエイトレスもしていて……していた、かな。本当はもう辞めているんですけど、今日は友達の代わりに少しだけ。待ち合わせに遅刻しないかと心配だったから、ちょっとくたびれた格好のまま来ちゃいました」

「そう、別に問題ない格好だと思うわよ」そう言うモーリーンは相変わらず笑顔だった。だが次の言葉に、ネリーは不意を突かれた。「あなたはまさにリチャードの好みのタイプね」

リチャードの元妻の髪はブルネットではなかっただろうか？「どういう意味ですか？」ネリーは尋ねながら、パンのかごに手を伸ばした。卒園式に向かう道すがらバナナを一本食べて以来、もう十時間以上も何も口にしていない。テーブルにはオリーブオイルを入れた皿が置いてあり、その上に紫色のビネガーで描いた模様とタイムの小枝が浮いていた。ネリーはロールパンを小さくちぎり、その飾りつけを崩さないようそっとオリーブオイルに浸した。

「あら、わかっているでしょう。愛らしくて、きれいで」モーリーンは両手を組んで身を乗りだした。

モーリーンは率直すぎると、以前リチャードが言っていた。とはいえ、そういうところを彼は特にすばらしいと思っていたようだ。モーリーンのさっきの言葉に侮辱する意図なんてなかったはずよと、ネリーは自分に言い聞かせた。愛らしいやら、きれいやらと言われて、普通なら誰も侮辱されたとは思わないだろう。

「あなたのことを聞かせて」モーリーンが言った。「リチャードの話だと、フロリダの出身なんですって？」

「あの、ええ……それより、私もいろいろ質問したいです。若いときのリチャードはどんな人だったのかとか。彼が話してくれていないことを聞きたいわ」ロールパンはあたたかく、たくさんのハーブが練りこまれていた。ネリーはもうひと口食べた。

「そうね、どこから始めようかしら？」モーリーンが先を続ける前に、テーブルに向かって歩いてくるリチャードの姿がネリーの目に入った。彼はじっとネリーを見ている。リチャードに会うのはバチェロレッテ・パーティのあと、彼にベッドまで運んでもらったとき以来だ。リチャードはためらうことなく身をかがめ、ネリーの唇にキスをした。本当に大丈夫なのだとネリーは思った。許してもらえたのだと。

「すまない」リチャードは言い、姉の頰にすばやくキスをした。「飛行機が遅れたんだ」

「どちらかというと早すぎよ。ちょうどモーリーンがあなたの底知れない暗い秘密を教えてくれるところだったのに」ネリーは冗談を言った。

彼女がそう言ったとたん、リチャードが一瞬、顔をこわばらせた。だが、やがて笑顔になった。ネリーは彼がテーブルをまわりこんで自分の隣に座るものと思っていた。

しかしリチャードは斜め向かいの、モーリーンの右側の椅子に腰をおろした。

「じゃあ、ゴルフクラブでいろいろしでかしていた夏の話かな」リチャードはナプキンを振り広げて膝にかけた。「それと、ディベートチームの副キャプテンに選ばれたときに起こったあの事件もだな」

「あれは恥ね」モーリーンが話に加わった。彼女はリチャードの襟についた糸くずを払った。ネリーにはそれがまるで母親のような仕草に思えた。リチャードには両親がいなかったが、少なくとも姉からはあからさまに溺愛されているらしい。

「名門私立校のゴルフクラブのユニフォームを着たあなたは、きっとすてきだったんでしょうね」ネリーは言った。

リチャードは返事をする代わりに、ウエイターに合図をした。

「腹ぺこだ。だが、まずは飲み物だな」

「レモンを添えた炭酸水をお願い」モーリーンはウエイターに言った。

「フィアンセにワインのリストをお願いできるかな?」リチャードがネリーにウイン

クをした。「君が酒を断るのは聞いたことがないからね」

ネリーは笑ったが、それがモーリーンにはどう聞こえているかはわかっていた。ずっと油の匂いを気にしていたが、さっき彼女をハグしたとき、ジンの匂いもしていたのではないだろうか？

「ピノ・グリージョをグラスでもらうわ。ありがとう」ネリーは言った。きまり悪さを隠そうと、パンの最後のひと口をピリッとした味わいのオリーブオイルに浸した。

「僕はハイランドパークをオンザロックで」

ウエイターが立ち去ったあと、しばし沈黙が流れたので、ネリーは思わず口走った。

「ここには〈ギブソンズ〉から直接来たの。どうしようもない客のせいでお酒をこぼしてしまって。ジムバッグに濡れた制服が入っていて、だから……」

また意味もなくべらべらとしゃべってしまった。「もう辞めたと思っていたが」リチャードが言う。

「ええ、辞めたわ。ジョシーのシフトを代わってあげただけよ。彼女、初めてコマーシャルの仕事をもらえたのに、代わりにシフトに入れる人を見つけられなくて……」

徐々に言葉が小さくなっていった。なぜ説明しなければならない気になるのか、自分でもわからなかった。

ウエイターが飲み物を持ってくると、リチャードは自分のグラスをモーリーンに向かって掲げた。「腿の裏の筋肉の調子はどうだい？」

「よくなってきているわ」モーリーンが答える。「あと何回か理学療法を受ければ、また長く走れるようになるはずよ」

「怪我をしたんですか？」ネリーはきいた。

「単なる肉離れよ。マラソンをするようになってからときどき起こるの」

「マラソンなんて、私、絶対に走れない！」ネリーは言った。「五キロでもう無理。本当に驚異的だわ」

「誰にでも向くスポーツではないから。私たちみたいなタイプAの人だけね。心理学者によると、過剰に競争的で周囲から認められたい欲求が強いらしいから」モーリーンは冗談を言った。

ネリーはパンのかごに手を伸ばし、ロールパンをもうひとつ手に取ったが、もとに戻した。ほかのふたりが何も食べていないことに気づいたのだ。ネリーは自分の皿のまわりに散ったパンくずをこっそり払おうとした。

「ジェンダー格差と交叉理論に関する論文を読んだよ」リチャードがモーリーンに言った。「興味深い視点だった。反応はどうだった？」

ふたりが話している間、ネリーはうなずいたり、ほほえんだり、ジョーナにもらったブレスレットのビーズをいじったりしてみたものの、どう会話に加わればいいのかわからなかった。

まわりのテーブルに視線をやると、ちょうどウエイターがシルバーのトレイに置かれたクレジットカードを持ちあげていて、その拍子にグリーンの色がちらりと見えた。ネリーはタクシーのウインドウから捨てたアメックスのカードを思いだした。今頃あのカードが泥棒の手に渡って、〈ベスト・バイ〉や〈PCリチャーズ〉といった家電量販店で使われていればいいのに。それよりも、子どもの食料を買うために貧しい母親に使われるほうがいいかもしれない。

ウエイターがメインディッシュを運んでくると、ネリーはほっとした。これでチキンとクスクスに集中しているふりができる。どうやらモーリーンはネリーが居心地悪そうにしていることに気づいたらしく、こちらに向き直った。

「幼児教育はとても大切よね。どうして興味を持ったの？」タリアテッレを上品にくるくると巻き取り、ひと口食べた。

「ずっと子どもが大好きだったんです」ネリーは答えた。

デスクの下で、リチャードの脚が自分の脚に触れるのを感じた。

「伯母さんになる準備はできているかい?」彼はモーリーンに言った。

「もちろん」

なぜモーリーンは結婚したり子どもを持ったりしないのだろうかとネリーは不思議に感じた。姉が聡明すぎるせいで男は萎縮してしまうのだろうと、前にリチャードは言っていた。でもネリーはすでにモーリーンがリチャードの母親の役目を果たしているからではないかと思った。

モーリーンがネリーを見た。「リチャードはかわいい赤ちゃんだったわ。まだ四歳にもならないうちに文字を読めるようになったのよ」

「自分だけの力じゃない」リチャードが言う。「教えてくれたのはモーリーンだ」

「あの、私たち、お姉さん用のベッドルームをすでに用意してあるんです」ネリーは言った。「いつでも来てください」

「あなたもね。私の住んでいる街を案内するわ。ボストンに来たことはある?」

ネリーはちょうどクスクスをフォークですくって食べたところだったので、首を振りながらできるだけ急いでのみこんだ。

「あまり旅行をしたことがないんです。南部のいくつかの州に行ったことがあるくらいで」

詳しくは話さなかった。つまり、フロリダからニューヨークへ来るときにいくつかの州を車で通っただけとは。二千キロほどの旅は二日かかった。とにかく早く故郷を忘れたかった。

ネリーはふと、モーリーンがフランス語を流暢に話せることを思いだした。数年前にはソルボンヌ大学で客員教授を務めたことも。

「ネリーはついこのあいだ、初めてパスポートを取ったんだ」リチャードが言った。「ヨーロッパを見せてあげるのが待ちきれないよ」ネリーは彼に感謝の笑みを向けた。

結婚式についても少し話題にのぼった。泳ぐのが大好きだというモーリーンは、海でひと泳ぎできるのが待ち遠しいと言った。そのあとウエイターが皿をさげに来て、モーリーンとリチャードはデザートを断った。だからネリーもひそかに食べたくてたまらなかったブラッドオレンジのムースを、お腹がいっぱいでもう食べられないふりをした。リチャードがネリーの椅子を引こうと立ちあがった瞬間、彼女は声をあげた。

「ああ、モーリーン、危うく忘れるところだったわ。渡したいものがあるんです」

それは衝動買いしたものだった。先週ユニオン・スクエア・マーケットを歩いていたときに、ジュエリーを陳列している露天商がいた。ある一本のネックレスがネリーの目にとまった。淡い紫とブルーのガラスビーズが蜘蛛の糸のように細いシルバーのワイヤーに吊されていて、まるでビーズが浮いているかに見えた。留め金は蝶の形だった。これを首にかけてうれしく思わない人なんているわけがないとネリーは思った。

前にリチャードから、モーリーンに花嫁付添人を務めてもらうのはどうかと言われ、ネリーはサムのほうがよかったのにと思いつつも了承した。ごくささやかな結婚式だから、モーリーンひとりだけにしてもらうことになったのだ。彼女はスミレ色のドレスを着る予定だった。このネックレスと見事に調和するに違いない。

ジュエリーアーティストは茶色の段ボール箱（リサイクルだと彼女は説明した）に敷きつめたふわふわのコットンのベッドにネックレスをのせ、その箱をロープ状の紐で巻いて蝶結びにしてくれた。モーリーンが気に入ってくれることをネリーは願った。そしてこれが単なるネックレスではないと、リチャードにもちゃんと伝わることを願った。これは彼の姉とも仲よくしていきたいという意思表示だ。

ネリーはバッグに手を入れ、小さな箱を取りだした。角の二箇所が少し折れ曲がっているうえに、蝶結びもへたっていた。モーリーンは慎重にプレゼントを開けた。

「まあ、かわいい」ネックレスを持ちあげてリチャードにも見せた。

「結婚式でつけてもらえればと思って」ネリーは言った。

すぐさまモーリーンはネックレスを首にかけた。つけていたゴールドのイヤリングとはまるで合わないにもかかわらず。「気を遣ってくれてうれしいわ」

リチャードはネリーの手を握りしめた。「なんて優しいんだ」

しかしネリーは紅潮する頰を見られまいと下を向いた。本当はわかっていた。つい先週は手作り感があってかわいく思えたネックレスなのに、モーリーンの首に巻かれた瞬間、急に安っぽく幼稚に見えた。

14

手にチラシを押しつけてこようとする男を無視して、私は街を駆け抜ける。脚が震えるのを感じながらも、セントラル・パークの入口に向かって突き進む。

次の横断歩道に着いたちょうどそのとき、赤信号が点滅し始め、私は激しく息をつきながら角で立ち止まる。モーリーンはきっともうレストランに着いているだろう。リチャードが上等なワインを注文し、テーブルにはいい匂いのするパンが置かれているだろう。三人でグラスを合わせて、未来に乾杯しているかもしれない。テーブルの下で、リチャードがフィアンセの手を握りしめているかもしれない。私の手を握る彼の手はいつも力強かった。

信号が変わり、急いで通りを横断する。

〈スフォリア〉にはリチャードと一緒に何度も行った——あの夜以降、突然行かなくなるまでは。

あの夜のことは今も鮮明に覚えている。その日は雪が降っていた。大きな雪片が通りに降り積もり、でこぼこの面や汚れを消し去って街を一変させていく様子に、私は感動しきりだった。リチャードはオフィスから直接来る予定で、レストランで落ちあおうと言われていた。タクシーで向かいながらウインドウの外を眺めると、ストライプの帽子をかぶった少年が冬の味をとらえようと舌を突きだしているのが見えて、ふと笑みがこぼれた。同時に、胸が切なく締めつけられた。私が妊娠できない原因を、ドクター・ホフマンはいまだ特定できずにいた。そのため、さらなる検査の予約を入れてきたところだった。

タクシーがレストランの前で停まったとき、リチャードから電話がかかってきた。

「何分か遅れそうだ」

「わかったわ」私は返事した。「たぶんあなたは待つだけの価値のある人だもの」

彼が低く笑うのが聞こえた。私は運転手に料金を払ってタクシーをおりた。一瞬、歩道に立ち止まって街のエネルギーを吸いこむ。市内でリチャードに会うのが、いつも楽しみだった。

バーカウンターへ向かうと、空いているスツールがひとつあった。私はミネラルウォーターを注文し、まわりの会話に耳をそばだてた。「彼は電話をかけてくるわよ」

右側にいる若い女性が友人を元気づけていた。「でも、もしかけてこなかったら?」友人がきき返す。「よく言うでしょ。男を忘れるには、ほかの男と寝るのが一番だってね」そしてふたりで大笑いした。

私は当時あまり友人たちに会えておらず、みんなのことが恋しかった。友人たちはいまだフルタイムで働いていた。そして週末に彼女たちがそろって繰りだし、恋人の愚痴を言って慰めあっているとき、私はいつもリチャードと一緒だった。

数分後、バーテンダーが私の前に白ワインのグラスを置いた。「バーの隅の席にいらっしゃるお客様からです」

見渡すと、男の人がこちらに向かってカクテルを持ちあげていた。私は彼に結婚指輪が見えるようにと、左手でワイングラスを掲げたのを覚えている。そしてほんの少し口をつけてから、グラスを押しやった。

「シャルドネは嫌いだった?」しばらくして、声が聞こえてきた。

その人は背が低かったが筋肉質で、カールした髪の持ち主だった。リチャードとは正反対のタイプだ。

「いいえ、おいしいわ……ありがとう」私は言った。「夫を待っているの」断って角が立たないよう、もうひと口飲んだ。

「もし君が僕の妻なら、バーカウンターで待たせたりはしないな。誰に言い寄られるかわかったものじゃないからね」

私は笑った。グラスはまだ手に持ったままだった。

ドアのほうを見やると、リチャードと目が合った。彼がすべての状況を理解したのがわかった。男性も、ワインも、神経質で甲高い私の笑い声も。リチャードがこちらへやってきた。

「ハニー！」私は立ちあがって叫んだ。

「テーブル席にいるものと思っていた。まだ席を確保してくれているといいが」

カールした髪の男が消えていなくなると、リチャードは案内係の女性に合図した。

「ワイングラスを席にお持ちしますか？」その人にきかれ、私は無言で首を振った。

「実際には飲んでいなかったのよ」テーブル席へ歩いていく途中、私はリチャードにささやいた。彼は口を引き結び、返事をしなかった。

記憶に没頭しすぎて、自分が道路へ足を踏みだしていたことにも気づかず、誰かに腕をつかまれて引き戻される。次の瞬間、けたたましくクラクションを鳴らしながら、配達トラックが猛スピードで通り過ぎていく。

信号が青に変わるまで、もうしばらく角で待つ。リチャードが新しい恋人にイカ墨のパスタを注文し、試してごらんと言っている姿が頭に浮かぶ。彼女が中座してトイレに行くときに、腰を浮かせて見送るリチャードの姿が目に見えるようだ。モーリーンはリチャードに身を寄せて、満足そうにうなずきながらこう言うのだろうか。「前の人よりいいじゃない」

見知らぬ人にワインを一杯おごられ、失礼にならないようにと少しだけ口にしたあの夜、私たちの食事はさんざんな結果に終わった。むきだしのれんがの壁とこぢんまりした部屋が隠れ家のようでとても洗練されたレストランだったが、リチャードはほとんど何も話さなかった。私はなんとか会話を続けようと、料理についてコメントしたり、今日はどうだったかと彼にきいたりしたものの、しばらくしてあきらめた。

私が半分残ったパスタの皿を押しやると、リチャードがようやく口を開いた。その言葉に、強くつねられたような感覚に襲われた。

「大学時代、自分を妊娠させた男とはまだ連絡を取ってるのか?」

「なんですって?」私は息をのんだ。「リチャード、いいえ……もう何年も話していないわ」

「ほかに何を隠してる?」

「私……何も隠してなんかいないわ！」私は口ごもりながら言った。リチャードの口調は、まわりの優雅な雰囲気や、デザートメニューを持って近づいてくる笑顔のウエイターとはおよそ似つかわしくなかった。

「バーカウンターでいちゃついていた男は誰だ？」リチャードが言った。

今さらの非難に頬がかっと熱くなる。彼の声が隣の席のカップルにも届いていることには気づいていた。彼らはふたりしてこちらの様子をうかがっている。

「誰だか知らないわよ。一杯おごられたの。それだけよ」

「おごられたから飲んだのか」リチャードは唇を固く引き結び、険悪な表情になった。

「赤ん坊に害があるかもしれないのに」

「赤ちゃんなんていないじゃない！」私は叫んだ。「リチャード、どうしてそんなに怒っているの？」

「互いをもっとよく知ろうとしている今のうちに、ほかに打ち明けておきたいことはないのか？」

涙が浮かんで痛む目をしばたたいたあと、私は唐突に椅子を引いた。木製の脚が床にこすれて音を立てる。私はコートをつかみ、まだ降りやまない雪の中へ飛びだした。

涙が頬を伝い続ける中、どこへ行けばいいのかわからず、外に立ちつくした。そこへリチャードがやってきた。

「悪かった、ハニー」彼が本気でそう思っているのがわかった。「ひどい一日だったんだ。君に八つあたりするべきじゃなかった」

リチャードが両腕を差し伸べる。一瞬の間を置いて、私はその中にもたれかかった。

彼に髪を撫でられ、私のすすり泣きは大きなしゃっくりに変わっていった。リチャードは静かに笑った。「愛しい人」その声色からは、あらゆる憎悪が消えてなくなり、ベルベットのような優しさが取って代わっていた。

「私こそ、ごめんなさい」リチャードの胸に顔をうずめているせいで、声がくぐもった。

あの夜を境に、ふたりで〈スフォリア〉へ行くことはなくなった。

もうすぐだ。セントラル・パークを通り抜け、あと三ブロック。胸が締めつけられる。息ができない。ほんの一瞬でいいから座りたいけれど、彼女に会えるチャンスを逃すわけにはいかない。

私は無理をしてさらに速度をあげる。ヒールが引っかからないように地下鉄の排気口の格子蓋を避け、背中を丸めて杖をついている男性をかわして走る。そしてレストランにたどり着く。

ドアを押し開け、狭い通路を駆け抜け、レセプションデスクを通り過ぎる。「お客様」メニューを持った若い女性が後ろから声をかけてくるが、私は見向きもしない。バーエリアとテーブル席に座る人々を見渡す。ここにはいない。でも、もうひと部屋ある。ここより静かだからと、リチャードが好んで座るのはそちらだ。「いかがなさいましたか？」案内係の女性が追ってくる。

私は奥の部屋へと走るが、段差につまずき、壁をつかんで体を支える。テーブル席ひとつひとつに視線をやり、さらに見直す。

「ブロンドの若い女性と一緒に、黒髪の男性がここに来なかった？」息を切らしつつ尋ねる。「もうひとり女性がいたかもしれない」

案内係はまばたきをして、私から一歩遠ざかる。「今夜は大勢のお客様が来店されていますので。私には――」

「予約を！」ほとんど叫び声になっている。「お願い、調べてみて。リチャード・トンプソンよ！　あるいは姉の名前でモーリーン・トンプソンかもしれないわ！」

別の誰かが近づいてくる。ネイビーブルーのスーツを着たがっしりとした男性で、眉をひそめている。案内係が男性と視線を交わすのが見え、私は彼に腕をつかまれる。

「外へ出ませんか？」彼が言う。「ほかのお客様のご迷惑ですから」

「お願いよ！　居場所をどうしても知る必要があるの！」

男性が手に力をこめ、私を出口へと連れていく。

自分が震えだしているのを感じる。〝リチャード〟内心でつぶやく。〝どうか彼女とは結婚しないで……〟

声に出ていたのだろうか？　レストラン内が一気に静まり返る。みんなが見ている。間に合わなかった。でも、どうして？　リチャードたちに食事をしている時間はなかったはずだ。モーリーンがタクシーの運転手に告げていた指示を思いだそうとする。もしかして、まったく別のことを話していたのだろうか？　それとも、私の頭が私を裏切り、聞きたいと思っていることを聞かせたのだろうか？

スーツの男性に街角で解放されたあと、私はまた泣きだしてしまう。嗚咽がとめどなくこみあげ、制御できない。でも今回は、私を包みこんでくれる腕はどこにもない。髪を撫でて顔から払ってくれる優しい手はどこにもない。

私は完全にひとりぼっちだ。

15

ネリーは昔、大学時代に恋をしたと思ったことがあった。夕方になると、彼が女子寮の角を曲がったところまで車で迎えに来てくれて、ネリーは中庭を突っきって会いに行ったものだ。足元の芝生はやわらかく、むきだしの脚にあたる空気があたたかかった。彼は古いアルファロメオの後部座席からやわらかいコットンのブランケットを取りだして海辺に振って広げ、ネリーにバーボンのボトルを手渡した。ネリーはさっきまで彼の口が触れていた飲み口に唇をあてた。琥珀色の液体が、喉から胃までを熱く焦がした。

日が沈むと、ふたりで服を脱いで海に飛びこみ、そのあとブランケットにくるまった。ネリーは彼の肌についた潮の味がたまらなく好きだった。

彼は詩を引用しながら、夜空に浮かぶ星座を指さすような人だった。とにかく気まぐれで、一日に三度も電話をかけてくるかと思えば、週末は音沙汰がなかったりした。

こうしたすべては本物ではなかった。

一日や二日、彼と連絡がつかなくても別に気にならなかった。十月のあの夜、どうしても会う必要ができるまでは。ネリーは何度も繰り返し電話をかけ、そのたびにますます切羽詰まったメッセージを留守番電話に残した。けれども彼はいっさい電話に出なかった。

数日後、彼がお粗末なカーネーションの花束を持って現れ、ネリーの機嫌を取ろうとしてきた。ネリーは自分を見捨てた彼を憎んだ。彼にもう行くと言われ、泣きだす自分をさらに憎んだ。

次はもう引っかからないとネリーは誓った。絶望しかけている恋人から目をそむけるような男とは二度とつきあわないと。

リチャードはまるで違った。目をそむけるどころか、ネリーがつまずきそうになると、なぜか本人が気づくよりも早くつかまえてくれるのだ。

「モーリーンはすばらしい人ね」ふたりで手をつないでアパートメントまで歩いている途中、ネリーは言った。

「君をとても気に入ったみたいだ」リチャードはネリーの手を強く握った。

それからしばらく話しながら歩いていると、リチャードが通りの反対側にあるジェラートの店を指さした。

「君がひそかにデザートを食べたがっているのは知ってたよ」

「心はイエスと言っているけど、ダイエット中の私はだめだと言っているわ」ネリーはうめいた。

「今日で仕事は最後だったんだろう？　お祝いしないと。卒園式はどうだった？」

「リンダに頼まれて少しスピーチをしたわ。最後のほうで胸が詰まって言葉が出なくなってしまったけど、ジョーナは私がメモを読めずに困っていると思ったみたいで叫んだの。〝声に出せばいいんだ！　きっとできるよ！〟って」

リチャードが笑い、それから体を傾けてキスをしてきた。ちょうどそのとき、〝太陽が輝くとき、私たちもともに輝くの（ウエン・ザ・サン・シャインズ・ウィール・シャイン・トゥゲザー）〟とネリーの携帯電話が鳴った。リアーナの《アンブレラ》――サム用の着信音だ。

「出ないのかい？」リチャードが言った。邪魔が入っていらだっているようには見えなかったので、ネリーは電話に出た。

「もしもし。今夜はこっちに帰ってくる？」サムがきいた。

「そのつもりはなかったけど、どうしたの?」

「女の人がアパートメントを見に来たの。私が新しいルームメイトを探してると聞いたからって」サムが続ける。「その人が帰ったあと、鍵が見つからないのよ」

「何週間か前は食料品の袋に入れっぱなしにして、危うくそのまま捨てるところだったじゃない」ネリーは言った。

「でも、あちこち捜したわ。私が家に帰ったとき、その人がアパートメントの外にいたから、すぐにバッグに鍵をしまったの。間違いないわ」

リチャードに大丈夫かとささやかれるまで、ネリーは自分が歩みを止めていることに気づいていなかった。

「どんな人だった?」思わずきいた。

「至って普通よ」サムが言った。「細身で、ダークブラウンの髪で、私たちよりちょっと年上で。でも、新たに独身になってやり直すつもりだって言ってた。くだらない話だけど、私、トイレに行きたくて切羽詰まってたのに、彼女にずっとあれこれ質問されて困ってしまったわ。本当に住みたがってる感じだった。彼女がキッチンでひとりきりになったのは、ほんの二秒くらい——」

ネリーは話をさえぎった。「今はひとり?」

「ええ。だけどクーパーに来てもらって、念のため泊まってもらおうと思ってる。彼にドアをふさぐために何か持ってきてもらうつもり。まったく、鍵をつけ替える業者を呼ぶのにお金がかかっちゃう」

「どうしたんだ？」リチャードが小声できいてくる。

「ちょっと待ってて」ネリーはサムに言った。

ネリーがリチャードに事情を説明し終える前に、彼は携帯電話を取りだしていた。

「ダイアン？」彼の長年の秘書だとネリーは気づいた。六十代の有能な女性で、ネリーも何度か会ったことがある。「遅い時間にすまない……わかってる、わかってる。君はいつもそう言ってるな。ああ、個人的な用件だ。今夜、至急アパートメントの鍵の交換をしてくれる業者を手配してもらえないか？　いや、僕の家じゃない……ああ、住所を教える。料金はいくらかかってもかまわない。ありがとう。もしよければ、明日はゆっくり出勤してくれ」

リチャードは通話を切り、携帯電話をポケットにしまった。

「サム？」ネリーは自分の携帯電話の送話口に向かって言った。

「彼がしゃべってるのが聞こえたわ」サムが言う。「うわあ……ほんとに助かった。リチャードにお礼を言っておいてね」

「ええ。鍵を交換してくれる人が来たら連絡して」

ネリーは電話を切った。

「ニューヨークには頭がどうかしたやつが大勢いるからね」リチャードは言った。

「そうね」ネリーはささやいた。

「だが、おそらくサマンサがまた別のところに置き忘れただけだろう」リチャードの声は飛行機で初めて出会ったときと同じく、心安らぐ抑揚をしていた。「そうでなければ、どうしてその女はサマンサの財布ではなく鍵を盗むんだ?」

「あなたの言うとおりだわ」ネリーはそう言ってから、ためらった。「でもリチャード……何度もかかってくるあの無言電話は?」

「三回だけだろう」

「もう一回あったのよ。まったく同じではなかったけど、あなたのアパートメントに女の人から電話がかかってきたの。あなたがアトランタに出発したあとに。あなたからだと思って、何も考えずに出てしまって……その人は名前を言おうとしなかったから――」

「スイートハート」リチャードがさえぎる。「それは同僚のエレンだ。僕の携帯電話にかけ直してきた」

「ああ」ネリーは緊張が解け、ぐったりとなった。「私……その、日曜だったから……」

リチャードがネリーの鼻のてっぺんにキスをした。「ジェラートを食べよう。そのうちサマンサから、冷蔵庫の中に鍵を見つけたという電話がかかってくるよ」

「そうね」ネリーは笑った。

リチャードはいつものように縁石側に移動し、ネリーと道路の間に立った。それからネリーに腕をまわし、ふたりでまた歩きだした。

サムから鍵の交換を終えたと電話があったあと、ネリーはバスルームに行ってノースリーブの透けたネグリジェに着替え、歯を磨いた。リチャードはボクサーパンツ姿ですでにベッドに入っていた。彼の隣へ潜りこむとき、ナイトテーブルにあるシルバーのフレームに入った写真が壁側を向いていることに気づいた。セントラル・パークのベンチに腰かけた、デニムのショートパンツとタンクトップ姿のネリーの写真だ。ネリーがいないときも朝起きてその姿を見たいのだと、いつもリチャードは言っていた。

彼も気づき、手を伸ばして写真をベッドのほうに向けた。「家政婦が来たんだ」

リチャードはリモコンを取ってテレビを消してから、ネリーに体を押しつけてきた。彼が触れてきたのは、いつも上掛けの下で手を伸ばしてくるときと同じ目的のためだと、ネリーは思った。しかしリチャードはそのあとネリーを放し、仰向けになった。

「君に言わなければならないことがある」リチャードの口調は真剣だった。

「ええ」ネリーはゆっくりと返事した。

「実は、二十代になるまでゴルフをしたことはなかった」暗闇の中、彼の顔は見えない。

「だったら……ゴルフクラブでの夏というのは?」

リチャードが息を吐きだす。「キャディをしていたんだ。ウエイターやライフガードも。道具を運んだり、濡れたタオルを拾い集めたり。僕の時給くらいするホットドッグを注文するガキどもに給仕したりもした。あんなくそみたいなクラブは大嫌いだった……」

ネリーは彼の腕に指を滑らせた。リチャードの言葉がここまで弱々しく聞こえるのは初めてだ。「あなたは裕福に育ってきたんだとずっと思っていたわ」

「父は金融関係の仕事をしていたと前に話しただろう。実は納税代行業者だったんだ。近所の配管工や便利屋の納税手続きをしていた」

話をさえぎりたくなくて、ネリーは黙っていた。

「モーリーンは自分では大学の奨学金をもらって、僕も行けるように学費を援助してくれた」ネリーの指の下で、リチャードの体がこわばっているのが感じられた。「金を貯めるために僕はモーリーンと暮らし、多額のローンも組んだ。そして身を粉にして働いた」

リチャードは人生のその部分について、あまり多くの人に語ってこなかったのだろうとネリーは感じた。

数分間ふたりで黙って横たわっているうちに、彼の告白に思いあたる節があることに徐々に気づいた。

リチャードの身のこなしは非の打ちどころがなく、まるで振りつけたのかと思えるほどだ。相手がタクシーの運転手だろうが、慈善イベントに参加した管弦楽団のバイオリニストだろうが、どんな人と話すときも彼は引けを取らない。銀器の優雅な扱い方も、車のオイル交換の仕方も知っている。ナイトテーブルには『ESPN・ザ・マガジン』のようなスポーツ誌から『ザ・ニューヨーカー』のような文芸誌、さらにはたくさんの伝記が積まれていた。ネリーはリチャードのことをカメレオンだと思っていた。どこでも難なく適応できる人なのだと。

けれどもリチャードはそうしたスキルを独学で身につけたに違いない。もしかしたら、そのうちのいくつかはモーリーンが教えたのかもしれないが。

「お母さんは？」ネリーは尋ねた。「専業主婦だったことは知っているけど……」

「ああ。それにバージニア・スリムを吸う愛煙家で、メロドラマ好きだった」

冗談だったのかもしれない。ただ、声にユーモアはなかった。

「母は大学に通ったことがなかった」リチャードは続けた。「僕の学校の課題を手伝ってくれたのはモーリーンだった。姉が僕の背中を押してくれたんだ。本気でやればなんでもできるくらい、あなたは賢いんだと言って。すべてはモーリーンのおかげだ」

「でも、ご両親も……あなたを愛していたでしょう」ネリーはそう切りだしつつ、リチャードのアパートメントの壁にかかっている写真を思いだした。彼がまだ十五歳のときに自動車事故で両親を亡くし、それからモーリーンと暮らすようになったことは知っていたが、姉がリチャードの成長にこれほど深い役割を果たしていたとは思っていなかった。

「もちろんだ」リチャードは言った。

ネリーは両親についてもっと尋ねようとしたが、リチャードの口調に気づいて口を閉じた。

「もうへとへとだ。この話は終わりにしよう。いいかい？」

ネリーは彼の胸に頭をのせた。「話してくれてありがとう」リチャードが苦労してきたこと、彼もウエイターをしていたこと、そして常に自信があったわけではないことを知り、心に優しい気持ちが芽生えた。

リチャードが静かになったので、もう眠ったのかと思った。しかしふいに彼がネリーの上になり、キスをし始めた。舌をネリーの唇の間に滑りこませ、膝で両脚を押し広げてくる。

ネリーは準備が整っておらず、リチャードが身を沈めてきたときには息をのんだ。それでも、やめてとは言わなかった。リチャードはネリーの頭の両脇に腕をついて、彼女の首元に顔をうずめた。そのまま一気に自らを解き放つと、激しく呼吸をしながらネリーに覆いかぶさった。

「愛しているわ」ネリーは静かに言った。

聞こえていたかどうかはわからないが、そのときリチャードが顔をあげ、そっと唇にキスをしてきた。

「初めて君を見たとき、僕がどう思ったか知っているかい、僕のネリー？」彼女の髪を後ろに撫でつけながらリチャードが言う。

ネリーは首を振った。

「君は空港で幼い男の子にほほえみかけていた。まるで天使のようだった」リチャードは続けた。「それで僕を救ってくれるんじゃないかと思ったんだ」

「救う？」ネリーはおうむ返しにきいた。

そのあとの彼の言葉はほとんど聞こえないほどだった。

「僕自身から」

16

もう何年も前、ニューヨークに引っ越してきて間もない頃、私は周囲のものに気を取られながら歩いて仕事に向かっていた。そびえたつ高層ビル群、さまざまな言語が飛び交う会話の断片、通りを走り抜ける黄色いタクシー、プレッツェルから偽物の〈グッチ〉のバッグまで、あらゆるものを売る露天商の呼びこみ。そのとき、人々の流れが急に途切れた。人ごみの中、前方に数人の警察官が集まっているのが見えた。近くの歩道には誰かが放置したくしゃくしゃになったグレーのブランケットがあり、道路脇にはエンジンをかけたままの救急車が停まっていた。

「飛び降りだ」誰かが言った。「さっき起こったばかりだな」

そこで、あのブランケットはぐちゃぐちゃになった遺体を覆っているのだと気がついた。

私はしばらくその場に立ちつくした。警察は立ち止まらないで進むよう指示していたけれど、道路を渡って現場を通り過ぎるのはなんとなく罰あたりな気がした。そんなとき、道路脇に靴が片方だけ落ちているのが目に入った。ローヒールの履きやすそうなブルーのパンプスが横向きに転がっていて、ヒールはわずかにすり減っていた。きちんとした身だしなみが必要なうえに長時間立っていなければならない職種の女性が求めそうな靴だ。銀行の窓口係か、ホテルのフロント係かもしれない。ひとりの警察官がかがみこんで、その靴をビニール袋に入れている。

私はその靴のことを、あるいはその持ち主の女性のことを考えずにはいられなかった。彼女はその朝、起きて、服を着て、窓から空中に踏みだしたに違いない。

翌日、新聞を調べてみたが、事件についてはほんの小さな記事が載っているだけだった。何が彼女を思いつめた行動に駆りたてたのか、私には知る由もない。計画どおりだったのか、それとも彼女の中の何かが突然ぽきりと折れたのか。

何年もあとになって、答えはその両方だったのだとわかった気がする。というのも、私の中の何かもついにぽきりと折れてしまったが、考えてみれば実はずっとこうなる瞬間を目指していたのだ。これまでにかけた電話も、監視も、あれもこれも……。私の代わりになる人のまわりをうろついて、じりじりと近づいて、どんな人か値踏みして、そうやってずっと準備をしてきたのだ。

彼女のリチャードとの人生が始まろうとしている。私の人生は終わりに向かっているかのようだ。

もうすぐ彼女は白いドレスに袖を通す。透き通る若々しい肌をメイクで整え、〝何か借りたもの（サムシング・ボロード）〟と〝何か青いもの（サムシング・ブルー）〟を身につけるだろう。演奏家たちがセレナーデを奏でる中、バージンロードをゆっくりと歩くのだろう。私が心から愛した唯一の男性に向かって。彼女とリチャードが互いを見つめ、誓いますと言ってしまったら、もはや後戻りはできない。

結婚式を止めなければ。

時刻は午前四時。眠れない。時計を凝視しながら、するべきことを反芻（はんすう）し、さまざまな筋書きをシミュレーションしてみる。

彼女はまだ引っ越していない。それは確認済みだ。

今日、待ち伏せして彼女をつかまえる。

目を見開き、両手を持ちあげて身を守ろうとする彼女の姿が目に浮かぶ。

もう手遅れだと、どうしてもそう言ってやりたい。私の夫だった男に近づくべきではなかったのだと。

ようやく外が白んできたので、私は衣装だんすへ向かい、迷いなくリチャードのお気に入りだったエメラルド色のシルクのワンピースを選ぶ。私のグリーンの瞳が引きたつからと、彼は私がそのワンピースを着るのを好んだ。昔は体にぴったりだったのに、今はぶかぶかになってしまったので、ウエストを細いゴールドのチェーンベルトで締めあげる。ここ数年なかったほど入念にメイクを施していく。時間をかけてファンデーションをなじませ、まつげをカーラーで持ちあげてマスカラを二度づけする。そのあとバッグから〈クリニーク〉のリップグロスを取りだし、ねっとりとした淡いピンク色のブラシを唇に走らせる。脚が長く引きしまって見えるように、持っている中で一番ヒールの高いヌードカラーの靴を履く。それからルシールに今日は仕事を休むとメッセージを送る。ほぼ確実に、二度と来なくていいと返事が来るだろう。

彼女のアパートメントへ行く前に、ひとつ立ち寄るところがある。アッパー・イースト・サイドにあるセルジュ・ノーマンのヘアサロンに早めの予約を入れておいた。そこへ行ってから彼女のもとへ向かっても、充分時間はある。

彼女の予定を突き止めるのは難しくなかった。今日、彼女が何をするつもりかは知っている。私はシャーロット伯母さんにメモも残さず、こっそり家から出る。

ヘアサロンに着くと、カラーリストに出迎えられる。その人の視線が、伸びた部分を染めていない私の髪の根元に向けられているのがわかる。

「今日はいかがなさいますか？」彼女が尋ねる。

私は若く美しい女性の写真を手渡し、このあたたかみのあるバターのような色合いにしてほしいと頼む。

カラーリストは写真から私に視線を移し、また写真に戻す。「これ、あなたですか？」

「ええ」私は答える。

17

演奏家たちがパッヘルベルのカノンを演奏する中、白バラのブーケに巻いた、〝サムシング・ブルー〟である父のハンカチとともにバージンロードを歩くのももうすぐだ。牧師はこう告げるだろう。「死がふたりを分かつまで……互いを敬い、慈しみ……添い遂げることを……」

ネリーは数時間後には空港に出発する予定になっていた。ふたつあるスーツケースの片方に新しく買った赤のビキニをしまってから、やることリストをチェックする。ウエディングドレスは事前に〈フェデックス〉でリゾートに発送済みで、コンシェルジュに到着の確認もすませてあった。あとは洗面道具を詰めるだけだ。

写真を飾っていた部分の壁に、うっすらと白い長方形が浮かびあがっていた。ベッドとドレッサーと照明はここに残していくつもりだった。サムは新しいルームメイト候補を見つけたらしい。ピラティスのインストラクターをしていて、明日部屋を見に来ることになっている。もし彼女が家具をほしがらなければ、運びだす手配をしようと決めていた。誰かが引っ越してくるまでは家賃も払うと、ネリーは主張した。

この申し出をサムが気に入っていないことはわかっていた。それでなくてもリチャードにフロリダへの旅費を出してもらっているし、さらに鍵を交換する費用まで負担してもらったばかりだからだ。

とはいえ、サムひとりではアパートメントの家賃を支払えないことは知っていた。

「ねえ」ネリーは言った。その話をしたとき、サムはベッドに腰かけ、ネリーが荷造りするところを見ていた。「それが公平でしょう」

「ありがと」サムはすばやくネリーを抱きしめた。「さよならなんて大嫌いよ」

「何日かしたら会えるじゃない」ネリーは異議を唱えた。

「そういう意味じゃないの」

ネリーはうなずいた。「わかってる」

しばらくして、サムは部屋から出ていった。

ネリーがその月の家賃の小切手を書いていると、電話が鳴った。旧姓でサインすることもうないのだとふと気づいて、自分のサインを見つめているところだった。ミスター・アンド・ミセス・トンプソンと心の内でつぶやく。やたらと威厳のある響きに感じられた。

　電話に出る前に、発信者番号を確認した。母からだ。「もしもし」

「もしもし、あなたのフライト番号をもう一度確認しておこうと思って。アメリカン航空だったわよね？」

「そうよ、ちょっと待ってて」ネリーはノートパソコンを開き、メールをスクロールしていった。航空会社からの予約確認メールを見つけると、フライト情報を読みあげた。「到着は七時十五分だからね」ネリーは念を押した。

「夕食はすませてくる？」

「ピーナッツひと袋を食事だと考えるならね」

「夕食を作るわ」母が申しでた。

「もっと簡単に、途中で何か買って帰るのはどう？」ネリーは言った。「それはそうと、スパのトリートメントメニューはもう選んだ？　リチャードがマッサージとフェイシャルケアで予約してくれたけど、深部組織（ディープ・ティシュー）マッサージとかスウェーデン式（スウェディッシュ）マッサージとか、何か希望があるなら言っておかないと……彼がメールで送ったパンフレットは見てくれた？」

「そんなこと、しなくていいのに。私がそういうのをじっと受けていられないのは知ってるでしょう」

それは事実だった。母にとっては、マッサージ台にうつ伏せになるよりも、夕暮れどきに海岸を散歩するほうがよっぽどリラックスできるだろう。だが、そんなことをリチャードは知らない。彼は何か特別なことをしたいと思っただけだ。その気持ちを母が拒絶しただなんて、リチャードに言えるわけがない。

「試してみてよ」ネリーは言った。「予想以上に気に入るかもしれないわ」

「あなたの好きに申しこんでおいて」

母の遠まわしな嫌みにいらだちを覚える娘は自分だけではないと、ネリーは割りきっていた。以前、母の前でキャンディの〈スキットルズ〉をひと袋空けたときは、加工糖のとりすぎだとぶつぶつ言われた。マンハッタンみたいな閉塞感のひどいところにどうして耐えられるのかと、一度ならずきかれたこともある。

「せめてリチャードの前ではうれしいふりをしてよね」ネリーは言った。

「ねえ、あなたはリチャードがどう思うかを始終、気にしすぎじゃないかしら」

「気にしてるわけじゃないわ。感謝してるのよ！　本当によくしてくれているから」

「結婚式の前日にフェイシャルケアを受けたいかどうか、彼はあなたに確認した？」

「なんですって？　それがなんの関係があるのよ？」くだらないスパのトリートメン

トなんかのことで、ここまでネリーをいらだたせるのは母くらいなものだ。いいえ、くだらなくなんかない！　これはリチャードからのプレゼントなのだ。

「いいから聞いて。フェイシャルケアを受けると吹き出物ができるって、あなたは言っていたわよね」母が言う。「どうしてそれをリチャードに言わないの？　それに彼は、あなたが見たことすらない家を買った。あなたは郊外に住みたいの？」怒りのあまりネリーの歯の隙間から息がもれでたが、母は続けた。「悪いけど、リチャードはあまりにひとりよがりな性格をしていると思うわ」

「一回しか会ったことがないくせに！」ネリーは言い返した。

「でも、あなたはまだ若いじゃない。私はあなたという人格が消えてなくなってしまうんじゃないかと心配なの……彼のことを愛しているのはわかるけれど、どうか自分自身に対して正直でいてほしいのよ」

こんなつもりではなかった。どうやら母は喧嘩も辞さない覚悟のようだが、ネリーは逃げだしたかった。「荷造りを終わらせないと。でも、数時間後には会えるから」機内でワインを飲んで、気が大きくなったあとでと思った。

電話を切ったあと、ネリーはバスルームに行って洗面道具をまとめた。メイク用品、歯磨き粉、ローションなどをポーチに入れてから、洗面台の鏡にちらりと目を向けた。

寝不足にもかかわらず、肌の状態は申し分なく見えた。

大股でベッドルームに戻ると、携帯電話を手に取り、リゾートのスパに電話をかけてフェイシャルケアの予約をキャンセルした。「代わりに海藻のボディパックにできませんか？」

母とふたりで過ごすのはほんの何日かだけだ。そのあとはリチャードが飛行機で来て、一緒に式場のリゾートへ行く予定になっている。なんとか乗りきれるはずだ。サムと伯母も一日早く来てくれるから、緩衝材になってもらえる。

ネリーは開いたままのスーツケースに洗面道具一式を入れて閉めようとした。だが、ファスナーが途中までしか閉まらない。

「もう！」無理やり蓋を押しさげようとする。

問題は、ハネムーンの行き先をまだ知らないことだった。リチャードがビキニについて触れていたから、常夏のどこかではないかと予想はしていた。とはいえ、いくらあたたかい気候の島だとしても、夜は冷えこむこともある。ネリーはカジュアルなサンドドレスと、水着の上に着るカバーアップと、スポーツウェアと、ドレスコードがある場合に備えてイブニングドレスを数着、それにハイヒールとビーチサンダルも何足か詰めていた。

またやり直しだ。丁寧にたたんだ衣類をスーツケースから出し始める。しゃれた服は四着ではなく三着にしようと決め、ハイヒールも一足、クローゼット脇に置いた茶色の段ボール箱に放った。〈J．クルー〉のカタログでとてもかわいく見えたつば広のビーチハットも、持っていけそうにない。

こうなることを、もっと早くにわかっておくべきだった。飛行機の出発まであと三時間。リチャードは空港までネリーを車で送るために、ここへ迎えに来る途中だ。ネリーは服をたたみ直し、なんとかスーツケースにおさめた。けれどもビーチハットだけが残ってしまった。これはサムのために置いていこうと、ドレッサーの上にのせる。最後に忘れ物がないかどうか、もう一度確認しておきたかった。もうこのアパートメントには戻ってこないから。あとは……。

父のハンカチ。

スーツケースの内側にはいくつかのメッシュポケットが並んでおり、ネリーは間違いなくそのうちのひとつにハンカチを入れたはずだ。だがさっき荷物を出していたときに、見た覚えがない。

ネリーは再びスーツケースのファスナーを開け、ハンカチが入ったやわらかいポーチを手探りで捜した。徐々に動きが殺気立っていく。

全部の服に皺が寄るのもかまわず、それらを脇に押しのけてメッシュポケットの中をあさった。ポーチがない。靴下とブラジャーとショーツはちゃんとある。でも、あるのはそれだけだ。

ネリーはベッドの端に座り、両手に顔をうずめた。だいたいのものは数日前に詰めておいた。あのブルーの正方形のハンカチには特に気を配っていたのに。結婚式のために持っていく、かけがえのないものだから。

開け放たれたベッドルームのドアをノックする音がして、ネリーは息をのんだ。はじかれたように顔をあげる。

「ネリー？」

リチャードだ。

彼がアパートメントに入ってくる音は聞こえなかった。だが、渡しておいた新しい鍵を使ったに違いない。

「父のハンカチが見つからないの！」ネリーは泣き叫んだ。

「最後に見たときはどこにあった？」

「スーツケースの中よ。だけど、なくなってるの。全部ぐちゃぐちゃだわ。でも、もう空港に行かなければならないし。もし――」

リチャードは室内を見まわし、それからスーツケースを持ちあげた。ブルーの正方形が目に入り、ネリーは目を閉じた。

「ありがとう」リチャードに言う。「本当に見えてなかったのかしら？　そこも捜した気がするけど、あまりにも動揺していたから、きっと――」

「もう大丈夫だ。さあ、飛行機に乗らないと」

リチャードはドレッサーへと歩いていって、ネリーの新しいビーチハットを手に取った。それを人差し指でくるくるとまわしてから、ネリーの頭にのせる。

「機内でこれをかぶるつもりかい？」リチャードが尋ねた。「かわいいよ」

「今からかぶっていくわ」それはジーンズにボーダーTシャツ、それに〈コンバース〉のスリッポンという格好にもよく合った。保安検査で時間を取られたくないので、ネリーは飛行機に乗るときは必ずスリッポンを履いていた。

母はわかっていない。リチャードはすべてを解決してくれる。どこで暮らそうが、彼となら大丈夫だ。

リチャードがスーツケースを持ちあげてドアへ向かった。

「この場所にいい思い出があるのは知ってるよ。でも僕たちで新しい思い出を作っていこう。もっといい思い出をね。準備はいいかい？」

ネリーはストレスを感じて疲れていたし、母の言葉がいまだに心に突き刺さったままだったし、三キロの減量もいまいましいほど達成できていなかった。それでもうなずき、リチャードに続いてドアを出た。クローゼットに積みあげた茶色い段ボール箱は、リチャードが手配してくれた引っ越し業者が、彼のアパートメントのトランクルームに入れてあるものと一緒に新居へ運んでくれる予定だった。

「車を二ブロック先に停めてある」リチャードはネリーの荷物を道路脇におろした。「二分で戻るよ」

彼が大股で立ち去ったあと、ネリーは通りを見渡した。数軒離れたところに配達用のワゴンがエンジンをかけたまま停止していて、ふたりの男性が後部から巨大な椅子を出そうと格闘していた。

とはいえ彼らと、ネリーに背を向けてバス停で待っている女性がひとりいる以外、通りはひっそりとしていた。

ネリーは目を閉じて、頭を後ろに傾けた。頬に昼さがりの日差しを感じながら、名前を呼ばれ、行こうと告げられるのを待った。

18

私の代わりとなるあの人には、近づいていく私が見えていない。

彼女がこちらに気づいて目に動揺を浮かべる頃には、私はすぐ目の前まで迫っている。

彼女は激しくあたりを見まわす。きっと逃げ道でも見つけようとしているのだろう。

「ヴァネッサ？」信じられないとばかりに彼女が尋ねる。

これほど早く私だと気づかれたことに驚く。

「こんにちは」私は言う。

たしかに彼女のほうが若く、体の曲線もしなやかだ。けれども私が髪をもとの自然な色合いに戻した今、私たちは姉妹と言ってもおかしくないほどそっくりだ。

この瞬間をずっと待ちわびてきた。意外にもパニックは感じない。

手のひらは乾いているし、呼吸も安定している。

　ついに実行に移すのだ。

今の私は、かつてリチャードと恋に落ちた頃の自分とはまるで別人に成り果てた。私のすべてが変わってしまったのだ。

二十七歳の頃の私は、寿司嫌いで、『ノッティングヒルの恋人』をこよなく愛する、陽気でおしゃべりな保育園の先生だった。

ウエイトレスのアルバイトもしていて、トレイにいくつものハンバーガーをのせて給仕していた。古着のリサイクルショップを巡って服探しをすることもあれば、友人たちと踊りに出かけることもあった。自分がどれだけ愛らしい存在だったか、どれだけ恵まれていたか、当時はまったくわかっていなかった。

友人もたくさんいた。そのすべてをひとり残らず失った。サムまでも。

今の私にはシャーロット伯母さんしかいない。

かつての私には、別の名前まであった。

初めて出会ったとき、リチャードは私をネリーと名づけた。彼はその名でしか私を呼ばなかった。

けれどもリチャード以外の人にとって、私は昔も今も変わらずヴァネッサだ。

ふたりの出会いについて人に尋ねられると、リチャードは決まってあの物語――私たちの物語を語ったものだ。今でもリチャードの低い声が聞こえてくる。

「空港ラウンジで彼女を見かけたんだ。一方の手でスーツケースを引き、もう一方の手にバッグと水のボトルとチョコチップクッキーを抱えていた」

私はフロリダの母さんを訪ねたあと、ニューヨークへ戻るところだった。フロリダではまずまず楽しく過ごせた。ただ、帰郷するたびに苦しい記憶がよみがえってしまうのはどうしようもなかった。実家に帰ると、いつも以上に父さんが恋しくなるうえ、大学時代の思い出からもどうしても逃れられない。それでもそのときは少なくとも新しい薬のおかげで、母さんの不安定な気分がいくらか落ち着いていたのでよかった。しかし私は大の飛行機嫌いで、その日も綿雲がわずかに点在するだけの真っ青な空が広がっていたにもかかわらず、フライトにひどく不安を覚えていた。

私はすぐに彼に気づいた。ダークスーツに糊のきいた白いシャツという服装で、ノートパソコンに向かって顔をしかめながら何か打ちこんでいた。

「小さな子どもが癇癪を起こし始めてね」リチャードは話を続けた。「かわいそうに、その子の母親はチャイルドシートに座らせた赤ん坊も連れていたから、途方に暮れていた」

私はクッキーを持っていたので、泣いている男の子にあげてもいいかと母親に身ぶりで尋ねた。彼女はありがたいとばかりにうなずいた。私は保育園の教師だったため、タイミングよくあげるお菓子の威力を心得ていた。かがみこんでお菓子を渡すと、その子の涙は消えた。少ししてからリチャードのいたほうを見やったが、もうそこに彼はいなかった。

それから飛行機に乗りこみ、ファーストクラスに座っている彼の横を通り過ぎた——ごく自然に。リチャードはグラスから透明な液体を飲んでいて、ネクタイはゆるめてあった。彼はトレイの上に新聞を広げていたが、視線は列になって入ってくる乗客に向けられていた。その視線が私のところでとまったとき、私は磁石に引きつけられるようにリチャードに惹かれた。

「彼女がスーツケースを通路のあちこちにぶつけながら歩いていくのを目で追ったんだ」物語を紡ぐようにリチャードは言ったものだ。「悪くない眺めだったよ」

私はブルーのスーツケースを二十列目まで引いていった。座席に落ち着くと、いつも離陸前にする幸運を呼びこむ儀式を行った。〈コンバース〉のスリッポンを脱ぎ、窓のシェードを閉め、肌触りのいいスカーフをまとうのだ。

「彼女は若い陸軍兵士の隣に座っていた」話を続けながら、リチャードは私にウインクをした。「そこで急に愛国心がわきあがってね」

客室乗務員が近づいてきて、私の隣に座っていた兵士に、ファーストクラスの客が席を譲りたいそうだと説明した。「最高だ！」兵士は言った。

彼だ、となぜか私にはわかった。

飛行機が揺れながら空へ飛びたつと、私は肘掛けを握りしめ、ごくりと唾をのみこんだ。

リチャードは自分の飲んでいたお酒を勧めてきた。薬指に指輪はなかった。当時、三十六歳だった彼が結婚していないなんてと、私は驚いたものだ。だが、あとから離婚した妻がいることを知った。ダークブラウンの髪の女性で、長年の間、本気で愛していたのだという。ふたりが別れることになったとき、その人は動揺した。

リチャードにプロポーズされてから、彼女の存在につきまとわれるようになった。どこにいても気配を感じた。それは決して気のせいではなかった。実際、私は追われていたのだ。ただし、それはリチャードの元妻にではなかったけれど。

「僕は彼女をほろ酔い加減にさせた」リチャードは夢中で話を聞いている人にそう

言ったものだ。「そのほうが電話番号をききだしやすいだろうと踏んでね」

私は手渡されたウオッカトニックを飲んだ。彼の体の熱さを強く感じながら。

「リチャードだ」

「ヴァネッサよ」私は返事をした。

話のこの部分に来ると、いつもリチャードは話を聞いている人から目をそらし、優しく私を見つめた。「彼女、ヴァネッサという名前には見えないだろう？」

あの日も、リチャードは機内で私にほほえんだ。

「君はとても愛らしくて穏やかだから、そんな堅苦しい名前は似合わないな」

「だったら、どんな名前がいいと思う？」

そのとき飛行機が別のエアポケットに入って揺れ、私は息をのんだ。

「車が道路のくぼみを通るようなものだよ」リチャードが言った。「至って安全だ」

私がお酒をがぶ飲みすると、彼は声を立てて笑った。

「君は臆病者（ナーバス・ネリー）だな（スラング。Nで始まる単語を組みあわせてリズムをつけているだけで、名前自体に特に意味はない）」彼の声は思いのほか優しかった。「君をそう呼ぶことにしよう。ネリー」

本当はその呼び名がずっと嫌いだった。いかにも古くさい言いまわしだったから。

でも、そんなことはリチャードには絶対に言わなかった。私をネリーと呼ぶのは彼だけだ。

残りのフライトの間も、私たちは会話を続けた。リチャードみたいな人が、こんなにも私に興味を持ってくれるなんて信じられなかった。彼がジャケットを脱ぐと、シトラスの香りがした。以来、私はその香りを嗅ぐたび、リチャードを思いだした。飛行機が降下し始めたとき、リチャードに電話番号を尋ねられた。私が書きつけていると、彼の手が伸びてきて、髪を撫でられた。背筋に震えが走った。その動作はまるでキスのように親密に感じられた。

「とてもきれいだ」リチャードは言った。「この先もずっと切らないでくれ」

あの日からずっと——ニューヨークであっという間に求婚され、フロリダのリゾートで結婚式を挙げ、リチャードが買ったウエストチェスターの新居で暮らした数年の間、私は常に彼のネリーだった。

自分の人生が優美に花開いていくものと思っていた。いつもリチャードが守ってくれると思っていた。母親になり、子どもたちが大きくなったらまた教師の仕事に戻るつもりだった。銀婚式でダンスをするのが夢だった。

当然、そんなことは何ひとつ起こらなかった。

そしてネリーは永遠に消え去った。

私はただのヴァネッサだ。

「どうしてここに？」私の代わりとなる女性が言う。

すばやく私をかわして通りを逃げられるかどうか、算段しているのがわかる。

けれども彼女はハイヒールのストラップサンダルとタイトスカートという格好だ。彼女が今日ブライダルの衣装合わせに行くことは知っている。予定を把握するのは簡単だった。

「二分だけでいいの」危害を加える気はないとわかってもらうために、私は何も持っていない両手を広げてみせる。

彼女はためらい、あちこちを見る。何人かが通り過ぎていくが、誰も立ち止まらない。見るべきものなんてないから。ただ身なりのきちんとした女性がふたり、デリの店が近く、同じブロックにバス停もあるにぎやかな通りに面したアパートメントの前に立っているだけだ。

「もうすぐリチャードが来るの」彼女が言う。「今、アパートメントの鍵をかけているところだから」

「彼なら二十分前に出ていったわ」リチャードが衣装合わせに行く彼女を送っていく

かもしれないと心配だったが、さっき彼がタクシーを呼び止めるのを確認した。「お願い、とにかく聞いて」私は若く美しい女性に向かって言う。リチャードが私を捨てて走った、ハート形の顔と魅力的な体。彼女に知ってもらわなければならない。陽気でおしゃべりだったネリーが、なぜ今の打ちのめされた女に成り果ててしまったのか。

「あなたには、彼の真実を聞いてもらう必要があるの」

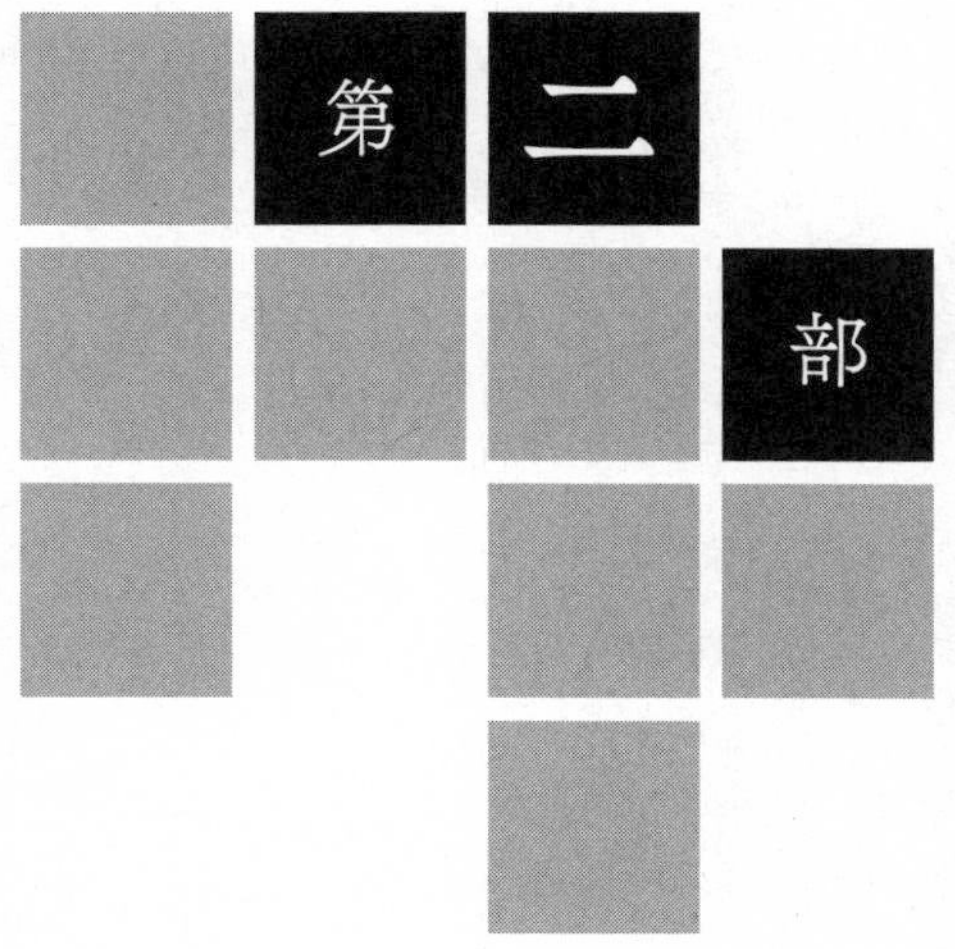

第二部

19

彼女の名前はエマだ。

「あなたは、かつての私なの」私は目の前にいる若い女性を見つめながら話し始める。エマのブルーの目が大きく見開かれ、私の外見に釘づけになる。彼女は私の髪の色の変化を、痩せぎすの体にまとっているワンピースをまじまじと観察する。エマが今の私の姿に自分を重ねて想像することができないのは明らかだ。

私はベッドに横たわり、エマに言うべきことを繰り返し練習して、これまで数えきれないほどの夜を過ごした。彼女はリチャードのアシスタントだった。そうしてふたりは出会った。秘書のダイアンの後任にエマが雇われてから一年足らずで、リチャードは彼女のために私を捨てた。

これから話す内容を書いたものをバッグに忍ばせてあるが、手に取る必要はない。それは万が一、言葉が出なくなったときの保険だ。「リチャードと結婚すれば後悔することになる。彼はあなたのこともきっと傷つけるわ」

エマが眉をひそめる。「ヴァネッサ」彼女の声は落ち着いている。まるで幼い子どもに語りかけるかのようだ。私が園児たちに、時間だからおもちゃを片づけましょうねとか、おやつはもう終わりよとか言うときに使っていた口調と同じ。「離婚がつらかったのはわかるわ。リチャードだってつらい思いをしていた。そんな彼を私は毎日見ていたの。リチャードは本気でなんとかしようとしていた。あなたが問題を抱えているのは知っているけど、彼はできる限りのことをしたわ――」

エマの視線に非難めいたものを感じる。エマは責められるべきは私だと思っている。

「あなたはリチャードのことを知ってるつもりだろうけど」私は話をさえぎる。筋書きから外れかけているが、かまわず続ける。「でも、何を見たっていうの？あなたが一緒に働いているリチャードという人は、現実にはいないの。彼は慎重な男よ、エマ。他人に自分を見せたりしない。もし結婚式を挙げてしまったら――」

今度はエマが私をさえぎる。「いろいろと気の毒に思うわ。でも、わかってほしいの。リチャードは同僚として、友人として私に心を開くようになっていった。私は既婚者と不倫したいなんて考えたこともない女よ。ふたりとも恋愛に発展するとは思ってもいなかった」

その点は私も信じている。リチャードがエマを雇い、電話の取り次ぎや、文書の校正や、スケジュール管理をさせるようになって間もない頃から、ふたりが急速に惹かれあうようになるのを私も見ていた。

「ただこうなってしまったの。ごめんなさい」丸く見開かれた目は真剣そのものだ。エマが手を伸ばし、そっと私の腕に触れる。指先で優しく肌をさすられ、私は思わず身をすくめる。「リチャードのことなら知ってるわ。週に五日、一日に十時間も一緒にいるんだもの。クライアントや同僚と一緒にいるところを見てきたわ。ほかのアシスタントといるところも見てきたし、結婚していた頃にあなたといる彼も見ていた。リチャードはいい人よ」

エマはどう言えばいいのか思案するかのように、一瞬ためらう。彼女はまだ私の明るくなった髪の色を見ている。髪全体をブロンドに戻して、根元がようやく目立たなくなった。

「リチャードのことを知らないのは、あなたのほうじゃないの」エマの声が刺々しくなる。

「話を聞いて！」どうしても理解してもらいたくて、今や私は体が震えだしている。「それがリチャードのやり口なのよ！　彼がものごとを混乱させるから、私たちは真実が見えなくなってしまうの！」

「リチャードが言ってたわ。あなたがこういうことをしでかすかもしれないって」彼女の口調にあった同情は、軽蔑に取って代わられていた。エマが腕組みする。自分が彼女を失いかけているのがわかる。「彼はあなたが嫉妬していると言っていたけど、これはさすがにやりすぎよ。ついこのあいだも私のアパートメントの外にいるのを見たわ。もしまた同じようなことをしてきたら、接近禁止命令を申したてようってリチャードと話したの」

玉のような汗が背中を流れ、上唇にも汗がたまる。今日の気候に長袖のワンピースは暑すぎた。これ以上ないくらい綿密な計画を立てたつもりだったのに、失敗してしまった。今や私の思考は、この六月の天気と同じくらいどんよりと曇っている。

「妊娠は考えているの？」思わず口走る。「彼は子どもがほしいって言った？」

エマは一歩あとずさりし、それから脇へずれて私の横を通り過ぎる。縁石まで歩いていき、手をあげてタクシーに合図を送る。

「もうたくさん」エマは言い放つ。振り返って私を見ることもない。

「最後のカクテルパーティのことをリチャードにきいてみて」私は切羽詰まるあまり、金切り声になる。「あなたもあの場にいたでしょう。ケータリング業者が遅れてきて、ラヴノーのワインがなかったのを覚えてる？　あれはリチャードのせいだった。彼はワインを注文していなかったの。配送なんかされなかったのよ！」

タクシーが速度を落とす。エマが私に向き直る。「たしかに私もあの場にいたわ」彼女が認める。「そしてワインがちゃんと配送されたのを知ってるわ。私はリチャードのアシスタントよ。その注文を誰がしたと思ってるの？」

これは予想だにしていなかった。こちらが気持ちを立て直すより早く、エマはタクシーのドアを開ける。

「彼は私を責めた」私は叫ぶ。「あのパーティのあと、さらにひどくなった！」

「あなたには真剣に助けが必要だわ」エマがドアを乱暴に閉める。

私はタクシーで遠ざかっていくエマを見つめる。

彼女のアパートメントの外の歩道に立ちつくす。これまで何度となくそうしてきたが、今回初めて心底わからなくなる。私についてリチャードが言ったことは、すべて本当なのだろうか。私は頭がどうかしているのだろうか？　生涯心の病と闘っていた――ときに病に人一倍負けずに生きていた母さんと同じように？

手のひらに爪が食いこむ。今夜、彼らが一緒にいるところを思うと耐えられない。エマは私が言ったことをすべてリチャードに話すはずだ。彼は自分の脚にエマの脚をのせ、マッサージをしながら約束するだろう。自分が君を守ると。私から。エマは私の話に耳を傾けてくれるかもしれないと思った。私を信じてくれるかもしれないと思った。

だけど結局、リチャードは私がこういう手に出るとうすうす勘づいていて、あらかじめエマに話しておいたのだ。

私は誰よりも元夫を知っている。彼もまた私を知っていることを覚えておくべきだった。

結婚式の朝は雨が降っていた。

「これは運がいいんだぞ」父さんならそう言っただろう。

母さんとシャーロット伯母さんにつき添われ、リゾートの広大な中庭に広げられたロイヤルブルーのシルクのカーペットを歩く頃には、空も晴れ渡った。陽光がむきだしの腕に心地よくあたり、波が穏やかなメロディを奏でていた。

私は白いシルクのリボンが結ばれた椅子に着席しているサムとジョシーとマーニー、続いてヒラリーとジョージや、リチャードのほかの同僚たちの横を通り過ぎた。前方のバラに覆われたアーチのそばには、花嫁付添人のモーリーンがリチャードと並んで立っていた。私があげたガラスビーズのネックレスをつけてくれている。

近づいていく私を見るリチャードに、私は笑顔にならずにいられなかった。一心に見つめるあまり、彼の目はほとんど真っ黒に見えた。ふたりで手を取りあい、牧師から夫婦であると宣言されたあと、ふと見ると、感きわまった様子のリチャードが唇を震わせていた。彼は身を傾けて私にキスをした。

私の指に指輪をはめるリチャード、式の最後に抱きあう私たち、《もしあなただったら》の曲に合わせてスローダンスを踊る私たち。そうした結婚式の喜びの瞬間を、フォトグラファーは次々と写真にとらえてくれた。注文したアルバムには、リチャードの蝶ネクタイを直すモーリーン、シャンパンのグラスを掲げるサム、夕暮れの海辺を裸足で歩く母さん、夕べの終わりに私にさよならのハグをするシャーロット伯母さんの写真もおさめられている。

それまで私の人生は、両親の離婚、母さんの苦闘、父さんの死、そしてもちろん故郷から逃げだすに至った理由という、先の見えない不安に満ちていた。けれどもあの夜、私の未来はまっすぐ切れ目なくどこまでも続いていくかに思えた。まるで、リチャードのもとへと私を導いた、あのロイヤルブルーのシルクのカーペットのように。

翌日、私たちはカリブ海のアンティグア島へ飛んだ。ふたりでファーストクラスの席に身を沈めると、リチャードがミモザを頼んでくれた。やがて車輪が地面から離れた。繰り返し見ていた悪夢は現実には起こらなかった。

そのときのフライトは怖がる必要のないものだった。

ハネムーンのアルバムは作らなかった。だけどあのときの思い出もまた、スナップ写真の連続のように記憶されている。

リチャードが私のロブスターを代わりに割ってくれたこと。ロブスターの爪部分の甘い身を吸う私に向かって、意味ありげににやにやしていたこと。

海辺で隣同士に並んで、カップルマッサージを受けたこと。

その日レンタルした双胴型ヨットの帆を広げるのを手伝おうとしたとき、リチャードが後ろから私の両手に自分の手を重ねてきたこと。

夜は必ず、専属バトラーがバラの花びらの香りでバスタブを満たし、さらに縁のカーブに沿って灯(とも)したキャンドルを並べてくれた。一度リチャードと月明かりの中、海辺へおり、日光をさえぎる目的でつけられた波打つカーテンに隠れて、簡易更衣所で愛を交わした。ほかにもふたりでプライベート・ジャグジーに浸かったり、目の前の海とつながって見えるようにデザインされたインフィニティプールのそばでラム酒入りのカクテルを飲んだり、ダブルハンモックで昼寝をしたりして過ごした。

帰国する日の前日、リチャードはスキューバダイビングを申しこんだ。ふたりとも資格は持っていなかったが、プールで個人レッスンを受ければ、インストラクター同伴のもと、浅いところで潜るのはかまわないとリゾートのスタッフから言われた。

泳ぐのは好きではなかったけれど、塩素消毒された波のないプールの中なら別に大丈夫だった。近くではほかの宿泊客が水しぶきをあげていたし、太陽が頭のわずか数十センチ上の水面を明るく照らしていたし、プールの縁もほんの何回か水をかけば届く距離にあったからだ。

モーターボートに乗りこむとき、私は深呼吸をして、悠々とした声を装おうとした。

「どのくらい潜るの？」インストラクターのエリックに尋ねた。彼は夏休み中、カリフォルニア大学サンタバーバラ校から来ていた若者だった。

「四十五分です」エリックが答えた。「タンクにはそれ以上の空気が入ってますから、お望みならもう少し長くできますよ」

私は親指をあげたが、猛スピードで陸地を離れて隠れたサンゴ礁へ向かううち、重圧がのしかかってきた。背中に重いタンクを背負っているうえに、フィンがきつくて足が痛かった。

リチャードの頭上にのったプラスティックのダイビングマスクを眺めていたら、まったく同じマスクに自分のこめかみの敏感な髪を引っ張られているのが気になってきた。エリックがボートのエンジンを切ると、静寂が私たちを取り囲む海と同じくらい果てしないものに感じられた。

エリックがボートの縁から飛びこんだ。海面に浮かびあがると、ぼさぼさの髪を顔から払った。「サンゴ礁はここから二十メートルほどです。僕のフィンの後ろについてきてください」

「準備はいいかい？」リチャードが言った。ブルーとイエローのエンゼルフィッシュや、虹色のパロットフィッシュや、人を襲うことのないシロワニを見られるとあって、ひどく興奮しているようだ。彼はマスクを装着した。私はなんとか笑みを作ろうとしながら、同様にマスクを装着した。ゴムパッキンが目のまわりの肌を締めつける。

いつでもあがってこられると自分に言い聞かせながら梯子をおり始めた。そこからは重い装備が海面の下まで引きおろしてくれるはずだった。溺れたりはしないから大丈夫だ。

冷たく塩辛い海に沈んだ瞬間、すべてが遮断された。

聞こえるのは呼吸音だけ。

目の前が見えなくなった。マスクの内側が曇ったら、結露を取るための水が入る程度にマスクを少し傾ければいいのだとエリックは言っていた。「もし何かあれば片手をあげてください。それが緊急信号です」しかし私は海面にあがろうと手足をばたつかせることしかできなかった。器材のストラップが体を圧迫し、胸を締めつける。空気を吸いこもうとして、よけいにマスクが曇った。

ひどい音がしていた。今でもあのとき私の耳を満たしたもがき苦しむあえぎ声が聞こえてきて、胸が締めあげられる。

エリックもリチャードも見あたらない。手足を激しく動かし、ひとり海の中をぐるぐる回転しているうちに、声にならない悲鳴が肺を満たしていった。

そのとき誰かに腕をつかまれ、自分が引っ張りあげられるのを感じた。体から力が抜けた。

海面に浮かびあがると、私はマウスピースを口から吐きだし、マスクをはぎ取った。そのときに髪が引っこ抜かれ、ひどい痛みが走った。

あえぎ、咳(せ)きこみながら、肺にさらに空気を吸いこもうと躍起になった。

「ボートはすぐそこです」エリックが言った。「僕が連れていきますから、ただ浮いてください」

私は手を伸ばし、梯子の横木をつかんだ。弱り果ててのぼることもできずにいたが、エリックがボートに乗り、上から身を乗りだして私の手を取ってくれた。私はベンチに倒れこむように座った。ひどいめまいに襲われ、頭の位置をさげて両脚の間に入れずにいられなかった。

下からリチャードの声がした。「無事だな。こっちを見てくれ」

耳に圧がかかっているせいで、知らない人の声に聞こえた。

言われたとおりにしようとしたものの、リチャードはまだ海に浮いていて、その青いさざ波を見ると吐き気がした。

エリックは隣に膝をついて、私の体のまわりからストラップを外した。「大丈夫ですよ。パニックになってしまったんですよね？　よくあることです。あなただけじゃありません」

「何も見えなくなってしまったの」私は小声で言った。

リチャードが梯子をのぼり、ボートの側面を乗り越えてきた。装備をガチャガチャいわせながら、床に足をつける。「ああ、スイートハート、震えているじゃないか。本当に悪かった、ネリー。僕が気づくべきだった」

マスクのせいで、リチャードの目のまわりには赤い跡がついていた。

「彼女のことは任せてくれ」リチャードはエリックに言った。エリックは私のタンクを外し終えると、脇にどいた。「戻ったほうがいいな」

モーターボートが波の上で跳ねるたび、リチャードは私をきつく抱きしめた。私たちは黙ってリゾートに引き返した。ボートを桟橋につけたあと、エリックはクーラーボックスに手を伸ばし、私に水のボトルを手渡した。「気分はどうですか?」

「だいぶよくなったみたい」私は嘘をついた。相変わらず震えが止まらず、手の中で水のボトルが揺れている。「リチャード、あなたはまた戻ったらいいわ」

リチャードが首を振る。「戻れるわけがないだろう」

「陸にあがりましょう」エリックは言い、桟橋に飛びのった。リチャードも続く。エリックがまた身を乗りだして私のほうに手を伸ばした。「こっちです」両脚がふらついたけれど、私はエリックの手を取ろうとなんとか腕を伸ばした。

しかしリチャードが言った。「僕がやる」私の左腕をつかみ、ボートから引きあげた。リチャードが私を支えようと強く手に力をこめたとき、やわらかい肉に指が食いこみ、私は思わず顔をしかめた。「彼女を部屋へ連れていく」リチャードはエリックに言った。「器材は返却しておいてくれるんだろうな?」

「もちろんです」エリックは返事をしたものの、リチャードの声がややぶっきらぼうだったせいか、不安そうな顔をしていた。リチャードは私を心配していただけに違いないが、エリックは私たちがクレームをつけると思ったのかもしれない。

「助けてくれてありがとう」私はエリックに言った。「パニックを起こしてしまってごめんなさい」

リチャードが肩に新しいタオルをかけてくれ、私たちは桟橋を歩いてやわらかな砂浜を抜け、部屋へ向かった。

濡れたビキニを脱いでふわふわの白いバスローブに身を包むと、気分がよくなった。リチャードに海岸へ戻ろうと言われたが、私は頭痛を訴え、彼にはどうぞ行ってきてと勧めた。

「私はしばらくやすんでいるわ」

実際、こめかみのあたりがずきずきしていた。ダイビングをした影響か、もしくはただ緊張が残っているせいかもしれない。リチャードの背後でドアの閉まる音がすると、すぐに私はバスルームへ向かった。頭痛薬を取ろうと洗面道具を入れたポーチに手を伸ばしかけて躊躇する。その隣には、長いフライトだった場合に備えて入れた、抗不安薬のオレンジ色の瓶があった。薬を見ると必ずそうなるように母さんを思いだして一瞬ためらったが、白い楕円形の錠剤を振って出し、ルームメイドが一日に二回補充してくれるフィジーウォーターでのみくだした。重いカーテンを閉めて日光を遮断してからベッドに潜りこみ、薬が効くのを待った。

うとうとしかけた矢先、ドアをノックする音が聞こえた。ルームメイドだと思い、私は叫んだ。「またあとで来てもらえる?」

「エリックです。サングラスを拾ったので。外に置いておきますね」

起きて礼を言いに行くべきなのはわかっていたが、体があまりにも重くて動けなかった。「わかったわ。ありがとう」

その直後に携帯電話が鳴った。

私はナイトテーブルに置いた携帯電話に手を伸ばした。「もしもし」

返事はない。

「リチャード?」鎮静作用のせいで、すでにろれつがまわっていなかった。

またしても返事はない。

携帯電話の画面を見るまでもなく、そこになんと表示されているかはわかった。

〝非通知設定〟

私は手に携帯電話を握りしめたまま、体を起こした。一気に目が覚める。聞こえるのは、今いる部屋の通気口から冷たい空気が吹きでてくる音だけだ。

家から数千キロも離れた場所にいるのに、それでもまだ誰かが私を追ってきている。

通話の終了ボタンを押し、ベッドから出た。カーテンを開け、ガラスのスライドドアからバルコニーをのぞく。誰もいない。部屋の反対側に視線を移し、閉まっているクローゼットの扉を見た。部屋を出るとき、開いたままにしておかなかった？

私はそちらに歩いていき、取っ手を握って手前に引いた。

誰もいない。

ベッドの上の携帯電話を見ると、画面が青く光っていた。私はそれをつかみ、タイル張りの床に投げつけた。一部が砕け散ったが、それでも画面はまだ明るかった。私は携帯電話を拾いあげると、今度はアイスペールの中に突っこみ、下へ沈めた。やがて凍りそうなほど冷たい水の衝撃がじんじんと伝わってきた。

でも、そこに入れたままにしておくわけにはいかなかった。ルームメイドが氷を補充するときに、間違いなく見つけられてしまう。私は再び氷を掘り起こして携帯電話を取りだした。それから急いで部屋中を見まわし、ようやく朝刊やティッシュペーパーが何枚か捨てられているごみ箱に目をとめた。新聞のスポーツ面で携帯電話を包み、ごみ箱に押しこむ。

これでルームメイドがすべて片づけてくれるはずだ。携帯電話はほかの百人もの宿泊客のごみと一緒に、巨大なごみ収集容器に行き着くだろう。リチャードにはなくしてしまった、ビーチバッグから落ちたに違いないと言えばいい。彼は婚約直後にこの携帯電話を買ってくれた。最上位機種を持っていてほしいからと言って。だからまた新しいものを買ってくれることはわかっていた。私はすでにせっかくのハネムーンを台なしにしている。これ以上リチャードに心配をかける必要はない。

薬が恐怖を抑えつつあるのか、呼吸のペースが落ち着いてきた。私たちのスイートルームは優雅で広々としていた。ガラステーブルの低い花瓶に活けられた紫のラン、ブルーのタイルの床、漆喰塗りの壁。私は再びクローゼットへと歩いていき、ゆったりとしたオレンジ色のサンドレスと金色のハイヒールサンダルを選んだ。サンドレスをクローゼットの扉の背面にかけ、その下にサンダルをきれいにそろえて置いた。今夜はこの格好をしようと思った。ミニバーにシャンパンボトルが入っていたので、取りだしてアイスペールに静かに入れ、横に繊細なフルートグラスを二脚並べた。

いよいよまぶたが重くなってきた。最後にもう一度あたりを見まわす。何もかもがすばらしく見えた。すべて準備万端だ。私はバスローブを肩から落とし、上掛けの下に戻った。左向きに丸まろうとして、びくっとした。腕を見ると、赤い跡ができていた。ボートから引っ張りだされるとき、リチャードにつかまれた部分が痣になっているのだ。

サンドレスに合いそうな薄手のセーターを持っていたので、それを着て痣を隠そうと思った。

私は反対向きに横になった。少しだけ昼寝をしようと心の中でつぶやく。そのあとリチャードが戻ってきたら、ディナーに向けて一緒にシャンパンを開けようと言うつもりだった。

明日には飛行機でニューヨークに帰る予定だ。ふたりのハネムーンがもうすぐ終わってしまう。今日の午後の記憶を消し去っておかなければ。帰る前に、もう一度最高の夜を過ごしたかった。

20

女性バーテンダーがグラスに透明なウオッカを注ぎ、その上から泡立つトニックウォーターを加えるのを、私は見守る。彼女はグラスの縁にライムを挿すと、なめらかな木のカウンターの上を滑らせて出し、それから私の目の前にある空のグラスをさげる。

「水もいかがです？」バーテンダーがきく。

私は首を振る。湿った髪が首に張りつき、ビニールの椅子にあたっている腿が汗ばんでいるのを感じる。靴は床に落としてあった。

エマがこちらの話をはねつけてタクシーへ乗りこんで姿を消したあと、私は行くあてもなく、しばらく通りの角に立ちつくしていた。頼れる相手は誰ひとりいなかった。どれほど見事に失敗したかわかってくれる相手は。

ほかに何も考えつかなかったので、私は歩き始めた。一歩ごとに、まるで抑えられないあくびのように、苦悩がどんどん大きくなっていった。そうして数ブロック過ぎたところにあったのが、ロバートソン・ホテルのバーだった。

バーテンダーが黙って別のグラスを私の前に差しだしてくる。水だ。私は実際に首を振ったのか、それともそうしたと妄想しただけだったのかわからなくなり、顔をあげる。しかし彼女は目を合わせずにその場を離れ、カウンターの隅にある新聞の山をまとめだす。

バーテンダーの背後にある大きな鏡に映った自分の姿が目に入る。そこには〈アブソルート〉や〈ジョニーウォーカー〉や〈ヘンドリックス〉や〈レポサド〉のボトルが並んで映っている。

ようやく自分もエマが見ていたものを知る。

私がのぞきこんでいるのは、びっくりハウスにある凹凸面鏡に映っているような姿だ。映したかった昔の私、リチャードのネリーの姿がゆがんでいる。髪は薬剤の使いすぎでぼろぼろになっていて、これではバターというより藁だ。痩せこけた顔についた目は落ちくぼんで見える。入念に施したメイクも崩れてしまっている。バーテンダーが私を酔わせたがらないのも無理はない。私がいるのは高級ホテルのロビーなのだから。海外のビジネスパーソンを迎え、一杯二百ドルもするスコッチウイスキーを出すようなところだ。

再び携帯電話の振動を感じる。私はしかたなくバッグから携帯電話を取りだし、五件の不在着信を確認する。〈サックス〉から三回、最初の着信は朝の十時だ。そしてこの三十分で、シャーロット伯母さんから二回。

伯母さんが心配してくれていると考えると、自分を覆いつくすどんよりとした心の痛みに沈みこんだままではいられない気持ちになる。そこで私は電話に出る。

「ヴァネッサ？　大丈夫？」

どう答えるべきかわからない。

「どこにいるの？」

「仕事よ」私は返事をする。

「ルシールが電話をかけてきたわ。あなたが仕事に来ないから」シャーロット伯母さんが言い返す。

私の緊急連絡先は伯母さんになっている。仕事の応募書類に伯母さんの家の電話番号を書いておいたのだ。

「ちょっと用事が……あとで行くつもり――」取り繕おうとしたが、さえぎられる。

「どこにいるの？」伯母さんが断固とした口調で繰り返す。

家へ帰る途中だと、風邪がぶり返したのだと言ったほうがいいに決まっている。言い訳でもして、伯母さんを安心させるべきだ。しかし伯母さんの声――私が知る限りで唯一安全なものを聞いて、心がほぐれていく。私はホテルの名前を伝える。

「そこから動かないで」そう言って、伯母さんは電話を切る。

そろそろエマがドレスの衣装合わせに着いた頃だ。彼女はリチャードに電話をかけて、私に呼び止められたことを話しただろうか。エマの目の中の憐れみが軽蔑に変わったときのことを思う。そのどちらによりショックを受けているのか、自分でもわからない。美しい脚を折りたたんでタクシーに乗りこみ、ドアを閉めたエマを思いだす。目で追いかけているうちに、どんどん遠ざかっていった彼女の姿を思いだす。

今後、リチャードは私に連絡してくるだろうか。

もう一杯注文をする間もなく、シャーロット伯母さんの〈ビルケンシュトック〉のサンダルが床を打ちつける音が聞こえ、伯母さんが近づいてくる。伯母さんの目が私の新しい髪の色や、空っぽのカクテルグラスや、靴を脱いだ素足に釘づけになっているのがわかる。

向こうから話しだすのを待つ。けれども伯母さんは黙って隣のスツールに座っている。

「何になさいますか？」バーテンダーに尋ねられ、シャーロット伯母さんはカクテルのメニューを凝視する。

「サイドカーをお願い」

「かしこまりました。メニューにはございませんが、お作りいたします」シャーロット伯母さんが待つ中、女性バーテンダーは氷の上にコニャックとオレンジリキュールを注ぎ入れ、レモンを搾る。

伯母さんはひと口飲んでから、霜のついたグラスを置く。私は質問されるだろうと身構える。でも、いっさい質問は飛んでこない。

「何が起こっているのか無理に言わなくてもいい」伯母さんが言う。「でも、嘘をつくのはやめて」伯母さんの人差し指の関節に、黄色い絵の具のしみがほんの少しついていて、私はそれを見つめる。

「結婚したあとの私は誰だったの？」少ししてから、私は尋ねる。「どう見えていた？」

シャーロット伯母さんは背中をそらし、脚を組む。「あなたは変わってしまった。寂しかったわ」

私も寂しかった。伯母さんはパリのアーティスト仲間と一年間、互いの家を交換し、宿泊先にして旅行をしていたため、結婚式の直前までリチャードとは会ったことがなかった。伯母さんがニューヨークに戻ってきてからは、私たちはよく会うようになった。最初のうちは頻繁に。でも年月が経つにつれ、回数はぐんと減った。

「最初に気づいたのは、あなたの誕生日の夜だったわ」伯母さんが話し始める。「どこか昔のあなたじゃないように見えた」

どの夜のことを言っているのか、はっきりとわかる。あれは八月、結婚一周年のすぐあとだ。

私はうなずく。「二十九歳になったばかりだった」今のエマよりふたつ年上だ。「伯母さんはピンクのキンギョソウの花束を持ってきてくれたのよね」

ほかにも、ハードカバーくらいの小さな絵画をくれた。結婚式の日の私を描いたものだ。肖像画ではなく、私がリチャードへ向かって歩き始めたところを後ろからとらえていた。フロリダの鮮やかな青空を背景に、ベルラインのドレスと薄く透けるベールが際立ち、まるで自分が無限の世界の中へと歩み去っていくかのようだった。

私たち夫婦は家で一杯飲んでからカントリークラブで食事をしないかと、シャーロット伯母さんをウエストチェスターに招待した。その頃、私はすでに排卵誘発剤をのみ始めていて、はこうと思っていたスカートのファスナーがあがらなかったことを覚えている。あれはたしかAラインのシルクスカートで、巨大なクローゼットにぎっしり詰まった新品の服のうちの一着だった。排卵誘発剤のせいで吐き気がしたのでその日の午後は昼寝をしていて、時間に遅れてしまった。私がもう少しゆったりしたワンピースに着替え終わる頃には、リチャードはすでにシャーロット伯母さんを出迎えてワインを注いでいた。

私が書斎に近づくと、ふたりの会話が聞こえてきた。「あの子はいつもこの花がお気に入りだったの」シャーロット伯母さんが言った。

「本当ですか？」リチャードは言った。「これが？」

私が部屋に入っていくと、シャーロット伯母さんはセロファンに包まれたキンギョソウをサイドテーブルに置き、私を抱きしめた。

「花瓶に活けよう」リチャードが言い、さりげなくリネンのカクテルナプキンを一枚取って、先月届いたばかりのウォッシュ塗装された黒いマンゴーウッドのテーブルから水滴を拭き取った。「君のミネラルウォーターはここだよ、スイートハート」

私は今、目の前のバーカウンターに置かれた水のグラスを手に取り、ゆっくりとひと口飲む。シャーロット伯母さんは私が妊娠しようと試みているのを知っていた。伯母さんがリチャードの言葉にほほえんだとき、私のふくよかな腰まわりやノンアルコールの飲み物から、伯母さんがあらぬ誤解をしてしまったかもしれないと思った。

私はかすかに首を振った。伯母さんの誤解を正すようなことは言いたくなかった。少なくともあのとき、リチャードのいる前では。

「きれいなところだった」今、シャーロット伯母さんが言う。私は会話についていけない。伯母さんが言っているのは住んでいた家のことだろうか？　それともカントリークラブのことだろうか？

あの頃は、自分の生活のすべてが美しく見えた。インテリアコーディネーターに手伝ってもらって選んだ新しい家具も、あの日早くにリチャードがプレゼントしてくれたサファイアのイヤリングも。青々としたゴルフコースの芝を蛇行し、アヒルのたくさんいる池を通り過ぎてカントリークラブへと向かうあの長い私道も、白い円柱が立ち並ぶエントランスのまわりに咲き乱れたサルスベリやハナミズキも。

「クラブのほかの人たちは、みんなとても……」伯母さんが口ごもる。「落ち着いて見えたわね。あなたの市内のお友達が、とても元気で若かったのもあるけれど」

伯母さんの言葉はやんわりしているものの、言いたいことはわかる。ダイニングルームにいる男性たちはクラブの規則でジャケットを着ていたし、女性たちも自らの服装や振る舞いを規定する暗黙の指図でも受けているかのようだった。そのうえ、多くの夫婦は私よりはるかに年配だった。でも自分がなじんでいないと感じた理由はそれだけではない。

「私たちは隅のボックス席に座ったわね」シャーロット伯母さんは話し続ける。「リチャードと私は、独立記念日の花火や、労働者の日(レイバー・デー)のバーベキューや、十二月のホリデーダンスパーティといった、クラブのたくさんのイベントに参加した。隅のボックス席は、室内を見渡せて静かだからという理由でリチャードのお気に入りだった。

「ゴルフレッスンには驚かされたわ」伯母さんが言う。

私はうなずく。自分も驚きだったから。もちろんリチャードが受けさせてくれたのだ。彼は一緒にプレイしたがっていて、私がドライバーショットでフェアウェイを狙えるようになったら、カリフォルニアのペブル・ビーチに行こうと言っていた。私は、七番アイアンと九番アイアンの違いがわかるようになったとか、素振りを何度かしておかないと毎回ミスショットしてしまうのだとか、ゴルフカートの運転はなんておもしろいのだろうかとか、ぺちゃくちゃしゃべっていた。シャーロット伯母さんにそうした快活なおしゃべりの裏を見透かされるかもしれないと気づいてしかるべきだった。

「ウエイターが来ると、あなたはシャルドネを頼んだ」伯母さんは言う。「でもリチャードがあなたの手に触れるのが見えた。そうしたら、あなたは注文を水に変更したの」

「妊娠しようとしていたから、お酒は飲みたくなかったのよ」

「そうでしょうね。だけど、そのあとまた別の出来事が起きた」

シャーロット伯母さんがサイドカーをひと口飲む。厚みのあるグラスを両手で持ち、それから慎重にカウンターに置き直す。これ以上の話をするのが忍びないのだろうか。でも私は自分が何をしたのか知りたい。

「ウエイターがシーザーサラダを持ってきたけれど」伯母さんが穏やかな声で言う。「あなたはウエイターにドレッシングはかけないで、別に添えて持ってきてほしかったのにと言ったの。たいした問題でもないのに、自分はちゃんとそう注文したんだと言い張って聞かなかった。それがちょっと変に思えたの。だって、あなたもウエイトレスをしていたことがあるんだから、ミスが起きることもあるものだと知っているでしょうに」

額に皺が寄るのを感じる。「そんなことが？　ウエイターに新しいサラダを持ってこいとでも言った？」

シャーロット伯母さんは首を振る。伯母さんが私に嘘をつく気がないことはわかっている。それから自分がこのあとの話を喜んで受け入れられないことも。

「あなたの言い方がね。その……動揺しているように聞こえたの。ウエイターは謝ったのに、あなたは必要以上に騒ぎたてた」

「リチャードはどうしてたの？」私は尋ねる。

「結局、彼があなたに心配するなと言って、その場をおさめたの。すぐに新しいサラダが来るからと」

長年の間に、シャーロット伯母さんはほかにどれほど多くの不快な瞬間を目撃し、それを私への愛情から黙って心に秘めてきたのだろう。

「問題は、あなたのほうが間違っていたということ」伯母さんが言う。私ははじかれたように伯母さんに向き直る。「私もシーザーサラダを注文していて、あなたは同じものをと言っただけだった。ドレッシングについては何も言ってなかったの」

ウエイターとの正確なやり取りは覚えていない。結婚している間に行った、レストランでのもっと険悪な食事ならいくらでも思いだせるのに。ただ、伯母さんがすばらしい記憶力の持ち主であることはたしかだ。伯母さんは人生で起きたあらゆる出来事を、目録に載せるかのように詳細に記憶している。

まだ新婚だったにもかかわらず、私の変化はすでに始まっていた。

21

リチャードと歩んでいく人生がそれまでの自分の人生と違ったものになることは、前々から予想できていた。

とはいえ、自分の根っこの部分が変わるわけではないと思っていた。すでにある自己や資質につけ足されていくものだと。妻になるとか。母親になるとか。家庭を築くとか。近所に友人ができるとか。

しかしマンハッタンで私という存在を構成していた慌ただしい日々がなくなると、つけ足されていかないものにどうしても目が行きがちになった。私は夜中に三度起きては母乳をあげたり、親子教室（マミー&ミー）の予定を入れたりしているはずだった。にんじんを蒸（ふ）かしてマッシュ状にしたり、『おやすみなさいおつきさま』の絵本を読んだりしているはずだった。乳児用の洗剤でベビー服を洗ったり、子どもの歯茎の腫れを抑えるために歯固めを冷やしたりしているはずだった。

当時、私の人生は停滞していた。過去と未来の間で宙ぶらりんになっているような感覚だった。

以前は、当座預金口座の残高や、夜に背後からする足音や、地下鉄に間に合って〈ギブソンズ〉に時間どおりに着けるかどうかといったことに頭を悩ませたものだった。クラスの女児がまだ三歳だというのに爪を噛んでしまうこととか、電話番号を教えたいい男から連絡が来るだろうかとか、サムが髪をストレートに伸ばしたあと、忘れずにヘアアイロンのプラグを抜いたかどうかとか、心配していたのはそんなことばかりだった。

きっと私は、リチャードと結婚すれば自分の悩みが消えると思っていたのかもしれない。

けれども、かつての心配ごとは単に新しい心配ごとに席を譲っただけだった。都会の目まぐるしい喧騒は、ぐるぐると堂々巡りする思考に取って代わられた。新しい平和な環境に私の内なる世界が癒やされることはなく、それどころかむしろ、絶え間ない静けさや空虚な時間に自分をあざ笑われている気さえした。不眠も再発した。用事で出かけても、ドアを閉めて鍵をかけている自分の姿をありありと思いだせるにもかかわらず、ふと気づけば家に戻って施錠されているかどうか確認していたこともあった。オーブンをつけっぱなしにしてきた気がして、歯のクリーニングをしてもらう前に歯科医の診療を切りあげたこともあった。クローゼットの照明を消したかどうかも、二度は確認しないと気がすまなかった。週に一度来る家政婦がどこもかしこも塵ひとつなく掃除してくれるし、リチャードももともと信じられないほどきれい好きだから問題はないはずだ。それなのに取り除くべき鉢植え植物の枯れた葉がないか、本棚のほかの書籍よりも手前にはみだしていて、きちんと一直線に並ぶように押し戻すべき本はないか、リネン棚に完璧な三つ折りにたたみ直すべきタオルはないかと探して、部屋中をうろつきまわった。

しだいに私は、簡単な雑事を必要以上に時間をかけてすることを覚えた。そうしてカントリークラブの、子どもを支援するボランティア委員会の会議を中心に一日を組みたてられるようになった。常に時計をチェックして、リチャードが帰ってくるまでの時間を数えた。

二十九歳の誕生日を迎え、シャーロット伯母さんとカントリークラブへ行ったあの夜から少し経ったある日、私は夕食用のチキンの胸肉を買いにスーパーマーケットへ行った。

もうすぐハロウィーンという時期だった。園児たちを教えていた頃、私はずっとその祝日が一番好きだった。しかし仮装してお菓子をもらいに来る子どもはあまりいそうになかった。というのも、周辺の家のひとつひとつがあまりに広大すぎるせいで、前の年もほとんど誰も来なかったのだ。それでもスーパーマーケットで、〈キットカットミニ〉と〈エムアンドエムズ〉を数袋ずつ手に取った。配るよりたくさんの量を自分で食べるはめにならなければいいけれどと思いつつ。それからタンポンひと箱もカートに入れた。うっかりして〈パンパース〉の紙おむつやベビーフードを置いている通路のほうへ曲がってしまい、すぐさま引き返して、より長いルートを通ってレジまで行った。

夕食の用意をし、長いマホガニーのテーブルの一方の端にふた皿だけ並べると、寂しさが身にしみた。そこでワインをグラスに注ぎ、サムに電話をかけた。相変わらずリチャードは私がお酒を飲むのが気に入らなかったけれど、月に何回かはどうしても慰めが必要だった。飲んだあとは忘れずに歯を磨き、空のボトルは近所のリサイクル品を入れる容器にこっそり紛れこませるようにした。サムは、ある男性と三回目のデートに行くつもりだと言った。実際、その人に熱をあげているらしかった。サムが体をくねくね動かして、もう私が借りることのないお気に入りのジーンズをはき、チェリーレッドのティントを唇に塗っているところが目に浮かんだ。

私はシャブリを飲みながら、サムの楽しいおしゃべりに浸った。そのあと、近いうちに市内で会わないかと提案してみた。結婚式以来、サムが私に会いに来てくれたのはたった一度だけだったが、それを責めたりはしなかった。ウエストチェスターは独身女性には退屈なところだ。私のほうが頻繁にマンハッタンへ行っていたし、〈ラーニング・ラダー保育園〉の近くでサムと会って遅めのランチでもとりたいと思った。

だが前回のランチは私が胃腸炎になったせいで延期せざるをえなくなった。そのさらに前に予定していたディナーは、サムが同じ日の夜に祖母の九十歳の誕生日パーティがあるのを忘れていたと言ってキャンセルになった。

もう長い間、私たちは会っていなかった。

私は結婚式のあともサムと密に連絡を取りあおうと誓った。しかし彼女の自由がきく夜や週末は、私がリチャードと一緒に過ごせる機会でもあった。

リチャードは決して私の予定に口を出さなかった。一度、ソーホーにある〈バルタザール〉でサムとサンデーブランチをとった帰りに、彼が駅まで迎えに来てくれたことがあった。そのときも、楽しかったかときいてくれた。

「サムはいつも楽しいわ」私は笑いながら、サムとふたりでレストランを出たあとに、数ブロック先で映画のシーンを撮影している現場に出くわした話を語って聞かせた。

サムは私の手を取り、エキストラの一行の中に引っ張っていった。出ていけと言われたが、彼女が軽食サービスのテーブルからナッツやドライフルーツが入ったトレイルミックスの大袋をつかむほうが早かった。

リチャードは私と一緒になって大笑いした。その日の夕食のとき、彼は今週はほぼ毎晩仕事で遅くなると言った。

電話を切る前に、サムは待ち合わせの時間を決めようと言った。「また前みたいに、テキーラを飲んで踊りに行きましょ」

私はためらった。「リチャードの予定を確認してみるわ。彼が出張しているときのほうが行きやすいから」

「男でも連れこむつもり？」サムが冗談を言う。

「どうして複数形じゃないの？」話の焦点を変えたくて、私も冗談を返した。するとサムは笑った。

数分後、キッチンへ行ってサラダ用にトマトを刻んでいたとき、耳をつんざく警報音が鳴り響いた。

リチャードはウエストチェスターの家へ引っ越す少し前に、約束どおり高機能な警報システムを設置してくれていた。彼が仕事に行っている日中や、特に出張中の夜は心強かった。

「誰かいるの？」私は叫んだ。玄関ホールへ向かったものの、甲高い警報音が響き渡っていて思わずたじろいだ。とはいえ、重いオーク材の玄関のドアはきちんと閉まっていた。

この家には脆弱な場所が四箇所あると、論点を強調するために同じ数の指を立てながら警備会社の人が言っていた。玄関。裏口。ダイニングキッチンにある大きな出窓。それから特に危ないのが庭を見渡せるリビングルームの両開きのガラスドアだと。

それらすべてに警報装置を取りつけてあった。私は両開きのガラスドアへ走り、外に目をやった。何も見あたらない。でもそれは誰もいないことを意味しない。誰も陰に隠れていないとは限らない。もし何者かが家に侵入してきたとしても、鳴り響く警報音のせいでなんの音も聞こえないだろう。本能的に私は階段を駆けあがった。手には、トマトを切るのに使っていた肉切りナイフを持ったままだ。

ナイトテーブルから携帯電話をつかんだ。充電器に戻しておいた自分に感謝する。それからクローゼットの奥のスラックスが並ぶ列の後ろに逃げこむと、リチャードに電話をかけた。

「ネリー？　どうした？」

私は携帯電話をきつく握りしめたまま、クローゼットの床にうずくまった。「誰かが侵入しようとしているみたいなの」声を潜めて言った。

「警報音が聞こえる」リチャードの声は切迫していた。「今、どこにいる?」

「クローゼットの中よ」私はささやく。

「警察に連絡しよう」リチャードが言った。「切らずに待つんだ」

彼が別の電話で自宅の住所を伝え、急いでくれ、妻が家でひとりなんだと訴えているところが目に浮かんだ。警備会社からも警察に通報が行くのはわかっていた。

今度は家の固定電話まで鳴りだした。心臓が激しく打ち、鼓動が耳を満たす。あまりにも音が多すぎる。もし誰かがクローゼットの扉の向こうに立って取っ手をまわしていたとしても、これではわかりようがない。

「すぐに警察が行くはずだ」リチャードが言った。「僕もすでに電車に乗っている。今、マウント・キスコ駅だ。十五分で家に着く」

その十五分は永遠に続くかのように思えた。私はさらに小さく体を丸め、数を数え始めた。どうにかゆっくりと数字を口に出していく。二百を数える頃までには警察が来るはずだと思いながら、もし誰かがクローゼットの扉から入ってきても気づかれないようにと、身じろぎもせず、呼吸も浅くした。

時間はなかなか進まなかった。感覚が研ぎ澄まされ、周囲のあらゆる細かいことがひどく気になった。幅木にかぶった埃(ほこり)のひとつひとつ、木の床の色合いのわずかな違い、私の吐く息が顔から数センチ先にかかっている黒いスラックスの生地に作る波紋といったものが目に飛びこんでくる。

「待っててくれ」私が二百八十七まで数えたとき、リチャードは言った。「今、電車をおりる」

そのとき、ようやく警察が到着した。

警察官が捜索したものの、侵入者の形跡は見つからなかった。盗(と)られたものはなく、ドアはこじ開けられておらず、窓も割られていなかった。私はソファでリチャードに寄り添い、カモミールティーを少しずつ飲んだ。警察から、警報装置の誤作動は珍しいことではないと説明された。配線不良か、センサーが動物に反応したか、システム異常のいずれかだと警察官のひとりが言った。

「きっとなんでもなかったんだよ」リチャードは同意したが、いったんためらってから、ふたりの警察官を見た。「おそらく関係ないだろうが、今朝出かけるときに通りの端に見知らぬ車が停まっていたんです。庭師か誰かのものだと思ったんだが」

私は一瞬、心臓が止まりそうになった。

「ナンバープレートは見ましたか？」会話を主導している年配の警察官が尋ねた。

「いいえ。だが、今後は注意して見ておくようにします」リチャードは私を引き寄せた。「ああ、震えているじゃないか。君に何かが起こるような真似は絶対にさせないと約束する、ネリー」

「あなたはたしかに誰も見なかったんですね？」警察官が再度、私に尋ねてきた。私は窓越しに、パトカーの上で点滅しながら回転している青と赤のライトを眺めた。目を閉じても、闇の中でまわり続けるそのどぎつい色が依然として頭に浮かび、はるか昔、大学四年のときのあの夜へと私を引き戻した。

「ええ」私は答えた。「誰も見ませんでした」

しかし完全に真実とは言えなかった。

私にはある人の顔が見えていた。でも家の窓からではない。それが見えるのは私の記憶の中だけだ。フロリダで会ったのが最後で、あの秋の夜に起きた大惨事のことで私を責めている――私に罰がくだるのを望んでいる、ある人物の顔。

私は新しい名前を持った。住所も新しくなった。電話番号も変えた。

そんなものでは足りないだろうと、私はいつも恐れていた。

ある美しい日に悲劇は始まった。あれも十月だった。当時、私は大学四年生になったばかりだった。フロリダの夏の焼けつく暑さは和らぎ、心地よくあたたかかった。同じ学生友愛クラブのメンバーは、薄手のサンドレスや、ヒップの部分に〈カイ・オメガ〉とプリントされたショートパンツとタンクトップという服装をしていた。日没後に新入生の儀式が行われるとあって、私たちの寮は幸せなエネルギーに満ちていた。親睦係を務めていた私は、さまざまな計画を立てた。カクテルのゼリー（ジェロ・ショット）、目隠し、キャンドル、そして海への飛びこみといったサプライズまで。

けれども、その日は起きたときから疲れていて吐き気がした。グラノーラバーをかじりながら、重い足を引きずって乳幼児の発達についてのゼミに出席した。リング式の手帳を取りだし、次週の課題を書きとめていたときだった。私はあることに気づいて、ページの上で鉛筆の動きを止めた。生理が遅れている。私は病気ではなかった。妊娠したのだ。

再び顔をあげたときには、ほかの学生たちはみんなすでに荷物をまとめて教室から出ていくところだった。衝撃に時間を奪われてしまっていた。

私は次の講義をさぼってキャンパスの外れにある薬局まで行き、ガムをひとパックと、『ピープル』と、ペンを何本かと、そしてあたかも買い物リストに書かれたなんでもないものであるかのように妊娠検査キットを買った。隣に〈マクドナルド〉があったので、そこのトイレの個室にしゃがみこみ、十歳前後の少女ふたりの会話に耳を傾けた。少女たちは鏡を見て髪を梳かしながら、どうしても行きたいというブリトニー・スピアーズのコンサートについて話していた。プラスサインが表示され、すでにうすうすわかっていたことが証明されてしまった。

まだ二十一歳なのにと途方に暮れた。まだ大学も卒業していないのに。恋人のダニエルとはつきあってまだ数カ月なのに。

私は個室から出て洗面台へ行き、両手首に冷たい水をかけた。視線をあげると、ふたりの少女が私の顔をちらりと見て黙りこんだ。

ダニエルは十二時半に終わる社会学の授業中だった――彼の予定なら記憶していた。私は急いでダニエルがいる棟へ向かい、建物の前に延びる歩道を行ったり来たりした。そこには階段に座って煙草を吸っている学生もいれば、芝生に手足を伸ばして寝そべっている学生もいた。ランチ中の人も、三人でフリスビーをしている人もいる。男子学生の膝の上に頭をのせて寝ている女子学生もいた。その長い髪が彼の腿に流れ落ち、まるでブランケットみたいに見えた。大型のポータブルＣＤプレーヤーからは、グレイトフル・デッドの曲が大音量で流れていた。

二時間前までは私も彼らの中のひとりだったのに。

学生がぽつぽつとドアから出てきたので、私は彼らの顔に視線を走らせ、躍起になってダニエルを捜した。彼はサンダル履きに大学のロゴが入ったTシャツを着るような人ではない。かさばるサックスケースを持ち歩くような人でも、肩にバックパックをかけるような人でもない。

ダニエルはそういった人たちの誰とも違った。

人がまばらになってきた頃、階段の上にダニエルが現れた。眼鏡をオックスフォードシャツのポケットに入れ、メッセンジャーバッグを斜めがけしている。私は片手をあげて振った。彼はこちらを見ると逡巡したが、やがて私が立っているところまで階段をおりてきた。

「バートン教授！」

ひとりの女子学生がダニエルを呼び止めた。講義に関する質問があったのだろう。あるいはひょっとすると、彼に言い寄っていたのかもしれない。三十代半ばのダニエル・バートンに比べると、フリスビーをキャッチして飛んだり叫んだりしている若者たちはまるで子どもに見えた。

ダニエルは女子学生と話をしている間も、ちらちらと私を見てきた。彼の懸念が手に取るようにわかった。私はふたりのルールを破ってしまったのだ。キャンパス内ではお互いのことを無視するというルールを。

でもこうなった以上、ダニエルは解雇されるかもしれない。私が三年生のとき、ダニエルは私にA評価をつけてくれた。この関係が始まる数週間前のことだ。だからその成績は自分の努力の賜物だ。デイヴ・マシューズのビーチコンサートで友達とはぐれてしまったあとに、ばったり出くわすまでは、ダニエルとはキスはおろか個人的に話をしたこともなかった。だけど、誰がそんな話を信じるだろうか？

ようやくダニエルが私に近づいてきて小声で言った。「今はだめだ。あとで電話する」

「十五分後にいつもの場所に迎えに来て」私は言ったが、ダニエルは首を振った。

「今日は無理だ。明日にしてくれ」

彼のそっけない言い草に、私は胸がちくりと痛んだ。

「とても大事なことなの」私は食いさがったが、ダニエルはすでに私の前を通り過ぎ、ジーンズのポケットに両手を突っこんで、月明かりの夜にふたりで何度となく乗って海辺へ行った古いアルファロメオへと向かっていた。私はあっけに取られ、裏切られた思いで、去っていくダニエルを見つめた。それまで私は厳格にふたりのルールを守ってきた。だからこそ今回はただならぬ事態なのだと、彼は気づくべきなのに。ダニエルはバッグを私の席である助手席に放り、猛スピードで走り去った。

　私はお腹に両腕を巻きつけ、彼の車が角を曲がって消え去るのを見守った。それからみんなが準備で忙しくしている寮へとゆっくり歩きだした。

　今日の残りを乗りきりさえすればいいだけだと自分に言い聞かせ、何度もまばたきをしてあふれる涙を抑えた。明日になればダニエルと話ができる、一緒に計画を立てられると。

「どこに行ってたの？」寮に帰ると、会長が尋ねてきたが、彼女は別に私の返事を待たなかった。その夜、二十人の入会誓約者が正式にクラブに加入することになっていた。夜のイベントはディナーと儀式から始まる。そこで寮歌を歌ったり、創設者や重要な日付など、クラブに関するトリビアを競うゲームをしたりする。それからひとりずつキャンドルを持ち、神聖な誓いを復唱する。私はその年にペアを組んで〝妹（リトル・シスター）〟となるマギーの後ろに立つ。新入生への洗礼が始まるのは、午後十時くらいからになるだろう。数時間は続くだろうけれど、彼女たちに対してひどいことや、危険なことはいっさいしない。誰かが傷ついたりすることは絶対にないはずだ。

私は確信していた。なぜならそれを計画したのは私だったからだ。ダイニングテーブルには、ジェロ・ショット用のウオッカのボトルと、ダーティ・ハンチ・パンチ用のスピリッツが並んでいた。こんなにお酒が必要なのだろうかと、ふと疑問に思ったものだ。そのあとに起きた事件のせいで、何もかも覚えている。青と赤に点滅する警察のライトも。警報さながらの甲高い悲鳴も。

しかし自室へと階段をあがっていくうちに、そんな思考は一瞬で消えた。まるで蛾のように飛び去り、あっという間に妊娠への心配に取って代わられた。気分の悪さが体の中心からじわじわと広がっていき、全身を覆いつくした。

ダニエルは車で走り去るとき、私をちらりと振り返りもしなかった。〝今はだめだ〟そうささやき、私のすぐ横を通り過ぎていった姿を何度も思いだす。私のところへ来る前に彼を呼び止めたあの女子学生よりも、自分はぞんざいに扱われた。

私はすばやく部屋に入ってから静かにドアを閉め、携帯電話を取りだした。ベッドに横向きに寝転んで、膝を抱えながらダニエルに電話をかけた。四回の呼び出し音のあと、留守番電話につながった。もう一度かけると、今度は呼び出し音なしで留守番電話に切り替わった。

携帯電話の画面に目をやるダニエルの姿が目に浮かんだ。そこには彼が私につけた

ＩＤ名である〝ヴィクター〟が表示されている。そして私が隣に座っていると必ず脚を撫でてきたあの細長い指で携帯電話を取り、〝拒否〟のボタンを押すのだ。

以前ふたりでいるとき、電話をかけてきたほかの人に対してダニエルがそうするのを見たことがある。そのときは、まさか自分も同じことをされるとは思いもしなかった。

私はさらにもう一度かけた。ダニエルがそれを見て、どれだけ私が話す必要に迫られているか理解してくれることを願った。だが、また無視された。

私の痛みは怒りに取って代わられた。ダニエルは何かあったと察知していたに違いない。彼は私のことが大事だと言っていたけれど、もし本当に大事に思っているなら、少なくとも電話くらい出るものではないだろうか。

ダニエルの家には行ったことがなかった。彼は教員用宿舎でほかのふたりの教授と一緒に暮らしていたからだ。でも、住所はわかっていた。

私は思った。明日ではだめだと。

22

ロバートソン・ホテルのバーまで迎えに来てくれたシャーロット伯母さんと家に帰り、冷たいシャワーを浴びる。ごしごしこすって汗とメイクを落とす。このくらい簡単に今日という日も洗い流せればいいのに。そしてエマとのやり取りも一からやり直すことができればいいのに。

私は言うべきことを慎重に慎重を重ねて考え、計画を練った。初めはエマも怪しむだろうと予想はしていた。もし自分がその立場でも、やはり怪しんだだろうから――リチャードを疑うそぶりを見せたサムや、私が自分らしさを失うのではないかと心配してくれた母さんに対して、いらだちを覚えたことを今でも思いだす。

けれども少なくともエマは話を聞いてくれると思っていた。自分が残りの人生をともに過ごそうとしている相手について、彼女がもっとちゃんと知りたいと思うようになるくらいの疑念は植えつけることができるに違いないと思っていた。

しかし明らかに、エマの中ではすでに私という人間の評価がはっきりと定まってしまっていた。私は信用できないと。

うまく事が運ぶと考えていた自分がどれほど愚かだったか、今ならわかる。エマに理解してもらう別の方法を考えなければならない。

ふと気づくと、強くこすりすぎていた左腕が赤くなり、少しひりひりしている。シャワーを止めて腕にローションをつけていると、シャーロット伯母さんがベッドルームのドアをノックする。「散歩に行く？」

「ええ」私は返事をする。できれば行きたくないけれど、心配をかけてばかりの伯母さんへのせめてもの譲歩だ。そういうわけで、ふたりでリヴァーサイド・パークへと向かう。普段の伯母さんは早足できびきび歩くが、今日の歩みはゆっくりだ。手足の一定の反復運動とハドソン川からの穏やかな風のおかげで、気分が落ち着いてくる。

「さっきの話を続けたい？」シャーロット伯母さんが尋ねてくる。

私は伯母さんから頼まれたことを思いだす。〝嘘をつくのはやめて〟

嘘をつく気はない。でも伯母さんに真実を話せるようになるには、自分にとって真実が何かをはっきりさせる必要がある。

「ええ」私は伯母さんの手に触れる。「だけど、今はまだ無理なの」

バーでつまびらかにできたのは、結婚生活の中のたった一夜の出来事にすぎない。それでも伯母さんと話したことで、私の中にわだかまっていた重いものがいくらか解放された。さらに複雑に絡みあった結婚生活全体を紐解くには、一日の午後だけでは不可能だ。とはいえ、今初めて自分以外の人の記憶を頼ろうと思えている。リチャードとの生活の後遺症から立ち直っていく中で、信じてもいい人ができたのだ。

私はシャーロット伯母さんをアパートメント近くのイタリアンレストランに連れていき、ふたりでミネストローネを頼む。ウエイターがかりっと焼いたあたたかいパンを持ってくる。そこで自分の喉がからからに渇いていたことに気づき、私は三杯もの氷水を飲み干す。私たちは伯母さんが読んでいるというマティスの伝記や、私が見たいふりをしている映画の話で盛りあがる。

体の調子が少しよくなってきた気がする。伯母さんとの表面的なおしゃべりで気が紛れた。それにもかかわらず、部屋に戻り、夕暮れどきにブラインドを閉めると、その瞬間にエマが戻ってくる。彼女は私が決して拒否できない招かれざる客だ。

ウエディングドレスを試着して、鏡の前でくるりとまわるエマの姿が目に浮かぶ。指には新しいダイヤモンドがきらめいている。彼女がお酒を注いでリチャードのところへ持っていき、受け取る彼にキスをするところを想像する。

気づけば、小さなベッドルームの中を行ったり来たりしている。

私はデスクまで歩いていき、引き出しから便箋を見つけだす。それとペンを持ってベッドに戻り、何も書かれていない紙を見つめる。

ついに彼女の名前を書き始める。ペンが〝Ｅｍｍａ〟というアルファベットの角やカーブの上でぐずぐずと動かなくなる。

きちんと正確に言葉にしなければならない。彼女にわかってもらわなければならないのだ。

ペンを紙に強く押しつけすぎたせいで、紙の裏までインクがにじんでいる。

次に何を書けばいいのかわからない。どう始めればいいのかわからない。

自分の終わりがどこから始まったのかさえはっきりすれば、きちんと説明できるかもしれない。母さんの心の病のせい？　父さんが亡くなったせい？　子どもができなかったせい？

その始まりがフロリダのあの十月の夜にあると、私はますます確信を深めていく。けれども、それはエマには話せない。私の生涯の中で彼女に知ってもらうべき部分は、リチャードがしたことだけだから。

私はその紙を破り、書き直そうとする。

今度は〝親愛なるエマへ〟と書く。

そのとき、彼の声が聞こえてくる。

一瞬、自分の心が聞かせた幻聴かと思う。そしてようやくリチャードが実際にこのアパートメントにいて、シャーロット伯母さんが私の名前を呼んでいることに気づく。私はリチャードのいるところに呼ばれている。

飛びあがって鏡をのぞきこむ。夕暮れの日差しとさっきの散歩のおかげで、頰はピンク色に染まっている。髪は低い位置でポニーテールにまとめてある。格好はストレッチ素材のショートパンツとタンクトップ。目にはくまができているものの、やわらかな光が体の骨張ったラインをごまかしてくれている。今朝はエマに会うために着飾ったが、それよりもここ数年なかったほどに、今この瞬間の私はリチャードが恋に落ちた頃のネリーに似ている。

私は裸足でリビングルームへ行く。体が本能的に反応して視界が狭まり、リチャードしか見えなくなる。リチャードは肩幅が広く、健康的な体つきをしている。私と結婚していた数年の間に、彼のランナー体形は筋肉がついてがっしりした。リチャードは年齢とともに魅力を増していくタイプの男性だ。

「ヴァネッサ」リチャードが言う。あの低い声。いまだに夢の中で繰り返し耳にしているあの声。「話がしたい」シャーロット伯母さんのほうを向く。「少しふたりにしてもらえますか？」

伯母さんがこちらをうかがってきたので、私はうなずいてみせる。口の中が乾く。

「もちろんよ」伯母さんは言い、キッチンへ退散する。

「エマから聞いたが、今日彼女に会いに行ったそうだな」リチャードは見たことのないシャツを着ている。私が出ていったあとに買ったのだろう。あるいはエマにプレゼントされたのかもしれない。リチャードの顔は日に焼けている。夏になるといつもそうだ。天気のいい日は外を走っているから。

私はうなずく。否定しても無駄なことはわかっている。

ふいにリチャードが表情を和らげ、こちらに一歩近づく。「怯えているみたいだ。君のことを心配してここに来たのがわからないのか？」

私はソファを指し示す。脚がふらふらする。「座らない？」

ソファの両脇にそれぞれクッションが積まれているため、予想以上にお互い近づいて座る形になる。レモンの香りがする。彼の体温を感じる。

「僕はエマと結婚する」リチャードが言う。「君には受け入れてもらわないと」

その必要はないと、心の内でつぶやく。あなたが誰と結婚しようと、受け入れる必急ぐの？」

要はないと。しかし、代わりに口にする。「あっという間に決まったわね。どうして

リチャードは質問に答えない。

「なぜ君とずっと一緒にいるんだと、みんなからきかれたよ。君は、僕が家で君をひとりきりにさせすぎだと文句を言った。だがいざ社交の場を設けると、君は……。あのカクテルパーティの夜のことだよ。いまだに語り草になっている」

リチャードに涙をそっと拭かれて、ようやく自分の頬に涙が流れていたことに気づく。

彼に触れられ、私の中の感覚が一気に爆発する。こんなふうに感じるのは数カ月ぶりだ。全身が締めつけられる。

「長い間、考えてはいたが」リチャードが続ける。「絶対に言いたくなかったんだ。君が傷つくとわかっていたから。だが今日みたいなことがあった以上……もうやむをえない。君には助けが必要だと思う。どこか、たとえば君のお母さんが通っていたところにでも入院したほうがいい。お母さんみたいにはなりたくないだろう」

「具合はよくなってきているの、リチャード」以前のような生気をわずかに感じながら、私は言う。「仕事も見つけたわ。これからはもっと外に出て、人と会って……」

声がしだいに小さくなる。彼は本当のことなどお見通しだ。「私は母とは違う」

この話なら以前もした。明らかにリチャードは私を信用していない。

「お母さんは鎮痛剤の過剰摂取だった」リチャードが穏やかに言う。

「たしかなことはわからないわ！」私は言い返す。「事故だった可能性だってあるもの。錠剤を取り違えてしまったのかもしれない」

リチャードはため息をつく。「亡くなる前、お母さんは君とシャーロットに具合はよくなってきていると話していた。今、君も同じことを言った……なあ、ペンはあるかい？」

私は凍りついたように固まる。リチャードが来る直前に私が何をしていたのか、この人はうすうす勘づいているのだろうか。

「ペンだよ」私の反応に眉をひそめながら、リチャードが繰り返す。「貸してくれないか？」

私はうなずき、立ちあがってベッドルームに戻る。そこには、エマの名前の書かれた便箋がベッドに置いたままになっていた。リチャードがついてきているのではないかと急に恐怖に襲われ、ちらりと振り返る。だが、背後の空間には誰もいない。便箋を裏返し、ペンを手に取る。そのとき結婚式のアルバムがまだ床に落ちていることに気づく。それを衣装だんすに入れてから、リビングルームに引き返す。

彼の横に座り直したとき、互いの膝がかすかにあたる。

リチャードはソファの上でこちらに身を傾けながら財布を取りだし、そこからいつも持ち歩いている白地小切手を一枚引き抜く。私が見つめる中、彼は数字をひとつと、そのあとにゼロをいくつか書く。

「それは何？」私は尋ねながら、その金額に呆然とする。

「離婚調停のとき、君には充分な額をあげられなかったから」リチャードが小切手をコーヒーテーブルに置く。「君のために株をいくらか精算した。銀行には、近々僕の当座預金口座から多額の出金があると伝えておいた。これを治療費に使ってくれ。君にもし何かあれば、僕は良心の呵責（かしゃく）に耐えられない」

「お金なんてほしくないわ、リチャード」私は言う。彼の目がこちらを見据える。

「今までも一度も」

光や服によって、グリーンやブルーやブラウンへと変化するハシバミ色の目をした人なら知り合いにもいる。けれどこれまで出会った中で、虹彩（こうさい）がデニム、カリブ海、カブトムシの羽と、ブルーの色合いの範囲内だけで変化する人はリチャードしかいない。

今は、私の大好きな淡いインディゴブルーになっている。

「ネリー」家を出て以来、初めてその名で呼ばれる。「僕はエマを愛している」

胸の中で鋭い痛みがはじける。

「だが君を愛したほどに今後、誰かを愛することはない」リチャードが言う。私は彼の目をしばらくじっと見たあと、視線をそらす。リチャードの告白に愕然とする。でも本当は、私も同じ気持ちだ。沈黙が今にも割れそうな氷柱のように空中に垂れこめる。

そしてリチャードが再び身を傾けてくる。彼のやわらかな唇が私の唇に触れると、私はショックのあまり、まともに考える力が奪われる。片手で後頭部を包みこまれ、リチャードの近くに引き寄せられる。ほんの数秒の間、私は再びネリーに、リチャードは私が愛した男性に戻る。

それから現実に引き戻される。私はリチャードを押しのけ、手の甲で口をぬぐう。

「なんてことを」

彼はしばし私を見つめる。そのあと腰をあげて、何も言わずに去っていく。

23

私はリチャードとのやり取りの一部始終を思い返し、その夜も眠れなくなる。

私がやっとまどろむと、彼が夢の中でも訪ねてくる。

リチャードはベッドに横たわる私に近づいてきて、指で私の唇をなぞり、そっとキスをしてくる。唇から始まったキスは、時間をかけて首におりてくる。彼は片手で私のネグリジェを持ちあげ、唇を下へと這わせていく。思わず体が反応し始める。私はうめき声を抑えようとするが、体は意思に反して熱くなり、彼のなすがままになる。

それからリチャードは私をマットレスに押さえつけ、両手首をつかんで腰をぶつけてくる。

私は押し返してやめさせようとするが、彼は少しも動じない。

突然、私はリチャードの下にいるのが自分ではないことに気づく――手首を押さえられているのも、唇を開いているのも、自分ではない。

エマだ。

私ははじかれたように目を覚まし、体を起こす。荒く乱れた息。ベッドルームを見まわし、必死で心を落ち着ける。

バスルームへと急ぎ、冷たい水を顔にかけて夢が残した興奮を静める。洗面台の硬い縁をつかんでいると、ようやく呼吸が整ってくる。

ベッドに戻り、リチャードの夢を見ていたときの胸のざわめき、肌のほてりを思いだす。彼に対する危険な反応の余韻が残っている。

リチャードにいまだに、しかも夢の中でさえ欲望を感じるなんて。

私はふと、最近聴いた心理学のポッドキャストで感情を処理する脳の部位について説明していたことを思いだす。

「人体は往々にして二種類の一般的な感情の状態、つまりロマンティックな興奮をしている状態と恐怖を覚えている状態に対して同様の反応を示します」専門家が説明していた。私は目を閉じ、その話を正確に思いだそうとする。「鼓動が激しくなったり、瞳孔が開いたり、血圧があがったりしますよね。そういった感覚は、怖がっている状態でも興奮している状態でも生じます」

その感覚ならよく知っている。

専門家はほかにも何か言っていた。思考プロセスがその二種類の状態でいかに変化するかといったことを。たとえばロマンティックな恋愛に心を奪われているときは、他者への批判的評価を行う神経機能が損なわれることがあるらしい。

それが今、エマが経験していることなのだろうか？　それがかつて私に起こったことなのだろうか？

激しく動揺するあまり、もう一度眠りに就くことができない。

ベッドに横たわっていると、リチャードが訪ねてきたときのイメージに思考が乱される。彼の姿は鮮明に脳裏に焼きついているが、それは一瞬の出来事でもあった――まるで幻みたいだ。長い夜の時間が流れていくにつれ、私はそれが実際に起こったことだったのかと疑い始める。あれもまた、夢の一部だったのだろうか？

昨日の夕方のことは何ひとつ現実とは思えない。

私は放心状態になって金色にきらめき始めた朝の光の中を歩き、衣装だんすの一番上の引き出しを開ける。小切手が靴下の間に埋もれている。

私は小切手をもとの場所に戻し、視線を落として結婚式のアルバムの白いサテンの表紙を見つめる。自分が結婚していたことを証明する唯一の物理的証拠は、これしか持っていない。

今後その写真を再び見たくなる日が来るとは思えなかったが、最後に一度だけ見る必要がある。結婚式のとき以外の写真はすべてウエストチェスターの家にあるが、リチャードはもうそれらを市内のアパートメントのトランクルームに移したかもしれない。それとも処分してしまっただろうか。きっと処分したはずだ。エマが不安を覚えかねないものを偶然見つけてしまう前に、リチャードは私の痕跡をひとつ残らず消したに違いない。

シャーロット伯母さんは私の結婚生活で目撃したことを少しだけ話してくれた。サムも最後に話したときに、自分の考えを口にした――あの最後の会話は、ふたりの間で起こるなんて想像もできなかったほどひどい言い争いになった。でも今は、新たな視点で自分のことを確かめたい。

私はベッドにあぐらをかいて座り、アルバムの最初のページをめくる。一枚目はホテルの部屋にいる自分で、真珠のアンティークブレスレットの留め金をとめようとしている。幸せになるジンクスのひとつとしてシャーロット伯母さんから借りた〝サムシング・ボロード〟だ。私の隣で、伯母さんが父さんのブルーのハンカチをブーケに見栄えよく結んでいる。次のページをめくると、バージンロードを歩く伯母さんと母さんと自分の写真だ。私は母さんと指を絡めるようにして手をつなぎ、その反対側で伯母さんと腕を組んでいるが、それは私が左手で白いバラの花束を持っているからだ。伯母さんの頬は紅潮し、目に涙が光っている。母さんはカメラに笑顔を向けているが、その表情からは感情を読み取りにくい。それに母さんは私と伯母さんから少しだけ離れている。手をつないでいなければ、母さんの部分を簡単に切り取れるくらいだ。

知らない人にこの写真を見せて、どちらの女性が私の母親だと思うかと尋ねたら、きっと伯母さんのことを母親だと答えるだろう。私の外見は伯母さんではなく母さんにそっくりだけれど。

私はいつも、母さんから受け継いだのは外見だけだ、母さんの長い首やグリーンの瞳といった特徴しか受け継いでいないと自分に言い聞かせてきた。内面は父さん似だ、性格は伯母さんのほうに近いと。

でも今はリチャードの言葉がよみがえる。

結婚していた当時、君の行動は理性を欠いている、君は矛盾していると言われるたびに、私はその言葉を否定した。リチャードはむきになると、君は頭がどうかしていると叫ぶこともあった。

「彼のほうが間違っているのよ」私はよくつぶやきながら、近所を行きつ戻りつした。

体をこわばらせ、足音を舗道に響かせながら。

踏みしめる足が言葉を刻む。左足で〝彼が〟、右足で〝間違っている〟と。〝彼が間違っている。彼が間違っている。彼が間違っている〟私は何十回、いや何百回となくその言葉を繰り返したものだ。それをいやというほど繰り返せば、自分の頭の中にこびりついて離れない考えを葬り去れると考えていたのかもしれない。〝もしリチャードのほうが正しいとしたら？〟という考えを。

アルバムをめくると、乾杯のスピーチのために立っている母さんの写真がある。母さんの後ろのテーブルにあるのは、リチャードの年代物の陶器の人形を飾った三段重ねのウエディングケーキだ。陶器の花嫁の笑顔は晴れやかだが、私自身はその瞬間、心穏やかでなかったことを覚えている。ありがたいことに、母さんのスピーチはくどくどと長かったものの、筋は通っていた。その日は薬が効いていたのだ。

自分でそう信じたがっている以上に、私は母さんからいろいろと受け継いでいるのかもしれない。

幼少期の友人たちには、ステーションワゴンに乗り、グリルドチーズ・サンドイッチを作ってくれるような母親がいたが、私はそんな人たちとは違う世界に住む女性のもとで大きくなった。母さんの感情は、燃えるような赤、ラメ入りのピンク、限りなく暗いグレーといった強烈な色を思わせた。外面は荒々しかったが、内面はもろかった。あるときドラッグストアで、店長がさっさとしろと年配のレジ係を怒鳴りつけているのを見かけると、母さんは弱い者いじめだと言って店長を大声でとがめ、会計に並ぶほかの客たちから拍手喝采された。また急に歩道でひざまずき、羽が破れて飛べなくなった蝶を見つけて声もなく泣き崩れたこともあった。

私は母さんの偏った視点や衝動的で大仰な反応を自分のものにしてしまったのだろうか？　私の運命を司る遺伝子により大きな影響を与えたのは母さんの気質だろうか？　それとも真面目で我慢強い父さんの気質だろうか？　私は目に見えない性質をそれぞれどちらの親から受け継いだのか、どうしても知りたかった。

結婚生活を送る中で、私は真実をつかみたいという焦燥感にとらわれ始めた。夢の中でも真実を追いかけた。色あせた古い写真のように、自分の記憶も消えてしまうのではないかと不安になり、それを押しとどめようとした。私は日記にすべてを書きとめておくようになった。リチャードに見られないよう、客用ベッドルームにあるベッドのマットレスの下に隠した黒い〈モレスキン〉の手帳に。

今となっては皮肉な話だ。なぜなら、私は自分を嘘で固めてきたからだ。そうした数々の嘘に屈服してしまいたい誘惑に駆られることもある。まるで流砂にのみこまれるように、自分で作りあげた新しい現実に音もなく沈んでいくほうが楽かもしれない。砂の下に消えていくように。

忘れてしまったほうが、ずっと楽に違いない。

でも、それはできない。彼女のことがあるから。

私はアルバムを脇に置き、部屋の片隅の小さなデスクに向かう。そして便箋とペンを取り、再び書き始める。

親愛なるエマへ

私はリチャードとは結婚するなと言ってくれた人の助言に耳を貸そうとしなかった。だから、あなたが私を拒絶する理由もわかる。何から伝えていいのかわからなくて、きちんと話せなかったの。

私は便箋の終わりまで書き続け、最後にひと言加えようかと思案する。〝昨日の夕方、リチャードが訪ねてきたわ〟と。しかし嫉妬させるためにそれを書き加えたのだと誤解されかねないと気づいて、ペンを止める。エマにまた別の疑念を植えつけようとしていると思われるかもしれない。

私は手紙にサインだけして、それを三つ折りにし、彼女に渡す前にもう一度読み返そうと、デスクの一番上の引き出しにしまう。

そのあと、私はシャワーを浴びて着替えをすませる。口紅で唇をなぞり、リチャードの感触の余韻を消し去っていく。そこへシャーロット伯母さんの叫び声が聞こえ、私はキッチンに駆けつける。

黒い煙が天井まで巻きあがっている。伯母さんがガスコンロで燃え盛るオレンジの炎を消そうと布巾を叩きつけている。

「重曹を！」伯母さんが叫ぶ。私は棚から重曹の箱をつかみ、中身を火に振りかけて消す。伯母さんは布巾を落とし、火傷したところを冷やそうと蛇口をひねる。腕の赤くなった跡に水がほとばしる。

私は焦げたベーコンがのったフライパンをコンロから外し、冷凍庫から保冷剤を出して言う。「これをあてて」伯母さんが腕を水から離すと、私は蛇口を閉める。「何があったの？　大丈夫？」

「ベーコンの脂を空き缶に移そうとしたの」伯母さんは私が差しだしたスツールにぐったりと座りこむ。「失敗したわ。脂にちょっと火がついただけよ」

「お医者さんに診てもらう？」私が尋ねると、伯母さんは保冷剤を外して腕を見る。火傷は幅が指一本ほどで、長さは五センチくらいだ。幸い、火ぶくれにはなっていない。「診てもらうほどじゃないわ」

私はカウンターの上でひっくり返っている〈ドミノ〉の砂糖の箱に目をやる。コンロにまき散らされた砂糖。

「間違えて砂糖をかけてしまったのよ。それでよけいに燃えあがったのかもしれない」伯母さんが言う。

「アロエ軟膏を取ってくるわ」私は急いでバスルームに行って薬棚を開け、伯母さんの古い鼈甲縁（べっこうぶち）の眼鏡と鎮痛剤の瓶の後ろからチューブを取りだす。それと一緒に鎮痛剤も持ってキッチンへ戻り、手のひらに三錠出して伯母さんに渡す。

伯母さんは軟膏を塗りながらため息をつく。「これでよくなるわ」私が注いだ水で錠剤を流しこむ。

私は伯母さんの鼻にのせられた厚いレンズの真新しい眼鏡を見て、伯母さんの横のスツールに深く腰かける。

どうして気づかなかったのだろう？

エマとリチャードの関係にばかり気を取られ、自分の目の前で起こっていることに注意を払っていなかった。

伯母さんのぎこちない動作や頭痛。〝D、午後三時〟というカレンダーに書かれた予定――〝D〟は〝ドクター(Doctor)〟を意味していたのだ。アパートメント内を移動しやすくするために片づけられた家具。ロバートソン・ホテルのバーでメニューを見たあと、そこに載っていないドリンクを頼んだこと。ハドソン川沿いの散歩で、いつもよりためらいがちだった歩き方。砂糖の箱は重曹とは似ても似つかないが、慌てている人には同じように見えたのだろう。煙が立ちこめる中、手を伸ばした人には。

視力を失いかけている人には。

嗚咽が喉にこみあげる。けれども伯母さんに慰めてもらうわけにはいかない。私は手を伸ばし、伯母さんの紙のように薄い肌をした手に触れる。

「失明しかけているの」伯母さんがゆっくりと言う。「確認のために再診の予約をしたところよ。黄斑変性症。あなたにもすぐに伝えるつもりだった。こんなに騒がしい場面じゃないときにね」

私はこれまでのことを考える。セコイアの老木の樹皮を再現しようと、一週間かけてキャンバスに何百回と絵の具を塗り重ねていた伯母さん。母さんの〝オフの日〟に、私を海辺に連れていってくれた伯母さん。ふたりで仰向けに寝転がって空を見あげ、太陽の光は白く見えても、本当は虹色でできているのだと教えてくれた伯母さん。

「かわいそうに」私はささやく。

あの日、伯母さんが作ってくれたターキーとチーズのサンドイッチと、魔法瓶に入ったレモネード、私にジン・ラミーを教えようと持ってきてくれたトランプカードに私が思いを馳せていると、伯母さんがまた口を開く。

「一緒に『若草物語』を読んだことを覚えている?」

私はうなずく。「ええ」そう答えながら、私は今の伯母さんには何ができて何ができないのだろうとすでに考えごとをしている。

「あの本でエイミーが言ったでしょう。〝私は嵐を恐れないわ。船の操縦の仕方を学んでいるから〟って。私も決して悪天候を恐れたりしないのよ」

そして伯母さんは私が見たこともないほど気丈な振る舞いをする。伯母さんがにっこりほほえむ。

24

「見えないのって、すごくいや」

マギーはジャクソンヴィル出身の内気な十七歳の新入生で、寮の歓迎会の夜、私にそう言った。

でも私は耳を貸さなかった。ダニエルに邪険に扱われたことばかり考えていたからだ。明日では遅いのだと思うと、胸に怒りがこみあげた。

私はやっとの思いでその夜の儀式の大半に参加し、マギーについてまわってあれこれ世話を焼いた。彼女はリビングルームで輪になっている寮生たちにまじって立っていた。みんなの顔がキャンドルの明かりに照らされている。新入生勧誘期間のあとに寮生全員が集まって投票を行ったとき、選ばれた代表二十名のリストに当初、マギーの名前はなかった。ほかの新入生たちのほうがかわいらしくて、元気で、陽気だった。彼女たちは男子寮生との親睦会で誘われるタイプ、寮の雰囲気を盛りあげるタイプだ。

だがマギーは違った。寮の社交行事で話したとき、彼女は高校時代に自宅近くの動物保護施設で動物を助けるボランティア・プログラムを始めたことを教えてくれた。「小さい頃からあまり友達がいなかったの」マギーは肩をすくめた。「よそ者みたいな存在だったわ」彼女は笑ったが、私はその瞳の中に傷つきやすさを認めた。「動物の世話をしているときは、寂しさが紛れたのかも」

「すばらしいじゃない」私は言った。「そのプログラムを始めた経緯を教えてくれる？　この寮でもそういった奉仕活動にもっと力を入れたいと思っているの」

マギーは顔を輝かせ、アイクという名の三本脚のダックスフントがプログラムのきっかけを与えてくれたのだと語った。私は寮のほかの子たちがどう思おうと、マギーは代表のひとりに選ばれるべきだと心に決めた。

でもマギーの後ろに立って寮生たちの歌声を聴いていると、私は自分の判断が間違っていたような気がした。マギーは小さなさくらんぼの絵柄が入った子どもっぽい白いコットンのトップスにそろいのショートパンツという格好で、その夜はほとんど誰とも話していなかった。大学で新しいスタートを切るのが楽しみだ、寮生たちと仲よくなりたいと言っていたのに、彼女たちと親しくなろうとする努力はいっさい見せていない。寮歌も覚えていなかった。私には、マギーが口だけ動かして歌っているふりをしているのがわかった。ダーティ・ハンチ・パンチをひと口飲んだときも、彼女はそれをグラスにぺっと吐きだした。「まずい」そう言って中身を捨てずにグラスをそのままテーブルに置き、ウオッカに手を伸ばした。

私の役目はマギーの面倒を見て、彼女が寮内で行う探し物ゲームで課題をクリアするのを見届けることだった。一番大事なのは、海遊びをするときにマギーから目を離さないことだ。私たちのような若い学生でも、飲んで夜の荒波に飛びこむことが危険につながりうるのは理解していた。

けれども私はマギーに集中できなかった。体の変化に、そしてポケットの中の携帯電話に意識が向かいすぎていた。マギーは私たちがふざけてラッキーアイテムに決め、寮内に隠しておいた真鍮の雄鶏(おんどり)が見つからないと文句を言ったが、私は取りあわずに彼女のリストにチェックを入れた。「なんでもいいから探せばいいのよ」私は言いながら、再び携帯電話を確認した。まだダニエルからの着信はなかった。

会長が最後の入会の儀式を行うために一同を連れて海辺に向かう頃には、午後十時近くになっていた。新入生たちは目隠しをされ、互いにつかまりながら、酔っ払ってくすくす笑っていた。私はマギーが目隠しの下からのぞき見ていることに気づいた。それはルール違反だ。「見えないのって、すごくいや」マギーは私に言った。「閉所恐怖症みたいな気分になる」

「ちゃんと目隠しして」私は指示した。「あと少しの辛抱だから」

グリーク・ロウ沿いの男子寮の前を通ると、男子寮生たちが声をあげて褒めそやした。「いいぞ、〈カイ・オメガ〉！」すると一番大胆なジェシカがシャツを持ちあげ、ショッキングピンクのブラジャーを披露してスタンディングオベーションを受けた。私は彼女が今夜は外泊するだろうと確信した。先ほどは新入生同士の飲み比べ対決をさせていた。

私の横には親しい友人のひとりであるレズリーがいた。私と腕を組み、みんなに合わせて《ナインティナイン・ボトルズ・オブ・ビア・オン・ザ・ウォール》を歌っている。いつもなら、私も声を張りあげて一緒に歌っただろう。でも、その夜は一滴も飲んでいなかった。体に小さな生命が宿っているのに、飲めるわけがない。

私は海辺のことを考えた。その砂浜で、ダニエルと私は生命を授かったはずだ。そこに行く気になれなかった。

「ねえ」私は小さな声でレズリーに話しかけた。「気分が悪いの。海にいる間、マギーのことを見ててくれない？」

レズリーは顔をしかめた。「あの子、ちょっと要領が悪いわ。どうして代表に選んだの?」

「内気なだけよ。面倒はかけないわ。それに泳ぎも得意だと言っていたし」

「まあ、いいけど」レズリーが言った。「お大事に。貸しができたわよ」

私はマギーを見つけて、具合が悪いことを伝えた。マギーは目隠しを外したが、今度は私が彼女につけ直した。

「どこに行くの?」マギーが尋ねた。「置いていかないで」

「大丈夫よ」私はマギーの甘えた口調にいらだった。「レズリーが面倒を見てくれるから。何かあったら彼女に言えばいいわ」

「どの人? スリムなブロンド?」マギーがきいた。

私はあきれて目をくるりとまわしながらレズリーを指さした。「彼女は副会長よ」

私はグループから離れ、マギーたちは角を曲がって海辺までの残り二ブロックを進んでいった。教員の住居はキャンパスの反対側にあり、中庭を突っきれば歩いて十五分で着く。最後にもう一度ダニエルに電話をかけると、また留守番電話につながった。電源を切っているのだろうか。

その日の午後、講義が終わって彼に話しかけた女子学生のことを思いだした。私はダニエルに気を取られ、彼女には注意を払わなかった。しかし今になって、まるで映画を見ているように、カメラがその女子学生の周囲をぐるりとまわって撮影していたかのように、彼女の姿が頭に浮かんだ。とても魅力的な子だった。ダニエルにどのくらい近づいて立っていただろう？

ダニエルは学生とベッドをともにしたのは私が初めてだと言っていた。今までその言葉を一度も疑ったことはなかった。

もしかすると、ダニエルは彼女と一緒にいるのかもしれない。

私は歩みを速めたが、疲れて呼吸が荒くなるまで自分の歩調に気づかなかった。教員の住居も学生寮と同じように一列に並んでいた。それはキャンパスの端、農学部の温室の裏にあった。二階建ての赤いれんが造りの家々は見栄えのするものではなかったが、家賃は無料らしい。大学教授にとっては大きな特典だ。

ダニエルのアルファロメオが家屋番号九番の家の私道に停められていた。

私はドアをノックしてダニエルの——いや、バートン教授の家がどれか尋ねるつもりだった。提出しなければならないレポートがあったのに、教室で間違って下書きのほうを渡してしまったという言い訳も用意していた。でも車のおかげで、言い訳をする必要はなくなった。ダニエルがどこに住んでいるかはわかった。しかも彼は在宅中だ。インターフォンのボタンを押すと、ダニエルのルームメイトの教授が出てきた。

「どちら様？」彼女は小麦色の髪を耳の後ろにかけた。三毛猫が部屋をぶらぶらしながらやってきて、彼女の足首に頭をこすりつけた。

「つまらない用事なんです」私は説明し始めた。「バートン教授はご在宅ですか？あの、私、気づいたんです。間違って――」

彼女は階段をおりてくる誰かを振り向いて言った。

「ハニー？　学生が来ているわよ」

彼は最後の何段かを走っておりてきた。「ヴァネッサ！　こんな遅くにどうしたんだい？」

「あの……私、提出物を間違えてしまって」私はダニエルと、彼をハニーと呼んだ女性を交互に見ながら、自分が目をみはっているとわかっていた。

「なんだ、そんなことか」ダニエルは慌てて言うと、不自然なくらい大きく笑った。

「明日、新しいものを提出してくれればいいよ」

「でも、あの……」私は言いかけ、涙をこぼすまいと激しくまばたきをしたが、ダニエルはドアを閉め始めた。

「ちょっと待って」女性が言って、閉まりかけたドアを止めようと手を伸ばした。そのとき、私は彼女の指にはめられたゴールドの結婚指輪に気づいた。「提出物のことを話しに、わざわざここまで来たの？」

私はうなずいて疑問を口にした。「奥様ですか？」まだ希望を捨てきれず、彼女がルームメイトであってほしいと、これが何かの誤解であってほしいと願っていた。何気ない口調を装ったが、声が震えた。

「ええ」女性が答えた。「ニコルよ」私の顔を観察するようにじっと見た。「ダニエル？　どういうこと？」

「なんでもないよ」ダニエルが言いながらブルーの目を見開く。「提出物を間違ったんだろう」

「どの授業？」彼の妻が尋ねた。

「家族社会学です」私はすかさず言った。前年度に受講した授業だ。私が嘘をついたのはダニエルのためではない。自分の目の前に立つ女性のためだ。彼女は裸足で、メイクも施しておらず、疲れて見えた。

彼女は私の言ったことを信じたかっただろう。たぶん信じていたかもしれない。ドアを閉めて、ポップコーンを作るために油を熱し、ソファでダニエルと寄り添いながら、『アレステッド・ディベロップメント』を見たかもしれない。ダニエルは、私のことをうっとうしい蚊のような子だと説明して、言い逃れできたかもしれない。「あの子たちは自分の成績評価のことで頭がいっぱいなんだ。僕は退職できるまでに、あと何年あるんだ？」そんなふうに話をそらすこともできただろう。

もしあることが起こっていなければ。

「家族社会学です」私が言うと同時に、ダニエルは言った。「上級セミナーだ」

彼の妻はすぐには反応しなかった。

「ああ、そうだったな。うっかりしてた！」ダニエルが芝居がかった様子で指を鳴らしながら言った。過剰反応だ。「今期は五コマも講義を担当しているから、混乱していたよ！　とにかく、もう遅い。気の毒な学生には帰ってもらおうか。明日、なんとかしよう。「レポートのことは気にしなくていい。よくあることだから――」

「ダニエル！」妻の大声に、彼は口を閉じた。彼女は私に指を突きつけて言った。

「既婚者に近づくのはやめなさい」唇が震えていた。

「スウィーティ」ダニエルは哀願した。私のほうは見ていなかった。私の存在すら気にしていなかった。ふたりの傷ついた女性がダニエルの前にいる。だけど彼はそのうちのひとりだけを気にしていた。

「ごめんなさい。知らなかったんです」私はささやいた。

ドアが荒々しく閉められ、彼女が何か叫んでいるのが聞こえた。私は玄関前の階段をおりながら、よろめかないように手すりをつかんだとき、芝生に転がっている黄色い三輪車に気づいた。木に隠れていて、来たときは気づかなかった。そのそばにはピンク色の縄跳びがあった。

ダニエルには子どもまでいたのだ。

そのずっとあと——寮に戻り、ダニエルを罵りながら怒りのあまりむせび泣いたあと——ダニエルがお粗末なカーネーションの花束を持参して、同じくらいお粗末な謝罪をして、家族を愛しているから君と新しい家庭を築くわけにはいかないと言ったあと——一時間ほど離れたところにあるクリニックへひとりで行って、筆舌に尽くしがたい苦しい経験をしたあと——優秀な成績で四年生を終了し、フロリダと決別したくてニューヨークに向かったあと——そうしたことすべてが起こったあと、あの十月のあたたかい夜を思いだすときに必ずよみがえる一番鮮明な場面——。

それは新入生たちが海から戻ってきて、マギーがいなくなっていたときの場面だ。

マギーとエマに共通点はない。しかし私にとっては違う。このふたりの若い女性は、私の人生の道筋を永遠に変えた。だがひとりは私の人生から消え、もうひとりは絶えずそこに存在している。

私が今、エマのことを考える時間と同じくらい、昔はマギーのことを考えたものだ。

それが理由で、私の頭の中でふたりがぼんやりと重なり始めているのかもしれない。

だけどエマはマギーとは似ていないと、私は自分に言い聞かせる。

私の代わりの人は魅力的で自信にあふれている。彼女の輝きは人目を引く。初めて会ったとき、エマは私に挨拶しようと優雅な身のこなしでデスクの椅子から立ちあがった。

「ミセス・トンプソン！　やっとお会いできましたね！」彼女はそう言った。

それまでにも電話で話したことはあったが、ハスキーな声からはあんなに若くて美しい人を予想していなかった。

「あら、ヴァネッサと呼んで」私はまだ三十代半ばだったが、なんだか急に年を取った気がした。

それは十二月で、夜にリチャードの職場で休日のパーティが開かれることになっていた。結婚して七年が経った頃だ。私は贅肉を隠そうと黒のAラインのワンピースを着ていた。エマのオレンジがかった赤のオールインワンに並んだら、喪服みたいに見えた。

リチャードが自分のオフィスから出てきて、私の頬にキスをした。

「上に行くところかい？」彼はエマに尋ねた。

「ボスの了解を得られるなら！」エマが答えた。

「上に行くのはボスからの命令だ」リチャードが冗談を返した。私たち三人はそろってエレベーターに乗り、四十五階へ向かった。

「すてきなワンピースですね、ミセス……じゃなくて、ヴァネッサ」エマは歯磨き粉のコマーシャルに出てきそうな笑顔を向けてきた。

私は自分の平凡な服を見おろした。「ありがとう」

エマのような存在に、女性の多くは脅威を感じるのだろう。夜遅くまでの残業、オフィスに配達される中華料理とビジネスパートナーのミニバーから持ちだされるウオッカのボトル、クライアントとの打ち合わせのための泊まりがけの出張、夫の役員室の近くに毎日いる彼女。

でも私は一度も脅威を感じなかった。リチャードが電話をかけてきて、仕事で遅くなるから今夜は市内のアパートメントに泊まると言われたときでさえ。

私たちがつきあい始めた頃——私がまだリチャードのネリーだった頃、私は彼の殺風景なアパートメントのことを不思議に思っていた。私に出会う前、リチャードはほかの女性とそこに住んでいたのだ。私が彼から聞いたのは、彼女がまだ市内に住んでいることと、遅刻癖があったことだけだった。私はリチャードと結婚したとたん、彼女が自分にとって脅威になりうるのではないかと心配するのをやめた。彼女は私たちの生活を一度も邪魔しなかった。ただし私のほうでは、月日が経つにつれて彼女に対する関心が高まっていった。

だが結婚後の私も、リチャードのアパートメントに痕跡を残したりはしなかった。そこはリチャードの独身時代とほぼ変わらず、ブラウンのスエード製のソファも、複雑な照明システムも、廊下に並ぶ数々の家族写真もそのままだった。そこに私とリチャードの結婚式の写真が、ほかのものとマッチする黒のシンプルなフレームに入れられて加わっただけだ。

リチャードとエマが自分たちの不倫をうまく隠しおおせていると考えていた最初の数カ月間、リチャードはエマを自分のアパートメントに連れていったり、彼女の家を訪ねたりしていたのだが、私はむしろ夫がいないことに解放感を味わっていた。彼がいないということは、スウェットを着替えなくていいということだ。ワインのボトルを空けても、証拠隠滅に悩まずにすんだ。その日の行動をでっちあげたり、夫とベッドをともにするのを避ける理由を新たに考えだしたりしなくてすんだ。

リチャードの不倫はつかの間の救済だった。休暇のようなものだ。

ただ、そのまま続くだけでよかったのに——不倫のままであれば。

午前中はほとんどシャーロット伯母さんと話して過ごした。伯母さんは私が病院につき添って、伯母さんをどんなふうに手助けできるか医師に相談することを了承してくれたが、友人とニューヨーク近代美術館で講義を聴く予定は変更しないと言い張った。

私が仕事を休んで美術館まで送りたい、それがだめならせめてタクシーを呼ばせてほしいと言うと、伯母さんはその申し出を断って言った。「私の人生は終わるわけじゃないのよ」

私はキッチンを片づけ、ノートパソコンを開いて〝黄斑変性症〟を検索する。〝黄斑変性症の原因は網膜の中心部の変性である。網膜はカメラで言えばフィルムにあたり、黄斑はその中枢の最も傷つきやすい部位である〟と説明がある。〝正常な黄斑は視力を司る中心部で非常に微細な映像をとらえ、それを視神経を通じて脳に伝達する。黄斑細胞が変性すると、映像が正しく受信されない〟

ひどく医学的な説明だ。あまりにそっけない。その説明はまるで、私の伯母さんが青や赤や黄色をまぜて肌の色を、血管や皺を、関節のくぼみやふくらみを再現できなくなるという事実とはいっさい関係ないように感じられる。

私はノートパソコンを閉じ、部屋からふたつのものを取りだす。ひとつはリチャードの小切手で、私はそれを今週中に現金化しようと財布に入れる。彼は治療費に使えと言っていたから、私はそうするつもりだ。シャーロット伯母さんの治療費に使おう。医療費、オーディオブック、ほかにもなんでも伯母さんが必要とするものに使おう。

私はデスクの引き出しからエマ宛の手紙も取りだし、最後にもう一度読んでみる。

親愛なるエマへ

私はリチャードとは結婚するなと言ってくれた人の助言に耳を貸そうとしなかった。だから、あなたが私を拒絶する理由もわかる。何から伝えていいのかわからなくて、きちんと話せなかったの。

あのパーティの夜、貯蔵室にラヴノーがなかったときの真相を私は説明できる。でもたとえあなたに疑念を抱かせることができたとしても、きっとリチャードがそれを一蹴するでしょうね。だから私と話したくないなら――私と会いたくないなら、せめてこれだけは信じてもらいたいの。リチャードがどういう人間か、あなたは心のどこかですでに気づいているはずだということを。

人間の脳には爬虫類（はちゅうるい）から引き継がれた部位があって、それが危険を察知してくれる。この手紙を読んでいる今、そこがざわついている感覚があるはずよ。あなたはそれを無視してきた。私もそうだったわ。きっと言い訳をしてきたんでしょう。私も同じよ。だけどひとりになったとき、その感覚を研ぎ澄ましてみて。耳を傾けるだけでいいの。結婚式の前にヒントはいくつも示されていたのに、私はそれを無視した。二の足を踏もうとしたことも、気づかないふりをした。私と同じ過ちを犯さないで。

私は自分を救えなかった。でも、あなたはまだ間に合う。

私はまた手紙を折りたたみ、封筒を探す。

25

最初のヒントのひとつが現れたのは、まだ結婚する前だった。私はそのヒントを手にした。サムもそれを見た。結婚式の参列者全員が見た。

最高の瞬間で時が止まった、ブロンドの花嫁とハンサムな花婿。

〝うわあ、あなたたちふたりにそっくり〞私がそのウエディングケーキの飾りを見せたとき、サムはそう言った。

リチャードがアパートメントの地階のトランクルームからその陶器の人形を出してきた際、彼はそれが両親のものだったと話した。あの頃、私にはそれを疑う理由がなかった。

けれども結婚式から一年半が過ぎたある夜、市内に行ってサムに会ったとき、ふたつの出来事が起こった。私は親友と自分の距離がどれだけ離れてしまったかに気づいた。それに私は、夫を疑うに足る理由にも気づき始めていた。

その日はサムに会うのを楽しみにしていた。慌ただしくとるランチ以外で、最後にちゃんと会ってから、ずいぶん経つ気がした。金曜の夜に会うことにしたのは、リチャードが会議で香港に出張中だったからだ。出張はたったの三日間の予定だったため、リチャードは一緒についてくるかときいたが、結局私たちはやめておくのが妥当だろうという結論に達した。「君の時差ぼけは家に戻る頃にもおさまっていないだろうからね」リチャードは言った。すべてにおいてそうなのだが、リチャードは現地時間にも難なく適応した。けれども私は排卵誘発剤と、長時間のフライトに欠かせない抗不安薬をのみあわせると意識が朦朧として、アジアでの短い滞在を楽しめないだろうとわかっていた。

私はサムにご馳走しようと、思いつきで〈パイカ〉に予約を入れた。夜はリチャードのアパートメントに泊まるつもりで、電車で市内に向かった。結婚してずいぶん経つのに、さらにそこには自分のメイク用品なども置いてあるのに、私はいつもそれを彼のアパートメントだと考えていた。

待ち合わせ場所はふたりで暮らしていたアパートメントに決めていた。サムが玄関で出迎えてくれて、私たちはハグをした。サムが腕の力をゆるめても、私は少しだけ長く彼女を抱きしめ、そのぬくもりを味わった。自分で思っていた以上にサムが懐かしかった。

サムは体にぴったりしたノースリーブのスエードのワンピースを着て、ロングブーツを履いていた。最後に会ったときより髪にはレイヤーが入り、腕は今までになく引きしまっていた。

「タラはいるの？」私は尋ね、サムについて玄関から続く狭い廊下とキッチンを通って、サムのベッドルームに入った。その奥にある、かつて私が使っていた部屋のドアは閉まっていた。今はタラのベッドルームだ。

「いるわよ」サムが答える。私は彼女のベッドに座った。「スタジオから帰ってきたばかりで、シャワーを浴びてるわ」

旧式のパイプを通る湯の音が聞こえた。たまに突然熱湯に変えて、私を火傷させた古いパイプ。サムのヘッドボードでは相変わらず白いクリスマスライトが光り、服も床に散らばっている。何もかも変わらないが、それでいて何かが違った。アパートメントは以前より狭く、みすぼらしく感じられた。十代の頃、前に通っていた小学校を訪れたときと同じように、自分がよそ者だと感じられた。

「ピラティスのインストラクターと一緒に住むと特典があるみたいね。とても調子がよさそう」私は言った。

「ありがとう」サムはドレッサーから太いチェーンブレスレットを取りだし、手首につけた。「気を悪くしないでね。あなたは……なんて言えば傷つけずにすむかな……なんだか見られたもんじゃないわよ」

私は枕をサムに投げつけた。「ちょっと、そんなことを言われて、どうやって気を悪くするなっていうのよ？」私は明るい口調で言ったが、内心は傷ついていた。

「まあ、聞いて。あなたは変わらず魅力的よ。でもその服装はなんなの？　ネックレスはすてきだけど、その服ときたらＰＴＡの会合に出かける人みたいに見えるわよ」

私は自分の黒いスラックス（痩せて見えるはず）と、裾を出して着ているグレーのレースつきのシフォンブラウスを見おろした。アクセサリーはサムとの〝幸せのビーズ〟だ。

サムが改めて私のブラウスをじっくり見た。

「やだ……」くすくす笑い始めた。「そのブラウス……」

「何よ？」

サムはさらに大笑いした。「ミセス・ポーターが休日のクッキーパーティでまったく同じブラウスを着ていたわよ！」ようやく笑いを抑えて言う。

「ジョーナのお母さんが？」ローズ色のワンピースにぴったり合う口紅を塗って面談

に来た神経質そうな女性が頭に浮かんだ。「そんなはずないわ！」「間違いないわよ」サムは涙をぬぐいながら言った。「ジョーナの妹が私のクラスにいたのよ。そのブラウスを覚えているのは、ミセス・ポーターのそれに砂糖衣を塗りつけた子がいて、しみを落とすのを手伝ったからなの。ねえ、〈リッツ〉にお茶を飲みに行くわけじゃないいんだから」椅子の背にかけてあった服の山をあさった。「〈アンソロポロジー〉で買ったばかりのジェギンスがあるの……待って、きっとあなたに似合うわ」サムはそれを見つけ、スクープネックの黒いトップスと一緒に私に放り投げた。

サムは私が着替えるところを何百回と見ている。私も彼女を前にして恥ずかしがることは一度もなかったが、その夜は気後れした。サムのジェギンスが自分にはサイズが合わないことはわかっていた。生地がどれだけ伸縮性に富んでいるとしても。「このままでいいわ」私は両腕で膝を抱え、自分がそうして小柄に見せようとしていることに気づいた。「別に誰かの気を引きたいわけでもないし」

サムが肩をすくめる。「そう。家を出る前にワインでも飲む？」

「いいわね」私はベッドからおり、彼女についてキッチンへ行った。キャビネットは、私が引っ越してきたときに一緒にペンキを塗ったクリーム色のままだが、今はもう色あせ、取っ手が数箇所はげていた。調理台にはハーブティーの箱が並んでいる。カモミール、ラベンダー、ペパーミント、ネトル。サムが欠かしたことのない蜂蜜の瓶もあったが、注ぎ口のあるものに変わっていた。「心を入れ替えたのね」私はその瓶を手に取った。

サムが冷蔵庫を開けると、私はフムスを入れた容器やオーガニックのベビーキャロットとセロリの袋に気づいた。見たところ、中華料理の残り物を入れた容器はひとつもない。デリバリーの中華は私たちの冷蔵庫にいつも彩りを添えていたのに……とっくに賞味期限が切れたあとでも。

サムがキャビネットからグラスを二脚取ってワインを注ぎ、片方を渡してくれた。「ワインを持ってくるつもりだったのに忘れてたわ」私は自宅玄関に用意していたボトルをふいに思いだした。

「うちにたくさんあるわ」サムが言った。私たちは乾杯してひと口飲んだ。「あなたが王子様と一緒に飲んでいるものほど高級じゃないでしょ？」

私は目をしばたたいた。「王子様って？」

サムは一瞬言いよどんだ。「わかってるくせに。リチャードのことよ」彼女はまた間を置いた。「あなたの王子様」

「なんだか嫌みな言い方ね」

「嫌みで言ったんじゃないわ。だって王子様でしょ？」

私は手にしたグラスのワインを見おろした。味は少し酸っぱかった。コルクを抜いてから、どのくらい冷蔵庫で眠っていたのだろう。色も私が飲みつけるようになった淡い金色ではなく、アップルジュースの色に近かった。サムにからかわれたブラウスも、以前ここで払っていた月々の家賃より高い。

「もうダイエット・コークは飲まないのね」私は玄関前の空間を身ぶりで示した。

「今はネトルティーを飲んでいるの？」

「まだそれは試してもらってないのよ」やわらかく快活な声が言った。私が振り向くと、タラがいた。サムが以前見せてくれたタラの写真は、本人のよさを写し取っていなかった。彼女は健康そのものだった。白い歯はきれいに並び、肌も目も輝いている。レギンス越しに腿の筋肉が引きしまっているのも見て取れた。メイクはまったく施していない。その必要もなかった。

「タラがダイエット・コークの成分を教えてくれたの」サムが答えた。「あのときのこと、覚えてる？」

タラが笑って話を引き継いだ。「〝安息香酸カリウム〟と読みあげる頃には、サムったら耳を手でふさいでいたのよ」

サムが話を継いだ。「あのときは二日酔いだったの。聞いてて吐きそうになったわ」

私は軽く笑った。「ああいった飲み物をいつもがぶ飲みしていたのにね。あのケースに私たちがしょっちゅう足の指をぶつけていたの覚えてる?」

「今は水を飲んでもらっているのよ」タラが濡れた髪をねじってまとめながら言った。

「少しパセリをまぜるの。体内の炎症を抑えるから」

「だから腕まわりもすっきりして見えるのね」私はサムに言った。

「あなたも試してみるといいわ」サムが言う。

私がむくんでいるからだろうか?　そう思ったが口には出さず、私はワインを飲み干した。「そろそろ行く?　予約を取ってあるの……」

サムはシンクでグラスを洗い、ここが私たちのアパートメントだった頃にはなかった乾燥用ラックに置いた。「じゃあ、行こうか」サムはそう言ってタラのほうを向いた。「合流して飲みたかったら、あとで携帯電話にメッセージを送って」

「ああ、それも楽しそうね」私も横から言ったが、タラには来てほしくなかった。パセリをまぜた水の話をし、サムと笑いあうタラが気に入らなかった。

私たちはタクシーでレストランに行き、私は案内係に予約名を伝えた。厚いカーペットを敷いた通路を進んでダイニングエリアに案内される。店内はほぼ満席だった。『ニューヨーク・タイムズ』に高評価の記事が載ったからだ。私がこの店を選んだのもそれが理由だった。

「すてき」サムが言い、ウエイターが彼女の椅子を引いた。「ジェギンスに着替えなくてよかったわね」

私は笑った。だが周囲を見まわして、こういった重厚な革製フォルダに挟まれた十ページに及ぶワインリストや、皿の上に複雑にたたまれたナプキンを備えたレストランは、リチャードが私を連れてくるたぐいの店だと気づいた。サムの趣味には合わない。私はふと、昔みたいに春巻と四川風チキンを注文してベッドで食べようと言えばよかったと思った。

「好きなものを頼んで」それぞれメニューを開きながら、私はサムに言った。「今日はご馳走するから。ブルゴーニュワインの白のボトルをシェアしない?」

「そうね、なんでもいいわ」サムが言った。

私はお決まりのワイン・テイスティングをし、ふたりでオードブルにゴートチーズとトマトのタルト、クレソンとグレープフルーツのサラダを分けることにした。私はメインにフィレミニヨンをミディアムレアで注文し、ソースは横に添えてほしいと頼んだ。サムはサーモンにした。

ウエイターがきれいに盛りつけられた四種類のパンのかごを持ってきた。彼がパンの説明をし、私のお腹が鳴った。あたたかいパンの香りはいつでも私の弱点だ。

「パンはやめておくわ」

「じゃあ、彼女の分ももらおうかな」サムが言った。「そのローズマリーのフォカッチャと雑穀パンをお願い」

「タラはパンを食べたりするの？」サムがパンをオリーブオイルに浸すのを見ながら、私はきいた。

「もちろん。どうして？」

私は肩をすくめた。「健康食志向かと思って」

「そうね。でも狂信的なほどじゃないわ。アルコールも飲むし、たまにマリファナも吸うわよ。この前セントラル・パークに行ったときは、一緒に吸ってメリーゴーラウンドに乗ったの」

「ちょっと、あなたまで吸うの？」私はきいた。

「月に一度くらいよ。どうってことない」サムはパンを口に運び、私はまたしても彼女のくっきりとした腕の筋肉に目をとめた。

しばし沈黙が流れ、ウエイターがサラダとタルトを持ってくると、それぞれが皿に少し取った。

「ところで、あの人とはまだデートしてるの？　グラフィックデザイナーだったわよね？」私は尋ねた。

「ああ、彼とは終わったわ。だけど明日の夜、タラのクライアントのお兄さんとブラインドデートをする予定なの」サムが言った。

「そうなんだ」私はサラダを取りながらきいた。「どんな人？」

「名前はトム。電話で話した感じは悪くなかったわ。彼は会社を経営していて……」

私はトムという男性の話に興味があるふりをしようとしたが、次にサムと会うときは、トムは昔の記憶になっているだろうとわかっていた。

サムがスプーンに手を伸ばし、自分の皿にタルトをさらに盛った。「あまり食べないのね」

「そんなにお腹がすいてないの」

サムが私の目を見つめる。「じゃあ、なんでここに来たの？」

私はいつも彼女の率直さが好きでもあり、嫌いでもあった。

「ちょっといいものをご馳走したかったからよ」私は気軽に答えた。

サムがスプーンを皿に戻し、それがカチンと音を立てた。「恵んでもらう必要はないわ。自分の食事代くらい払えるわよ」

「そんなつもりで言ったんじゃないわ。わかってるでしょう」私は笑みを浮かべたが、会話の雲行きは怪しくなっていた。

ウエイターが来てふたりのグラスにワインを注ぎ足した。私がほっとしてグラスを傾けていると、携帯電話が振動した。バッグから出して見てみると、リチャードからのメッセージだった。〝何をしているんだい、スイートハート?〟

〝サムとディナー中よ。〈パイカ〉に来てるの。あなたは?〟私は返信した。

〝クライアントとゴルフコースに向かっている。君は車で帰るんだろう? 寝る前にアラームをセットするのを忘れないようにね〟

〝気をつけるわ。大好きよ!〟私はそう応じた。

彼のアパートメントに泊まるつもりだとは伝えていなかった。自分でもなぜだかわからない。もし伝えれば、夜遅くまで飲むつもりではないか、リチャードと出会う前みたいに飲み明かすつもりではないかと疑われると思ったのかもしれない。

「ごめんなさい」私は携帯電話をテーブルに置いたが、画面は伏せた。「リチャードからよ……ちゃんと家に帰れるかどうか確認したかったみたい」

「アパートメントに?」サムがきいた。

私は首を振った。「アパートメントに泊まるかもしれないとは伝えてないの……彼は今、香港だから。細かい報告はいらないかと思って」

サムは何か言いたそうだったが、何も言わなかった。

「さてと!」無理やり明るい調子で言っているのが自分でもわかった。そのときタイミングよくウエイターが来てオードブルの皿をさげ、メインディッシュを置いた。

「リチャードは元気?」サムが尋ねた。「最近、ふたりでどうしているの?」

「そうね……相変わらず出張ばかりよ」

「あなたが飲んでるってことは、妊娠はまだみたいね」

「ええ」涙が出そうだったので、私は心を落ち着ける時間を稼ごうとワインをあおった。

「大丈夫?」サムがきく。

「ええ」私は笑おうとした。「思っていたより、なかなかできなくて」

まだ授からない子どもへの切ない思いで胸が痛んだ。

ほかの客を見まわしてみる――テーブル越しに身を寄せあうカップル、会話が弾んでいる大勢のグループ。私は以前のようにサムと話したかったが、どんなふうに始めていいのかわからなかった。ダイニングルームの椅子用に新しい貼り布を選ぶのを手伝ってくれたインテリアデザイナーの話題。リチャードが裏庭に設置したがっているホットタブの話題。私の生活の楽しい側面、サムが関心を抱かないような上っ面だけの話題ならいくらでもあったのに。

それまでにもサムと喧嘩をしたことはあった。たとえば彼女のお気に入りのフープイヤリングの片方を私がなくしてしまったときや、ふたり分の家賃の小切手を送るのを彼女が忘れてしまったときなど、くだらない事柄でもめたことはある。しかし今夜のは喧嘩ではなかった。喧嘩よりひどい。離れている時間や住んでいる場所の遠さだけが原因ではない距離がふたりの間にあった。

「今年はどんな子たちを担当しているの？」私はきいた。ステーキにナイフを入れ、流れでる肉汁を見つめる。リチャードはいつもミディアムレアを注文するが、本音を言えば、私はもう少し焼いたほうが好きだった。

「ほとんどがいい子よ。お気に入りは〝ジェームズ・ボンド〟なの。あの子は冷静沈着なタイプね。〝ねぼすけ〟と〝おこりんぼ〟には手を焼いてるけど」サムが言った。「『白雪姫』ね。それならまだましよ」私は言った。「『シンデレラ』の義理の姉たちみたいな子だった可能性もあるんだから」

サムがリチャードにつけたあだ名がまた頭に浮かんだ。〝王子様〟——窮地から救ってくれる優しくてハンサムな、ヒロインに贅沢三昧の新しい人生を与えてくれる男性。

「そんなふうにリチャードのことを見ているの？」私は尋ねた。「私を救ってくれた人だと思ってるわけ？」

「なんの話？」サムがきき返す。

「さっきのことよ。彼のことを王子様って呼んだじゃない」私はフォークを置いた。唐突に食欲が失せていた。「あなたはリチャードにどんなあだ名をつけたんだろうと、いつも思ってたの」

サムは肩をすくめた。私は自分の高価なブラウスや、今、飲んでいるワインの値段、椅子の背にかけた〈プラダ〉のバッグがひどく気になった。

「そんなことで騒ぎたてないでよ」サムは皿に視線を落とし、サーモンに胡椒をかけるのに集中した。

「あなたは私の家に来たいと言ったことがないわよね？」私は言いながら、なぜ今に限ってサムは率直な物言いを避けるのだろうと思った。一度だけサムがわが家に遊びに来たとき、リチャードは彼女をハグして迎えた。彼はハンバーガーを作り、サムがゴマつきのバンズを嫌いなことも覚えていた。「認めたらいいじゃない。リチャードのことを好きじゃないんでしょう」

「嫌いってわけじゃないのよ」サムが言った。「ただ……よくわからない人だなって感じるだけ」

「知りたいとさえ思わないんでしょう?」私は続けた。「私の夫なのよ、サム。あなたは親友だから、私にとっては大事な話なの」

「わかった」サムはそう言ったが、そこで話すのをやめた。私は彼女が言いたいことをのみこんだのがわかった。サムとリチャードは私が願ったように親しくはなっていない。それはふたりがまったく別のタイプだからだと自分にずっと言い聞かせてきた。私はさらに詰め寄りそうになったが、実のところはサムの本心を聞きたくなかった。サムは視線をそらし、うつむいてフォークでサーモンを口に運んでいる。もしかすると、サムが知りたいとさえ思わない相手はリチャードではないのかもしれない。もしかすると彼女は、リチャードの妻としての私を避けているのかもしれない。

「それはそうと、次はどこに行く?」サムが言った。「踊りに行かない? そろそろ食事を終えるってタラにメッセージを送るわ」

私は結局、ふたりと踊りに行かなかった。支払いをすませる頃には疲れきっていた。

私がその日の午後にしたことといえば、水道管のもれを修理してもらうために配管工を待ち、洗濯物をたたんだだけだ。一方のサムは一日中働いて、屋内サイクリングのクラスに行く時間まで捻出したというのに。おまけに私は、踊りに行くのにふさわしい格好をしていなかった。サムが言ったように、ＰＴＡの会合に出かける人みたいに見えた。

私はタラが待つクラブでサムをおろし、タクシーでリチャードのアパートメントに帰った。まだ十時だった。〝今夜は早めに切りあげたの。もうベッドに入るところよ〟私はリチャードにメッセージを送った。嘘をついているわけではないと自分を納得させながら。

新しいドアマンがいて、私は自己紹介した。エレベーターで上階に行くと、詮索好きなミセス・キーンのドアの前を忍び足で通過し、以前リチャードにもらった合鍵で彼のアパートメントのドアを開けた。廊下を進み、家族写真の並んだ壁の横を通り過ぎる。

私はリチャードの生い立ちや、彼に関心を持たない母親や、近所の人たちの納税を代行していた父親などに関してサムに話したことはなかった。リチャードがそれを打ち明けたのは夫婦水入らずのときだったので、私が他人にもらしていい話ではないと思った。サムが直接リチャードに尋ねていれば、子どもたちにあだ名をつけるようにリチャードのことを分類するのではなく彼と話をしていれば、サムも違った目でリチャードのことを見ていたかもしれない。私はそう考えていた。

でもサムはリチャードと一緒にいるときの私が好きではない。今夜、それがはっきりした。そしてリチャードもサムと一緒にいるときの私の振る舞いが好きではないことを、私は知っていた。

私はリビングルームに向かいながら、真っ暗な部屋を背後から照らしているキッチンの明るい電球のせいで、セントラル・パークに臨むガラスの窓が鏡のようになっていることに気づいた。雲のごとくぼんやりとした自分の姿が映っている。スノードームの中にとらわれた人みたいだ。

黒とグレーの服を着ていると、自分が色彩を失って見えた。まるでそのまま消えていくみたいに。

リチャードと香港に行けばよかった。サムとの食事でもっとうまく振る舞えたらよかった。私は何かしがみつくことができる確固たるものを必死で求めた。このアパートメントの新品同様の家具や、つやつやした表面よりも現実味があるものに触れたかった。

キッチンに行って冷蔵庫を開けたが、〈ペリエ〉のボトル数本と〈ヴーヴ・クリコ〉のシャンパン以外、何も入っていなかった。キャビネットにあるのはパスタとツナ缶数個、エスプレッソマシン用のカフェポッドだけだとわかっていた。リビングルームのコーヒーテーブルには『ニューヨーク・マガジン』と『エコノミスト』の最新号。リチャードの書斎の本棚に何十冊も並ぶ書籍はほとんどが伝記で、スタインベックとフォークナーとヘミングウェイの小説が少しまじっている。

私は寝るために廊下を戻ってベッドルームに行きかけた。また家族写真の並んだ壁の横を通る。

そこで私は立ち止まった。

写真が一枚ない。

リチャードの両親の結婚式の写真は？　写真が飾られていた場所に小さな釘穴だけがあった。

その写真がウエストチェスターの家にないことはわかっていた。私はアパートメントのほかの壁も確認し、バスルームまでのぞいた。引き出しにしまいこむには大きすぎる写真だったが、いちおうそこも捜した。写真はどこにもなかった。

リチャードがトランクルームにしまったのだろうか？　そこにはリチャードの子ど

も時代などのほかの写真も保管してある。

疲れは消えていた。私はバッグから鍵を出し、エレベーターに戻った。

アパートメントの住人が利用できるトランクルームは地階にあった。結婚式の少し前、一度リチャードと行ったことがある。新居に引っ越すまでの間、保管しておいてもらおうと、私物を何箱か持ってきたときだ。トランクルームに入って左側の五番目の区画が彼のスペースだった。リチャードは頑丈な南京錠(なんきんじょう)のダイヤルをまわし、私の荷物をしまうと、壁際に積んだ大きなブルーのプラスティックケースのひとつを開けた。そして十数枚の写真を取りだした。縦十五センチ、横十センチの光沢仕上げの写真が〈コダック〉の色あせた黄色い封筒にしまわれていた。全部、同じ日に撮られたもので、野球の練習をするリチャードが連続して写っていた。撮影者はバットを振ってボールにあてるリチャードの写真を撮ろうとしたようだが、どれもタイミングがまずかった。

「何歳のときの写真?」私は尋ねた。

「十歳か十一歳頃かな」リチャードが答えた。「モーリーンが撮ってくれたんだ」

「一枚もらってもいい?」私はリチャードの断固とした表情が、集中するあまり、かわいらしい鼻に皺を寄せている様子が気に入って尋ねた。

リチャードは笑った。「この頃は不器用だったな。もう少しましな写真を探してみよう」

でも彼は探さなかった。その日はジョージとヒラリーとのブランチを予定していたため、急いでいた。リチャードは同じ黄色い封筒の山の上にその写真を戻し、南京錠をかけ、私たちはエレベーターでロビーにあがった。

リチャードは両親の結婚式の写真をあのケースにしまったのかもしれない。私はエレベーターに足を踏み入れながら、ちょっと気になるだけだと自分に言い訳をした。今になって思うと、潜在意識に導かれていたのかもしれない。夫に自分の居場所を知られていない夜の間に、リチャードについて調べるよう無意識に駆りたてられていたのかもしれない。彼が物理的に離れうる限り遠くにいるその夜のうちに。

そこは日中でも陰気な場所で、優美な建物の暗部だ。天井の明かりがあたりを照らし、掃除もされていたが、壁は汚れたようなグレーで、各住人のスペースは網状の厚い針金フェンスで仕切られていた。日常的に使用しない所有物を拘束するための刑務所みたいだ。

リチャードはモーリーンの誕生日を暗証番号にしていた。彼は旅行先のホテルの部屋でも金庫の暗証番号をそれに決めていたので、私も覚えていた。手のひらに金属の冷たい重厚感を覚えながらダイヤルをまわすと、カチリと開いた。

私は中に入った。リチャードのスペースの両隣には家具やスキー板、プラスティック製のクリスマスツリーなど、雑多なものがあふれている。だがリチャードのスペースは例によって整理整頓されていた。私たちの二度目のデートで使ったそり以外には、壁際に二個ずつ積まれたそろいの大きなブルーのプラスティックケースが六個あるだけだ。

コンクリートの硬い床に膝をつき、最初のケースを開けた。卒業アルバム、金色の塗装がはげかけた野球のトロフィー、数枚の成績表を挟んだフォルダ。成績表には、リチャードは筆記体が苦手でおとなしい生徒だと、二年生のときの担任教師が書いている。古い誕生日カードの束は、すべてモーリーンからのものだった。風船を持ったスヌーピーが表紙のカードを開けてみた。〝かわいい弟へ——あなたはスーパースターよ！　この一年は最良の年になるわ。愛をこめて〟両親からのカードはどこにあるのだろう？　私は部屋に持ってあがってじっくり見ようと思った写真の封筒を脇に置き、ケース内を探り始めた。中身がぐちゃぐちゃにならないよう注意を払い、朝になったらもとどおりに戻せるよう、ひとつひとつの置き場所を頭に焼きつけた。

三つ目のケースには古い税務書類と保証書の束、リチャードが以前住んでいたアパートメントの不動産譲渡証書、車の所有権利書といった書類が保管されていた。私はすべてもとに戻し、次のケースに手を伸ばした。

そのとき、金属製の重いギアが動くガタガタという音が遠くで聞こえた。

誰かがエレベーターを呼んでいるのだ。

私は固まり、角の向こうのドアが開く音がしないかと、身をかがめたまま耳を澄ました。誰も来なかった。

おそらく住人がロビーから自分の部屋がある階に向かっただけなのだろう。

部屋に戻るべきなのはわかっていた。それは私がここにいたことを新しいドアマンがリチャードに話す可能性があることだけが理由ではない。

けれども私は捜し続けたいという衝動に駆られていた。

四つ目のケースの蓋を開けると、新聞紙で何重にも包まれた大きくて平たいものを見つけた。新聞紙をはがしていくと、リチャードの両親の顔が現れた。

どうしてリチャードはこれを地下に持ってきたのだろう？　不思議だった。

私はリチャードが受け継いだ、父親の細身の体と厚い唇、母親の鋭い目つきと肩のあたりでカールした黒髪を見つめた。写真フレームの下部には結婚した日付が装飾文字で書かれていた。

リチャードの父親は妻の腰に腕をまわしている。彼の両親は幸せな結婚生活を送ったのだろうとずっと思っていたが、その結婚写真はあまりにもわざとらしく、そこからはなんの解釈もできなかった。たしかな情報がひとつもないままに、私は頭の中の空白部分を埋めていき、自分が見たいものを描いていた。

両親について、リチャードは詳しく話したことが一度もなかった。私が何か尋ねると、彼はふたりのことを思いだすのはつらすぎると言った。モーリーンとも暗黙の了解があったのか、彼女もリチャードとはふたりの共通の過去ではなく現在だけを話題にした。もしかすると姉と弟が毎年恒例にしているスキー旅行に行ったときや、リチャードがボストンに出張した際に食事をしたときなど、ふたりきりのときにはもっと子ども時代の思い出話をしているのかもしれない。けれどもモーリーンが私たちを訪ねてきたときの会話は、いつもリチャードや彼女の仕事やトレーニング方法、旅行の予定、世界情勢ばかりが話題になった。

私は父さんの話をしていると、今でも父さんとの絆を感じることができる。だが私の場合は最期に父さんに別れを告げ、愛していると伝えることが可能だった。だけどリチャードとモーリーンは、交通事故で突然悲劇的な死を迎えた両親の記憶を封じこめたいと思っているのかもしれない。その理由なら理解できた。

自分の過去の最も暗くつらい記憶となると、私も詳細のいくつかを書き換えて夫に話した。私は自分の思い出話を注意深く作りあげ、リチャードが眉をひそめそうな部分は省略した。大学時代に妊娠したことをリチャードに知られたときでさえ、相手の教授が既婚者だったことは決して打ち明けなかった。自分が愚かだったことを知られたくなかったし、自分にも責任があると思われたくなかった。それに妊娠をどういうふうに終わらせたかも正直に話さなかった。

私はトランクルームでしゃがみこんだまま、あれは間違いだったのだろうかと考えた。私は結婚がおとぎ話のような結末を保証するものではないこと、本の最後のページをめくったあとも永遠に幸せな生活が続くわけではないこと、〝めでたし、めでたし〟の言葉が無限にこだましているわけではないことに気づいた。でもこの最も親密な関係は、安全な場所、つまり相手が自分の秘密や欠点を知りながら、それでも愛してくれる安全地帯になるはずではなかったのだろうか？

左側で小さな鋭い音が響き、私は現実に立ち戻った。

振り向いて、薄暗い明かりをのぞきこんだ。リチャードの隣のスペースは家具であふれていたため、視界がさえぎられた。

これは戦前に建てられた古い建物だと、私は自分に言い聞かせた。あの音はパイプがきしんだだけだろう。そう思いつつも上半身を起こし、トランクルームの入口に体を向けた。その体勢なら、誰かがやってきても様子をうかがえる。

私は結婚式の写真を新聞紙ですばやく包み直した。ここに来た目的は達成した。もう行かないと。それなのに私はまだ何がしまいこまれているのか、リチャードの日常の周辺に何が隠されているのか、確認せずにいられなかった。リチャードの過去に埋もれているものを掘り起こしたかった。

私はまたケースに手を伸ばし、上部にハートと〝ママへ〟という文字が彫られた小さな木製のプレートを取りだした。裏にはリチャードの名前がある。学校の木工の授業で母親のために作ったのだろう。ケースの中には黄色いかぎ針編みのブランケットと、ブロンズでできたベビーシューズもあった。

さらに探ると、底に小さなアルバムがあった。写っている人たちが誰なのかわからなかったが、何人かの女の子のうち、ふくらはぎ丈のパンツにホルタートップの女性の手を握っている笑顔の子どもがリチャードの母親らしいと気づいた。たぶんこのアルバムは母親のものだったのだろう。次に手に触れたのは、中にウエディングケーキの飾りの陶器の人形を入れた白い箱だ。

私は蓋を開けて中身を取りだした。陶器は繊細でなめらかな手触りだった。塗られている色は淡いパステルカラーだ。

〝彼が完璧すぎておかしいと思ったことはないの？〟この陶器の人形を見せた日、サムはそう尋ねた。

私はハンサムな花婿と淡いブルーの目をした完璧な花嫁を見おろした。ぼんやりと人形を撫でながら、それを手の中で何度も転がす。

すると人形が指の間から滑り落ちた。

私はそれがコンクリートの床で砕けるのを防ごうと、慌てて手を伸ばした。床から数センチのあわやというところで、なんとか間に合った。

私は目を閉じ、安堵のため息をついた。

ここに来てどのくらい経ったのだろう。数分だろうか？　それとも一時間近く？

時間の感覚を完全に失っていた。

もしかするとリチャードから返信があったかもしれない。私からの反応がなければ、彼は心配するだろう。そのことに気づいた瞬間、私はかすかな物音を聞いた。また左側からだ。パイプの音だろうか？　いや、足音かもしれない。突然、自分がこの金属製のケージに閉じこめられていることを意識した。携帯電話はバッグの中で、部屋に置いてきた。私がここにいることは誰も知らない。

もし叫び声をあげれば、ロビーのドアマンに聞こえるだろうか？

脈が速くなり、私は息を潜めて角から誰かの顔が現れるのを待った。

誰も来なかった。

単なる気のせいだと、私は自分に言い聞かせる。

そう思いながらも、陶器の人形を箱に戻す手は震えていた。人形を箱の中に寝かそうとして、私は底に型押しされた小さな数字に気づいた。薄明かりの中で目を凝らしてよく見てみると、一九八五年とある。きっと人形が彫られた製作年だろう。

いいえ、そんなはずはない。

私はまた人形を取りだし、その数字をよくよく調べた。間違いなかった。

しかしリチャードの両親はそれより何年も前に結婚したはずだ。一九八五年の時点で、リチャードはティーンエイジャーだった。

ふたりの結婚式は人形が製造される十年以上前に執り行われた。この人形がリチャードの両親のものだったはずはない。

ひょっとすると、彼の母親がアンティークショップで人形を見つけて、気に入ったから購入しただけなのかもしれない。私は部屋に戻ろうとエレベーターに乗りこみながら考えた。あるいは私の勘違いで、リチャードの説明を聞き間違えたのかもしれない。

ドアに鍵を挿しこんでいると、アパートメントの中で携帯電話が鳴っているのが聞こえた。私は急いでバッグをつかんだが、携帯電話を取りだす前に着信音が止まった。

そこへアパートメントの固定電話がけたたましく鳴り始めた。

私はキッチンに走り、受話器を取った。

「ネリー？　よかった、ずっと連絡を取ろうとしていたんだ」

リチャードの声はいつもよりうわずっていた――緊張している。彼が地球の反対側にいるのはわかっていたが、声は近く、隣の部屋にいるみたいに聞こえた。

なぜここにいることを知られたのだろう？

「ごめんなさい」私はとっさに口走った。「何かあったの？」

「君は家に帰ったと思っていたんだが」

「ああ、そのつもりだったけど、疲れていたから……アパートメントに泊まったほうが楽かなと思って」私は急いで言った。

ふたりの間に沈黙がおりた。

「どうして言ってくれなかったんだい？」リチャードがきいた。

私は答えを用意していなかった。彼に告げてもよさそうな答えを。「言おうと思っていたのよ」言葉に詰まった。なぜか目に涙があふれ、私は泣くのをこらえようとまばたきをした。「あなたがクライアントといるときに長々としたメッセージを送るより、明日伝えたほうがいいと思ったの。心配させたくなかったから」

「心配させたくないだって？」リチャードが笑い声とは言いがたい声をあげる。「君の身に何か起こったと考えるほうが、はるかに心配する」

「ごめんなさい」私はまた謝った。「そうね、あなたの言うとおりだわ。伝えればよかった」

リチャードはしばらく何も言わなかった。

やがて彼が口を開いた。「じゃあ、なぜ携帯電話に出なかった？　ひとりか？」

私はリチャードを怒らせた。そのぶっきらぼうな口調でわかった。不快そうな顔をしているのが目に浮かぶようだ。

「お風呂に入っていたの」嘘が口をついて出た。「もちろんひとりよ。サムはルームメイトと踊りに行ったけど、私は行きたくなかったから、ここに来たの」

リチャードがゆっくりと息を吐く。「そうか。とにかく無事でよかった。もうゴルフコースに戻らないと」

「会いたいわ」私は言った。

今度は彼の口調は優しかった。「僕もだ、ネリー。あっという間にそっちに帰るよ」

私はトランクルームに行ったことで——嘘がばれたことで自分が狼狽（ろうばい）しているのを意識しながら、ネグリジェに着替え、玄関のデッドボルト錠をきちんとかけたかどうか再確認した。

リチャードのバスルームに行き、彼の歯磨き粉と予備のタオルを使って、寝る準備を整えた。レモンの香りが強すぎて落ち着かなかったが、私はリチャードがいつもシャワーを浴びたあとに羽織るタオル地のバスローブが、自分の真横にあるフックにかかっていることに気づいた。彼の石鹸の香りが吸水性のある生地に残っているのだ。

私は明かりを消したものの、考え直してまたスイッチを入れ、ドアを半分閉めて明かりが気にならないようにした。リチャードのふかふかした白い上掛けを引きあげ、この瞬間、彼は何をしているのだろうと考えた。ゴルフコースで重要な取引相手と打ち解けて話しているのだろうか。冷たいビールと水のボトルの入ったクーラーを積んだゴルフカート、会話を進行させる通訳。チップショットに集中しようと鼻に皺を寄せているリチャードが目に浮かんだ。少年の頃、野球をしていたときの表情だ。

私はリチャードのことをもっとよく知りたくてあのケースを探った。今ではさらに夫のことを知りたくてたまらなくなっていた。

でも私は、彼のキングサイズのベッドのアイロンがけされたシーツの間に潜りこみながら気づいた。自宅にいるはずの妻に連絡が取れなかったとき、リチャードがその居所を正確に推測できるほど私を充分理解していたということに。

私がリチャードのことを知っている以上に、リチャードは私のことを知っていたのだ。

26

手にしたエマ宛の手紙が実際よりも重く感じられる。私は便箋を折り直し、シャーロット伯母さんの部屋で封筒を探す。伯母さんが折りたたみ式のデスクで書き物をするのに好んで使う部屋だ。私は封筒を見つけるが、切手には目を向けない。これは自分で届ける必要がある。郵便配達員が間に合うように届けてくれるかどうか信用できないからだ。

伯母さんのデスクに積まれた書類の束の一番上に、私は犬の写真を見つける。優しい目と黒い毛をしたジャーマン・シェパード。

はっと息をのんで手を伸ばす。デュークだ。

でも当然、それはデュークではない。盲導犬を貸与する団体の単なる案内の葉書だ。

その犬は私が財布にまだ入れている写真とそっくりだ。

この手紙をエマに届けなければならない。そして伯母さんを助ける方法を調べなければならない。今すぐ行動に移すべきだ。だけどあのイメージがまるで波のようにすばやく激しく襲いかかってきて、私は伯母さんのベッドに崩れ落ちることしかできない。また思い出の波に引きずりこまれる。

私の不眠症が再発したのは、リチャードが香港から戻ったときだ。

彼は夜中の二時に客用ベッドルームにいる私を見つけた。明かりをつけ、膝に本を広げた私は、眠れないのだとリチャードに言った。

「君がベッドにいないと寂しいよ」彼は手を差し伸べ、私を夫婦のベッドルームにいざなった。

私を抱き寄せるリチャードの腕、そのあたたかくたしかな息遣いを耳元で感じても、なんの効果も得られなくなっていた。私はほぼ毎晩、目を覚ますようになり、そっとベッドから抜けだして廊下の先の客用ベッドルームにこっそり向かった。そして明け方にまた夫婦のベッドに忍びこむのだ。

だがリチャードは気づいていたはずだ。

骨まで凍える日曜の朝、リチャードは図書室で『ニューヨーク・タイムズ』のウィーク・イン・レヴューを読み、私はチーズケーキの新しいレシピを探していた。

翌週末、母さんとモーリーンをディナーに招待して、リチャードの誕生日を祝う予定だった。母さんは寒いのが苦手で、冬の間は決して訪ねてこなかった。その代わりに、毎年春と秋には伯母さんと私に会いに来た。ニューヨークに滞在中、母さんは本人が言うところの〝街の雰囲気に浸る〟ため、ほとんどの時間を美術館巡りをしたり、市内を歩きまわったりして過ごした。母と娘で過ごす時間が少なくても、私は気にしなかった。母さんと一緒にいると、多大なる忍耐力と無限の活力の両方を必要としたからだ。

そんな母さんが行動パターンを変えてこの冬に行くと言ってきたので、私はどういう風の吹きまわしだろうと思った。

もしかすると、最近電話で交わした会話が原因かもしれない。その日の私は体の調子が悪く、寂しさを抱えていて、家から一歩も出ていなかった。降り積もった雪で道が凍結していたうえに、私は冬の天候下での運転に慣れていなかったため、リチャードが買ってくれたメルセデスで出かけるのが不安だった。母さんが昼さがりに電話をかけてきて調子はどうかと尋ねてきたとき、私は正直に答えた。母さんに対して気がゆるんでいたのだ。

「まだベッドの中なの」

「具合が悪いの？」母さんがきいた。

私は口を滑らせたことにすでに気づいていた。

「ゆうべ、あまり眠れなかったのよ」そう言えば、母さんの心配を和らげられるだろうと思った。ところが母さんはそれを聞いてさらに質問した。

「よくあることなの？」探りを入れてきた。「何か悩みでもあるの？」

「ない、ない」私はその話題を切りあげようとした。「大丈夫だから」

少し間が空いた。やがて母さんが言った。「ねえ、今度そっちに行こうかと思ってたのよ」

私は思いとどまらせようとしたが、母さんは心を決めていた。とうとう私は、リチャードの誕生日に合わせて来てはどうかと言った。毎年のお決まりで、今年もモーリーンが祝いに来る予定だったので、彼女がいれば母さんの関心をそらしやすいかもしれないと考えた。

日曜の朝に玄関のベルが鳴ったとき、私は最初、母さんが数日早く来て私たちを驚かせようとしたか、日付を間違えて来たのかと思った。そういう性格なのだ。

けれどもリチャードが新聞を置いて立ちあがった。「君へのプレゼントが届いたんじゃないかな」

「私に？　誕生日を迎えるのはあなたよ」

私はリチャードの数歩後ろにいた。リチャードが誰かに挨拶するのが聞こえたが、彼の体に視界をさえぎられていた。するとリチャードがしゃがんだ。「よく来たね」

そのジャーマン・シェパードは巨大だった。リチャードがリードを受け取って犬を招き入れると、犬の肩の筋肉が動いているのが見えた。あとから犬を運んできた男性もついてきた。

「どうだい、ネリー？　デュークだよ。この大きな子がいれば何よりも安全だ」犬があくびをし、鋭い歯が見えた。

「彼はカールだ」リチャードが笑って言った。「デュークの訓練士なんだ。紹介が遅れてすまない」

「お気遣いなく。デュークに主役を持っていかれるのは慣れていますよ」カールは言った。私の不安そうな様子に気づいたに違いない。「獰猛に見えますけど、誰に対してもこうなんです。デュークはあなたを守るのが自分の役目だとわかっていますよ」

私はうなずいた。デュークは私と同じくらいの体重があるだろう。後ろ脚で立つと、身長も私と同じくらいだ。

「この子は〈シャーマン・ケナイン・アカデミー〉で一年間の訓練を受けてます」カールが続けた。「十以上の命令を理解していますよ。さあ、お座り」犬はカールの命令に従って腰をおろした。「立て」カールが指示すると、犬は流れるような動きで立った。

「君も試してごらん」リチャードが促した。

「お座り」私の声はかすれていた。犬が従うとは思えなかったが、犬はブラウンの目で私を見据え、腰を床におろした。

私は目をそらした。命令に従うよう犬が訓練されていると頭ではわかっていたが、この子は危険を察知すれば攻撃するようにも訓練されているはずだ。私は犬が相手の不安を感じ取れることを思いだし、壁まであとずさりした。

私は小さな犬なら気にしなかった。市内でよく見かけるふわふわした犬種、バッグに入ってしまうくらいの小型犬や、明るい色のリードにつながれて動きまわっているような犬なら問題ない。そうした犬がいたら立ち止まって撫でることもあったし、ミセス・キーンの髪型と同じようなトリミングをしてもらったビション・フリーゼとリチャードのアパートメントでエレベーターに乗りあわせるのも平気だった。

デュークみたいな大型犬は市内では珍しい。アパートメントの広さを考えると、飼育に適さないからだ。こんな大きな犬には近寄るのも数年ぶりだった。

　でもフロリダに住んでいた子どもの頃、隣の家がロットワイラーを二匹飼っていた。二匹は金網のフェンスに囲われていて、私が自転車でその庭の前を横切ると突進してきてフェンスに体あたりし、金網をぶち破ろうとしているように見えた。父さんは、興奮しているだけで、人懐こい子たちなのだと言った。けれども二匹のかすれた低い吠え声と金属がガタガタいう音に私は震えあがった。

　デュークの不自然なおとなしさは、さらに不穏な気がした。

「撫でてみませんか?」カールが言った。「耳の後ろをくすぐると喜びますよ」

「そうね。こんにちは、デューク」私は手を伸ばして撫でてみた。黒と茶色の毛は思ったよりややわらかかった。

「デュークのグッズを持ってきます」カールが言い、白いトラックに戻っていった。

　リチャードは安心させるような笑顔で言った。「警備員が言っていただろう。侵入者には犬が一番抑止効果があると。どんな警報システムでも犬にはかなわない。この子がいれば安心して眠れるはずだ」

　デュークはまだ腰をおろしたまま私を見あげていた。立てと私が言うまで待っているのだろうか?　子どもの頃には猫しか飼ったことがないのでわからない。

カールがドッグフードの袋と、ベッドと、フードボウルを腕に抱えて戻ってきた。

「どこに連れていきましょうか？」

「キッチンがいいかな」リチャードが答えた。「こっちだ」

カールがひと言命じると、犬は私たちについてきた。大きな肉球で木の床をほとんど音を立てずに歩いている。数分後、カールは名刺と、〝来い〟や〝待て〟や〝攻撃〟などのデュークが理解している言葉のリストを残して走り去っていった。カールの説明によると、私かリチャードが命令口調で言ったときだけ、デュークはその言葉に反応するとのことだった。

「賢い子です」カールは最後にデュークの頭を撫でながら言った。「いい子を選ばれましたよ」

私は力なくほほえみながら、リチャードが仕事に出かける翌朝のことを心配していた。私を安心させてくれるはずの犬とふたりきりになるのだ。

翌日まで、私はなるべく家の反対側にいるようにして、キッチンにはバナナを取ったり、デュークのボウルにドッグフードを入れたりするとき以外、近寄らなかった。カールは一日に三度散歩に連れていくよう言っていたが、私はデュークの首輪にリードをつけるのが怖かった。だから私は裏口のドアを開け、〝行け〟とだけ命じた——

物の始末だけをした。

デュークが理解している言葉のひとつだ。そしてリチャードが帰ってくる前に、排泄物の始末だけをした。

三日目、図書室で本を読んでいたときのことだ。ふと視線をあげると、デュークが入口で静かにたたずみ、私を見つめていた。近づいてくる音さえ聞こえなかった。私はまだ目を合わせるのが怖かった。たしか犬は視線が合うと、挑発されていると解釈するはずだ。私は本に視線を戻し、どこかに行ってくれないかと願った。リチャードは毎晩、寝る前にデュークを短い散歩に連れていく。食べ物も新鮮な水も心地よいベッドも与えている。デュークに対して罪悪感を覚えなければならない理由はない。デュークはほしいものをすべて与えられ、満足しているはずだ。

デュークが近寄ってきて、私の横でどすんと伏せた。大きな前足の間に顎を置き、私を見あげて深く息をついた。人間みたいなため息だった。

読んでいた本の縁からデュークを盗み見ると、そのチョコレートのようなブラウンの目の上に深い皺が寄るのがわかった。悲しそうに見えた。デュークには身近にほかの犬たちがいる騒がしい環境があたり前なのだろうか。この家はデュークにとって慣れない種類の場所に違いない。私はこわごわ手を伸ばし、デュークの耳の後ろを撫でてみた。デュークはそこをくすぐられると喜ぶと訓練士が言っていた。デュークのふさふさした尾がバサッと一度だけ動いて止まった。大喜びするほどのことではないとでもいうように。

「気に入った？」私は話しかけた。「いいのよ、好きなだけ尻尾を振っても」

私は椅子からおりてデュークの横に座り、頭を撫で続けた。デュークのお気に入りらしい撫で方もわかった。あたたかくふさふさした毛に指を滑らせていると、私自身もその感触に慰められた。

少しして、私は立ちあがり、キッチンに行ってデュークのリードを見つけた。

「これをつけるからね」私はついてきたデュークに声をかけた。「いい子だから座ってくれる？」

私は初めて、デュークがおとなしいのは優しい性格だからなのだと理解した。とはいえ、リードのシルバーの留め金はできる限りすばやく首輪に取りつけ、デュークの歯の近くから急いで手を遠ざけた。

外に出たとたん、身を切るような冬の空気で鼻先と耳が凍えたが、慌てて家の中に戻るほどではなかった。その日デュークと私は五キロ近く歩いただろうか、それまで見たこともない近隣の隅々まで探検した。デュークは私の歩くスピードに合わせ、横にずっと寄り添い、私が立ち止まったときだけ自分も止まって草の匂いを嗅いだり用を足したりした。

帰宅すると、リードを外すのはもう怖くなかった。私はデュークのボウルに水を入れ、自分用にアイスティーを注いで喉の渇きを癒やした。散歩のおかげで脚に心地よいだるさを感じ、私はデュークと同じくらい自分にも運動が必要だったのだと気づいた。私は図書室に戻りかけたが、入口で立ち止まってデュークを見た。「おいで」私が声をかけると、デュークはのんびりとこちらに来て横に座った。「本当にお利口ね」私はデュークを褒めた。

リチャードの誕生日になり、私たちは空港で母さんを出迎え、三人で家に戻った。数時間後、モーリーンが到着する頃には、母さんは荷物を家中に広げていた。キッチンにハンドバッグを放りだし、ダイニングルームの椅子の背にショールを引っかけ、リチャードのお気に入りの椅子には本を開いて置いていた。そして、ヒーターの設定温度を何度かあげた。リチャードは何も言わなかったが、母さんの振る舞いにいらだっているのがわかった。

夕食はなんとか滞りなく進んだが、母さんは自分のステーキのかけらをテーブルの下で何度もデュークに与えた。母さんはすでにベジタリアン生活をやめていた。

「デュークは珍しいくらい勘の鋭い子ね」母さんは断言した。

モーリーンはデュークと母さんから少しだけ椅子を離し、自分が購入を検討している株についてリチャードに意見を求めた。モーリーンは犬好きではないと事前に言っていたが、果敢にもデュークを軽く撫でた。

チーズケーキを食べ終わると、全員でリビングルームに行ってプレゼントを開けた。リチャードは私からのプレゼントを一番に開けた。私はアイスホッケーチームのニューヨーク・レンジャースの選手全員がサインしたジャージをフレームに入れたものと、それに合わせたレンジャースの首輪をデュークに用意していた。

母さんはリチャードにディーパック・チョプラの本をプレゼントした。「あなたは仕事で忙しいから、通勤時間にこれを読めるかしらと思ったの」母さんは言った。

リチャードは礼儀正しく、スピリチュアル系の本を開いてパラパラとめくった。

「僕にはこういうものが必要かもしれませんね」母さんがハンドバッグに入れたまま忘れていたカードを取りに席を外すと、彼は私にウインクをした。

「母さんに感想をきかれるかもしれないから、今度それの簡略版をプレゼントするわ」私は冗談を言った。

モーリーンからのプレゼントは、翌日の夜に行われるニューヨーク・ニックスの試合の一階席チケット二枚だった。「今日のテーマはスポーツね」モーリーンは笑った。ふたりともバスケットボールのファンなのだ。

「モーリーンと一緒に行くといいわ」私は言った。

「そのつもりだったのよ」モーリーンが軽く応じた。「前にリチャードがあなたにゴールテンディングについて説明していたとき、あなたの目が点になっていたのを覚えているもの」

「ばれてたのね」私は言った。

母さんがモーリーンからリチャードへと視線を走らせ、最後に私を見た。

「じゃあ、私が滞在中でよかったわね」母さんが言った。「ヴァネッサ、あなたは家でひとりぼっちになるところだったわよ。明日はふたりで街へ出て、シャーロット伯母さんとディナーをとりましょうか？」

「そうね」私は言った。

モーリーンがチケットを三枚用意しなかったことに母さんが驚いているのがわかった。私が疎外感を覚えていると母さんは思ったかもしれないが、正直なところ、私はリチャードの姉が弟と過ごしたがっていることを喜んでいた。彼にはほかに家族がいないのだから。

　母さんはそのあと二泊した。私は母さんの歯に衣着せぬ物言いを警戒していたが、そうした発言はなかった。私がデュークを散歩に連れていくときは、母さんも必ずついてきた。母さんはデュークを初めてのお風呂に入れようと提案した。デュークは恨みがましい目をしたが、いつもの礼儀正しい態度で従った。そしてバスタブから出たとたん、ブルブルと水をまき散らして私たちに復讐した。ふたりで一緒に笑い転げたことが、私にとっては母さんの滞在のハイライトとなった。母さんにとってもそうだったと思う。

　空港で別れるとき、母さんはいつもより長く私を抱きしめた。

「愛してるわ、ヴァネッサ。もっと頻繁に会えればいいのに。一、二カ月したらフロリダに来ない？」

　私は母さんが来るのを恐れていたのに、自分でも意外なほど母さんの抱擁に心を慰められたことに気づいた。

「行けたらね」私は応じた。

　本当にそのつもりだった。しかし、またしてもすべてが一変した。

　デュークのたしかな存在感、爽やかな朝の散歩、夕食を用意しながらのデュークとのおしゃべりがいつの間にかあたり前になっていた。私は時間をかけてデュークの毛にブラシをかけ、その間デュークは私の脚にもたれてくつろいだ。デュークのことを怖がっていたのが嘘みたいだった。私がシャワーを浴びる際、デュークはバスルームの外で歩哨さながらに待った。私が帰宅すると、デュークはいつも耳を三角にぴんと立てて玄関ホールで待ち構えていた。私が自分の視界に戻ってくると、安心するようだった。

私はリチャードにとても感謝していた。デュークが私に安心感以上のものを与えてくれることを、リチャードは知っていたのだろう。夫婦で切望していた赤ちゃんがいない人生で、デュークは私の相棒になった。

「デュークがとても愛おしいわ」数週間経ったある夜、私はリチャードに言った。「あなたの言ったとおりよ。デュークのおかげで本当に安心できるの」私はデュークと歩道を歩いていたときのことをリチャードに話した。家から十メートルほど離れたところで、近所の家の庭を囲む生け垣の間から突然、郵便配達員が姿を現した。するとデュークは配達員と私の間に入ってすばやく身構え、低いうなり声を発した。配達員は距離を置いて配達を続け、私たちも散歩を続けた。「あんなデュークを見るのは初めてだった」

リチャードはうなずき、ナイフを取ってパンにバターを塗った。「デュークにはそういう面もあることを覚えておいたほうがいいな」

翌週、リチャードが泊まりがけの出張に行くと、私はデュークのベッドを二階のベッドルームに持っていき、夫婦のベッドの横に置いた。夜中に目を覚まして横を見ると、デュークも目を覚ましていた。私はデュークの頭に触れられるようにベッド脇に腕を垂らし、すぐに眠りに落ちた。数カ月ぶりに、夢も見ない深い眠りが訪れた。

私はデュークとたくさん歩いていること、郊外に引っ越して以来ついてしまった贅肉を落とそうとしていることをリチャードに話した。排卵誘発剤だけが原因ではなかった。市内に住んでいたときは、日に六キロ歩くことも苦ではなかったが、今では二リットルの牛乳を買いに行くときでさえ車を運転するのが常だった。しかも私たちの夕食の時間は遅かった。リチャードは私が太ったことに関して何も言わなかったものの、自身は毎朝体重計にのり、週に五回はトレーニングをしていた。私は彼のためにシェイプアップしたかった。

リチャードが出張から帰ってきたとき、階下の寒いキッチンにデュークのベッドを戻すのは気が引けた。デュークに対する私の態度がこうも急激に変わったことが、リチャードは信じられなかったようだ。「君は僕より犬のほうを愛しているんだろうと思えてくるな」そう言ってからかった。

私は笑った。「デュークは相棒なのよ。あなたがいないとき、デュークが相手をしてくれるの」実を言うと、私がデュークに対して抱いたのは、それまで知らなかった最も純粋で屈託のない愛情だった。

デュークは単なるペット以上の存在だった。デュークは私と世間の橋渡しをしてくれた。毎日の散歩でよく出会うジョギング中の人は、ある日立ち止まって、デュークを撫でていいかと尋ねてきた。私たちは少しおしゃべりした。庭師はデュークのために骨を持ってきて、あげてもいいかと照れくさそうにきいてきた。郵便配達員でさえデュークをかわいがるようになった。私が彼は〝友達〟だとデュークに教えたからだ。〝友達〟もデュークが理解する言葉のひとつだった。母さんとの毎週の電話で、私は最新の冒険談を夢中になってしゃべった。

木々が芽吹き、花が咲き始めた早春の頃、私は町をいくつか越えたハイキングコースにデュークを連れていった。

今になって思うと、あれは最後の楽しい日だった――デュークと私の楽しい日。私たちは大きくて平らな岩に座り、私はデュークの毛をぼんやりと指ですきながら、あたたかい陽光を浴びた。ただただ完璧な午後のように思われた。

帰宅すると、携帯電話が鳴った。「クリーニング店には行ってくれたかい？」リチャードがきいた。

私は彼のシャツを取りに行くよう頼まれていたことを失念していた。「ああ、忘れていたわ。庭師に支払いをしてから取りに行くから」

庭師の三人組は特にデュークのことを気に入り、天気がいいときは仕事のあと、たまに残って、デュークとおもちゃを投げて遊ぶようになっていた。

私が家から離れていたのは三十分、長くても三十五分だ。帰宅すると、庭師のトラックはなかった。玄関のドアを開けたとたん、血の気が引いた。

「デューク」私は呼びかけた。気配がない。「デューク！」今度は叫んだ。声が震えていた。

私はデュークを捜しに裏庭まで走った。そこにはいなかった。造園会社に連絡すると、三人組は誓って裏門は施錠したと言った。私はデュークを呼びながら近所を走りまわり、動物愛護協会と地元の動物病院にも電話をかけた。リチャードが急いで帰宅し、私たちは車で通りを走りながら、車のウインドウを開けて声がかれるまでデュークの名を叫び続けた。翌日、リチャードは仕事に行かなかった。大声で泣く私を彼は抱きしめた。私たちはポスターを貼り、多額の謝礼を提示した。私は毎晩、外に出てデュークを呼んだ。誰かがデュークを連れ去る場面や、侵入者を追ってデュークがフェンスを飛び越える場面を想像した。デュークより大きな動物に襲われた可能性も考え、グーグル検索で近隣エリアにおける野生動物の目撃情報まで調べた。

近所の人がオーチャード・ストリートでデュークを見かけたと言った。別の人はウィロー・ストリートで見かけたと言った。ポスターに載せた電話番号にかけてきて、デュークとは違う犬を連れてきた人もいた。私は動物と交信できるというペット霊媒師にまで相談した。霊媒師はデュークがフィラデルフィアの動物保護施設にいると言った。どの情報もデュークの発見にはつながらなかった。四十キロもある犬が、現れたときと同じく魔法のように私の人生から消えた気がした。

デュークはよく訓練されていた。単に脱走したとは考えられない。それに自分を連れ去ろうとする人間がいたら攻撃したはずだ。デュークは番犬だったのだから。

しかし私が夜中の三時に抱いたのはそうした考えではなかった。廊下を忍び歩き、夫と自分の間に距離を空けているとき、私は違うことを考えていた。

デュークがいなくなる直前、リチャードが電話をかけてきてシャツのことをきいた。私は彼が職場からかけているのだと思ったが、それを証明するすべはない。リチャードは自分の携帯電話のパスワードを決して教えようとしなかったし、私も尋ねたことがなかったので、通話履歴を調べるのは無理だった。

けれども私がクリーニング店に着いたとき、ミセス・リーがいつもの快活さで挨拶してきた。「こんにちは！　ご主人から少し前に電話があったので、いつもどおりシャツを軽く糊づけしてありますとお伝えしたんですよ」

なぜリチャードはクリーニング店に電話をかけて、私がまだシャツを取りに行っていないことを確認したうえで、私にクリーニング店に行ったかときいたのだろう？

私は彼にそのことをすぐには尋ねなかった。でも、やがてその疑問で私の頭はいっぱいになった。

不眠症で目にくまができ始めた。なんとか浅い眠りに落ちても、ベッド脇に腕を垂らして目を覚ますことがよくあった。デュークが横たわっていた空間に指をさまよわせながら。私は一日の大半を呆然として過ごした。リチャードと一緒に起きて、彼のためにコーヒーを作り、自分も何杯か飲んだ。リチャードが仕事に出かける時間になると玄関でキスをし、彼が鼻歌を歌いながら車に向かうのを見送った。

デュークがいなくなった数週間後、裏庭でぼんやり花を植えていると、デュークのお気に入りのおもちゃを見つけた。デュークがよくかじっていた、グリーンのゴム製のワニ。私はそれを胸に抱きしめ、父さんの葬儀以来の激しさでむせび泣いた。

ようやく涙を抑え、家に入った。ワニを手にしたまま、不自然な静けさの中で立ちつくす。やがて私は真新しいラグに泥の跡がつくことも気にせずリビングルームを横切り、リチャードが鍵の置き場所にしている玄関ホールのテーブルにデュークのおもちゃを置いた。彼が帰ってきたらすぐに目に入るように。

私は汚れた服を着替えなかった。新聞をまとめず、洗濯物をたたまず、ガーデニング用具を片づけなかった。夕食に用意していたメカジキとスナップエンドウとトルテッリーニを調理しなかった。

そうする代わりにウオッカトニックを作り、自分用の小部屋に座りこんだ。夕暮れになり、日が落ちるのを待った。そして今度はトニックなしでウオッカを注ぎ足した。長い間、ワインを一、二杯飲むくらいで、お酒は控えていたのに。強いアルコールが体内を駆け巡るのがわかった。

とうとうリチャードが玄関のドアを開け、私は息を潜めた。

「ネリー」彼が呼んだ。

私は結婚して以来初めて、おかえりなさいと返事をせず、玄関に急いで行ってキスで迎えることもしなかった。

「ネリー？」彼がもう一度言った。今度は呼びかけではなく、捜している口調だ。

「ここよ」私はやっと口を開いた。

リチャードが、半分尻尾のなくなった泥だらけのワニを手にドアのところに現れた。

「こんな暗いところで何をしているんだ？」

私はタンブラーを持ちあげ、残りのウオッカを飲み干した。

リチャードが私の、膝に泥がついた色あせたジーンズに古いぶかぶかのTシャツという格好を見ているのがわかった。私はコースターを使っていないことも気にせず、グラスを置いた。

「どうしたんだ？」彼が近づいてきて、私の体に腕をまわした。

私はリチャードのたしかなぬくもりを感じ、決心がぐらつき始めた。午後中ずっと彼に腹を立てていたのに、今一番求めているのは、自分を惨めにした男に慰めてもらうことだった。頭に浮かんだ非難の思いがかすみだした。そこまでひどいことがリチャードにできるだろうか？　またわけがわからなくなってきた。

私は言おうと思っていたことをのみこみ、代わりに言った。「休む必要があるの」

「休む？」リチャードは体を引いた。「何をだい？」眉間に皺を寄せる。

「い、い、何もかもだと言いたかったが、私は違う返事をした。「排卵誘発剤をのむのを」

「君は酔ってる。本心じゃないだろう」

「ええ、たしかに少し酔ってるかも。でも本心よ。もう服用するつもりはないわ」

「それは夫婦で話しあうべき問題だと思わないか？　互いの了承が必要だ」リチャードが言った。

「デュークを手放すことは互いの了承のうえだった？」

その言葉を放ったとたん、私は夫婦関係の一線を越えてしまったことに気づいた。

驚いたことに、そう言えてすっきりしていた。ほかの人たちの結婚生活と同様に、私たちの結婚生活にも暗黙のルールがあったが、私はその最も重要なルールのひとつを破った――リチャードに逆らわないというルールを。

私はその特別なルールを順守していたからこそ、彼が妻となる女に見せもせずに家を購入した理由や彼が子ども時代の話をしたがらない理由、そして私が頭から締めだしてきた数々の疑問を本人にきけなかったことに気づいた。

リチャードが自分ひとりでそのルールを決めたわけではない。私自身も進んでそのルールに加担してきた。自分の夫――私にいつも安心感を与えてくれる男性に生活の指針を任せてしまうほうがどれだけ楽だったことか。

でも私はもう安心感を覚えていなかった。

「いったいなんの話だ？」リチャードの声は冷ややかだった。

「どうしてミセス・リーに電話をかけて、シャツが仕上がっているかどうか尋ねたの？」私はきき返した。「私が取りに行っていないことを知ってたのね。家を空けさせようとしたんでしょう？」

「いいかげんにしろ！」リチャードが急に立ちあがった。私は頭を傾け、のしかかるように立つ彼を見つめた。「ネリー、今、君は完全に頭がどうかしてる」リチャードがワニを変形するほど強く握りしめているのがわかった。唇を嚙みしめ、顔がこわばって見える。まるで自分の夫が仮面の奥に姿を消していくかのようだった。「クリーニング店とデュークにいったいなんの関係がある？　どうして赤ん坊の話になるんだ？　僕が君に家を空けさせたがる理由があるか？」

私は話を見失いそうになったが、引きさがらなかった。「私がシャツを取りに行っていないことを知っていたのに、どうしてクリーニング店に行ったかどうかきいたの？」声は悲鳴に近かった。

リチャードはワニを床に投げ捨てた。「いったい何が言いたい？　君はばかな真似をしてる。ミセス・リーは年寄りで、いつもせかせかしてるじゃないか。君が聞き間違えたんだろう」

彼は一瞬、目を閉じた。目を開けると、いつものリチャードに戻っていた。仮面も消えていた。

「君は落ちこんでいる。僕たちは大切なものを失った。ふたりともデュークを愛していたからね。それに不妊治療がきついこともわかっているよ。君の言うとおり、少し休んだらいい」

私はリチャードに対してまだ怒っていた。どうして彼が私を許しているみたいに聞こえるのだろう?

「デュークはどこ?」私は小声できいた。「お願いだから、生きていると言って。安全なところにいるかどうか知りたいだけなの。もう二度ときかないから」

「ベイビー」リチャードが私の横にひざまずき、両腕で私を抱きしめた。「もちろん安全なところにいる。あの子は賢くて強いからね。きっと遠くの町で安全に暮らしているはずだ。僕たちと同じくらいあの子を愛してくれる新しい家族のもとでね。大きな庭でテニスボールを追いかけているデュークを想像できないかい?」私の頬に伝う涙をぬぐった。「その汚れた服を脱いで、ベッドに行こう」

私は話しているリチャードの口元を観察した。目の表情を読み取ろうとした。私は決断を――今までに直面したものの中で、おそらく一番重要であろう決断をくださなければならなかった。もし自分の疑念を手放さなければ、今まで夫について、この夫婦関係について信じてきたすべてが偽りだったことになる。この二年間のあらゆる瞬間が無残な嘘だったことになる。リチャードを疑い続けるだけでなく、自分自身の直感、判断、胸の奥底にある真実を台なしにするはめになる。

だから私はリチャードの言葉を受け入れることにした。リチャードはデュークを愛していたし、私がどれだけデュークを愛していたかも知っていた。彼の言うとおりだ。リチャードが私たちの犬に何かしたと考えるなんて、私が異常だった。

体からあらゆる緊張が解け、セメントのように重く感じられる。

「ごめんなさい」私はリチャードに支えられて上階に行きながら言った。

着替えてバスルームから出てくると、リチャードが上掛けをめくり、ナイトテーブルに水を置いてくれていた。

「一緒にベッドに寝てほしいかい？」

私は首を振った。「お腹がすいているでしょう？　夕食を用意してないの。ごめんなさい」

リチャードは私の額にキスをした。「気にしなくていい。おやすみ、スイートハート」

まるで先ほどの騒動が何ひとつ起こっていないかのようだった。

翌週、私は新しい料理教室に登録した。今度はアジア料理だ。それからカントリークラブの児童リテラシー育成委員会に入会した。私たちは本の寄付を募り、マンハッタンの充分なサービスを受けていない地区の学校に寄贈した。委員会のメンバーはランチの時間に集まった。食事にはワインも出るので、私はたいてい真っ先にグラスを空け、お代わりを頼んだ。バッグには鎮痛剤を常備し、昼間から飲むとたまに起こる頭痛を緩和させた。私は集まりを心待ちにした。終わると昼寝ができる――数時間だけでもやり過ごせるからだ。私の息はミントの香りがし、目の充血はリチャードが帰宅する頃には目薬でおさまっていた。

また犬を飼いたいと言ってみることも考えた。飼うなら違う犬種がいい。だけど結局、言わなかった。そうして私たちの家――ペットも子どももいない家は、ただの家に戻ってしまった。

私はそのことを心底憎むようになった。決して破られることのない、変わらぬ静けさを。

27

私はジャーマン・シェパードの葉書をシャーロット伯母さんのデスクに戻す。すでに何日も仕事を休んでしまった。また遅刻するわけにはいかない。私はエマ宛の手紙をバッグに押しこむ。シフトを終えてから届けよう。手紙の重みでバッグのストラップが肩に食いこんでいるみたいだと思いながら、私はミッドタウンに向かって歩き始める。

職場まであと半分というあたりで携帯電話が鳴る。一瞬、リチャードからだと思う。でも見ると、表示されているのは〈サックス〉の番号だ。

私は躊躇したのち、電話に出てすぐさま話し始める。「もう少しで着きます。あと十五分くらいです。遅くても」私は足早になる。

「ヴァネッサ、言いにくいんだけど」ルシールが切りだす。

「ごめんなさい。携帯電話をなくしてしまって、それで——」

ルシールが咳払いをし、私は押し黙る。

「辞めてもらうことになったわ」彼女が続ける。

「あと一度だけチャンスをください」私は必死で訴える。シャーロット伯母さんの病気のことを考えると、今ほど仕事が必要な状況はない。「ちょっといろいろ問題があったんです。でも、お約束します、今後は決して……。問題は解決しそうなので」

「遅刻は困るし、欠勤が続くのも困るのよ。だけど何より、商品を隠したのはどういうこと？　あのドレスをどうするつもりだったの？」

私は否定しかけるが、彼女の声音には聞く耳を持たない響きがある。あの〈アレキサンダー・マックイーン〉の黒と白の花柄のニットドレス三着を私が倉庫に隠すのを誰かが見ていたのだろう。

何を言っても無駄だ。弁解の余地もない。

「最後の小切手を用意したわ」ルシールが言う。「郵送するから」

「あの、取りに行ってもいいですか？」直接会えば、彼女を説得できるかもしれない。

ルシールがためらう。「いいわ。今は忙しい時間帯だから、一時間後に来て」

「ありがとうございます。では一時間後に」私は言った。

シフト後にエマの自宅に手紙を届けようと思っていたが、それまで待たなくても彼女のオフィスに届ける時間ができた。昨日リチャードのフィアンセに会ってから二十四時間しか経っていないが、それはつまりエマの結婚式に一日近づいたということだ。

この時間を利用してルシールを説得する言葉を考えるべきだろう。しかし私の頭にあるのは、前庭で待ち伏せをして、エマが用事で出てくるのを見つけられるかどうかということだけだ。エマの反応を見れば、リチャードが私の住まいに来たことを彼女が知っているか否か、見きわめられるかもしれない。

最後にこの小じゃれた高層ビルを訪れたのは、リチャードのオフィスでパーティが催されたときだ。すべてが始まったあの夜。

でもこの場所には、ほかにも思い出がたくさんある。〈ラーニング・ラダー〉からここに来てリチャードを待ったこと、彼が仕事の電話を終えるまで見ていたこと、険しい深刻な口調で話しながらも、受話器を耳にあてつつ、おどけた顔を私に向けたリチャード。ウエストチェスターからここに来て、彼とその同僚のディナーに合流したこともある。あのときは突然現れた私に驚いて、リチャードは私の足が宙に浮くほど持ちあげ、喜んでハグをした。

私は回転ドアを抜け、警備員のデスクに向かう。午前十時のロビーは静かで、私は安心する。知っている人に鉢合わせしたくない。

警備員の顔になんとなく見覚えがあったので、私はサングラスをかけたまま、エマの名を書いた封筒を差しだす。

「これを三十二階に届けていただける？」私は尋ねる。

「少々お待ちください」彼はデスクの画面に触れてエマの名前を入力し、ややあって私を見あげる。「もうこちらでは働いていらっしゃいません」そう言って、封筒を私に押し返す。

「どういうこと？　いつ……辞めたの？」

「それはわかりかねます」警備員が答える。

背後から宅配便の配達員が来て、警備員はそちらに注意を向ける。

私は封筒を手に取り、また回転ドアを抜けて外に出る。近くの前庭に、エマを待つ間、座っていようと思っていたベンチがある。私はそこにくずおれる。

エマが辞めたことに驚くのはおかしい。リチャードは自分の妻が働くことを、それも自分のもとで働くことを望まないだろうから。エマはほかの仕事を見つけたのだろうか。一瞬そう考えるが、結婚式を控えているのに仕事に就くわけがないと思い直す。結婚後に新たに仕事を始めないこともわかっている。

彼女の世界が小さくなっていく。

早くエマに伝えないと。また彼女のアパートメントに近づけば接近禁止命令の申し立てをすると警告されたけれど、今はそんなことを気にしている場合ではない。

私は立ちあがり、バッグに封筒を入れ直そうとする。指が財布をかすめる。デュークの写真を入れた財布。

私はその小さなカラー写真をプラスティック製のカバーから引き抜く。激怒に襲われる。今ここにリチャードがいたら、彼に飛びかかって顔を引っかき、罵倒してやるだろう。

でも私は気を取り直し、再び警備員のデスクに向かう。

「すみません」私は控えめに話しかける。「封筒はありますか?」

彼は無言で封筒を差しだす。私はそれにデュークの写真を入れ、ペンはないかとバッグを探る。グレーのアイライナーを見つけ、それで封筒に〝リチャード・トンプソンへ〟と書く。先が丸くてやわらかいアイライナーなので文字がどんどん汚くなっていくが、私は気にしない。

「三十二階に届けていただけない?　彼はまだここで働いているから」

警備員は眉をあげるが、それ以外は感情を表に出さない。少なくとも、私がいなくなるまでは。

〈サックス〉に行かなければならないが、用事をすませ次第、そのまま歩いてエマのアパートメントに向かうつもりだ。今この瞬間、彼女は何をしているのだろうか。引っ越しの準備をしている？　ハネムーンに備えてセクシーなネグリジェを買っている？　市内に住む友人と最後にコーヒーを飲んで、いつでも会いに戻ってくるからと約束している？

舗道を打つ足が言葉を刻む。左足で〝彼女を〟、右足で〝救え〟と。歩く速度が増し、言葉が頭の中でこだまする。〝彼女を救え彼女を救え彼女を救え〟

あのときは間に合わなかった。フロリダの寮での最終学年のことだ。二度と同じことは繰り返さない。

あの夜、私がダニエルの家から戻ると、海の匂いを漂わせた新入生たちもずぶ濡れになって、くすくす笑いながら引きあげてくるところだった。

「気分が悪いんじゃなかったの？」レズリーが私に向かって大声で言った。

私は新入生たちをかき分け、上階の自室に向かった。心が乱れ、考えがまとまらなかった。なぜもう一度、新入生たちを振り返ったのか、自分でもわからない。彼女たちは誰かが階段の上から放ったタオルで体を拭いていた。

私は振り返って言った。「マギー」

「彼女は大丈夫よ、大丈夫」レズリーが早口で言った。その言葉が響き渡り、寮生たちは部屋を見まわした。笑い声が消えていき、全員がそこにいない人を捜しながら互いの顔を確認した。

海辺で何をしていたのか、報告しあう声が断片的にあがった。アルコールのせいで記憶は混乱していて、はちきれんばかりの活気は不安に変わっていった。海辺に向かう彼女たちの後ろから、何人かの男子寮生がこっそりついてきていたらしい。たぶん、あのショッキングピンクのブラジャーを見て刺激されたのだろう。新入生は全員、言われたとおりに服を脱ぎ捨て、海に飛びこんだ。

「マギーの部屋を確認して！」私は会長に叫んだ。「私は海岸を捜してみる」

「彼女が海から出てくるところを見たわよ」海岸に向かって走りながら、レズリーが繰り返し言った。

だが、新入生たちが海に入る頃には男子寮生たちも砂浜に駆けつけていた。彼らははやしたてたり笑い声をあげたりしながら、新入生たちが脱ぎ捨てた服を拾い、裸の彼女たちの手が届かないところで掲げていたという。単なる悪ふざけだった。私たちが予想していたたぐいのものではなかったが。

「マギー！」全速力で走って海辺に着くと、私は叫んだ。服を着ている女子寮生たちが男子寮生たちを追いかける中、新入生たちもはしゃいで叫んでいた。新入生たちは男子寮生が落としていったシャツやワンピースを拾って体を隠そうとした。彼女たちもやがて服を身につけ、寮へ戻っていった。

「ここにはいないわ！」レズリーが大声で言った。「寮に戻ろう。来る途中ですれ違ったのかも」

そのとき、私は砂の上に脱ぎ捨てられたさくらんぼ柄の白いコットンのトップスとそろいのショートパンツを見つけた。

点滅する青と赤の光。海中を捜索するダイバー。引きあげられる網。波の上で光るサーチライト。

そこへ遺体が海から引きあげられ、甲高い悲鳴が響き渡った。私の悲鳴だ。

警察が寮生ひとりひとりに事情聴取を行い、その夜の経緯を入念にたどった。地元紙が四ページを割いてマギーの記事と写真を載せた。マイアミのニュース局が私たちの寮を撮影し、新入生歓迎期間のアルコール摂取の危険性について特別番組を放送した。私は親睦係で、マギーの世話役だった。そうした情報も報じられた。私の名前が掲載された。私の写真も。

私の頭にいつも浮かぶのは、痩せっぽちでそばかすのあるマギーだ。体を隠そうと、海の中に引き返すマギー。遠くに行きすぎて、ごつごつした海底に足をすくわれるマギーが見える。彼女の頭上で砕ける波。マギーは叫んだけれど、ほかの子たちの叫び声に紛れてしまったのかもしれない。海水に息を詰まらせ、もがき、真っ暗闇の中で方向がわからなくなる。何も見えない。息ができない。また波が襲いかかり、彼女を引きずりこむ。

マギーが消えた。私が先に姿を消さなければ、彼女は消えずにすんだかもしれないのに。

エマも消えてしまうだろう。リチャードと結婚すれば、エマも消えてしまう。友人を失い、家族と仲たがいしてしまう。私がそうだったように、彼女も自分を見失うのだ。そして事態は悪化する。

〝彼女を救え〟私の頭の中でその言葉がこだまする。

28

従業員用のドアを抜け、エレベーターで三階に行く。ルシールがセーターをたたみ直している。私のせいで人手不足になり、彼女が私の仕事をしている。

「本当にごめんなさい」私はブルーがかったグレーのカシミアセーターに手を伸ばしながら話しかける。「この仕事が必要なんです。これまでのことを説明させて……」

ルシールがこちらを向き、言葉が尻すぼみになる。彼女にまじまじと見つめられ、私はその表情を読み取ろうとする。怪訝(けげん)な顔。私が小切手だけ受け取って素直に帰ると思っていたのだろうか？　ルシールの視線が私の髪にとまり、私は反射的にセーターの横にあった鏡を見る。ルシールが戸惑うのも無理はない。ブルネットの髪の私しか知らないのだから。

「ヴァネッサ、私も残念だと思うけれど、もう何度かチャンスはあげたわ」

私はさらに懇願しようとするが、そこでフロアに客があふれていることに気づく。

数人の販売員が私たちを見ている。たぶんそのうちのひとりが、隠したワンピースのことをルシールに話したのだろう。

何を言っても無駄だ。私は手にしたセーターを置く。

ルシールが小切手を持ってきて、私に手渡しながら言う。「頑張ってね、ヴァネッサ」

エレベーターに向かう途中で、黒と白の精巧に編まれたニットドレスが本来の場所に飾られていることに気づく。その横を無事に通り過ぎるまで、私は息を止める。

あのドレスは私にぴったりだった。私の体に合わせてあつらえたかのように。

あれは結婚して数年が経った頃だ。サムと私はもう連絡を取らなくなっていた。それにデュークがいなくなった悲しみも癒えていなかった。母さんまでが、恒例にしていた春の訪問を急に取りやめた。ニューメキシコにグループツアーで行くことにしたからと。

しかし私は世間から引きこもるのではなく、ひっそりと社会復帰を始めていた。

アルコールを断ってほぼ半年が経過し、まるで風船からヘリウムガスがゆっくりと抜けていくように、体から贅肉が落ちていった。毎朝、早起きして近所の大通りやゆるやかな坂をジョギングし始めた。

健康を取り戻すことに集中しているのだと、私はリチャードに話していた。彼は信じてくれている、この新しい生活態度をポジティブな変化として受け入れてくれていると私は思っていた。そもそも、リチャードのクレジットカードから引き落とされる前にカントリークラブがメールで送ってくる、月々の請求明細書を印刷するのは彼だったのに。リチャードは明細書のアルコール料金のところをマーカーペンで強調して、私に向けてキッチンのテーブルに置くようになっていた。そうして私は、目薬もミントも無駄だったことを知った。私が委員会のランチミーティングでどれだけ飲んでいるか、彼はお見通しだったのだ。

だけど私は体の健康だけを改善していたわけではない。新たなボランティア活動も始めていた。毎週水曜、私は通勤するリチャードと一緒に電車に乗り、タクシーでロウアー・イースト・サイドに移動して、〈ヘッド・スタート・プログラム〉で幼稚園児に読み聞かせをするようになっていた。プログラムの主催者とは、児童リテラシー育成委員会の仕事で本を配達しているときに知りあった。毎週、子どもたちと触れあうのは数時間程度だったが、生きる目的ができた。市内に戻ると、張り合いも感じられた。ハネムーン以来忘れていた昔の自分を取り戻した気がした。

「開けてごらん」アルヴィン・エイリーのガラ・コンサートが行われる夜、リチャードに言われて、私は赤いリボンのついた白い箱に視線を落とした。

シルクのリボンをほどき、蓋を開けた。リチャードと結婚して以来、私は一流のデザイナーブランドの質感や装飾を楽しむようになっていた。ホチキスでとめた〈H&M〉の袋とは大違いだ。箱には、見たこともないくらいエレガントなドレスが入っていた。そこには秘密も隠されていた——遠くから見るとシンプルな白黒の模様に見えるのだが、それは目の錯覚で、近づいて見ると一本一本の糸が精巧に配置され、魅惑の花園を織りなしていた。

「今夜はこれを着るといい」リチャードが言った。「最高にきれいだ」

リチャードがタキシードを着ると、私は蝶ネクタイをつけようとする彼の手をそっと払った。

「つけさせて」私はほほえんで言った。髪を後ろに撫でつけ、ぴかぴかに磨いた靴を履いて黒い蝶ネクタイをつけると、高校の卒業記念ダンスパーティ(プロム)に向かう学生のように見える男性もいる。無法者を気取る、尊大な目立ちたがり屋に見える男性もいる。でもリチャードは見事にそれを着こなした。私はネクタイの両端を引っ張って形を整え、彼にキスをして、その下唇にピンクのリップグロスの跡をつけた。

まるで上空から見ていたかのように、あの夜の自分たちの姿が目に浮かぶ。リムジンから雪がちらほら降る中におりたち、腕を組んで会場に向かうふたり。〝トンプソン夫妻：十六番テーブル〟と優美な文字で書かれたテーブルカード。写真を撮るために、笑ってポーズを取った。通りかかったウエイターからシャンパンを受け取った。そして、あの最初のひと口――金色の泡が口の中ではじけ、あたたかい流れが喉をくすぐる。グラスの中の高揚感がそのまま伝わってくるようだった。

私たちはダンサーが跳んで宙に舞うのを見た。ドラムの音が激しく場を盛りあげる中、ダンサーたちのたくましい腕や筋骨隆々とした脚が回転し、体がありえない形にひねられるさまを眺めた。私は自分が体を前後に揺らし、軽く手拍子を取っていることにも気づかないほど夢中になったが、リチャードに軽く肩をつかまれ、われに返った。彼はほほえんでいたが、私は急にきまりの悪さを覚えた。ほかは誰も音楽に合わせて動いていなかった。

パフォーマンスが終わると、またカクテルとオードブルが並んだ。リチャードと私は彼の同僚たちと談笑した。そのうちのひとり、ポールという白髪の紳士がダンスカンパニーの役員で、その慈善食事会のテーブル席に招待してくれたのだ。

ダンサーたちも会場を歓談してまわっていた。筋肉が波打つ彫刻のごときその肢体は、天界からおりてきた神と女神のようだった。

そうした社交の場に行くと、私の顔は作り笑いのせいで帰る頃にはこわばっているのが常だった。いつもその場になじんで楽しんでいるふりをして、たいした話題を持ちあわせていないことの埋め合わせをした。お決まりの質問に続く気まずい沈黙のあとは特にそうだ。他人が他愛もない話題だと思って必ずきいてくる「お子さんは?」という質問のあとは。

でもポールは違った。普段は何をしているのかと質問され、私はボランティア活動をしていることに触れた。すると彼は「いいですね」とおざなりな相槌を打って、もっと成功した人を探そうとするのではなく、「何がきっかけで?」と話を続けた。

私は思わず、保育園で何年も教えていたこと、〈ヘッド・スタート・プログラム〉でボランティアをしていることを話した。

「妻が新しい公設民営型の公立学校の資金調達に携わったんですよ。ここからそう遠くない場所だが、紹介しましょうか」ポールが言った。

「ぜひお願いします」私は言った。「教えていた頃が懐かしくて」

ポールが胸ポケットから名刺を取りだした。「来週、連絡してください」身を乗りだして声を潜めた。「妻が資金調達に携わったと言いましたが、私に多額の小切手を書かせただけなんですよ。だからあの学校には貸しがあるんです」ポールが目尻に皺を寄せ、私も笑い返した。彼がその会場ではトップクラスの成功者で、高校時代からの恋人といまだ円満な結婚生活を送っていることを私は知っていた。その白髪の妻はリチャードと話していた。

「私がきちんと紹介しますよ」ポールが続けた。「きっと空きがあるでしょう。今期はなくても、来期の始めには」

ウエイターがワインを持ってきて、ポールが私に新しいグラスを渡してくれた。

「新しいキャリアに乾杯」ポールが言った。

私はグラスを合わせる強さを間違えた。薄く繊細なグラスの縁が音を立ててぶつかり、私はぎざぎざになった持ち手を握ったまま、腕にワインを滴らせた。

「ごめんなさい!」私は慌てて言った。ウエイターが急いでやってきて、カクテルナプキンを差しだしつつ、私の手から折れた持ち手を引き取った。

「完全に私が悪かった」ポールが言った。「力加減がわからなかったんです! 謝るのは私のほうだ。ちょっと動かないで。ドレスに破片がついている」

私がじっとしている間、ポールは繊細なニットから破片をいくつか取り、ウエイターが手にしているトレイに置いた。周囲の会話が一瞬途切れたが、やがて再開した。

それでも私は周囲の関心が自分に集まっているのを感じた。そのまま消え入ってしまいたかった。

「代わろう」リチャードがそばに来て言うと、私の汚れたドレスを拭いた。「赤ワインじゃなくてよかった」

ポールは笑ったが、わざとらしく聞こえた。彼がその場の気まずさを紛らそうとしているのがわかった。「お詫びに、仕事を絶対に確保しなければなりませんね」ポールが私に言い、それからリチャードを見た。「奥さんから、保育園で教えていた頃のことを聞いていたんだ」

リチャードが汚れたナプキンを丸め、ウエイターのトレイに置いた。「ありがとう」そう言ってウエイターをさがらせた。私は腰のくびれにリチャードが触れるのを感じた。「妻は子どもを相手にするのが得意なんだ」ポールに言った。

ポールが自分を手招きしている妻に気づいた。「連絡先はお渡ししましたよね」彼は私に言った。「またお話ししましょう」

ポールがその場を離れたとたん、リチャードが私に身を寄せた。「いったいどれだけ飲めば気がすむんだ」何気ない言葉だったが、リチャードの体は異様にこわばっていた。

「それほど飲んでないわ」私は即答した。

「見たところ、シャンパンを三杯は飲んでいた。それにあの量のワイン」腰にあてられたリチャードの手に力がこもる。「ディナーのことは忘れて」彼が私の耳元で言った。「家に帰ろう」

「だけど……ポールがわざわざ招待してくれたのに」私は反対した。「空席ができてしまうわ。もう水しか飲まないって約束するから」

「帰ったほうがよさそうだ」リチャードは静かに続けた。「ポールもわかってくれるだろう」

私はショールを取りに行った。待っていると、リチャードがポールに近づいて何か言い、彼の肩を軽く叩くのが見えた。私のことを弁解しているのだろう。けれどもポールは言外の意味を読み取るはずだ。妻が酔っ払っていてディナーをとるのは無理なので、リチャードは妻を家まで連れ帰らなければならないと。

でも私は酔っていなかった。リチャードは妻が酔っているとみんなに思わせたいのだ。

「さあ、行こう」リチャードが私のところに戻ってきた。彼はすでに車を呼び、建物を出たところで待たせていた。

　雪が激しくなっていた。運転手はほとんど車のない通りをゆっくり進んだが、私は吐き気を覚えた。目を閉じて、シートベルトが許す限り体を倒してドアにもたれた。寝たふりをしたが、リチャードは私が彼と向きあいたくないことに気づいていただろう。

　彼はそれ以上追及せず、私が上階へ行ってベッドに倒れこむのを黙認しただろう。もし私が玄関前の階段でよろめいて、手すりにつかまって体勢を立て直したりしなければ。

「新しいハイヒールのせいよ」私は必死で言った。「まだ慣れてないの」

「ああ、そうだろうな」リチャードは皮肉たっぷりに言った。「すきっ腹にアルコールを流しこんだせいじゃない。ネリー、あれは仕事関係のイベントだったんだ。僕にとって大切な夜だったのに」

　リチャードがドアの鍵を開ける間、私は黙って彼の後ろに立っていた。家に入ると、玄関口の長椅子に腰かけて靴を脱いだ。それをきちんとそろえて階段の最下段の横に並べ、ショールを取ってクローゼットにしまった。

　私が振り向くと、まだ彼がそこに立っていた。

「何か食べたほうがいい」リチャードは言った。「おいで」

キッチンについていくと、リチャードは冷蔵庫から水のボトルを出し、私に黙って手渡した。そしてキャビネットを開け、〈カーズ〉のウォータークラッカーを出した。

私は無言でひとつ食べた。「気分はましになったわ。言われたとおり、帰ってきてよかった。あなたもお腹がすいているわよね。ブリーチーズを切りましょうか？　今日、ファーマーズマーケットで買ってきたの」

「僕はいい」リチャードが言った。口論のあとはいつもそうだが、彼がその場から離れようとしているのがわかった。リチャードは怒りをあらわにするのを抑えようとしていた。怒りにのまれそうになるのをこらえていた。

「仕事の話だけど」彼の怒りを静めようと、私は急いで言った。「ポールがチャータースクールの人に紹介してあげようと言ってくれたの。非常勤だろうし、まあ、空きがないかもしれないけど」

リチャードがゆっくりうなずいた。「もっと頻繁に市内に行きたい特別な理由があるのか？」

私は彼を見つめた。あまりにも意外な返事だった。

「どういう意味？」

「近所の人から聞いたんだが、先日、君を駅で見かけたそうだよ。えらく着飾っていたらしいな。不思議だよ、その朝、僕が電話をかけたら、君はプールで泳いでいたから着信に気づかなかったと言っていた」

私は否定できなかった。頭の回転の速いリチャードなら、私が嘘でごまかそうとしても見抜くに違いない。近所の人というのは誰だろう。日中のあの時間、駅にはほとんど人がいなかったはずだ。

「本当に泳いでいたのよ。でもそのあと、シャーロット伯母さんに会いに行ったの。ちょっと顔を見に」

リチャードがうなずく。「そうだろうな。もうクラッカーはいいのか？」残りを箱に戻した。「伯母さんを訪ねていけない理由なんてないからね。伯母さんは元気だったかい？」

「元気だったわ」私はとっさにそう言った。激しい鼓動がおさまっていく。彼はこれ以上追及しないだろう。私を信じてくれた。「伯母さんのアパートメントでお茶を飲んだの」

リチャードがクラッカーをしまおうとキャビネットを開けた。ふたりの間で扉が揺れ、一瞬彼の顔が隠れた。

扉を閉めると、リチャードは私を見つめた。距離が近い。彼の険しい視線は私の目を射抜かんばかりだ。

「よくわからないんだが、君は僕が仕事に出るまで待って、着替えてから電車で市内に行き、夕食の支度に間に合うように帰ってきた。そして僕とラザニアを食べながら、伯母さんを訪ねたことをひと言も話さなかった」リチャードはしばし間を置いた。「本当は誰のアパートメントに行ったんだ？　誰と一緒だった？」

小鳥の鳴き声のような音が聞こえた。私はそれが自分から発せられた音だと気づいた。リチャードが私の手首をつかみ、話しながらねじりあげていたのだ。

彼は視線を落とし、すぐに手首を放した。だがそこにはリチャードの指の跡がまるで火傷の跡のように白い輪になって残っていた。

「すまない」リチャードは一歩さがった。手で髪をすき、大きく息をつく。「だが、どうして嘘をついたんだ？」

本当のことなど言えるわけがない。自分が幸せでないこと、彼が与えてくれるものすべてが物足りないことを。私は結婚生活に関する悩みを誰かに会って話したかった。私が見つけた女性は熱心に話を聞いてくれて、いくつかの示唆に富む質問をしてきたが、私は一度会っただけでは足りないとわかっていた。だから来月また市内にこっそり行って相談するつもりだった。

だけど、もっともらしい言い訳を思いつくには遅すぎた。リチャードは私を仕留めた。

彼の手のひらが近づいてくるのを私が察知する前に、それが頰にあたって大きな音を立てた。

そのあとの二日間、私はほとんど眠れなかった。こめかみが脈打ち、泣きすぎて喉が痛んだ。私は手首の痣を長袖で隠し、目の下のくまにコンシーラーを多めにつけた。頭にあるのは、リチャードのもとにとどまるべきか、彼のもとを去るべきかという問題だけだった。

そのとき私はベッドで本を読もうとしていた。だがページに並ぶ言葉は何ひとつ頭に入ってこなかった。そこへリチャードが来て、客用ベッドルームの開いているドアを控えめにノックした。私は彼を見あげてどうぞと言いかけたが、その表情を見て言葉をのみこんだ。

リチャードはコードレス電話を手にしていた。「君のお母さんだ」顔をしかめた。「いや、かけてきたのはシャーロット伯母さんだ。彼女は……」

もう夜の十一時で、いつもなら伯母さんは就寝している時間だ。私が最後に母さんと話したとき、母さんは元気にしていると言っていた。でも私が最近、何度かかけた電話には折り返してこなかった。

「気の毒だが」リチャードは電話を差しだした。

それに手を伸ばすのは、これまでの人生で一番困難なことだった。

29

母さんが亡くなったあとのリチャードは、それ以上望むべくもないくらい頼りになった。

私たちは埋葬のためにシャーロット伯母さんとフロリダへ飛び、リチャードは私と伯母さんが離れなくてすむよう、続き部屋のあるホテルのスイートルームを取ってくれた。私は母さんが一番幸せだったときの様子を思いだした――キッチンで鍋をガチャガチャ鳴らし、料理にスパイスをかける母さん。気分のいい朝は、おかしな歌を歌って起こしてくれた。デュークをお風呂に入れたときは、顔にかけられた水をぬぐいながら大笑いしていた。私は自分の結婚式の日の夕暮れに、裸足で砂浜を歩いていた母さんの姿を頭に思い描こうとした。私が最後のお別れを言う間、母さんは沈む夕日に顔を向けていた。でもそこへ、ほかのイメージが割りこんできた。亡くなったときの母さん――ソファにいるひとりぼっちの母さんのイメージだ。横には薬の空き瓶が転がり、テレビの音が鳴り響いていた。

遺書はなかった。私たちには決して答えの出ない疑問が残った。

シャーロット伯母さんは墓地で泣き崩れ、症状が悪化していた母さんに気づけなかった自分を責めた。リチャードは伯母さんを慰めた。「あなたは何も悪くないし、これは誰の責任でもない。義母(はは)は元気にしていたし、あなたはいつも姉として彼女を支えていたでしょう。義母はあなたの愛情を感じていましたよ」

リチャードは書類を調べ、私が育った小さなれんが造りの家の売却手続きを引き受けてくれた。その間、私と伯母さんは母さんの私物を整理した。

家の大部分は比較的片づいていたが、母さんの自室は足の踏み場もないほど本や服が散乱していた。ベッドの食べこぼしを見れば、母さんが最近はほとんどの食事をそこでとっていたことがわかった。コーヒーを飲んだマグカップや水を飲んだグラスがナイトテーブルにところ狭しと並んでいた。部屋の散らかり具合に気づいたリチャードは驚いて眉をあげたが、口にしたのはひと言だけだった。「清掃業者に依頼しよう」

形見はあまり持ち帰らなかった。伯母さんの提案で、私たちはそれぞれスカーフを何枚か選び、私はほかにコスチュームジュエリーも何点かもらった。ほかに取っておきたいと思ったのは昔の家族写真と、母さんのお気に入りの使い古した料理本二冊くらいだった。

自分が昔使っていたベッドルームも片づける必要があった。その部屋は客用ベッドルームに変えられていた。私はクローゼットの奥の棚にいくつか私物を残していた。シャーロット伯母さんが冷蔵庫を掃除し、リチャードが不動産業者に電話をかけている間、私は踏み台を持ってきて埃だらけの棚に手を伸ばした。寮のピンバッジをごみ袋に放り、大学の卒業アルバムと成績証明書、幼少期の成長の記録簿も捨てた。それから棚の一番奥に手を伸ばし、筒状に丸めて古ぼけた紐で結んである卒業証書を取りだした。

私は一瞥(いちべつ)もくれず、それも捨てた。

どれもこれも、なぜ長年の間、取っておいたのだろう。

ピンバッジや卒業アルバムを見れば、マギーを思いだしてしまう。卒業証書を見れば、卒業式の日に起こったことを考えてしまう。

ごみ袋の口を縛っていると、リチャードが部屋に来た。

「夕食を買いに出るけど」そう言って、ごみ袋を見た。「ついでに捨ててこようか?」

私はためらったが、それを手渡した。「ありがとう」

自分の大学時代の残骸をリチャードが運び去るのを見送り、私は何もない部屋を見まわした。天井には雨もりのしみが残っていた。目を閉じれば、ジュディ・ブルームの本を読む私の横で、昔飼っていた黒猫がピンクと紫のストライプ柄の上掛けの上で丸まっている姿が頭に浮かんだ。

この家を訪れることは二度とないだろう。

その夜、ホテルに戻って熱い湯を張ったバスタブに浸かっていると、リチャードがカモミールティーを持ってきてくれた。私はありがたく受け取った。フロリダの温暖な気候にもかかわらず、体があたたまらない気がした。

「気分はどうだい？」リチャードが母さんの死だけを気にして尋ねているのではないことがわかった。

私は肩をすくめた。「大丈夫よ」

「最近の君は幸せそうじゃなかった」リチャードはバスタブの横でひざまずき、浴用タオルに手を伸ばした。「僕の望みは君のいい夫になることだけなんだ」彼は話し続けた。「だが、いつもいい夫というわけではなかったね。仕事に時間を取られて、君に寂しい思いをさせていた。それに僕は癇癪を……」声がかすれた。リチャードは咳払いをして、私の背中を優しく洗い始めた。「悪かった、ネリー。最近ストレスを抱えていたんだ……取引のことで手いっぱいで……でも君が何よりも大切だ。僕たち夫婦のことが。これから埋め合わせをするよ」

リチャードが懸命に意思疎通を図ろうとし、私を取り戻そうとしていることはわかった。それでも私は心が寒々とし、孤独を感じた。

私は蛇口からぽたぽた落ちる水滴を見つめた。

「君に幸せになってもらいたいんだ、ネリー」彼がささやいた。リチャードはさらに話し続けた。「君のお母さんはいつも幸せではなかった。僕の母もそうだった。母は僕とモーリーンのために幸せなふりをしていたが、僕たちはわかっていた……君に同じ経験をさせたくない」

私はそこでリチャードを見たが、彼は視線を宙にさまよわせ、目は陰りを帯びていた。私はリチャードの右のこめかみの傷跡に視線を移した。

リチャードはそれまで両親の夫婦仲について決して話そうとしなかった。彼が口にしたすべての約束よりも、こうして過去を認めたことのほうが重要な意味を持っていた。

「父は母に対して常にいい夫ではなかった」そう言いながら、リチャードは私の背中にあてた手のひらで円を描き続けた。親が機嫌の悪い子どもをなだめるように。「僕はどんなことでも耐えられるが、君にとってひどい夫になることには耐えられない……実際はひどい夫だったけれどね」

それまでの夫婦生活で一番心を開いた会話だった。母さんの死をもって夫婦がやっとたどり着いたその境地に、私はなぜこんなに時間がかかったのだろうと思った。でもきっかけは母さんの死ではないのかもしれない。母さんの死を知る二日前に起こったことがきっかけなのかもしれない。アルヴィン・エイリーのガラ・コンサートから戻ってきたあの晩に起こったことが。

「愛しているよ」リチャードが言った。私はリチャードに手を伸ばした。私の濡れた腕から湯が滴り、彼のシャツを濡らした。「僕たちはふたりとも、親のいない子どもになってしまったね。これからはいつもお互いの家族になろう」

私はリチャードに強くしがみついた。希望にしがみついたのだ。


その夜、私たちは久しぶりに愛を交わした。リチャードは両手で私の頬を包みこみ、優しさと切なさのこもったまなざしで私の目を見つめた。私は体の中で何かきつく結ばれていたものがほどけるのを感じた。横たわるリチャードの隣で、私は彼の優しい面に思いを馳せた。

リチャードが母さんの医療費を払ってくれたこと。シャーロット伯母さんのギャラリーのオープニングセレモニーに駆けつけてくれたこと――しかもクライアントとのディナーの席を抜けてきてくれた。私の父さんの命日には、白い紙袋に入ったラムレーズンのアイスクリームを買って、必ず仕事から早く帰ってきてくれたこと。それは父さんの好きなアイスクリームだった。母さんの〝オフの日〟になると、父さんと私はドライブに出かけ、父さんはいつもそれを注文した。リチャードは私たちそれぞれにアイスクリームを取り分けて出してくれた。私はそれを食べながら、父さんの思い出話をした。そんな機会がなければ、かすんで忘れられてしまうような父さんの話を。父さんは迷信深く、黒猫を不吉だと思っていたが、小さかった私がひと目惚(ぼ)れした黒猫を飼うのを許してくれた。そんなことを語る夜は、アイスクリームが舌の上で溶け、口の中に甘い思い出が広がった。私はリチャードがウエイターやタクシーの運転手に気前よくチップを渡すこと、さまざまな慈善団体に寄付していることを考えた。

リチャードの善良な面に意識を向けるのは難しくなかった。まるで車輪がレールの溝にカチリとはまるように、私の心はそうした考えに簡単にはまりこんだ。

私はリチャードの腕の中で横たわりながら、彼に視線を向けた。リチャードの表情は読み取れなかった。「約束してほしいの」私はささやいた。

「なんでも約束する」

「もうふたりの間に悪いことは起こらないと約束して」

「起こらないよ」リチャードは言った。

それは彼が初めて破った約束だった。なぜなら、ふたりの関係はさらに悪化したからだ。

翌朝、飛行機が離陸してニューヨークに向かい始めると、私はどんどん小さくなる地形を窓から眺め、身震いした。フロリダを離れられることにほっとした。ここでは私は死に取り囲まれていた。母さんの死。父さんの死。そしてマギーの死。

捨てた寮のピンバッジは私のものではなかった。マギーが正式に寮生として認められてから彼女に渡すはずのものだった。けれども新入生歓迎期間の終わりに予定していたお祝いのブランチ会は行われず、私たち寮生はマギーの葬儀に参列した。

葬儀後に起こったことを、私は一度も母さんに話さなかった。母さんがどう反応するか予測不能だったからだ。シャーロット伯母さんには連絡したが、妊娠のことは打ち明けなかった。リチャードも当時のことは部分的にしか知らなかった。一度、彼のベッドで悪夢を見て目を覚ましたとき、私はなぜ夜遅くなると歩いて帰宅しないようにしているかを説明した。なぜ催涙スプレーを持ち歩き、寝るときは近くに野球のバットを用意しているかを。

リチャードの腕の中に横たわって、私はマギーの家族にお悔やみを伝えに行ったときのことを話した。彼女の両親はうなずいただけで、言葉を発することもできないほどの放心状態だった。けれどもマギーの兄のジェイソンは、学部は違ったが私と同じくフロリダ州立大学の四年生で、私が差しだした手を強くつかんだ。握手するためではない。私の動きを封じるためだ。

「あんたか」ジェイソンが息を吐いた。すえた酒の臭いがした。白目は血走っていた。マギーと同じ青白い肌、そばかす、赤毛。

「お悔やみを――」私は言いかけたが、彼が手をさらに強く握りしめた。骨を砕かれるかと思うほどの強さだった。そこへ誰かがジェイソンにハグをしようとやってきて、彼は手を離した。しかし私はジェイソンの視線が自分についてまわるのを感じた。ほかの寮生たちは教会の集会室で葬儀を待ったが、私は数分後に抜けて外へ出た。

ドアを出ると、避けたかったその人に出くわした。ジェイソンだ。

正面階段にひとりで立ち、〈マールボロ〉の箱を手のひらに打ちつけている。コツコツと強い音だった。私は首をすくめて通り過ぎようとしたが、声をかけられて立ち止まった。

「あんたのことは聞いてた」ジェイソンはライターで煙草に火をつけ、深く吸いこんだ。そして煙を吐きだして言った。「妹は新入生歓迎会のことを不安に思ってた。でも、あんたが助けるからって言ったらしいな。寮ではあんたが唯一の友達だった。それなのに妹が死んだとき、あんたはどこにいた？　どうして妹のそばにいなかったんだ？」

私はあとずさりしたのを覚えている。手をつかまれたときのように、今度は彼の目にとらわれていた。

「お悔やみを言うわ……」私はまた言ったが、その言葉ではジェイソンの怒りはおさまらなかった。むしろ火に油を注いだようだった。

私は転ばないよう手すりをつかんで階段をおり、ゆっくりとその場を立ち去ろうとした。マギーの兄は私から視線をそらさなかった。ちょうど歩道に足を踏みだした瞬間、私は呼び止められた。厳しくざらざらした声だった。

「妹のことは決して忘れさせない」その言葉に、拳で殴りつけられた思いがした。

「覚えてろ」

彼の脅し文句がなくても、どのみちマギーのことは忘れられなかった。いつも彼女のことを考えていた。あの砂浜には二度と行かなかった。その年の残りの日々、寮は監視下に置かれたが、私が木曜と土曜の夜にキャンパス内のバーでウエイトレスのアルバイトを始めたのはそれが理由ではない。社交パーティやダンスパーティにはもはや興味がなくなっていた。私はアルバイトでもらうチップを貯め、何百ドルかになると、マギーがボランティアをしていた動物保護施設〈ファーリー・ポーズ〉について調べ、彼女を偲(しの)んで匿名で寄付をした。毎月、お金を送ることを誓った。

自分の過失、マギーの死に関して自分が果たした役割が、少額の寄付で許されるとは思っていなかった。ずっと自責の念に駆られることはわかっていたし、海に向かうグループから自分が離れていなければという思いが常に頭から離れないであろうこともわかっていた。ダニエルに会いに行くのをあと一時間待つだけでもよかったのに。

マギーの死からちょうど一カ月が経った日、私は寮生の悲鳴で目を覚ました。ショートパンツにTシャツ姿で階下に行くと、椅子がすべて倒され、ランプが壊され、リビングルームの壁一面に黒いスプレーでみだらな言葉が書かれていた。〝あばずれ。淫売女〟

そして私だけに向けられたことが明らかなメッセージがあった。〝おまえが殺した〟

私は息をのみ、みんなにわかるように私の罪を明言したそのメッセージを見つめた。

ほかの寮生たちもおりてきて、会長がキャンパスの警備員を呼んだ。新入生のひとりがわっと泣きだした。ふたりの寮生が彼女をみんなから離れた場所へ連れていき、小声で何か言っていた。彼女たちが私をちらちら盗み見ている気がした。

煙草の煙の臭いが部屋に充満していた。床に吸い殻が落ちていて、私はしゃがんで調べた。〈マールボロ〉だった。

警備員が到着し、私たちに犯人の心あたりはあるかと尋ねた。彼はマギーの死のことを知っていた――その頃には、フロリダのほとんどの人が知っていた。

ジェイソンだ。私はそう思ったが、言えなかった。

「マギーの友達じゃない？」誰かが思いきって言った。「それか、彼女のお兄さんかも。四年生だったわよね？」

警備員が部屋を見まわした。「警察を呼ばなければならない。それが決まりだ。ちょっと失礼」

警備員は外に出たが、私は彼が無線機に手を伸ばす前にさえぎった。

「お願い、彼をトラブルに巻きこまないでください。もし犯人がマギーのお兄さんのジェイソンなら……通報したくないんです」

「彼が犯人だと思うんだね？」

私はうなずいた。「間違いなくそうだと思います」

警備員がため息をついた。「不法侵入に器物損壊……これは重大な犯罪だ。君たちは自分の部屋に鍵をかけなければならない」

私は寮を振り返った。誰かが侵入して上階に来たなら、私の部屋は左側の二番目だ。警察に事情聴取されれば、ジェイソンの怒りはあおられるだろう。それも私のせいにされるかもしれない。

警察が来て現場の写真を撮り、証拠収集を終えると、私は割れたランプのかけらが刺さらないように靴を履き、寮生たちと後片づけをした。どれだけこすっても、壁のみだらな文字は消えなかった。何人かでホームセンターにペンキを買いに行った。

みんなでペンキの色を相談しているとき、私の携帯電話が鳴った。ポケットに手を伸ばすと、画面には〝非通知設定〟と表示されていた。おそらく公衆電話からだろう。通話が切られてダイヤルトーンに切り替わる直前、何か聞こえた気がした。

息遣いだ。

「ヴァネッサ、この色はどう？」寮生のひとりがきいた。

体がこわばり、口の中も乾いていたが、私はなんとかうなずいた。「いいんじゃない」そしてほかの売り場に行った。錠売り場だ。私はベッドルームのドア用と窓用に錠をふたつ購入した。

数日後、警察官がふたり寮に来た。年上のほうがジェイソンに事情聴取をしたと説明した。彼は罪を認めたらしい。

「あの夜は酔っていたが、反省もしている」警察官が言った。「カウンセリングを受けて、なんとか気持ちの整理をつけようとしている」

「二度とこの寮の近くに来ないのなら……」寮生のひとりが言った。

「もう来ないはずだ」警察官は請けあった。「それも取り決めのひとつで、ここから百メートル以内は接近禁止になった」

寮生たちはこれで決着はついたと思ったようだ。警察官が帰ると一同は解散し、それぞれ図書館や教室や恋人のもとへ行った。

私はリビングルームにとどまり、ベージュ色の壁を見つめた。もう落書きは見えなかったが、そこにあるのはわかっていた。永遠に残るのだ。

それが私の頭の中で鳴り響いているように。

〝おまえが殺した〟

あの秋の前までは、自分の未来はさまざまな可能性に満ちていると思っていた。私は卒業後に引っ越すかもしれない数々の都市を、まるでトランプの持ち札のようにあれこれ思い描いていた――サヴァンナ、デンヴァー、オースティン、サンディエゴ……私は教えたかった。いろいろな場所を旅してみたかった。家族を持ちたかった。

ところが私は未来に向かってはばたくのではなく、過去から逃れる計画を立て始めた。

フロリダから逃れられる日まで、あと何日かと指折り数えた。人口八百万人のニューヨークが手招きしていた。ニューヨークなら、シャーロット伯母さんを訪ねて何度も行ったことがある。複雑な過去がある若い女が新しいスタートを切れる場所だ。ニューヨークを熱烈に称(たた)えた歌詞もある。数々の小説の舞台にもなっている。深夜のインタビュー番組で何人もの俳優がニューヨークについて熱く語っていた。可能性の都市。どんな人でも姿を隠すことができる都市。

五月の卒業式の日、私はブルーのガウンと帽子を身につけた。私たちの大学は規模が大きかったため、学位授与式のスピーチのあとに学生は学部に従って分かれ、小さなグループごとに卒業証書を受け取った。私は教育学部の〈ピアジェ・ホール〉の壇上を歩き、母さんとシャーロット伯母さんに笑顔を向けようと会場席を眺めた。群衆を見渡すと、誰かと目が合った。赤毛の青年だ。彼もつやつやしたブルーのガウンを着ているものの、ほかの卒業生たちからは離れて会場の隅に立っていた。

マギーの兄のジェイソンだった。

「ヴァネッサ?」学部長が巻かれた卒業証書を私の手に押しこみ、カメラのフラッシュがたかれた。私はまぶしさに目をしばたたきながら階段をおり、自分の席に戻った。式の間、ジェイソンの視線を背中に感じていた。

式が終わると、私はもう一度ジェイソンを見ようと振り返った。彼は消えていた。でもジェイソンが何を言おうとしているのか、私にはわかった。彼もまた、卒業式が終わるのを待っていたのだ。学内では私の百メートル以内に近づくことはできない。しかし卒業すれば、ジェイソンの行動を縛るルールはなくなる。

卒業式から数カ月後、レズリーが私たち何人かに新聞記事のリンクをメールで送付してくれた。ジェイソンが飲酒運転で逮捕されたという記事だった。私がしたことは、のちのちも波及効果を生んでいたのだ。だが利己的でかすかな安堵感が私の中を駆け巡った。これでもうジェイソンはフロリダを出て私を捜すことはできないかもしれない。

そのあとのことはわからなかった。彼が刑務所に入ったのか、リハビリ施設に入ったのか、それとも警告を受けただけで釈放されたのか。でもおよそ一年後、地下鉄に乗っていたとき、私はドアが閉まる直前に細身の体にくしゃくしゃの赤毛を見た。誰かが人ごみをかき分けて急いでいた。ジェイソンのように見えた。私は車内の乗客に紛れて身を隠し、自分の姿が視界に入らないようにした。電話はサムの名前で登録してあるし、運転免許証もニューヨークの住所に変更していないから大丈夫だと自分に言い聞かせた。それに住まいは賃貸だから、自分につながる個人記録を見つけられるはずはないと。

その後、母さんがサプライズで私の婚約を発表する記事をフロリダの地元紙に出し、私の名前とリチャードの名前、私の住んでいる場所が掲載された。電話がかかってくるようになったのはその数日後だ。無言で息遣いだけが聞こえるそれは、ジェイソンが私を見つけたことを告げていた。私があのことを忘れないよう、かけているのだ。そうでもしなければ、私が忘れてしまうとでもいうように。

私はまだマギーの夢を繰り返し見ていたが、今度はそれにジェイソンが加わった。怒りに顔をゆがめたジェイソンが、私をとらえようと手を伸ばしてくる。私がジョギング中に大音量で音楽を聴かないのは彼が理由だ。家の警報装置が鳴り響いたあの夜、頭に浮かんだのはジェイソンの顔だった。

私は周囲を異常に気にするようになった。餌食になるまいと、視線検知能力を磨いた。肌がちりちりする感覚、顔をあげてふたつの目を探そうとする本能——自分を守るために私が頼ったのは、そうした早期の警告サインだ。

私はリチャードとの婚約直後から神経が過敏になった理由がほかにあるのではないかと考えることすらしなかった。鍵を閉めたかどうか強迫的に確認してしまう理由。非通知番号の無言電話がかかってくるようになった理由。『市民ケーン』を見たあの夜、自分をくすぐろうとしたセクシーなフィアンセを強く押しのけた理由。

興奮状態と恐怖状態は頭の中で混同される。

考えてみると、私は目隠しをしていたのだ。

30

私は二度と来ることのない〈サックス〉を出ると、バッグの中身をチェックする警備員の視線を避け、エマのアパートメントに向かって歩き始める。そこに行くのも最後になると自分に言い聞かせながら。これを終えたら、彼女のことは放っておく。そして私は前に進むのだ。

〝でも、何に向かって進むの？〟頭の中で小さな声が問いかける。

歩道の前方には、手をつないだカップルがゆっくりと歩いている。指を絡め、歩調を合わせて。ふたりの関係を瞬時に判断しろと言われたら、彼らは幸せに見えると答えるだろう。愛しあっていると。でも当然ながら、幸福感と愛情は必ずしも結びつかない。

私は、認識がいかに自分の人生コースを形成してきたかを考える。リチャードと過ごした年月、自分が見たかったこと——見るべきだったことをどういうふうに認識してきたかを。恋に落ちる必須条件は目を曇らせることなのかもしれない。たぶん誰にとってもそうだ。

私の結婚生活には三つの真実、つまり三つの選択肢があり、加えてそれらと矛盾する現実が存在することもあった。リチャードにとっての真実。私にとっての真実。そして本物の真実は、いつだって本物だと気づきにくい。これはどんな関係においても言えることなのだろう。人は相手と一体となったのだと考えるが、実際は、黙っていながらすべてを判断するひとりをよりどころとする三角形を形成しただけなのだ。そのひとりが現実を決定づける。

私がカップルを追い越したとき、携帯電話が鳴る。表示された名前を見る前に、私はそれがリチャードからだと察する。

「いったいなんのつもりだ、ヴァネッサ」私が電話に出たとたん、彼が言う。

デュークの写真を見たときの怒りが、怒濤のごとくよみがえる。

「彼女に仕事を辞めるように言ったの？　自分が面倒を見るからって？」私は開口一番に言う。

「いいか、よく聞くんだ」元夫が一語一語を噛んで含めるように口にする。電話の向こうでクラクションの音が聞こえる。きっと写真を受け取ったところなのだろう。ということは、オフィスを出た通りにいるはずだ。「警備員から聞いたが、エマに何か届けようとしたそうだな。彼女に近寄るな」

「リチャード、もう彼女に郊外の家を買ってあげた？」私はリチャードをあおるのをやめられない。結婚していた頃に抑圧するよう強いられていたものすべてをぶちまけているみたいだ。「エマが初めてあなたを怒らせたらどうするつもり？　彼女があなたの完璧なかわいい妻じゃないときはどうするの？」

車のドアを乱暴に閉める音が聞こえ、電話の向こうに流れていた都会の喧騒が唐突に消える。沈黙のあと、ニューヨークのタクシー・テレビで延々と流れる聞き覚えのある声がする。〝シートベルトをお締めください！〟

リチャードは私の一歩先を行くのが得意だ。今、私が向かっている目的地もお見通しに違いない。リチャードはタクシーに乗り、私より先にエマのところへ行こうとしている。

まだ正午にもなっていない。交通量は少ない。リチャードのオフィスからエマのアパートメントまでは、車で十五分くらいだろう。

でも私のほうが彼より近い。〈サックス〉はエマのアパートメントの方向にあったから、もうあと十ブロックほどだ。急げば、リチャードより先に着く。私はバッグの中の手紙を手探りしながら、歩みを速める。手紙はちゃんと中に入っている。軽く汗ばんだ体をそよ風がくすぐる。

「君は頭がどうかしてる」リチャードが言う。

私は無視する。彼から発せられるその言葉は、私の心をかき乱す威力をもはや持たない。

「ゆうべ、あなたが私にキスしたことをエマにもう話した？」私は尋ねる。

「なんの話だ？」リチャードが怒鳴りつける。「君が僕にキスしたんだろう！」

一瞬、歩く速度が落ちる。そしてエマに初めて立ち向かったとき、自分で言ったことを思いだす。〝それがリチャードのやり口なのよ！ 彼がものごとを混乱させるから、私たちは真実が見えなくなってしまうの！〟

それに気づくのに何年もかかった。自分の思考をかき乱すさまざまな疑問を書きだしてみて初めて、私はあるパターンに気づき始めた。

書くようになったのは、母さんが亡くなって一年経った頃だ。私は秘密の日記をつけ、客用ベッドルームにあるベッドのマットレスの下に隠した。その黒い〈モレスキン〉の手帳に、複数の解釈が可能なリチャードの発言を記録した。そして自分の記憶違いらしきものも記録した——記憶の大きな食い違いを。たとえば、私は郊外の家に住みたがっていたらしい。私は自分のバチェロレッテ・パーティの翌朝、リチャードがアトランタへ出張に行くことになっていたのを忘れていたらしい。小さな記憶違いもあった。私は絵画教室に行きたいと言ったらしいし、リチャードの好きな料理はラムカレーだと思いこんでいたらしい。

　私は夫に問いただすことのできない不審な会話についても綿密に記録した。たとえば私がこっそり市内に行ったとき、シャーロット伯母さんのアパートメントではない建物を訪れたことをなぜ彼が知っていたのか。私はあの日の、リチャードには内緒だった初めての面会のことも記録した。思いやり深そうな女性に中へ案内され、自己紹介をすませると、彼女は色とりどりの魚がいる水槽の反対側にあるソファを勧めてくれた。彼女は私の左側に置かれた、垂直な背もたれがついた布張りの椅子に腰かけ、ケイトと名乗った。「どういったご相談かしら？」

「ときどき、夫のことがわからなくなるの」私は口早に話した。

「リチャードがあなたを不安定な状態にさせようとするのは、どうしてだと思う？」話し合いが終わりに近づくと、ケイトは尋ねた。「そんなことをする動機はなんだと思うの？」

　その疑問こそ、リチャードが仕事に行っている間の長く虚ろな時間に私が解こうとしたものだ。私は手帳を取りだし、リチャードと婚約したとたんに始まった無言電話について考えを巡らせた。それはリチャードの不在時にのみかかってきた。私はマギーにちゃんと目隠しをするよう強く言ったのを後悔しているとリチャードに話したことがある。マギーが外した目隠しを私が彼女につけ直したことを気に病んでいるといった、細かい点まで彼に話した。私はその会話をたしかに覚えていて、それを手帳に記録した。それなのに、なぜリチャードは新しい家に連れていくとき、私にアイマスクをつけさせたのだろう？　私はその疑問も書きとめた。リチャードの両親の結婚後、何年も経ってから製造されたウエディングケーキの飾りを見つけたときのことも書いておいた。ページに並ぶ言葉は、デュークの謎の失踪を思いだして流した涙でにじんでいた。

不眠症に襲われると、私はベッドからこっそり抜けだし、眠れぬ夜の苦しい時間帯に頭に侵入してきて離れない考えをページに書き連ねた。感情が高ぶるにつれ、文字が乱れた。私は不審な点に下線を引き、関連する考えを矢印で示し、余白にもメモを書きこんだ。数カ月もすると、インクで汚れた手帳は半分以上埋まっていた。

私は書くことに何時間も費やし、言葉がページに広がっていった。その過程で、自分の結婚の謎が解き明かされてきた。たとえるなら、リチャードとの関係はすてきな手編みのセーターのようなもので、私は編み糸の小さなほつれに気づき、それを指先でもてあそんでいたのだ。私は日記に書きつけたあらゆる疑問や矛盾でそのほつれをゆっくりと引っ張り、ねじったりひっくり返したりして模様や色合いを消し、形を崩していった。

足が言葉を刻む。左足で〝彼が〟、右足で〝間違っている〟。その言葉が頭を占め、私は歩みを速める。リチャードより先にエマのもとへ行かなければならない。

「いいえ、リチャード、あなたが私にキスをしたのよ」私は言う。彼が唯一、逆らわれること以上に腹を立てるのは、間違うことだ。私は〈チョップト〉を通り過ぎ、角を曲がりながら通りを振り返る。十数台のタクシーが私と同じ方向に走っている。そのどれかにリチャードが乗っているかもしれない。

「飲んでいるのか？」リチャードがきく。彼は論点をすり替えるのが得意だ。そうして私の弱さを暴きだし、防御態勢に入らせる。

でも私は気にとめない。リチャードが会話を続けている限りは。私が向かっていることをエマに警告させないよう、リチャードを電話口にとどめておく必要がある。

「私にくれたダイヤモンドのチョーカーのこと、もうエマに話した？」私は彼を挑発する。「彼女にもいつか買ってあげないといけないわよね？」

この質問には、リチャードの乗っているタクシーにウインドウから爆弾を投げこむくらいの効果があるとわかっている。それが私の狙いだ。私はリチャードを怒らせたい。拳を握りしめ、眉間に皺を寄せるといい。そうすれば、もしリチャードが先にエマのところに着いた場合、エマもようやく彼が巧みに隠してきたものに気づくだろう。リチャードの仮面に気づくはずだ。

「ちくしょう、今の信号は行けただろう！」リチャードが声を荒らげる。タクシーの後部座席で身を乗りだし、運転手の後ろで自分を失っている姿が目に浮かぶ。

「ねえ、もうエマに話したの？」私は重ねてきく。

リチャードの息遣いが荒い。経験上、彼が自制心を失う寸前なのがわかる。「こんなくだらない会話を続けるつもりはない。また彼女に近づいてみろ、刑務所にぶちこんでやる」

私は通話終了のボタンを押す。目の前にエマのアパートメントが現れたからだ。

私はエマを深みに陥れた。彼女の純真さにつけこんだ。

私がリチャードの思ったような妻ではなかったのと同様に、私はエマが信じたような女性でもなかった。

オフィスの休日のパーティで私の代わりの人に初めて会ったあの夜、オレンジがかった赤のオールインワンを着た彼女はデスクの椅子から立ちあがり、大きな笑みを浮かべた顔を私に向けて手を差しだした。

リチャードの世界においてはすべてがそうだが、その集まりも洗練された雰囲気だった。マンハッタンの街を見渡せるガラスの壁。タキシードを着たウエイターが運ぶ、小さなスプーンにのせられたシーフードマリネ（セビチェ）とミントを添えたミニ・ラムチョップ。女性がクマモト・オイスターを調理しているシーフードコーナー。カルテットの弦楽器が奏でるクラシック音楽。

リチャードが私たちのドリンクを取りにバーカウンターへ向かおうとした。「ライムを搾ったウオッカソーダでよかったかな？」彼はエマに尋ねた。

「覚えていてくださったんですね！」エマが言った。彼女の目は、バーカウンターに向かうリチャードを追っていた。

すべてはあの瞬間から始まった。私の目の前に、新しい未来が開けた。

そのあとの数時間、私はミネラルウォーターを飲みながら、リチャードの同僚と礼儀正しく会話した。ヒラリーとジョージもいたが、ヒラリーはすでに私と距離を置き始めていた。

その夜、私はずっと、夫とそのアシスタントの間で行き交うエネルギーが高まっていくのを感じていた。ふたりがこっそりほほえみを交わしたり、同じグループで隣りあって談笑したりしていたわけではない。表面上、彼らは完璧に節度をわきまえていた。でも私は、エマがハスキーな笑い声をあげるとリチャードの視線がそちらに向くのを見た。ふたりが意識しあっているのを、私は感じた。ちらちら光を放っている結びつきが部屋を横切って彼らをつないでいるのがはっきりとわかった。パーティが終盤になると、自分でタクシーを拾うから大丈夫だと言うエマに取りあわず、リチャードは彼女が安全に帰宅できるようリムジンを呼んだ。三人で一緒に外へ出てエマのリムジンを待ち、私たち夫婦は彼女が乗車するのを見届けてから自分たちの車に乗った。

「感じのいい人ね」私はリチャードに言った。

「よく働いてくれているよ」リチャードが言った。

家に着くと、私はベッドルームに行こうと階段をあがり始めた。腹部を締めつけるストッキングを早く脱ぎたくてたまらなかった。リチャードは玄関ホールの明かりを消し、私についてきた。ベッドルームに入ったとたん、リチャードが私を壁側に向かせた。そして私のうなじにキスをし、体を押しつけてきた。すでに彼の下腹部はこわばっていた。

いつもリチャードは優しく思いやり深く抱いてくれた。最初の頃は、まるで豪勢なコース料理を味わうように私を味わった。ところがその夜は私の両手をつかみ、それを片手で私の頭上に持ちあげて動きを封じた。そしてもう片方の手で私のストッキングを荒々しく脱がせた。ストッキングが裂ける音がして、破れたのがわかった。後ろから突き入れられ、私は息をのんだ。久しぶりで、まだ体の準備も整っていなかった。彼が動いている間、私はストライプの壁紙を見つめていた。リチャードはすぐにクライマックスを迎え、部屋中に響く大きく生々しいうめき声をあげた。そして激しい息遣いをしながら私の体にもたれかかったあと、私を振り向かせ、唇に一度だけキスをした。

彼は目を閉じていた。誰の顔を思い浮かべているのだろうと私は思った。

数週間後、ウエストチェスターの自宅でカクテルパーティを開いたとき、またエマに会った。彼女は記憶に違わず、非の打ちどころがなかった。

その夜会から間もない頃、私はリチャードと音楽会に行くことになっていた。ところが私は直前になって腹痛に襲われ、予定をキャンセルせざるをえなかった。彼は代わりにエマを連れていった。指揮者はアラン・ギルバートで、ベートーヴェンとプロコフィエフが演奏される予定だった。私はふたりが隣りあって座り、叙情的なメロディに耳を傾ける様子を想像した。休憩時間にはカクテルを楽しみ、リチャードがプロコフィエフの不協和音スタイルの起源をエマに説明するだろう。私も説明されたことがある。

私はベッドに行き、一緒にいるふたりを頭に描きながら眠りに落ちた。その夜、リチャードは市内のアパートメントに泊まった。

確信があるわけではないが、私はあれがふたりのファーストキスの夜だと思う。すてきな夜をありがとうと言って、エマがあの丸いブルーの目でリチャードを見あげる姿が目に浮かぶ。ふたりはためらい、別れがたく思う。一瞬の沈黙。そこへエマがまぶたをすばやく伏せ、リチャードが身を乗りだしてふたりの距離を縮めるのだ。

音楽会からほどなく、リチャードは打ち合わせのためにダラスへ飛んだ。私はその頃には、彼のスケジュールを必ず記録するようになっていた。打ち合わせの相手はリチャードにとって大切なクライアントで、エマも同行することになっていた。それを聞いても私は驚かなかった。前任のダイアンもそうした出張には同行していたからだ。

でもその夜、リチャードからはおやすみの電話も、メッセージもなかった。

その出張後にふたりの不倫が始まったのはたしかだ。妻の直感と言っていい。その数週間後、私は市内に行った。もう一度エマを見たかったのだ。私は新聞で顔を隠しながら、彼らのオフィスが入っている建物の前庭で時間をつぶした。あの日、建物から出てきたリチャードは私の代わりの人の腰のくぼみにそっと手をあて、ドアを開けて先に出るよう促した。エマはチークにのせた色と同じバラ色のワンピースを着て、私の夫を上目遣いで見あげていた。

私はふたりと対決することもできた。あるいはふたりに声をかけ、喜んでいるふりをして三人でランチをとろうと誘うこともできた。けれども私は、ふたりが行ってしまうのをただ見送った。

私は誰かが入れてくれないかと願いながら、エマのアパートメントのインターフォンのボタンを手あたり次第に連打する。するとブザーの音が聞こえ、私は狭くて質素なロビーに滑りこむ。郵便受けを見ると、ありがたいことにエマの姓がフロアと部屋番号を示している。５Cだ。私は階段を駆けあがりながら、エマは彼の姓を名乗るのだろうかと考える。そうすると、私たちには名前でもつながりができる。

私はエマの部屋の前に立ち、大きくノックする。「どちら様ですか?」彼女が問う。のぞき穴から見られないよう、私はドアの端に寄る。

エマが私の声に気づいたら、手紙を読まないかもしれない。だから私はドアの下部の隙間から黙って封筒を差し入れる。手紙がドアの向こうに見えなくなるのを見届けてから、私は廊下を戻って階段へと急ぐ。リチャードが来る前にここから出なければならない。

私はエマが手紙を開くところを想像し、そこに書かなかったことすべてに思いを巡らせる。

たとえば、あの音楽会の夜、腹痛のふりをしたこと。

「エマを連れていったら？」私は音楽会に行くのをキャンセルしたいとリチャードに電話をかけ、そう提案した。声に弱々しさがにじみでるよう気をつけた。「自分が若くてお金がなかった頃のことを思いだすの。連れていってあげたら、彼女はとても喜ぶと思うわ」

「いいのかい？」リチャードがきいた。

「もちろんよ。とにかく寝たいの。私のせいで、あなたまで行けなかったら残念だから」

リチャードは承知した。

電話を切ったとたん、私は紅茶を淹れて、次はどうしようかと思案し始めた。

用心しなければならなかった。ひとつのミスも許されない。いつも慎重なリチャードに負けないくらい、細心の注意を払う必要があった。

その夜、私はベッドに行って、ナイトテーブルの水の横に胃薬の瓶を置いた。

私は焦らずに事を進めた。そのあと何週間もエマの名を口にしなかったが、リチャードが大きな商談をまとめたとき、彼女に〈バーニーズ〉のギフト券をプレゼントしてサポートしてくれたことをねぎらってはどうかと言ってみた。一瞬、やりすぎたかと心配した。リチャードはひげを剃る手を止め、用心深く私を見つめた。「ダイアンのときは、そんなことは言いもしなかったのに」

私は肩をすくめてヘアブラシを手に取り、何気ないふりをして言った。「エマにはなんとなく親しみを感じるのよ。ダイアンは既婚者で、家族がいたでしょう。でもエマは、初めてニューヨークに来たときの自分と重なるの。プレゼントをあげたら、感謝の気持ちが伝わると思うわ」

「いい考えだね」リチャードが言い、私は詰めていた息をそっと吐いた。

私はエマがギフト券の箱を開け、驚いて眉をあげる様子を想像した。エマはリチャードのオフィスに行って礼を言うだろう。数日後、そのギフト券で買った服を着て出社し、彼に見せに行くかもしれない。

大きな賭けだった。私は通常どおりの生活を続けようとしたが、アドレナリンが噴きだしていた。気づくと、いつも意味なく歩きまわっていた。食欲が失せ、体重も落ちた。夜になるとリチャードの隣で目を開け、頭の中で自分の計画を見直し、手抜かりやマイナス要因がないかどうか確認した。私はしだいに早く事を進めたくて必死になりかけたが、チャンスを待とうと自分を抑えた。私は獲物が狙った場所に来るのを隠れて待ち構えるハンターと化していた。

絶好のチャンスが到来したのは、エマがダラスから電話をかけてきた夜のことだった。リチャードの会議が長引いているため、予定より遅いフライトに変更する必要があるらしい。

私はそんなチャンスが来ないかと祈っていた。すべてが次の動きにかかっていた。自分の役割を自然にこなす必要があった。私が危険な計画を立てていることを、エマに察知されてはならない。最後の一手を打とうとしていることを。

「かわいそうに」私は言った。「リチャードったら働きづめなの。疲れきっているはずだわ」

「そうですね」エマが言った。「今夜のクライアントは要求が多くって!」

「あなたも大変よね」私はふと気づいたふりを装った。「急ぐ必要はないわ。ゆっくりディナーを楽しんでホテルに泊まるよう、あなたから言ってもらえない？　朝に戻ってくるといいわ。そのほうが、ふたりとも楽でしょう」

　どうか引っかかってと、私は祈った。

「ヴァネッサ、本当にいいんですか？」エマが言った。「リチャードはあなたのもとに帰りたがっていると思うんです」

「ぜひ泊まってきて」私はあくびをするふりをした。「正直に言うと、くだらないテレビでも見ながらのんびりしたいのよ。リチャードは帰ってきても仕事の話ばかりだから」

　怠惰で退屈な妻。エマにそう思われたかった。

　リチャードにはもっといい奥さんがふさわしい。彼の複雑な仕事を理解してくれる誰かが必要だ。大変な一日を終えた彼の面倒を見てくれる人が。同僚の前で彼に恥をかかせない人、毎晩彼と過ごしたがる人が。

　エマみたいな人が。

　どうか引っかかって。私はまた祈った。

「わかりました」やがてエマが言った。「リチャードに確認して同意を得られたら、フライトの予約を変更して、明日の到着時間をお知らせします」

「ありがとう」

私が仕組んだことに彼らは気づいていなかった。今も気づいていない。

私は自分の代わりとなる完璧な人を見つけた。もうすぐリチャードは私に見切りをつけ、私はとうとう自由になる。

私は電話を切り、自分が久しぶりに笑っていることに気づいた。

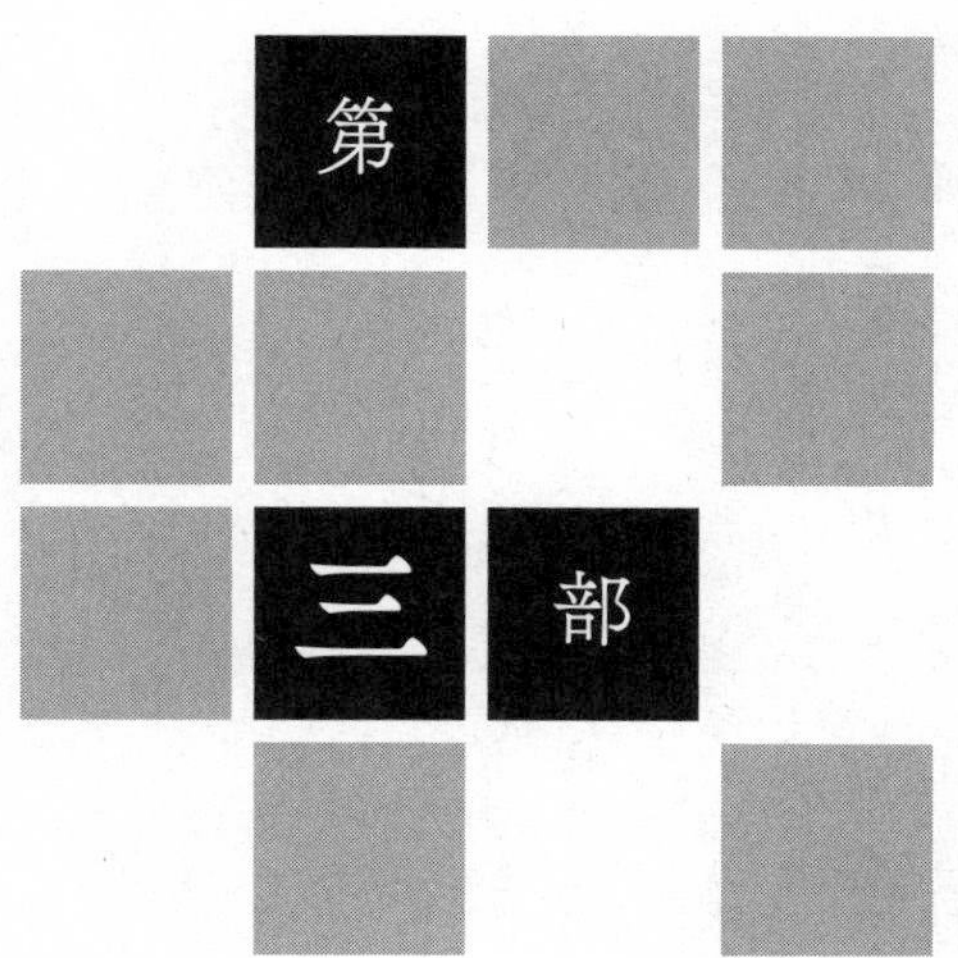
第
三
部

31

私は階段を駆けおり、三階への曲がり角で足を滑らせる。手すりをつかむ前に階段の角でヒップをしたたかに打ち、左半身に痛みが走る。でも私は息もつかずに立ちあがる。もしリチャードがエレベーターではなく階段を使うことにしたら、途中で鉢合わせしてしまう。

その考えに追いたてられて、私はさらに急いで階段の踊り場からロビーに転がりでる。それと同時にエレベーターのドアがぴたりと閉まる。エレベーター上部のパネルの数字がエマのフロアで点滅するかどうか確認したいが、数秒でもぐずぐずして危険を冒すわけにはいかない。通りに飛びだすと、タクシーが発進しようとしている。私はタクシーのトランクを強く叩き、赤いブレーキライトが点滅する。

慌ただしく乗車し、ドアをロックしてから座席に倒れこむ。シャーロット伯母さんのアパートメントの住所を伝えようと口を開くが、言葉が喉で詰まる。

レモンの香りが私を包んでいる。その香りが私の髪に侵入し、肌に浸透する。シトラスの強い香りが鼻腔（びこう）を抜け、肺まで流れていくのがわかる。リチャードがこの車からおりたところなのだ。彼はいらだつと――その顔がこわばり、私が愛した男性が消えてしまうと、いつもその香りが強くなった。

また逃げだしたくなるが、別のタクシーを待っている時間はない。私は行き先を告げながら、できる限りウインドウをさげる。

手紙はたった一枚だ。エマが目を通すのにかかる時間は一分程度だろう。リチャードが到着する前に読み終える時間がありますように。

車が次のブロックを曲がり、私は最後にウインドウの外をのぞいてリチャードがついてきていないかどうか確認する。座席に頭をもたせかけ、夫から逃れる自分の計画に欠陥があることを、なぜ見落としていたのだろうと不思議に思う。計画を立てる時間はたっぷりあったのに。あのオフィスでの休日のパーティ以来、その計画を立てることが私の仕事となり、強迫観念となった。きわめて慎重に策を練ったのに、考えうる限り最悪の判断ミスをしてしまった。

計画を実行することで、無邪気な若い女性を犠牲にしてしまう事実を考えていなかった。必死で自分の逃げ道にしがみつくことしかできなかった。リチャードから逃れるなんて無理かもしれないとあきらめかけていた。そのとき私は気づいたのだ。彼は自分のほうが妻を捨てたと信じない限り、決して私を手放さないということに。

私はそのことを確信していた。なぜなら以前、私が逃げようとしているとリチャードが勘ぐったときに、彼にされたことが根拠としてあったからだ。


私が自分の結婚生活から身を引き始めたのは、アルヴィン・エイリーのガラ・コンサートの少し前からだった。私はまだまだ若く、体力があった。心も壊れていなかった。

リチャードがキッチンで私をとがめたあの夜、彼は私の右手首に視線を落とした。リチャードに強く握られて白くなっていた。彼は自分がねじりあげていたことに気づいてさえいないようだった。痛みのあまり私の口からもれた小鳥の鳴き声のような音が、まるで誰かほかの人の責任であるかのように。

その夜まで、リチャードが私をひどく痛めつけたことはなかった。少なくとも、身体的には。

彼がぎりぎりのところで踏みとどまったことは過去に何度かあった。今ならそれが怒りを爆発させる寸前だったのだとわかる。私は黒い〈モレスキン〉の手帳にひとつひとつの出来事を記録した。バチェロレッテ・パーティで私がニックとキスをした帰りのタクシーの中。〈スフォリア〉のバーカウンターで男性から飲み物が届いた日。デュークがいなくなったことでリチャードを責めたあの夜。もっときわどい瞬間もあった。一度、リチャードはフレームに入れた私たちの結婚式の写真を床に叩きつけた。ガラスが割れ、彼は言いがかりのような非難の矛先を私に向けた。ハネムーンで、私がスキューバダイビングのインストラクターをしているエリックの気を引こうとしていたと。「やつが僕たちの部屋に立ち寄るのを見たんだ!」リチャードは怒鳴った。私はボートから引きあげられたとき、夫に強く腕をつかまれて痣ができたことを思い返した。ほかにもある。何度目かの不妊治療を受けた少しあとに、大きな商談を逃したリチャードが書斎のドアを叩きつけるように閉め、飾り棚から花瓶が落下した。

彼に腕を握りつぶさんばかりに強くつかまれたことは、ほかにも何度かある。あるときなど、飲酒のことを追及された私が目を伏せると、リチャードは自分を見るよう私の顎を乱暴につかんで顔をあげさせた。

そうした場面でも、彼はいつも致命的なほどには癇癪を爆発させずに踏みとどまることができていた。そして客用ベッドルームにこもるか、怒りがおさまるまで外で頭を冷やすようにしていた。

アルヴィン・エイリーのガラ・コンサートがあったあの夜も、私の甲高い叫び声を聞いて、リチャードはわれに返ったかに見えた。彼は私の手首を放した。

「すまない」そう言って一歩さがり、髪を手ですき、大きく息をついた。「だが、どうして嘘をついたんだ？」

「シャーロット伯母さんのところに行ったのよ」私は小声で言った。「誓うわ。本当に伯母さんに会いに行っただけなの」

言わなければよかった。でも結婚生活の相談をしに行ったことを認めてしまえば、リチャードがさらに怒りを爆発させるかもしれないと怖かった。そうでなくても、答える準備のできていない質問をされるのが怖かった。

繰り返された嘘に、リチャードの中で何かが壊れた。彼は葛藤に負けた。

私の頰で響いた平手打ちの音は銃声のようだった。私はタイル張りの床に音を立てて倒れた。一瞬、痛みよりショックが勝り、私はそのまま動けなかった。リチャードがくれた豪華なドレスが腿のあたりでくしゃくしゃになっていた。私は彼を見あげ、頰に手をあてた。「何を……あなた……」

リチャードが手を伸ばしてきて、私は助け起こしてくれるのだと思った。そして私の許しを請い、後ろのキャビネットを叩くつもりだったと説明するのだろうと。

ところがリチャードは私の髪をつかみ、強引に立ちあがらせた。

私はつま先立ちになり、放してもらおうと必死になって彼の指をほどこうとした。頭皮をはがされるかと思った。涙が頬を伝った。「お願い、やめて」私は懇願した。

リチャードは手を離したが、私をカウンターに押しつけ、動けないよう追いつめた。もう痛めつけられてはいなかったが、その夜で一番、いや人生で最も危険を感じた瞬間だった。

彼の表情はおかしかった。細められた目は陰っていた。だが一番不気味なのは声だ。まだ声だけがリチャードのものだと認識できた。それは幾夜となく私をなだめ、私を愛して守ると誓ったあの声だった。

「覚えておくんだ。たとえその場にいなくても、僕はいつも君とともにいる」

彼はそう言って、少しの間、私を見つめた。

そして私の夫が再び現れた。リチャードは一歩さがった。

「ネリー、もうベッドに行ったほうがいい」

翌朝、リチャードは朝食をのせたトレイをベッドまで持ってきてくれた。私は一睡もせず、ベッドからも出ていなかった。

しかった。

「ありがとう」私は静かで落ち着いた口調を心がけた。また彼に激怒されるのが恐ろしかった。

リチャードの視線が私の右手首に落ちた。そこは痣になっていた。彼は部屋から出ていき、保冷剤を手に戻ってきて、無言で私の手首にあてた。

「今日は早く帰ってくるよ。夕食を買ってこよう」

私はおとなしくグラノーラとベリーの朝食をとった。顔に手形は残っていなかったが、顎が過敏になっていて嚙むのがつらかった。私は階下に行ってボウルを洗い、うっかり痛めたほうの手で食器洗い機の扉を引いてしまい、顔をしかめた。

ベッドメイキングは、手首をぶつけないよう気をつけて角をたくしこんだ。シャワーを浴びると、湯が勢いよく頭皮にあたってたじろいだ。シャンプーをしてドライヤーで乾かすのはつらかったので、髪は湿ったまま放っておいた。自分のクローゼットを開けると、前面に〈アレキサンダー・マックイーン〉のドレスがきちんとかけられていた。脱いだ記憶もなかった。昨夜のその後の記憶はぼやけていた。ただ身を縮めていたことだけを覚えていた。できるだけ小さくなりたい、目につきたくないと思っていたことを。

私はそのドレスのそばを通り過ぎ、たたんで重ねてあるレギンスやソックス、長袖のTシャツ、カーディガンのほうに手を伸ばした。上方の棚からスーツケースが手招きしていた。私はそれを見つめた。

私物をまとめて、家から出ることもできた。ホテルを取るか、シャーロット伯母さんのところに行くこともできた。サムに電話をかけることだってできた。ふたりの間に溝ができてからは、長い期間、口をきいていなかったけれど。けれども私には、リチャードのもとを去ることが簡単ではないとわかっていた。

その朝、リチャードが家を出るとき、警報システムをオンにするブザーの音が聞こえた。そのあとに玄関のドアが閉まる音が続いた。

でも私の耳に何よりも大きくこだましていたのは彼の言葉だった。〝僕はいつも君とともにいる〟

玄関のベルが鳴ったのは、まだスーツケースを見つめていたときだ。

私は顔をあげた。耳慣れない音だった――私たちには不意の客というものがあまりないからだ。出る必要はなかった。おそらく配達員で、荷物は置いていくだろう。

ところが再度ベルが鳴り、ややあって家の固定電話が鳴った。受話器を取りあげると、リチャードの声が聞こえた。心配そうな声だった。

「ベイビー、どこにいるんだい？」私はナイトテーブルの時計を見た。もう十一時になっている。

「シャワーから出たところなの」私がそう言ったとき、玄関のドアをノックする音が聞こえた。

「来客を見ておいで」リチャードが言った。

私は電話を切り、胸が詰まるのを感じながら階下に行った。痛まないほうの手で警報システムを解除し、鍵を開けた。手が震えていた。ドアの向こうに何があるのかわからなかったが、リチャードに言われたとおりにしなければならない。

冷たい風が顔に襲いかかり、私は身震いした。そこには電子クリップボードと小さな黒い袋を持った配達員が立っていた。

「ミズ・ヴァネッサ・トンプソン？」配達員がきき、私はうなずいた。

「ここにサインをお願いします」彼はクリップボードを差しだした。私はペンを握るのがつらく、慎重に名前を書いた。私が顔をあげると、配達員は私の手首を見つめていた。紫色になった痣がカーディガンの袖からのぞいていた。彼は慌てて視線をそらした。「こちらがお荷物です」そう言って、袋を私に渡した。

「テニスをしていて転んだの」

配達員の目に安堵の色が浮かんだ。でも立ち去りかけた彼は、あたりに積もった雪を見て、私を振り返った。

私は急いでドアを閉めた。

袋のリボンをほどくと、中には箱が入っていた。蓋を開けると、〈ヴェルドゥーラ〉のゴールドのカフブレスレットが入っていた。幅が五センチはあった。

私はそれを手に取った。リチャードから贈られたそのブレスレットは、私の手首にぐるりと残る醜い痣をちゃんと隠してくれるだろう。

それをつけられるかどうか心を決める機会が来る前に、私たちは母さんの死の連絡を受けた。

私は何年もの間、不安に支配されることを自分に許してきた。けれども今、私はタクシーの中で別の感情がわき起こっていることに気づく。それは怒りだ。長い間、リチャードの怒りを受けてきて、今度は自分の怒りを彼に向けて解き放つことにカタルシスを感じた。

結婚していたとき、私は自分の感情を押し殺していた。感情をアルコールで抑えこんだ。感情を否定して埋没させたのだ。夫の機嫌をうかがいながら足音を忍ばせ、心地よい環境を作れば——正しい言動を取れば、家庭内の空模様を操れるに違いないと願っていた。ちょうど保育園の教室で笑顔の太陽のマークをカレンダーに貼ったみたいに。

うまくいくこともあった。私のジュエリーコレクションは、うまくいかなかったときのことを思い起こさせる。リチャードの言う〝行き違い〟のあとに私に届くようになったジュエリーの第一弾が〈ヴェルドゥーラ〉のブレスレットだった。あの家を出るとき、私はそのコレクションを荷物に詰めようとは思わなかった。もし売ったとしても、それで得たお金は汚れている気がしただろう。

結婚していたとき、そしてそのあとも、リチャードの言葉は私の頭の中で響き渡り、あれでよかったのだろうかと自分の判断を絶えず振り返る原因となり、私の行動を制限した。でも今は、ちょうどその朝シャーロット伯母さんに言われたことを思いだす。

〝私は嵐を恐れないわ。船の操縦の仕方を学んでいるから〟

私は目を閉じ、さげたウインドウから流れてくる六月の風を吸いこむ。リチャードの残り香を消し去ってくれるその風を。

元夫から逃げるだけではだめだ。それに結婚式を阻止するだけでは充分ではない。たとえエマがリチャードと別れても、彼はまた別の若い女性を狙うだけだろう。また別の代わりの人を。

私がすべきなのは、リチャードを止める方法を見つけることだ。

今この瞬間、彼はどこにいるだろう？　エマを抱きしめ、元妻が彼女を狙っていることを詫びるリチャードの姿が目に浮かぶ。彼はエマの手から手紙を抜き取り、目を通してくしゃくしゃに丸める。リチャードは怒っている――しかし私の行動を考えれば、それは正当な怒りだとエマは思うかもしれない。ただ、彼女はあの手紙によってリチャードとの過去を振り返り、新たな目でそれを見直すかもしれない。私はその望みに賭けている。彼の反応が少しおかしい気がしたときのことをエマは思いだしているかもしれない。彼の支配欲求がほんの少し姿を現したときのことを。

リチャードは今後どう動くだろう？

私に仕返しするはずだ。

私は必死で考える。そして目を開け、身を乗りだす。

「気が変わったわ」私はシャーロット伯母さんのアパートメントに向かっている運転手に話しかける。「寄りたいところがあるの」携帯電話で住所を検索し、それを読みあげる。

運転手はミッドタウンにあるシティバンクの支店の前で私をおろす。リチャードの口座がある銀行だ。

彼は私に小切手を渡し、治療費に使えと言った。私がそれを換金することをリチャードは銀行に事前連絡までした。でも私はリチャードにデュークの写真を送りつけ、エマに手紙を届けて、自分がすごすごと引きさがるつもりがないことを示してしまった。

彼は今日にも小切手の現金化をできなくするかもしれない。そうして私への復讐を始めるのだ。私の反抗的な行為を許すつもりがないと示唆するのに、小切手の支払いを差し止めるのは何より簡単な方法だ。

リチャードが銀行に気が変わったと連絡を入れてしまう前に、これを現金に換える必要がある。

窓口はふたつあり、ひとつは白いシャツにネクタイを締めた若い男性が担当だ。もうひとつは中年女性だ。男性のほうが近いが、私は女性の窓口に向かう。彼女はあたたかい笑みを浮かべて私を認める。名札にベティとある。私は財布からリチャードの小切手を出す。

「これを現金にしたいんです」

ベティはうなずき、金額を見て眉根を寄せる。「現金にですか？」もう一度、その額を見て尋ねる。

「ええ」私はいらいらと足を踏み鳴らしそうになるのをこらえる。今こうしている間にも、リチャードが銀行に電話をかけているかもしれない。

「おかけになってお待ちいただけますか？」ベティが言う。「上司が担当いたしますので」

私は彼女の左手をちらりと見る。結婚指輪ははめていない。

一度コツを覚えてしまえば、質問をかわすのは難しくない。雑多な長話をして、肝心なことは何も話していないという事実から注意をそらすのだ。詳細は避け、曖昧な話でごまかす。本当に必要なときだけ嘘をつく。

私は窓口にできるだけ身を寄せる。「ベティ、驚いたわ。母と同じ名前なんですね……あの、母は最近亡くなったんですけど」この嘘は、本当に必要な嘘だ。

「お気の毒に」同情的な表情で言う。私の窓口の選択は間違っていなかった。

「正直に話しますね」私は少し間を置く。「夫が……ミスター・トンプソンが私と離婚しようとしているんです」

「残念ですね」また同情の言葉をかける。

「ええ、残念です。夫はこの夏に再婚する予定なんです」私は自嘲気味に笑う。「この小切手は彼からで、私はアパートメントを借りるのに現金が必要なんです。夫の若くてかわいいフィアンセが彼のところに引っ越してきたから」話しながら、銀行の電話番号を押すリチャードを想像する。

「ただ、かなり多額ですから」ベティが言う。

「夫にとっては違うんです。ほら、姓が同じでしょう？」私はバッグから運転免許証を出してベティに手渡す。「まだ住所も同じなんです。私はもう家を出たんですけど。今はここから数ブロック先の古いホテルに滞在しているんです」

小切手の住所はウエストチェスターの家のものだ。ニューヨーカーなら、その地区が高級住宅街だと誰でも知っている。

ベティは私の運転免許証を見つめ、躊躇している。写真は数年前の、リチャードのもとを去る計画を立て始めた頃のものだ。私の目が輝いていて、笑顔に嘘がなかった頃。

「ベティ、支店長に電話をかけて確認してもらってもかまいません。私がこれを現金化することを、リチャードは支店長に連絡済みですから」

「少々お待ちください」ベティが言う。

彼女が脇に行って電話口で話している間、私は待つ。緊張で頭がくらくらする。またリチャードに先を越されただろうか。

ベティが戻ってくるが、私はその表情を読むことができない。彼女がパソコンのキーボードを操作し、とうとう顔をあげて私を見る。

「お待たせして申し訳ありません。すべて問題ありません。小切手は承認済みだと、支店長の確認が取れました。おふたりは当店で共同口座をお持ちでしたね。数カ月前に解約されていますが」

「ありがとう」私は息をつく。数分後、ベティが現金の束をいくつか持って戻ってくる。彼女がそれを紙幣計数機にかけ、百ドル札を二度勘定する間、緊張で私の胃が締めつけられる。誰かがふいにやってきて、彼女を止めたりしないだろうかと考える。しかしベティは窓口下部の受け渡し口から、現金と大きすぎるクッション封筒を滑らせる。「幸運を」「よい一日を」

「幸運を」ベティが応じる。

私はその頼もしい重みを胸に感じながら、バッグのファスナーを閉める。私にはこのお金を受け取る資格がある。それに今は失業中の身だから、伯母さんを助けるために、かつてなくお金が必要だ。

それとは別に、小切手が換金されたと銀行員から聞かされたときのリチャードの反応を想像してみると、このうえなく愉快だ。

リチャードは何年もの間、私を不安定な状態に置いてきた。彼の機嫌を損ねると、いつも仕返しをされた。でもリチャードは明らかに私の救い手となり、私が弱っているときに慰める役割を楽しんでもいた。夫の性格の二面性は、私にとって謎だった。彼が靴下やTシャツをきちんと整理して収納するように、自分を取り巻くものすべてを正確にコントロールしたがった理由を、私は依然として完全には理解していない。

私はリチャードに奪われた力を少しだけ取り戻した。小さな戦いに勝ったのだ。私は気持ちが高ぶっている。

彼の怒りは竜巻のごとく、渦を描いて周囲を巻きこむ。だが今の私はその影響下にない。

歩道に出ると、私はJPモルガン・チェース銀行の最寄り支店に急ぐ。リチャードと別れたあとに開いた口座に現金を入れる。さあ、これで伯母さんのところに戻ることができる。けれども、それは自分の安全なベッドに戻るためではない。私は打ち負かされた女性の抜け殻を、脱皮するかのように脱ぐつもりだ。

次に何ができるかを考えると、体にエネルギーが満ちてくる。

32

「私は二十六歳。私はリチャードに恋している。私たちはもうすぐ結婚する」私は鏡を見ながらささやく。もっと口紅を塗らないと。私はメイクボックスに手を突っこむ。「私はここでアシスタントとして働いている」私は続ける。着ているのは今日の午後に〈アン・テイラー〉で買ったばかりのバラ色のワンピースだ。同じものというわけにはいかないが、よく似ている。特にパッド入りの新しいブラジャーを着けると、とてもいい感じだ。

しかし姿勢がよくない。私は肩を後ろに引き、顎をあげる。このほうがいい。

「名前はエマ」鏡に向かって言う。そしてほほえむ——顔中に広がる、自信にあふれた笑み。

エマをよく知る人はだまされないだろう。しかし、リチャードのオフィスの清掃クルーが私をエマだと思ってくれればそれでいいのだ。

同僚の誰かが深夜まで残業していたらおしまいだ。そしてもしリチャードがたまたま残っていたら――いや、そんなことを考えてはならない。さもないと、やり遂げる勇気が出なくなってしまう。

「名前はエマ」私は何度も繰り返す。かすれた響きに満足するまで、何度も。

トイレの入口まで歩いていってドアを開け、外に目を配る。廊下には誰もおらず、照明は薄暗い。リチャードのオフィスへと続く両開きのガラスのドアの向こう側は見えない。ドアには鍵がかかっているはずだ。夜間はいつも施錠され、鍵を持っているのは数人しかいない。会社のコンピュータには何百人というクライアントの財務情報が入っているのだ。それらはすべてパスワードで保護され、システムに不正侵入しようとする者がいれば、会社のサイバー警備部門が気づくだろう。

もっとも、私はデジタル情報など狙ってはいない。私がほしいのはリチャードのオフィスにある書類だけだ。ほかの社員からすればたいした価値もない一枚の紙。

エマが私の手紙を読み、いくつかの疑念が頭に浮かんだとしても、彼女は知識を持った論理的な考え方ができる若い女性だ。最後には誰を信じるだろうか。大人の男性で完璧なフィアンセか、それとも頭がどうかした彼の元妻か？

私にはエマを揺さぶるだけの証拠が必要だ。そもそも、それをどうやって見つけたらいいか教えてくれたのは彼女だった。

エマのアパートメントの外で向きあったとき、私はエマに言った。あのカクテルパーティの夜にリチャードが私に貯蔵室から持ってこさせようとした、消えたラヴノーのことをリチャードにきいてみてほしいと。〝その注文を誰がしたと思ってるの?〟彼女はそう言って私の要求をはねつけ、タクシーに乗りこんだ。

リチャードにはしてやられた。アシスタントのエマに、私たちのパーティのためのワインを注文させるなんて。

それまでの長い期間、リチャードには私に罰を与える理由がなかった。私は最高の妻であろうと何カ月も努力した。彼とともに早起きして毎朝トレーニングに励み、夜にはヘルシーな料理を作って出した。そうして私が尽くしたことで、リチャードは私に対して慈悲深い気持ちになっていた。しかしその時点で、私の愛が消えてなくなることを恐れた夫がどんな危険な人物になりうるかについて、私はいっさいの幻想を捨てていた。

それで、パーティの十日前に髪型を変えれば手痛い代償を払うはめになるのは予想がついた。私はまずスタイリストに髪をダークブラウンに染めてほしいと言った。スタイリストは私の自然な髪の色にしたくて女性たちはみんな何百ドルも払うのにと言ったが、私は断固として譲らなかった。髪をダークブラウンに染め終えると、私はスタイリストに髪を十五センチほど切るよう指示し、肩までの長さのボブに仕上げてもらった。

私たちが出会った日、リチャードは私に髪を切るなと言った。それが最初のルールだった。賛辞に見せかけて、私を縛るものだ。

結婚している間、私はそのルールに従った。

けれどもその頃にはもう、私はエマと出会っていた。どんな報いを受けようとも、どうにかして夫に私を捨てる理由を与えなければならないことを知っていた。

私の髪型を見たリチャードは一瞬口をつぐみ、やがてそれは冬に向けてのいい変化だと言った。リチャードは夏までにもとのスタイルに戻させたがっているのだと私は理解した。その短いやり取りのあと、彼はパーティの日まで毎晩遅くまで残業した。

リチャードはエマにワインを注文させた。私を責める口実を作るために。だったら私はそれを利用して、リチャードを責めるまでだ。

あの晩、ウエストチェスターの家のリビングルームに設けた急ごしらえのバーカウンターに、リチャードと一緒に立っていたのはヒラリーだった。ケータリング業者の到着が遅れていて、私はブリーチーズとチェダーチーズのオードブルが足りていないことを小声で詫びながら歩きまわっていた。

「ハニー、地下の貯蔵室から二〇〇九年のラヴノーを何本か取ってきてくれないか？」リチャードが私に声をかけた。「先週、ひとケース注文したんだ。ワインセラーの真ん中の段に入っている」

私はスローモーションかと思うほどゆっくりと地階に向かった。リチャードの友人や仕事仲間のいる前で、自分にはすでにわかっている事実を彼に告げなければならない瞬間が来るのをなんとか先延ばしにしようとしていた。貯蔵室にラヴノーなどないことを。

ただし、それは私が飲んでしまったからではない。

もちろん、誰もが私が飲んだからだと思うだろう。それがリチャードの狙いだ。それがいつものパターンだった。私は自分ひとりでできると言い張ってリチャードに対抗し、彼はその罪の報いを受けさせる。罰はいつも、私が犯したとされる罪の大きさに比例していた。たとえばアルヴィン・エイリーのガラ・コンサートでは、リチャードはビジネスパートナーのポールに、私が酔っ払ったせいで家まで連れ帰らなければならないと説明した。真実は違う。リチャードは、ポールが私の仕事探しを手伝うと申しでたことに怒っていたのだ。何よりも、夫は私がこっそり市内へ出かけて誰かと会っていることをすでに知っていた。結局、私はセラピストに会っていたと釈明したのだが。

人前で私を悪く見せること——人々に私が情緒不安定だと思わせ、さらに恐ろしいことに、私に自分自身を疑わしく思わせることは、リチャードが私を拘束するお決まりの方法のひとつだった。母さんのことがあったので、それはとても効果的だった。

「ラヴノーは一本もないわ」貯蔵室から戻った私は言った。

「だが僕は、ひとケース置いた……」リチャードは口をつぐんだ。混乱が顔をよぎったかと思うと、彼はすぐに気まずい表情へと変わった。

リチャードはとても巧みな役者だった。

「あら、ヴィンテージの白ワインならなんでもうれしいわ！」ヒラリーがわざとらしいほど明るく言った。

エマは部屋の向こうにいた。シンプルな黒のワンピースを着てベルトを締め、細いウエストを強調している。つややかなブロンドは毛先をゆるく巻いてあった。まさしく完璧な姿だった。

その夜、私がやり遂げなければならないことは三つあった。パーティの出席者全員に、リチャードの妻は少々頭が混乱しているのだと思わせること。エマに、リチャードにはもっといい妻がふさわしいと思わせること。そしてこれが一番重要なのだが、リチャードにも同じことを確信させることだ。

不安で目の前が暗くなる。私は勇気を出そうとエマのほうを見た。それから自分のすべき行動に出た。

私はヒラリーに腕を絡めた。「私もあなたに賛成よ」陽気に言いながら、ヒラリーが袖越しに触れる私の指の冷たさに気づかないことを祈った。「〝紳士は金髪がお好き〟だなんて誰が言ったの？　私はブルネットの髪のほうが好き。ねえ、リチャード、私たちにボトルを一本開けて」

私はカクテルナプキンを取りに行くついでに一杯目のグラスの中身をキッチンのシンクに空け、リチャードに声が届いていることを確認してから、ヒラリーにお代わりがほしいかと尋ねた。彼女のグラスにはまだ半分残っていた。私はヒラリーが空になった私のグラスに目を走らせるのを見た。それからヒラリーはかぶりを振った。

一瞬ののち、リチャードは私に水の入ったグラスを手渡した。「もう一度ケータリング業者に電話をかけたほうがいいんじゃないか？」

私は業者の番号を探し、最初の六桁だけを打ちこんだ。一方的な会話を不自然に思われないよう、リチャードから充分離れて電話をかけたふりをしたあと、彼にうなずいてみせた。「もうすぐ着くみたい」そう言って、水を飲み干した。

ケータリング業者が到着したとき、私は三杯目のワインを飲み始めていた。ビュッフェの用意をしているところで、リチャードが業者のリーダーに合図してキッチンに向かった。私は彼らのあとを追った。

「どうなってるの？」私はリチャードよりも先に尋ねた。声を潜めようとはしなかった。「一時間前には、ここに来ていてほしかったのに」

「すみません、ミセス・トンプソン」男性が言い、クリップボードを見た。「ですが、われわれは指示どおりの時間に来たんです」

「そんなはずはないわ。パーティは七時半に始まったのよ。あなたたちには七時にここへ来てほしいと言っておいたでしょう」私は言った。リチャードは私のそばにいて、業者の失態に文句を言う気満々だった。

リーダーの男性は無言でクリップボードをこちらに向け、時刻の欄を指さした。午後八時。それからページの下部にある私のサインを指さした。

「しかし……」リチャードは咳払いをした。「どういうことだ？」

ここは完璧な反応を見せなければならない。私は自分が無能なことと、自分のせいでリチャードが動揺しているにもかかわらず、それに無頓着なことを示す必要があった。

「あら、私がへましちゃったみたいね」私はぞんざいに言った。「だけど少なくとも、この人たちは今はもう来てくれたわけだし」

「いったい君は……」リチャードは言葉をのみこんだ。彼はゆっくりと息を吐いたが、こわばった顔がゆるむことはなかった。

私は吐き気がこみあげるのを感じ、これ以上の演技は無理だとわかっていたのでバスルームへと急いだ。手首に冷たい水をかけ、鼓動が落ち着くまで呼吸を数えた。それからバスルームを出て、パーティの招待客を見渡した。

私はまだ、すべきことを全然達成し終えていない。

リチャードはビジネスパートナーやゴルフ仲間と談笑していたが、私の敏感な肌は彼の視線がずっと私を追っていることを察知していた。髪型の変化、多量の飲酒、ケータリング業者への対応——私はここ何週間もリチャードとパーティの準備を周到に進めてきた妻とは思えない行動を取っていた。招待客のリストを考えるのに何時間かけたことか。私がすぐにみんなとなじめるようにと、リチャードから招待客について個人的な情報をいろいろと教えてもらいながらリストを作った。フラワーアレンジメントでなんの花を使うかも話しあった。リチャードは招待客の中にアレルギーを持っている人がいるので料理にエビを注文するのは避けるようにと指示した。私は彼に、充分な数のハンガーがそろっているかどうかも再確認すると言った。誰のコートもベッドに広げて置いておくなんてことがないようにと。

さあ、今度は私の個人的なリストの項目をひとつずつ確認し、クリアしていかなければならない。私の頭の中に隠しておいて、リチャードが仕事へ出かけた隙にじっくり考えた項目を。〝エマに話しかけること〟

通りかかったケータリング業者のウエイターが、トレイにのせたあたたかいパルメザンチーズの小さなトースト（クロスティーニ）を差しだした。私は笑みを浮かべて受け取ったが、すぐにそれをナプキンの中に隠した。

私はしばしその場にとどまり、同じウエイターがエマのいるほうに向かうのを見届けてから近づいていった。

「これはぜひとも食べてみて」私は大げさな調子で言い、笑い声をあげた。「リチャードのために働いてくれてるんだから、あなたには元気で頑張ってもらわないと」

エマは一瞬、眉をひそめたが、すぐに笑顔になった。「彼は本当に遅くまで仕事をされるんです。でも、私は全然かまいません」

彼女はクロスティーニをひとつ取ってかじった。リチャードが部屋の向こうからこちらに来ようとしているのが見えたが、ジョージが彼を呼び止めた。

「あら、時間のことだけじゃないわ」私は言った。「リチャードはひどく好みがうるさいところがあるから。そうでしょう？」

エマはうなずき、オードブルの残りをすばやく口に入れた。

「よかったわ、皆さんがやっと食べ物にありつけて」私は言った。「まあ、ケータリング業者は指示された時間に来ただけじゃないかとあなたは思ってるだろうけど」トレイを掲げたウエイターにも聞こえるように、私は大声で話した。もっと重要なのは、私が業者に辛辣な物言いをする女だとエマに思わせることだ。私は自分の頰が赤くなるのを感じたが、エマにはワインの飲みすぎのせいだと思ってもらえるように願った。彼女と目を合わせたとき、その目には私の無礼な態度に対する侮蔑が浮かんでいた。

リチャードはジョージと別れ、まっすぐ私たちのほうへ歩いてきた。リチャードがこちらに着く直前、私はきびすを返して反対側へと向かった。

彼らにもうひとつ理由を与えてやるのだ。

今、ふたりのもとを離れなければ、神経がどうにかなってしまいそうだった。ゆっくりと部屋を横切る一歩一歩が闘いだった。耳の中で鼓動がこだまする。上唇の上に薄い膜のように冷たい汗がたまっているのを感じた。

本能は私に足を止めて振り返れと叫んでいた。私はその声を振りきって進み、ほほえんでいる人々の間を縫って歩いていった。誰かが私の腕に触れたが、私は目もくれずに腕を引いた。

エマとリチャードが見ているという思いだけに背中を押されて、私は前進し続けた。これを逃せば、彼女に近づける次のチャンスはすぐには巡ってこない。

私はスピーカーにつなげられたｉＰｏｄに手を伸ばした。リチャードはプレイリストをじっくり考え、ジャズの合間にお気に入りのクラシックの曲をいくつか入れていた。部屋には優美な音楽が流れていた。

私は練習しておいたとおりに音楽ストリーミングのアプリをクリックして、七〇年代のディスコミュージックを選び、ボリュームをあげた。

「パーティを始めるわよ！」私は両腕を宙に投げだして叫んだ。声が割れるのもかまわず続ける。「さあ、踊りたい人は？」

部屋のざわめきが止まった。まるで振りつけられたかのように、いくつもの顔がそろって私を振り向いた。

「来てよ、リチャード！」私は大声で呼んだ。

ケータリング業者たちさえも私を見つめていた。ヒラリーがすばやく目をそむけるのが見えた。エマはまじまじと私を見つめてからすばやくリチャードに向き直った。彼が足音も荒く私のほうへ歩いてくると、私は身をこわばらせた。

「君はわが家のルールを忘れたようだな、ハニー」リチャードの声は不自然な明るさに満ちていた。彼はスピーカーのボリュームをさげた。「十一時を過ぎたらビージーズは禁止だ！」ほっとしたように部屋に笑い声があがった。リチャードは音楽をバッハに戻すと、私の腕をつかんで廊下へ連れだした。「いったいどうしたんだ？どれだけ酒を飲んだらこうなる？」彼は唇を引き結んだ。私の口から怯えのまじった謝罪の言葉が自然とこぼれでた。

「私はただ……二杯くらいしか飲んでいないけど……ごめんなさい。今からはもう水しか飲まないわ」

シャルドネが半分残っている私のグラスにリチャードが手を伸ばし、私はおとなしくグラスを渡した。

それからはずっと、にらみつける夫の視線を感じていた。彼の指はスコッチのグラスを握りしめていた。私が引き起こした混乱をリチャードがおさめる間、エマの顔には称賛と同情が入りまじっていた。それがパーティが終わるまでに私が得た収穫だった。

私はするつもりだったことすべてをやり遂げた。努力したかいがあった。私の痣は二週間も消えなかったけれど。リチャードがあの〝行き違い〟の埋め合わせに新しいジュエリーを贈ってくれることは、もうなかった。彼はもはや私たちの未来に投資する気がないのだ。リチャードの関心は別の相手へと移りつつあった。

「私はリチャードに恋している」私は最後にもう一度言いながら、誰もいない廊下をのぞきこむ。「私はここにいてもおかしくない」

リチャードのオフィスがあるビルに入るのは難しくなかった。数階下にある会計事務所は、個人の資産家をクライアントにしている。私は予約を取り、自分のことを最近遺産を受け取ったばかりの独身女性だと説明した。それは真実からそうかけ離れていない。リチャードの小切手のレシートはまだ私の財布に入っている。私はその日の最後の受付となる午後六時に予約を取った。そして新品のワンピースに来訪者用の入館許可証のシールを体に貼りつけて、警備員のいるデスクを通り過ぎた。

面談をすませたあと、私はエレベーターでリチャードのオフィスがある階へ行き、女性用トイレへ向かった。暗証番号は変更されておらず、私は一番奥の個室に陣取った。すでに外見上は可能な限りエマに似せてあった。新しい赤い口紅とそれに合うワンピース、毛先をカールさせたかつらで変身は完成だ。入館許可証を細かくちぎってごみ箱に捨て、それから二時間、彼女の声、彼女の姿勢、彼女の癖を練習した。トイレに入ってきた女性は何人かいたが、誰も長居はしなかった。

八時半。とうとうエレベーターから三人組の清掃クルーがカートを押して現れる。彼らがリチャードのオフィスの前に着くまで、私は我慢して待つ。

私は自信に満ちている。

「こんにちは！」清掃クルーに向かって、きびきびと歩いていきながら声をかける。

私は落ち着いている。

「いつもお疲れ様」私は言う。

私はここで働いている。

このクルーもリチャードとともに残業しているエマに何度も会ったはずだ。両開きのガラスのドアを解錠したばかりだった男性は、私にためらいがちにほほえみを向けてくる。

「ボスから、デスクに置いてきたものをチェックしてくれと言われたの」私はよく知っている役員室を手で示す。「すぐに帰るから」

急いで彼らの横を過ぎ、普段より大股で歩く。女性の清掃クルーがはたきを持って私のあとを追ってくる。それは想定済みだ。私はエマが以前使っていたブースを通り過ぎる。今、そこにはセントポーリアの鉢植えと、花柄のマグカップが置いてある。

私はリチャードのオフィスのドアを開ける。

「ここにあるはずだわ」そう言いながらデスクの向こうへと歩いていき、ふたつある重い引き出しのひとつを開ける。だがそこにはストレス解消用に握るボールがひとつと、栄養補助食品の〈パワーバー〉が数本、未開封の〈キャロウェイ〉のゴルフボールひと箱しかない。「あら、彼ったら、別の場所に移したみたい」私は清掃クルーの女性に向かって言う。女性の緊張が高まり、少し神経質になっているのがわかる。彼女が近づいてくる。心の声が聞こえてくるようだ。彼女は自分に言い聞かせている。この人はここの従業員に違いない、そうでなければ警備デスクで止められているはずだと。彼女はオフィスの従業員ともめたいとは思っていない。自分の勘違いなら、職を失う危険があるのだから。

救いの神が私を見つめている。リチャードのデスクの端に置かれたシルバーのフレームに入ったエマの写真だ。私はそれを取りあげ、二メートルは離れたところで清掃クルーに掲げてみせる。

「ほらね？　これが私よ」彼女はほっとして笑顔を見せる。私は上司がなぜアシスタントの写真をデスクに飾っているのかときかれずにすんだことに安堵する。

私はふたつ目の引き出しを開け、リチャードのファイルを調べる。どのファイルにも印字されたタイトルが貼りつけられている。

アメックスと記されたファイルを見つけ、請求明細書を一枚ずつ繰って二月の分を見つける。私が探している事項は一番上に記載されている。〈サザビーズ〉のワイン、三千百五十ドル、払い戻し済み。

清掃クルーはブラインドの埃を払うべく窓に向き直っていたが、私は一瞬たりとも気を許すわけにはいかない。私は自分のバッグにその明細書をそっと滑りこませる。

「用事は終わったわ！」私は言う。「お世話様！」

彼女はうなずき、私はオフィスを出る。デスクをまわりこみながら、手を伸ばしてまたエマの写真に触れる。どうにも抵抗できず、私はその写真立てを持ちあげ、彼女に壁のほうを向かせる。

33

翌朝、私はここ何年もなかったほどリフレッシュした気分で目覚める。アルコールや薬の力を借りずに九時間も続けて眠ることができた。これも小さな勝利だ。

キッチンに向かうと、シャーロット伯母さんが動きまわっている。私はその後ろへ歩いていって伯母さんに抱きつく。亜麻仁油とラベンダー。伯母さんの香りは私を安心させる。リチャードの香りのように不安にさせたりはしない。

「愛してる」私は言う。

伯母さんが両手で私の両手を包む。「私も愛しているわ」その声に驚きがにじむ。私の中に起きた変化を感じ取ったようだ。

私がここに移ってきてから、私たちは何度となくハグしていた。この建物の入口に着いてタクシーをおりた私がすすり泣いていると、シャーロット伯母さんは私を抱きしめてくれた。結婚生活の最悪な日々の思い出にさいなまれて眠れずにいると、静かにベッドへ入ってきた伯母さんの腕が自分を包むのを感じた。まるで伯母さんが私の痛みを吸収しようとしてくれているかのようだった。私の手帳にはどのページにもリチャードの嘘を詳細に書きこんであったが、それと同じだけ、シャーロット伯母さんが見返りを求めずに私に与えてくれた愛についても書くことができた。

けれども今日は、私が伯母さんに手を差し伸べる番だ。私の強さを伯母さんに与えよう。

私が手を離すと、伯母さんは淹れたてのコーヒーのポットを持ちあげる。私は冷蔵庫からミルクを取りだして渡す。私はカロリーを欲している。新たに手に入れた不屈の精神の燃料となる栄養が必要だ。私はフライパンに卵を割り入れ、チェリートマトと刻んだチェダーチーズを加えてまぜる。トースターには全粒粉のパンをふた切れ入れる。

「ちょっと調べてみたの」私は言う。伯母さんが視線をあげる。私が何を言おうとしているのか、伯母さんは正確に知っている。「絶対に伯母さんをひとりにはしないわ。私がそばにいる。もうどこにも行かない」

伯母さんがコーヒーにミルクを入れてかきまぜる。「それはだめ。あなたは若いのよ。年老いた女の世話をして人生を無駄にしてはいけないわ」

「残念でした」私は明るく言う。「どう思われようと、私はもう離れられないわよ。ニューヨークで最高の黄斑変性症の専門家を見つけたの。全国でもトップクラスの人よ。二週間後に診察してもらえることになったわ」すでに事務長からメールで問診票が送られてきている。あとは私がシャーロット伯母さんを手伝ってそれを埋めていけばいい。

伯母さんの手首の回転が速まり、コーヒーがマグカップからあふれそうになる。その様子で私は確信する。自営業のアーティストである伯母さんは健康保険に入っていないのだ。

「リチャードが来たときに小切手をもらったわ」私は言う。「お金ならたっぷりあるの」私にはそのお金をリチャードから受け取る資格がある。伯母さんが抗議するよりも早く、私は自分のマグカップに手を伸ばして言う。「コーヒーを飲んでからでないと、この話はしちゃだめよ」伯母さんが笑い、私は話題を変える。「それで、今日の予定は？」

「墓地に行こうと思っていたの。ボーのお墓参りに」

伯母さんが墓地を訪れるのはたいてい結婚記念日で、それは秋のはずだ。しかし今の伯母さんは目が見えなくなってしまう前に、いろいろなことを記憶に焼きつけておこうとしている。

「同行者を募集中なら、喜んで参加するわよ」私は卵を最後にもう一度かきまわして、塩と胡椒を振る。

「仕事に行かなくていいの？」伯母さんが尋ねる。

「今日はいいの」トーストにバターを塗り、フライパンの卵を二枚の皿に分ける。それを伯母さんに渡し、少し時間稼ぎをするためにコーヒーをひと口飲む。伯母さんを心配させたくないので、全店規模の一時解雇（レイオフ）があったという作り話をすることにする。

「朝食をとりながら詳しく話すわ」


墓地に着くと、私たちはボー伯父さんに関するお気に入りのエピソードを披露しあいながら、墓石のそばに色とりどりのゼラニウムを植える。シャーロット伯母さんはふたりのなれそめを語る。ボー伯父さんはコーヒーショップで、ブラインドデートの相手のふりをして伯母さんと出会い、一週間後の三回目のデートまで本当のことを黙っていた。何度も聞いた話だが、伯父さんがもうデイヴィッドという名前に反応しなくていいと知ってどれほど安堵したかというくだりになると、私はいつも笑ってしまう。私が話すのは、伯父さんが愛用していた取材用の小さな手帳のことだ。リングの部分に糸で結んだ鉛筆と一緒に尻ポケットに入れたその手帳が、私は大好きだった。母さんと一緒にニューヨークへ来るといつも、ボー伯父さんはそれと同じ手帳を私に一冊くれた。私たちは取材ごっこをした。伯父さんは私を地元のピザショップに連れていき、ピザが焼けるのを待つ間に目にしたものすべて――光景、匂い、耳にした言葉を本物の記者みたいに記録するよう言った。伯父さんは私を子ども扱いしなかった。私が細かいことにも気づく鋭い目を持っていると褒めてくれた。

太陽は高い位置にあるが、木々が暑さから私たちを守ってくれている。私たちは急いでいない。やわらかな草の上に座り、シャーロット伯母さんとおしゃべりに興じるのはいい気分だ。遠くから家族がやってくるのが見える。母親、父親、子どもがふたり。子どものひとりは父親に肩車されていて、もうひとりは花束を持っている。

「伯母さんたちはふたりとも、子どもの扱いがとても上手だったわね。子どもがほしいと思ったことはないの？」私は尋ねる。前に一度、もっと若かった頃に同じ質問をしたことがあるが、今は大人の女性として――対等な立場での問いかけだ。

「正直に言うと、ないわ。私の人生はとても満ち足りていた。私にはアートがあって、ボーはしょっちゅう取材で出かけて、私も彼と一緒に行ったりして……そのうえ、あなたと過ごせたんだから、充分幸運だったわ」

「幸運なのは私のほうよ」私は体を傾け、伯母さんの肩に頭をのせる。

「あなたがどれほど子どもを望んでいたかは知っているわ」伯母さんが言う。「たまたま子どもに恵まれなかったのは残念ね」

「私たち、ずいぶん努力したのよ」あのブルーの線、排卵誘発剤とその副作用の吐き気と疲労感、血液検査、医師との面談……。毎月毎月、自分がだめな人間だと感じられた。「でもしばらくしたら、私たちは子どもを持つことに向いていない気がしてきたの」私は言葉を継いだ。

「本当に?」シャーロット伯母さんが尋ねる。「そんなにあっさり片をつけたの?」

いいえ、そんなわけがない。あっさり片をつけたわけではなかったと私は思う。

リチャードに二度目の精子検査を受けてもらうべきだと提案したのはドクター・ホフマンだった。「誰も彼にそう言わなかったんですか?」私がしみひとつない診察室でいつもの検査を受けていると、彼女は尋ねた。「医学検査ではエラーが出ることもあります。半年か一年ごとに精子検査をするのは普通のことです。あなたみたいに若くて健康な女性がこれほど妊娠に苦労するのは非常に珍しいんですから」

それは私の母さんが亡くなったあとのことだった。リチャードがふたりの間に悪いことは起こらないと約束してくれたあとだ。彼は週に何日かは七時までに帰宅するようになった。週末にはバミューダ諸島やパームビーチへ旅行に出かけて、ゴルフをしたりプールのそばで日光浴をしたりした。私は再び結婚生活に向きあい、半年後には、改めて子どもを授かる努力をしようということで合意していた。ポールが提案してくれた仕事の話は実現しなかったが、〈ヘッド・スタート・プログラム〉でのボランティア活動は続けていた。リチャードの暴力の責任は私にもあると、私は自分に言い聞かせた。妻がこっそり市内に出かけ、しかもそのことで嘘をついたとなれば、喜ぶ夫がいるわけがない。リチャードは私に愛人ができたと思ったのだと言った。そうでなければ彼が私を傷つけたりするはずがないと、私は自分の中で説明をつけた。時が過ぎ、私の優しくてすてきな夫は花を買って帰り、枕元には愛の言葉を記したメモが残されるようになった。どんな結婚生活にも谷間はある。そう自分を納得させるのはより容易になった。リチャードは二度とあんなことはしないはずだと。

痣が薄れるにつれ、彼と別れろと叫ぶ頭の中のしつこい声も消えていった。

「私の結婚生活は、なんというか……むらがあった」私は伯母さんに言う。「こんな不安定な環境で子どもを持っていいものかどうか、心配になってしまったの」

「最初のうち、あなたはリチャードといると幸せそうに見えたわ」伯母さんは注意深く言葉を選ぶ。「それに、彼は明らかにあなたを崇めていた」

どちらの言葉も真実だ。私はうなずく。「それでは充分ではないと思ってしまうことがあるのよね」

私がドクター・ホフマンに言われた話をすると、リチャードはすぐに再検査を受けることに同意した。「木曜のランチの時間に予約を取るよ。君はそんなに長く僕から離れていられるかい？」私たちは最初の検査のときに、活発に動く精子を多数作りだすには、二日は禁欲しなければならないと教えられていた。

直前になって、私はリチャードの検査に同行しようと決めた。私の不妊治療にはいつも彼がつき添ってくれていた。その日はほかに予定もないし、午後は市内で過ごして、仕事を終えたリチャードと合流してディナーに出かけるのもいいかもしれないと思った。少なくとも、そう自分を納得させていた。

オフィスに電話をかけても、携帯電話でも夫と連絡が取れず、私はクリニックに電話をかけた。リチャードが何年か前に行ったクリニックの名前を私は覚えていた。〈ワックスラー・クリニック〉ではなくて〈自慰（ワックオフ）クリニック〉と呼ぶべきだと、リチャードが冗談の種にしていたからだ。

「少し前に電話でキャンセルなさいましたよ」受付係は言った。

「あら、仕事で急用ができたのかしら」私はそう応じて、自分がまだ出かけていなくてよかったと思った。

きっと翌日行くのだろうと思い、私は市内でのディナーを提案しようと考えた。

その日の夜、玄関で出迎えた私にリチャードはハグをした。「僕のマイケル・フェルプスはやっぱり元気に泳いでいるそうだ」

私は時間が震えて止まったかに感じられたことを覚えている。呆然とするあまり、口もきけなかった。

体を引こうとした私を、リチャードはさらにきつく抱きしめた。「心配ない。僕たちはあきらめない。きっとやり遂げてみせる。一緒に頑張ろう」

リチャードが私を放したとき、私は彼の目を見つめ返すのに、体中の力をかき集めなければならなかった。「ありがとう」

ほほえみながら私を見おろすリチャードの表情は優しかった。私は思った。〝あなたの言うとおりよ、リチャード。私はきっとやり遂げてみせる〟

翌日、私は黒い〈モレスキン〉の手帳を買った。

シャーロット伯母さんは私の人生の大半において腹心の友と呼べる人だったが、伯母さんにこの重荷を背負わせるつもりはない。私はバッグに手を入れて持参した水のボトルを取りだす。一本を伯母さんに渡し、自分用のもう一本から長々と飲む。しばらくして、私たちは立ちあがる。立ち去る前に、伯母さんが指先でゆっくりと夫の名前をなぞる。

「しだいに楽に受け止められるようになるものなの?」私は尋ねる。

「イエスともノーとも言えるわね。もっとボーと過ごせていたらと思う。でも彼と十八年もすばらしい時間を過ごせたことを、私はとても感謝しているのよ」

私は腕と腕を絡めて伯母さんと帰路に就く。

リチャードのお金を使って、ほかに伯母さんのためにできることはなんだろうと考える。伯母さんのお気に入りの街はヴェネツィアだ。何もかも片づいたら——私がエマを救いだしたら、シャーロット伯母さんをイタリアに連れていこうと、私は心に決める。

家に帰り、伯母さんが制作のためにアトリエにこもると、私はアメックスの請求明細書をエマに渡す計画の準備に取りかかる。どうすればいいかはわかっている。エマはリチャードのアシスタントとして使っていた携帯電話の番号を変えていないはずだ。明細書の写真を撮って彼女に送ることにしよう。だがリチャードがエマの近くにいないときを見計らって送らなければならない。自分が目にしているものがなんなのか、エマがきちんと理解できるように。

私たちが墓参りに出かけた早朝なら、リチャードとエマはまだ一緒にいたかもしれない。だがこの時間になればもう、彼は仕事をしているだろう。

バッグから取りだした明細書を撫でつけて皺を伸ばす。アメックスはリチャードが仕事で使うために持っているカードで、請求の大半はランチ代、タクシー代、シカゴへの出張に関する経費だ。私たちのパーティで使ったケータリング業者の費用も記載されている。契約書にサインして詳細を詰めたのは私だが、仕事絡みの集まりでもあるということで、リチャードはアメックスを使おうと言った。フラワーアレンジメントを手がけたウエストチェスターの〈ペタルズ〉というフラワーショップからは四百ドルの請求があった。

明細書の上部、ケータリング業者からの請求の何行か上に、〈サザビーズ〉からのワイン代の払い戻しが記載されていた。

私は自分の携帯電話で請求書全体の写真を撮る。日付と、ワインを扱った店の名前と、金額がはっきり見えるように。それからメッセージを添えてエマに送信する。

〝注文したのはあなた。でも、それをキャンセルしたのは誰？〟

送信が完了したのを見届けて、私は携帯電話を置く。プリペイド式の携帯電話は使わなかった。もはや私がしていることを隠す必要はない。あの晩の出来事を振り返って、エマはどんな記憶を呼び覚ますだろうか――エマは私が酔っ払っていたことを思いだす。リチャードが私の失態を取り繕ったと彼女は信じている。私が一週間でひとケース分ものワインを飲み干してしまったと思っているはずだ。

もしそのどれかひとつでも真実ではないと悟ったら、エマはほかのことについても疑惑の目を向けるようになるだろうか？

私は携帯電話を見つめ、不安の種がうまくまかれたことを祈る。

34

翌朝、エマからの返事が届く。

〝私のアパートメントで今夜六時に会いましょう〟

私はたっぷり一分はその文字を見つめる。にわかには信じられない。長い間、私はエマに近づこうとしてきて、ようやく彼女が私を迎え入れようとしている。私はエマに不安の種を植えつけた。彼女は何を知っているのだろう？　何を尋ねてくるだろう？

全身を歓喜が駆け抜ける。エマがどれくらい私の話に耳を傾けてくれるかわからないので、言うべきことの要点を書きつける。デュークの話を持ちだしてもいいが、証拠は何もない。その代わりに、私は書く。〝不妊治療のこと〟私たちに子どもができなかったのはなぜか、エマからリチャードにきいてほしい。リチャードはきっと嘘をつくだろうが、そのプレッシャーが彼の中で蓄積されていくだろう。もしかしたらエマは、リチャードが何かを必死に隠したがっていることに気づくかもしれない。〝彼の突然の登場で驚かされたこと〟エマがその日の予定を言っていなかったのに、ふいにリチャードが目の前に現れたことはあっただろうか？　だが、それでは充分ではない。私にとってもそれくらいでは充分な理由にならなかった。エマには、私がリチャードから肉体的な暴力を何度も受けたことを言わなければならない。

　エマにしようとしている話は、これまでほかの誰にもしたことがなかった。私は感情を抑えて話す必要がある。感情に負けて取り乱し、私が精神の均衡を欠いているのかもしれないという彼女の疑念を再燃させるわけにはいかない。

　もしエマが心を開いて話を聞いてくれたら、私の言葉を受け入れてくれているように見えたら、私が自分を自由にするべく立てた計画についても話そう。彼女を罠にはめたのは私だけれど、こんなことになるとは思っていなかったのだと。

　エマに許しを請おう。でも私への許しよりも大事なのは、エマが自由になることだ。彼女はリチャードと別れなければならない。今すぐ、彼の罠にはめられる前に。

　最後にエマと会ったとき、私は彼女に見せたいイメージを作りあげた。私たちの立場はいつでもすぐ逆転してしまうものなのだと思わせたかった。今、私が闘っているのはひたすら正直でいるためだ。私はシャワーを浴びてジーンズをはき、コットンの

Tシャツを着る。メイクやヘアスタイルには手をかけない。不安から来る興奮を静めるために、彼女のアパートメントまでは歩いていこう。午後五時には家を出ようと心に決める。遅刻してはならない。

　落ち着いて、理性的に、説得力のある説明をするのだと、私は自分に向かって繰り返す。エマは私の行動を見てきた。リチャードに私の人となりを聞かされ、私の評判も耳にしてきた。彼女が抱いている私に対する印象をひっくり返さなければならない。

　言うべきことを練習している最中に携帯電話が鳴る。知らない番号からだが、エリアコードはよく知っている。フロリダだ。

　体がこわばる。私がベッドに腰をおろして画面を見つめていると、また電話が鳴る。今度は出なければならない。

「ミズ・ヴァネッサ・トンプソン？」男が尋ねる。

「ええ」私は喉がからからになって、唾をのみこむこともできない。

「〈ファーリー・ポーズ〉のアンディ・ウッドワードといいます」心のこもった、親しみやすく聞こえる声だ。これまでアンディと話したことはないが、私はマギーの死後、高校時代にその動物保護施設でボランティアをしていた彼女のために寄付をしていた。リチャードと結婚すると、彼は毎月の振込金額を増やして施設の改装資金にしてもらおうと提案した。その結果、マギーの名前がドア横のプレートに刻まれることになった。施設との連絡はリチャードが担当した。そのほうが私のストレスが減るだろうからと言って、彼が自ら引き受けてくれた。「元ご主人から電話がありました」アンディが話を続ける。「おふたりでいろいろ話しあって、これ以上寄付を続けるのは無理だということになったと」

これは罰だと私は悟る。私がリチャードからお金を巻きあげたことへの報復だ。これ見よがしの派手な復讐をリチャードが好むことを私はよく知っている。

「ええ」私は長すぎた沈黙を破って言う。寄付はマギーのためだった、自分のためにしてきたわけじゃないと激怒しながら思う。「本当にごめんなさい。よかったら、これからも毎月、少額の寄付をさせてもらいたいんです……前ほど多くはできないけど、少しだけでも」

「それは非常にありがたいです」アンディが言う。「元ご主人は、とても残念だとおっしゃってました。マギーのご家族には自分が電話をかけて説明するとのことです。こんな形で尻すぼみに終わってしまったけれど気に病まなくていいと、あなたにお伝えするよう彼から頼まれました」

これは私のどの行動への報復だろう？　デュークの写真？　エマへの手紙？　小切

手を現金化したこと？

それともリチャードは、私がアメックスの請求明細書の写真をエマに送ったことを知っているのだろうか？

アンディは知るはずもない。誰にもわからない。リチャードは会話の相手としては好感度が高いはずだから。マギーの家族に電話をかけるときもそうだろう。ジェイソンを含め、ひとりずつ全員と話をするはずだ。私の旧姓をさりげなく会話に紛れこませ、もしかしたら私がどんなふうにニューヨークに来たかも話すかもしれない。

ジェイソンはどうするだろう？

私はおなじみのパニックがおさまるのを待つ。

だが、おさまりはしない。

その代わりに、私はあることに気づいてはっとする。リチャードに捨てられてから、私はジェイソンのことを一度たりとも考えなかったと。

アンディが話を続ける。「ご家族はあなたに直接お礼を言えたら喜ぶと思いますよ。もちろん、彼らから毎年届く手紙は元ご主人に転送していましたが」

私ははじかれたように顔をあげる。リチャードのように考えるのだと私は自分に言い聞かせる。主導権を握ったままでいるにはどうすればいいいかを。

「私は全然……その、夫からは手紙のことを聞いていなくて」私はなんとかさりげなさを装い、落ち着いた声で言う。「私はマギーの死に打ちのめされていたから、彼はその手紙を読むのは私にはつらすぎると考えたのかもしれません。でも今はぜひ、ご家族が手紙になんと書いてきたのか知りたいんです」

「もちろんです」アンディが言う。「たいていは転送できるようにとメールで送ってくれていましたから、内容は覚えていますよ。一言一句正確ではありませんが。ご両親はいつも、どんなにあなた方に感謝しているかと書いていました。いつの日かあなた方に会いたいと。彼らはときおり施設を訪ねてきてくれるんです。あなた方がなさったことは、ご両親にとってとても意味のあることだったんですよ」

「ご両親が施設に？」私は尋ねる。「お兄さんのジェイソンも？」

「ええ、皆さんです。ジェイソンの奥さんとふたりのお子さんも。すてきなご家族ですよ。お子さんたちには改装後のオープンの日にテープカットをしてもらいました」

私は携帯電話を取り落としそうになる。

リチャードは何年も前からそのことを知っていた。手紙が私に届かないよう妨害し、私を怯えたネリーのままでいさせようとした。自分が私の庇護者でいなければならなかったからだ。リチャードの中の腐りきった何かが、私が彼に依存するよう仕向けた。

リチャードは私の恐怖を餌にしたのだ。

リチャードの残酷さの中でも、最悪なのはもしかしたらその点かもしれない。

そう悟り、私はベッドにへたりこむ。それから一緒に過ごした間に私の不安をかきたてるために、彼はほかにどんなことをしたのだろうかと考える。

「マギーのご両親とお兄さんに連絡を取りたいんです」私は一瞬、間を置いて言う。「連絡先を教えてもらえませんか？」

リチャードも追いつめられている。アンディを通じてメールや手紙の件がばれるかもしれないことに気づかないとは。今、まともにものを考えられなくなっているのは元夫のほうだ。

私がここまでリチャードを追いつめたのは初めてだ。彼は死ぬほど私を傷つけたがっているだろう。私を止めて、自分の整然とした人生から私を消し去るために。

私はアンディに別れを告げて電話を切り、エマのところへ行かなければならないと気づく。そろそろ五時だ。家を出ようと決めていた時間。だが、私はふいにリチャードが外で待っているかもしれないという不安に圧倒される。歩いていくわけにはいかない。タクシーをつかまえよう。しかも安全にタクシーをつかまえなければならない。

この建物には裏口がある。狭い路地に続いていて、ごみ収集容器やリサイクル品を入れる容器が置いてある場所だ。リチャードは私がどちらから出てくると予測するだろう？

彼は私に閉所恐怖症の気があることを知っている。私はとらわれるのが大嫌いだ。路地は細く、両側を高い建物に挟まれている。だとすれば、私が選ぶべきはそちらのルートだ。

私はスニーカーに履き替えて、五時半まで待つ。エレベーターで階下に行き、防火扉の錠を外す。扉を開け、外を見る。路地に人影はないが、背の高いプラスティック製のごみ収集容器の裏までは見えない。私は深呼吸をして、路地へと駆けだす。

心臓が破裂しそうだ。今にもリチャードの手が伸びてきて、腕をつかまれる気がする。私は前方に見える歩道を目指す。歩道に出るとすばやく振り返り、あえぎながら周囲を確かめる。

彼はいない。もしいれば、捕食者の視線をきっと感じるはずだ。

私は急ぎ足で歩きながら、走っているタクシーをつかまえようと手をあげる。ほどなく一台が停まり、運転手はラッシュアワーの道を巧みに縫ってエマの自宅へと向かう。

建物の角に着いたのは六時四分前だ。私は運転手にまだメーターを止めないでほしいと頼み、言うべきことを最後にもう一度、心の中でリハーサルする。それからタクシーをおりて、エマのアパートメントの入口まで歩く。５Ｃのボタンを押すと、エマの声がインターフォンから流れてくる。「ヴァネッサ？」

「そうよ」私は我慢できずにまた振り返るが、そこには誰もいない。

エレベーターでエマの部屋がある階まであがる。私が近づいていくと、エマがドアを開ける。いつものようにきれいだが、心配そうな顔をして、眉間に皺を寄せている。

「入って」

私が家の中に入ると、彼女はその後ろで重いドアを閉める。やっとふたりきりになれた。押し寄せる安堵にめまいを起こす。

アパートメントは狭いが、きれいに片づいていた。ベッドルームはひとつ。壁にはフレーム入りの写真がいくつか飾られ、サイドテーブルの花瓶には白いバラが活けてある。エマは背もたれの低いソファを手ぶりで示し、私はその端に腰かける。しかし彼女は立ったままだ。

「会ってくれてありがとう」私は言う。

返事はない。

「あなたと話がしたいとずっと思っていたの」私はさらに言う。

何かがおかしい。エマは私を見ていない。その代わりに肩越しに後ろを見る。ベッドルームのドアのほうを。

私は視界の隅で、そのドアが開き始めるのをとらえる。

私はソファに座ったままあとずさりしようとし、本能的に身を守ろうと両手をあげる。嘘よ。絶望の中で思う。逃げだしたい。でも動けない。悪夢と同じだ。私は彼が近づいてくるのをただ見ていることしかできない。

「やあ、ヴァネッサ」リチャードが言う。

私はエマに視線を向ける。彼女の表情は読み取れない。

「リチャード」私はささやく。「ここで何を……なぜこの家にいるの？」

「フィアンセから、君がワインの払い戻しの件でわけのわからないことを言っていると教えられてね」ゆったりと歩いてきた彼は、エマの横で足を止める。

恐怖がかすかに体から抜ける。リチャードは私を傷つけるためにここにいるのではない。少なくとも肉体的には。人前でそんなことはしない。彼はエマの目の前で私を打ち負かし、この話にけりをつけるためにこの場にいるのだ。

私は立ちあがって口を開くが、この場を仕切っているのはリチャードだ。

「エマが電話をかけてきたとき、僕は正確には何が起こったのかを彼女に説明した」

リチャードが話しだす。彼は私たちの距離を縮めたがっている。険しい視線がそう語っている。「君も知ってのとおり、あのワインを仕事の経費で落とすのは正しくないと僕は思った。パーティで飲むことになるかどうかわからなかったからだ。倫理的にするべきなのは、アメックスの支払いをキャンセルして、僕が個人で使っているVisaでの支払いに変更することだった。そのことを君に話したのを覚えているよ。〈サザビーズ〉からラヴノーが家に届けられて、僕がそれを貯蔵室にしまったときに」

「そんなのは嘘よ」私はそう言ってエマに向き直る。「リチャードはワインを注文しなかった。彼は本当にごまかすのがうまいの。なんにだって説明を思いつくんだから！」

「ヴァネッサ、リチャードはすぐに事情を説明してくれたわ」エマが言う。「作り話を考えている暇なんてなかった。私にはあなたが何を狙っているのかわからない」

「何も狙ってなんかいないわ。あなたを助けようとしているだけよ！」私は抗議する。

リチャードがため息をつく。「もううんざりだ——」彼が言いかけたところで、私はさえぎる。リチャードの攻撃がどう続くかは、いいかげんこちらも学習している。

「クレジットカード会社に電話して！」私は唐突に言う。「エマが聞いている前でVisaに電話をかけて、明細があるかどうかきいて。三十秒もあればけりがつくわ」

「いや、どうすればこの話にけりがつくか、僕が教えてやろう」リチャードが言う。「君は僕のフィアンセを何カ月もつけまわしていた。これが続けばどうなるか、この前警告しただろう。君がいろいろと問題を抱えているのは気の毒だが、エマと僕は君に対して接近禁止命令の申し立てをしようと思う。こうするしかなくなったのは君のせいだ」

「話を聞いて」私はエマに言う。これが説得する最後のチャンスだ。「リチャードは私に自分の頭がどうかしていると思わせた。そして、私の犬を追い払ったの。門を開け放しておくとかなんとかして」

「いいかげんにしろ」リチャードが言う。

「リチャードは私を言いくるめて、私たちに子どもができないのは私のせいだと思わせようとした！」私は叫ぶ。リチャードの両手が拳を握るのを見て、私は反射的に身をすくめるが、なんとか言葉を続ける。「そして私を痛めつけたのよ、エマ。私をぶちのめして、危うく絞め殺すところだった。痣を隠すためにリチャードが私に与えたジュエリーのこともきいてみなさいよ。彼はあなたのこともきっと傷つけるわ！　あなたの人生を台なしにしてしまう！」

リチャードが息を吐き、目をきつくつぶる。

彼がいかに追いつめられているか、エマにも感じ取れただろうか？　エマはリチャードが怒りにわれを忘れるのを見たことがあるだろうか？　だが、もしかしたら私は言いすぎたかもしれない。私の言葉の中にエマが信じられる点があったとしても、この異様な非難と、自分の横に立っている成功者をどうすれば結びつけられるだろう？

「ヴァネッサ、君は本当にどうかしている」リチャードがそう言って、エマを引き寄せる。「二度と彼女に近づくな」

接近禁止命令の申し立てをするということは、リチャードは私が彼らにとって脅威であるという公式な記録を残すつもりなのだ。私たちの間に暴力的な対立が起こったら、その証拠は彼の側に有利になる。私たちの物語が人にどう受け止められるかをコントロールしているのはいつだってリチャードだ。

「君は出ていかなければならない」リチャードが歩いてきて私の肘をつかむ。私はすくみあがるが、彼の手の感触は優しい。リチャードは今はまだ怒りをおさめている。「下まで送ろうか？」

私はその言葉に思わず目を見開く。すばやくかぶりを振り、唾をのみこもうとするが、口の中はからからに乾いている。

エマの前ではリチャードは決して私に手を出さない。私は自分にそう言い聞かせる。しかし彼が何をほのめかしているのかは充分にわかっている。私が横を通り過ぎるとき、エマは腕組みして顔をそむける。

35

ラヴノーの払い戻しが記載された請求明細書と一緒に、私の〈モレスキン〉の手帳もエマに送りつけられたらよかったのに。そのページをパラパラめくってみれば、一見無関係で共通点のないこれらの事柄の根底に何が渦巻いているのか、彼女にも見えただろう。

しかしその手帳はもはや存在しない。

最後に書きこんだときには、手帳には何ページにもわたって回想やしだいに募っていく恐怖が綴られていた。リチャードが精子検査に行ったと嘘をついたあの夜から、私はもはや直感を抑えておくことができなかった。手帳は法廷となり、私はすべての事柄を原告側と被告側の両方の立場から議論した。〝リチャードは別のクリニックに行って精子検査を受けたのかも〟私はそう書いていた。〝でももともと予約を取ったクリニックがあるのに、なぜそんなことをする必要があるの？〟私は客用ベッドルームのベッドにうずくまり、ナイトテーブルの薄暗い明かりに照らされながら手帳にペンを走らせた。新婚当初にまでさかのぼり、いくつもあった混乱させられる出来事の謎を解こうとした。〝私の作ったラムカレーがおいしいと言いながら、なぜリチャードは半分以上残し、翌朝、料理教室のギフト券をくれたの？　あれは思いやり？　それとも料理がまずかったことをそれとなく伝えようとした？　それともあの日ドクター・ホフマンの診察室でばれてしまった、大学時代に私が妊娠した事実を隠していたことに対する罰？〟その何ページか前にはこう書いてあった。〝なぜリチャードは、誘ってもいないのに私のバチェロレッテ・パーティに現れたの？　彼を駆りたてたのは愛？　それとも支配欲？〟

疑問が積もっていくにつれ、私にはそれを否定し続けることが不可能になっていった。リチャードがどうかしているのか、私がどうかしているのか。どちらにしても恐ろしかった。

リチャードは私たちの間に変化が起きていることに気づいていたはずだ。私は彼から――あらゆる人から距離を置かずにいられなかった。ボランティア活動をやめ、市内へ出かけることもめったにしなくなった。〈ギブソンズ〉や〈ラーニング・ラダー〉の友人たちはそれぞれの人生へと進んでいた。シャーロット伯母さんとも疎遠になっていた。伯母さんは過去にも何度かしていたように、パリ在住のアーティストの友人と一年限定でお互いの家を交換していたのだ。私はひとり取り残されたように感じていた。

リチャードには、子どもができないせいで気がふさいでいるのだと説明した。だが今となっては、妊娠しなかったのは神の恵みと思えた。

私はアルコールに逃げた。しかし夫の目のあるところでは決して飲まなかった。私は彼の存在に敏感でいなければならなかった。リチャードに日中のワインの消費量を指摘され、飲酒をやめるように言われると、私は同意した。そのあとは町をひとつ越えてシャルドネを買いに行くようになった。空のボトルはガレージに隠し、早朝にそっと散歩に出て、近所のリサイクル品を入れる容器に紛れこませて証拠を隠滅した。

アルコールのせいで眠くなり、午後はほとんど昼寝をして、リチャードの帰宅に合わせてしらふに戻った。炭水化物に慰めを求め、すぐにゆったりとしたヨガパンツとぶかぶかのトップスしか着なくなった。精神分析医に言われるまでもなく、自分が身を守るものをまとおうとしているのはわかっていた。几帳面で体形を維持する意識の高い夫にとって、より魅力的でないように自分を見せようとしていると。

私が太っても、リチャードは直接何か言うことはなかった。結婚している間、私は

六、七キロ太ったり痩せたりを繰り返した。体重が増加すると、リチャードは夕食にグリルした魚を要求するようになり、ふたりでレストランに行くと、彼はパンの代わりにサラダを注文した。私はリチャードの指示に従い、彼のルールを守れない自分を恥じた。カントリークラブでディナーをとってシャーロット伯母さんに私の誕生日を祝ってもらったとき、私がいらいらしていたのは、ウエイターがサラダの注文を間違えたと思ったからではなかった。その誕生日までに、私は古い服がすっかり体に合わなくなっていた。夫はそれについて何もコメントしなかった。

しかしそのディナーの一週間前、リチャードはハイテクの体重計を買い、それを私たちのバスルームに置いた。

ある晩、ウエストチェスターの家で目を覚ました私はサムに会いたくてたまらなくなった。その日の午後、今日は彼女の誕生日だったと気づいたのだ。誰にどんなふうに祝ってもらっているのだろう。サムが今も〈ラーニング・ラダー〉で働いていて、あのアパートメントにまだ住んでいるのか、それとももう結婚してしまったのかも知らなかった。振り向いて時計を見ると、時刻は午前三時になろうとしていた。それは珍しいことではなかった。一度も目を覚まさずに眠れることはめったになかった。私の横ではリチャードが彫像のように眠っている。夫がいびきをかくとか、ブランケットを奪っていくとか文句を言う女性は多いが、リチャードはいつもじっとして動かず、深く寝入っているのか、目覚めかけているのかわからなかった。私はしばらく横たわったまま彼の安定した呼吸に耳を傾け、やがてベッドから出た。静かにドアへと向かい、後ろをちらりと見やる。リチャードを起こしてしまっただろうか？　暗い中では彼の目が開いているのかどうかはわからなかった。

私はそっとドアを閉め、客用ベッドルームに向かった。仲たがいしたのはサムのせいだと思っていたが、今になって新しい目ですべてを見直すと、真の過ちがどこにあったのかがわからなくなった。〈パイカ〉でのディナーのあと、私たちは遠く離れてしまった。サムはサンフランシスコの実家に帰るマーニーのお別れパーティに私を招待してくれたが、その夜、リチャードと私は先にヒラリーとジョージの家でのディナーに行く予定になっていた。私がリチャードを連れてパーティに遅れて駆けつけたとき、私は親友の顔に失望の色が浮かぶのを見た。私たちがパーティの場にいたのはせいぜい一時間ほどで、その大部分をリチャードは部屋の隅に立って電話をかけていた。私は彼があくびをするのを見た。翌朝は会議があると知っていたので、私は帰ろうと決めた。数週間後、私はサムに電話をかけて一杯つきあわないかと誘ってみた。

「リチャードは来ないでしょうね？」サムは尋ねた。

私は言い返した。「心配しないで、サム。あなたがリチャードと過ごしたくない以上に、リチャードもあなたと一緒に過ごしたがっていないから」

私たちの言い合いはエスカレートし、それが彼女と話した最後になった。客用ベッドルームに入ってマットレスの下から手帳を取りだそうとしながら、あんなに傷ついて腹を立てたのは、自分では認めようとしない何かをサムが知っているように見えたからだろうかと思った――リチャードは完璧な夫などではない、私たちの結婚ははた目には幸せそうに見えるだけだと。〝王子様〟〝完璧すぎておかしい〟〝その服ときたらＰＴＡの会合に出かける人みたいに見えるわよ〟サムは冗談というよりあざけりに聞こえる口調で、私を〝ネリー〟と呼んだことさえあった。

私はマットレスを右手で持ちあげて左手を伸ばし、ボックススプリングの上をさらった。ところが、手にはおなじみの手帳の硬い感触が感じられなかった。

マットレスをおろしてナイトテーブルのランプをつけ、両膝をついてもっと高くマットレスを持ちあげた。ない。ベッドの下を調べ、上掛けをはがし、シーツもはがした。

肌がちりちりするのを感じて、私は動きを止めた。リチャードに見られている。リチャードが口を開く前から、私はそこに彼がいることを知っていた。

「君が捜しているのはこれかな、ネリー？」

私はゆっくりと立ちあがって振り向いた。部屋の入口にボクサーパンツとTシャツという格好で立つ夫が、私の手帳を掲げていた。

「今週は何も書いていなかったな。もっとも、君も忙しかったみたいだが。火曜日は僕が仕事に出かけたすぐあとに食料品店へ行って、昨日は車でカトナにあるワインショップに行った。こっそりと。そうだろう？」

リチャードは私の行動をすべて知っていた。

彼は手帳を振った。「妊娠できないのは僕のせいだって？　僕に問題があると？」

リチャードは私の考えをすべて知っていた。

彼が近づいてきたので、私は身をすくめた。だがリチャードは私の背後のナイトテーブルに置いてあるものを取っただけだった。ペンだ。

「忘れ物だよ、ネリー。君がここに置いていった。僕は先日それを見た」リチャードの声はいつもと違い、聞いたことがないほど甲高く、まるでおどけているような調子だった。「ペンがあるところには、必ず紙もある」彼はページをめくった。「まったく、狂気の、沙汰だ」ひと言ずつ区切って言う。「デューク！　ラムカレー！　自分の写真を壁側に向ける！　僕が家の警報を鳴らした！」非難の言葉を吐くたび、ページを一枚ずつ破り取っていった。「僕の両親の結婚式の写真！　君はトランクルームに忍びこんだ！　僕の両親のケーキの飾りが謎だと？　市内に出かけていって、赤の他人と僕たちの結婚について話しあっていただと？　君は頭がどうかしてる。君の母親よりもっとひどい！」

私は腿の裏にナイトテーブルがあたって初めて、自分があとずさりしていたことに気づいた。

「君は惨めなウエイトレスで、通りを歩けば誰かが自分のあとをつけていると思いこんだ」リチャードは両手で髪をかきあげ、髪の一部が立ったままになった。Tシャツはくしゃくしゃで、顎は不精ひげに覆われていた。「感謝するということを知らないあばずれめ。僕のような男を手に入れるためなら人殺しもいとわないという女が、いったいどれだけいると思ってるんだ？　こんな家に住んで、ヨーロッパで休暇を過ごして、メルセデスを乗りまわす暮らしができるならどんなことでもするという女が」

私は顔から血の気が引いた。恐怖のあまり、めまいに襲われた。「あなたの言うとおりよ。あなたは私にはもったいない」私は懇願し始めた。「ほかのページは見なかったの？　動物保護施設を改装するためにお金を出してくれるなんて、なんて寛大なんだろうって書いたわ。母さんが亡くなったときに、あなたがどれほど力になってくれたかも書いた。それに私がどんなにあなたを愛しているかということも」

私の言葉はリチャードには届いていなかった。彼の目は私を通り越して向こう側を見ているようだった。

「この不始末を片づけろ」リチャードは命じた。私は膝をついて、破り取られたページをかき集めた。「それを破れ」彼は指示した。

私は今や泣きながら、片手いっぱいにつかんだページを半分に破ろうとした。しかし手は震え、枚数が多すぎて破れなかった。

「おまえはくその役にも立たないやつだな」

私は空気の質が変わるのを感じた。圧力を受けて膨張しているかのようだ。

「お願い、リチャード」私はすすり泣いた。「ごめんなさい……お願いだから……」

最初の蹴りはあばらの近くに飛んできた。爆発的な痛みに、私は体を丸めた。

「僕と別れたいだと？」リチャードは怒鳴りながらもう一発、蹴りを食らわせた。

彼は私を殴りつけて仰向けに倒すと、膝で私の両腕を押さえつけた。肘にリチャードの膝頭が食いこんだ。「ごめんなさい」私は繰り返した。「ごめんなさい。ごめんなさい」私は身をよじって逃れようとしたが、彼は私の腹部に座りこんで動きを封じた。リチャードは両手で私の首を絞めた。「おまえは僕を永遠に愛するはずだった」喉が詰まり、リチャードの下でばたばた暴れてみても、彼の力はあまりに強かった。視界がまだらに染まり始める。片手をどうにか自由にすると、私はリチャードの顔に爪を立てた。

「おまえが救ってくれると思っていた」彼の声は優しく、今や悲しげだった。それが、私が気を失う前に聞いた最後の言葉だった。意識が戻ったとき、私はまだ床に横たわっていた。手帳のページは消え失せていた。

リチャードもいなかった。

喉がひりひりして、どうしようもなく渇いていた。私はそのまま横たわっていた。リチャードがどこに行ったのかはわからなかった。やがて私は横向きになり、腕で両膝を抱えて、薄いネグリジェ姿のまま震えていた。しばらくして手をベッドの上に伸ばし、上掛けを引きずりおろして、それにくるまった。恐怖で動けなくなっていて、部屋から出ることができなかった。

そのとき、淹れたてのコーヒーの香りが漂ってきた。

階段をあがってくるリチャードの足音が聞こえた。隠れるところはどこにもない。

逃げだすこともできない。私と玄関の間には彼がいる。

リチャードはマグカップを掲げ、ゆっくり歩いて部屋に入ってきた。

「許して」私はつい口にしていた。かすれた声だった。「私、わかっていなかったの……お酒を飲んで、よく眠れなくて、まともに頭が働かなくて……」

彼はただ私を見つめた。リチャードは私を殺すこともできる。私はリチャードがその気にならないように説得しなければならない。

「あなたと別れるつもりなんてなかった」私は嘘をついた。「どうして自分がそんなひどいことを書いたのかわからない。あなたはいい人すぎて、私にはもったいないわ」

リチャードはマグカップ越しに私の目を見つめたまま、コーヒーをひと口飲んだ。

「ときどき、自分が母さんのようになりつつあるんじゃないかと不安になるの」私は言った。「私にはあなたの助けが必要よ」

「もちろん、君が僕と別れるわけがない。それは知っている」

彼は落ち着きを取り戻していた。私が選んだ言葉は正解だったのだ。

「僕もかっとなって、われを忘れてしまった。ただ、君がそうさせたんだ」リチャードはまるで、ちょっとした喧嘩の弾みではたいただけだとでもいうように言った。

「君はずっと嘘をついて、僕をだましていた。最近の君の振る舞いは僕が結婚したネリーらしくない」いったん口をつぐみ、ベッドをポンポンと叩いた。私はおずおずと立ちあがり、盾のように上掛けを体に巻きつけたままベッドに腰かけた。その横にリチャードが座った。リチャードの重みでマットレスが沈み、私は自分が彼のほうに傾くのを感じた。「そのことをずっと考えていた。これは僕の過ちでもある。警告のサインに気づくべきだったんだ。僕はふさぎこんでいる君を甘やかしてしまった。君に必要なのはルールだ。日課だ。今後、君は僕と一緒に起床する。朝、一緒にトレーニングをする。それから朝食をとる。君はもっとプロテインを摂取すべきだ。毎日新鮮な空気を吸うといい。カントリークラブのいくつかの委員会にまた加わってもかまわない。君は以前は夕食を作ってくれていたじゃないか。また作ってほしいんだ」

「ええ」私は言った。「もちろんよ」

「僕たちの結婚生活に、僕は本気で取り組むつもりだ、ネリー。二度と君はどうなのかと僕に疑わせるようなことはしないでほしい」

私はすばやくうなずいた。その動きで首が痛むのも気にしていられなかった。

リチャードは一時間後に仕事へ出かけていき、オフィスに着いたら電話をかけるので出るようにと言った。私は言われたとおりにした。喉が痛くて朝食にはヨーグルトをのみこむのがやっとだったが、これならプロテインもとれる。秋の初めだったので、ひんやりとした新鮮な空気の中を散歩しながら、携帯電話の電波ができるだけ入るようにしていた。いずれ青い痣になるであろう赤い指の跡を隠すためにタートルネックを着て食料品店に行き、夫に出す夕食用にフィレミニヨンとホワイトアスパラガスを選んだ。

「お客様?」会計の列に並んでいると、レジ係がそう言うのが聞こえた。彼女が私の支払いを待っていることに気づかなかった。私は袋から視線をあげ、リチャードは私が夕食に何を買ったか、もう知っているのだろうかと考えた。どういうわけか彼は、私が家を出れば必ずそのことに気づいた。市内に出かけてどの建物に行ったかも突き止めていたし、たびたびワインを買いに行った店のことも、ちょっとした用事で外出したことまでも知っていた。

〝たとえその場にいなくても、僕はいつも君とともにいる〟

私は、隣のレジで、カートから出たがってむずかる幼児をあやしている女性を見た。ドア近くの監視カメラをちらりと見た。輝く金属の持ち手のついた赤いかごが積まれているあたりに目をやり、タブロイド紙のディスプレーを、色とりどりの紙に包まれたキャンディを見た。

夫がどうやって私を監視しているのか、私にはわからなかった。しかしリチャードはもはやこっそり監視する必要もない。私はいっそう厳格になった結婚生活のルールから逸脱することはできなかった。それに、彼と別れようと試みることも決してできなかった。

そんなことをしようとしたら、リチャードにはわかってしまうだろう。

彼は私を止めるだろう。

彼は私を傷つけるだろう。

彼は私を殺すかもしれない。

それから一、二週間経って、私は朝食のテーブルから顔をあげ、スクランブルエッグに添えるために私が用意したベーコンを品定めしているリチャードを観察した。カリカリに焼いたターキーのベーコンだ。朝のトレーニングのほてりが残る彼の顔はまだ少し赤かった。エスプレッソのカップから湯気が立ちのぼり、『ウォール・ストリート・ジャーナル』が皿の横にたたんで置いてあった。

リチャードはベーコンを食べ始めた。「これは完璧な焼き具合だな」

「ありがとう」私は言った。

「今日の予定は？」

「シャワーを浴びたら、カントリークラブに行って古本の整理をするわ。仕分けなければならないものがたくさんあるの」

リチャードはうなずいた。「それはよさそうだ」指先をナプキンでぬぐい、新聞を開いた。「ダイアンの退職祝いのランチ会は来週の金曜日だ。忘れないでくれ。すてきなカードを一枚選んでおいてくれるかい？　クルーズ船のチケットを入れて渡したいから」

「もちろんよ」

彼はうつむいて株価を調べだした。

私は立ちあがってテーブルを片づけた。食器洗い機をセットして、カウンターを拭いた。私がスポンジを御影石のカウンターに滑らせていると、リチャードが後ろから近づいてきて両腕を私のウエストに巻きつけた。彼は私の首にキスをした。

「愛しているよ」リチャードはささやいた。

「私も愛しているわ」私は応じた。

リチャードはジャケットを着ると、ブリーフケースを手に取って玄関へと歩いていった。私はそのあとを追い、メルセデスに向かう彼を見守った。

すべてはリチャードがこうあってほしいと望んだとおりだった。彼が今夜帰ってきたときには夕食が用意されているだろう。私はヨガパンツからすてきなワンピースに着替えていて、カントリークラブでミンディから聞いたという愉快な話をしてリチャードを楽しませるだろう。

リチャードは私道へと歩いていきながら、振り向いて私を見あげた。

「いってらっしゃい！」私は声をあげ、手を振った。

リチャードの笑顔は本物だった。満足感がまき散らされていた。

その瞬間、私は何かを悟った。それは息苦しくさせる灰色の雲が私に覆いかぶさってくる中でちらりと見えた、かすかな日の光のようだった。

夫と別れる方法はひとつだけある。

この結婚は終わりにしようと彼に思わせることだ。

36

私がノートパソコンで履歴書を書き直しているところに、携帯電話が鳴る。

画面に彼女の名前が光る。私は一瞬ためらってから電話に出る。これもまたリチャードが仕掛けた罠かもしれないと不安になる。

「あなたの言うとおりだった」今ではもうよく知っているハスキーな声が言う。

私は黙っている。

「Ｖｉｓａの請求書の件よ」エマは話を続ける。私が何か言えば彼女は話すのをやめ、気が変わって電話を切ってしまうかもしれないと思うと、怖くて口を開けない。「クレジットカード会社に電話をかけたの。〈サザビーズ〉からのワインの請求なんてなかったって。リチャードはラヴノーを注文しなかったのよ」

私は今、耳にしたことがにわかには信じられない。私の一部はまだリチャードが裏で糸を引いているのかもしれないと心配している。だがエマの口調はこれまでとは違う。もう私を疑っているようには聞こえない。

「ヴァネッサ、リチャードが下まで送っていこうかと言ったときのあなたの様子……あれを見て調べてみる気になったの」エマは言う。「私はあなたが嫉妬しているんだと思ってた。彼を取り戻したがってるんだって。でも、あなたはそんなことは思っていない。そうよね？」

「ええ」私は答える。

「あなたはリチャードを恐れている」エマが急に言いだす。「彼は本当にあなたを殴ったの？　あなたの首を絞めたの？　リチャードがそんなことをするなんて信じられない。でも――」

「あなたはどこにいるの？」私はエマをさえぎる。「リチャードはどこ？」

「私は家よ」エマが言う。「彼は出張でシカゴにいるわ」

エマがリチャードの家にいるのではないと知って、私はほっとする。自宅にいるなら安全かもしれない。もっとも、電話は安全ではないかもしれないが。「私たち、直接会って話したほうがいいわ」今度は人目のある場所で。

「〈スターバックス〉はどう――」エマが言いかける。

私はまたさえぎる。「だめ、あなたは日課を守らないと。今日の予定は？」

「午後はヨガのレッスンのあと、ウエディングドレスを受け取りに行くつもりだったわ」

ヨガスタジオで話はできない。「ブライダルショップね」私は言う。「場所は？」

エマが住所と時間を告げる。私は必ず会いに行くからと伝える。

ただし、またリチャードに待ち伏せされないよう、予定より早く行くことはエマには知らせない。


「なんて完璧な花嫁なんでしょう」ブライダルショップのオーナーのブレンダが声をあげる。

エマは鏡越しに私と目を合わせる。彼女はクリーム色のシルクのドレスを着て一段高い壇に立っている。エマはほほえんでいない。しかしブレンダはドレスのフィット具合を調べるのに忙しく、エマの沈んだムードに気づいていないようだ。

「何ひとつ修正の必要はないと思います」ブレンダが続ける。「アイロンをかけて、明日にはお届けさせていただきますね」

「実は私たち、待つ時間はあるの」私は言う。「持って帰りたいわ」試着エリアには誰もおらず、隅にはアームチェアが置かれている。そこならふたりで話せて安全だ。

「でしたら、シャンパンでもお飲みになりますか？」ブレンダが尋ねる。

「ぜひいただくわ」私は言い、エマも同意のしるしにうなずく。

エマがドレスを脱ぎ始め、私は視線をそらす。それでも部屋中にさまざまな角度で六枚の鏡が張り巡らされているせいで、彼女の姿が見えてしまう。なめらかな肌、ピンクのレースのランジェリー。奇妙なほど親密な時間だ。

ブレンダが脱がせたドレスを慎重にパッド入りのハンガーにかける。私はじりじりしながら、ブレンダが部屋を出ていくのを待つ。エマがスカートのボタンをとめ終えるよりも前に、私はアームチェアのほうへ向かう。ブライダルショップはリチャードがふいに現れたりしないと確信できる唯一の場所だ。花婿が式の前に花嫁のドレス姿を見ることは厳禁なのだから。

「あなたは頭がどうかしているんだと思っていたわ」エマが言う。「リチャードの下で働いていたとき、私はよく彼が電話であなたと話すのを聞いていた。朝食には何を食べたのかとか、外に出て新鮮な空気を吸ってきたかとか。一日に四度も電話をかけたのにあなたが出なかったからと言って、どこにいるのかとリチャードがメッセージを送っているのも何度も目にした。彼はいつもあなたのことをひどく心配してたわ」

「はた目にはそういうふうに見えたんでしょうね」私は認める。

ブレンダがシャンパングラスをふたつ持って戻ってきたので、私たちは口を閉じる。「改めまして、おめでとうございます」ブレンダが言う。私はブレンダが居残っておしゃべりを続けるのではないかと心配になるが、彼女はドレスのチェックがあるからと出ていく。

「私、勝手にあなたを評価していたわ」ブレンダが去ると、エマは言う。注意深く私を見る丸いブルーの目の中に、私は思いがけない親しみが浮かんでいることに気づく。それを改めて確かめる間もなく、エマが言葉を継ぐ。「こんなにすばらしい男性と、こんなに完璧な生活を手にしている。仕事もせず、ただリチャードが買ってくれたすてきな家でのんびり暮らしているだけ。あなたがそのどれにもふさわしいとは思えなかった」

私はエマが先を続けるのを待つ。

彼女は頭を横に傾ける。まるで私を初めて見ているかのようだ。「あなたは私が想像していたような人じゃない。あなたのことをずいぶんと考えたわ。自分の夫が誰かと不倫していると知ったら、あなたはどう思うだろうとか。それで遅くまで眠れないことが何度もあった」

「あなたが悪いんじゃないわ」私はエマを安心させる。私がどれほど本気でそう言っているのか、彼女は知らない。

エマのバッグの中から大きな音が響き、彼女はシャンパングラスに口をつけようとしていたところで凍りつく。私たちはそろってエマのバッグを見つめる。

彼女は電話を取りだす。「リチャードからのメッセージよ。シカゴでホテルに着いたって。私が何をしているのかと尋ねてきてる。私が恋しいと書いてあるわ」

「あなたもリチャードが恋しい、彼を愛しているとメッセージを返して」私は言う。

エマは片方の眉をあげるが、言われたとおりにする。

「電話を貸して」私は画面をタップして、エマに見せる。「あなたを追跡しているのよ」説明して画面を指さす。「これはリチャードがあなたのために買ったんでしょう？　アカウントに彼の名前があるわ。リチャードはあなたの携帯電話の位置情報にアクセスできる……あなたの位置情報に、いつでもね」

リチャードは私と婚約したときも同じことをした。あの日、食料品店で、夕食に何を出すかをどうして彼が知っているのか考えたあと、私はついにそれを突き止めた。この追跡装置のせいで、リチャードは私がこっそり市内へ出かけたことも、町をひとつ越えたところにあるワインショップに行っていることも知ったのだと。

私がリチャードと出会ってから始まった謎の事件の数々も、彼がしたことだった。

それは罰として私に与えられることもあった。ハネムーンの最中、私が若いスキューバダイビングのインストラクターといちゃついていると思ったリチャードが私を罰するために。またあるときは、私の精神のバランスを崩すためにそうしたこともあっただろう。私を怯えさせ、そのあとで彼が私を安心させるために。しかし、その部分についてはエマには言わないでおくことにする。

エマは自分の携帯電話を見つめている。「つまりリチャードは素知らぬふりをして、実は私が何をしているのかすべて知っているというの?」彼女はシャンパンを飲む。「なんてこと。気味が悪いわ」

「信じがたいのはわかるわ」本当はそんな控えめな表現ではとても言い表せないことだと私は気づく。

「私がずっと何を考えているか、わかる?」エマが尋ねる。「リチャードが来たのよ。あなたが玄関のドアの下からあの手紙を滑りこませた直後に。彼はすぐさま破り捨てたけれど、私はあなたが書いた一行を覚えていた。〝リチャードがどういう人間か、あなたは心のどこかですでに気づいているはずだということを〟」エマの目の焦点が定まらなくなる。自分のフィアンセを新たな目で見るようになった瞬間を思い起こしているのだろうか。「リチャードはあの手紙をまるで……殺したがっているかのようだった。どんどん小さくなるまで手紙をちぎり続けて、それを自分のポケットに突っこんだ。その顔は……まるで別人だったわ」しばらくその記憶を反芻している様子だったが、やがてまっすぐ私の目を見つめる。「本当のことを聞かせてもらえる？」

「もちろんよ」

「あなたの家で開かれたカクテルパーティのすぐあと、リチャードが頬にひどい引っかき傷をつけて現れたわ。どうしたのかと尋ねたら、彼は隣の猫を抱こうとして引っかかれたと言った」

リチャードならその傷を隠すことも、あるいはもっとうまい作り話をすることもできただろう。だが私がパーティでだらしない振る舞いを見せたせいで、結論はすでに出ていた。あれで私は何もできない、精神状態の不安定な女だと証明されたのだから。

エマは今、とても落ち着いている。

「私は猫と一緒に育った」彼女がゆっくりと告げる。「あの傷が猫のせいじゃないってことくらいわかるわ」

私はうなずく。

それから大きく息を吸いこみ、きつく目をつぶる。「私はリチャードが私のもとを去るように仕向けようとしていたの」

エマはすぐには反応しない。同情を見せたら私が涙に暮れることになると、本能的に悟ったのかもしれない。彼女はただ私を見つめ、それから顔をそむける。

「自分がここまで誤解していたなんて信じられない」とうとうエマが言う。「私はてっきりあなたが……。リチャードは明日帰ってくるわ。夜は彼の家で過ごす予定になってるの。あさってには、モーリーンがニューヨークに来る。私のアパートメントで会って、彼女にドレスを見せてあげるのよ。それからみんなでウエディングケーキの試食に行くの！」

その饒舌(じょうぜつ)さは、エマが神経質になっていることを示す唯一のサインだ。私との会話に動揺している。

モーリーンがいるとなると、話はより複雑になる。もっとも、リチャードとエマが結婚式の準備にモーリーンを巻きこもうとしていることに驚きはない。思い返してみれば、私も同じようにしたかった。モーリーンに蝶の留め金のネックレスをあげたとき、私はリチャードへの結婚記念のプレゼントにするアルバムに入れる写真をモノクロとカラーのどちらにすればいいか、彼女の意見を聞きたかった。リチャードがモーリーンに電話をかけたあと、設定をスピーカーフォンにして、三人で料理のオードブルのオプションを話しあったこともあった。

私は片方の腕をエマにまわす。最初はこわばっていた彼女の体から、一瞬、力が抜ける。それからエマは体を離す。感情の波を必死にこらえているのだろう。

〝彼女を救え。彼女を救え〟

私は目を閉じて、自分が救えなかった女性のことを思いだす。

「怖がらなくていいわ」私は言う。「私があなたを助けてあげる」

私たちがエマの自宅に到着すると、彼女はウエディングドレスをソファの背もたれにかける。

「何か飲み物は？」エマが尋ねる。

私はシャンパンにほとんど口をつけなかった。どうしたらエマが安全にリチャードから離れられるか考えるために、頭をはっきりさせておきたかった。

「水がほしいわ」私は言う。

エマはキッチンへと急ぎ、また不安そうな様子で話しだす。「氷は入れる？　部屋が散らかっているでしょう。わかってるのよ……洗濯しようとしてたら、突然、Ｖｉｓａの請求書のことを調べなきゃっていう気になって……何かつまむものがほしいなら、ぶどうとアーモンドがあるけど……」

私はうわの空で聞き流しながら、あたりを見まわす。リチャードについて知ったことのショックを和らげたいというエマの気持ちはわかる。シャンパンを飲み干したあのスピード。慌てふためいている態度。私はそれが意味するものをいやというほど知っている。

エマが氷を割ってグラスに入れる間、私はリビングルームを見渡す。ソファ、サイドテーブル、少ししおれかけているバラの花。サイドテーブルには何も置かれていないが、私はふいに自分が何を探しているのかに気づく。

「固定電話はある？」

「なんですって？」エマは首を振り、水を入れたグラスを私に手渡す。「ないわ。どうして？」

私は安堵する。しかし多くは語らず、これだけを伝える。「私たちが連絡を取る最善の方法はなんだろうと思って」

私はまだエマにすべてを話すつもりはない。現実がどれほどひどいものになりうるかを知ったら、彼女は精神がまいってしまうだろう。

結婚していた間、家の固定電話からの通話をリチャードが盗聴していたと私が確信していることまで、エマに説明する必要はない。

私が最終的に確信を抱いたのは、手帳への書きこみに一定のパターンが認められることに気づいてからだった。

ウエストチェスターの家で警報装置が鳴りだし、クローゼットに逃げこんで震えていたとき、家の正面と裏口のドアに取りつけられた監視カメラに侵入者がいた証拠が何も映っていなかったので、私は最初は安心した。そのあと、カメラをチェックしたのはリチャードだったことに私は気づいた。ほかにカメラに何が映っていたかを確かめた人はひとりもいなかった。

それに警報装置が鳴り響く直前、私はサムと電話で話していて、バーで飲んだあとに男性を家に連れこむことについて冗談を言った。警報装置を鳴らしたのはリチャードだったと、私は今では信じている。あれは私への罰だった。

リチャードは私の恐怖を餌にした。それを糧に自分の強さを感じて喜んでいたのだ。私は考える。婚約後すぐに携帯電話にかかってくるようになった謎の無言電話のこと。花嫁が閉所恐怖症だというのに、彼がわざわざスキューバダイビングを予約したこと。リチャードがいつも私に警報装置をセットするよう念を押したこと。私を慰めるのを楽しんでいたこと。私を安全に守れるのは僕だけだと、耳元でささやいて。

私は水を飲んだ。「リチャードは明日、何時に帰ってくるの?」

「午後の遅い時間よ」エマは言い、ドレスを見る。「かけておいたほうがいいわね」

私はエマとベッドルームまで歩いていって、彼女がクローゼットの扉の裏にハンガーをかけるのを見守る。ドレスが漂っているように見えて、私は目が離せない。

このすばらしいウエディングドレスを着るはずだった花嫁はもはや存在しない。結婚式の日が来ても、ドレスは着る人がいないまま残されているだろう。

エマはハンガーを少し直してまっすぐにし、片手でドレスを撫でる。それからゆっくりとその手を引っこめる。

「リチャードはとてもすてきな人に見えたわ」彼女の声は驚きに満ちている。「どうしたらあんな人がそこまで冷酷になれるの？」

私は自分のウエディングドレスを思う。決して持つことのない娘のために、特別な中性紙の箱に入れてウエストチェスターの古いクローゼットにしまわれたドレス。

話せるようになるまで、私は唾をのみこまなければならなかった。

「リチャードにもすばらしいところはあった」私は言う。「だから私たちはあんなに長い間、結婚生活を続けたんだから」

「なぜ彼を捨てなかったの？」エマが尋ねる。

「捨てることも考えたわ。そうするべきだった理由はありすぎるほどある。そして私がそうできなかった理由もありすぎるほどあるの」

エマはうなずく。

「とにかくリチャードのほうから私を捨ててもらわなければならなかった」私はつけ足す。

「でも、彼がそうするだろうとどうしてわかったの?」エマがきく。

私はエマの目をのぞきこむ。私は告白しなければならない。エマは今日、すでに充分すぎるほど打ちのめされた。だが、彼女は真実を聞くべきだ。真実を知らないままでは偽の現実にとらわれることになり、それがどんなに心を破壊するか私は正確に知っている。

「あとひとつ、話があるの」私がリビングルームに歩いて戻ると、エマはあとをついてくる。私は手ぶりでソファを示す。「座ってもいい?」

エマはきたるものに備えるように、身を硬くしてクッションに寄りかかる。

私はすべてを明かす。オフィスの休日のパーティで初めて彼女に目をとめたこと。カクテルパーティで私が酔っ払ったふりをしたこと。病気と偽って、私の代わりにエマをコンサートに連れていくようリチャードに提案したこと。出張で泊まってくるようにと私がふたりの背中を押したこと。

話が終わる頃には、エマは両手で頭を抱えている。

「よくも私に対してそんなことができたわね？」彼女は叫び、はじかれたように立ちあがって私をにらみつける。「ずっと前からわかってたのよ。あなたは頭がどうかしてるって！」

「本当にごめんなさい」私はエマに言う。

「あなたの結婚生活を崩壊させたのが自分かもしれないと思って眠れない夜が何度あったか、あなたは知ってるの？」エマが詰め寄る。

彼女は罪の意識を感じているとは言わなかった。だが、感じるべきだ。リチャードと私がまだ結婚しているうちから彼らの体の関係は始まったと私は確信している。今やエマのリチャードとの思い出は何もかも、二重に汚された。彼女は自分が、機能不全に終わった私の結婚における駒のひとつとして扱われたと感じているに違いない。もしかしたら、自分も私も同じ穴のむじなだと考えているかもしれない。

「私は話がここまで進むとは考えてもいなかった……彼があなたにプロポーズするなんて思わなかった。ただの不倫で終わると思っていたの」私は説明を試みる。

「ただの不倫？」叫んだエマの頬は怒りで赤くなっている。声にみなぎる激情に、私は驚く。「特に害のない、ささいなことだとでも言いたいの？　不倫で人はぼろぼろになるのよ。私がどれほど苦しむはめになったか、あなたは考えたことがある？」

私はエマの言葉に殴りつけられたかのように感じる。しかし何かが私に火をつけ、気づけば私は同じ怒りをエマにぶつけようとしている。

「知ってるわよ、不倫で人がぼろぼろになることくらい！」私は怒鳴る。

疲れた顔をした妻に会ってダニエルの裏切りを知ってから何週間、ベッドの中で体を丸めて泣いたことか。あれはもう十五年近くも前の出来事だけれど、私は今でも彼の庭のオークの木に隠れていた黄色の三輪車とピンク色の縄跳びを鮮やかに思い描くことができる。中絶手術を受けに行ったクリニックでサインをするペンがどれほど震えていたかを思いだせる。

「私は大学時代、既婚の男にだまされた」私は口調を少し和らげて言う。私の物語のこの部分を人に話すのはこれが初めてだ。襲ってきた痛みはあまりにも鮮烈で、自分がまるで傷ついた二十一歳の頃に戻ったかに思える。「彼は私を愛してくれていると思っていた。妻がいるなんて、彼は一度も言わなかった。ときどき考えるのよ。そのことを知ってさえいれば、私の人生はどんなに違っていただろうと」

エマが大股に歩いて部屋を横切り、ドアを乱暴に開ける。

「出ていって」彼女は言うが、その口調から憎しみは消えている。唇が震え、目には涙が光っている。

「最後にひとつだけ言わせて」私は懇願する。「今夜リチャードに電話をかけて、結婚式はできないと言って。また私が現れて、もう心が折れたと言うのよ」エマの反応がないので、私はドアへと向かいながら急いで言葉を続ける。「婚約の解消をみんなに知らせるようリチャードに頼んで。そう頼むことが重要なの」私は強調する。「そんな発表をしたくないと思えば、リチャードは絶対にあなたを罰したりしない。彼が自分の尊厳を守りたければね」

私はエマの前で足を止める。彼女にはひと言も私の言葉を聞き違えてほしくない。

「リチャードにはこう言えばいい。頭がどうかしたあなたの元妻にはもう我慢できないって。約束して。彼に必ずそう言うと。そうすればあなたの身は安全よ」

エマは黙っている。しかし少なくともその目は私を見ている。冷ややかな、値踏みするような目だけれど。視線が私の顔を這い、体をおり、また上に戻ってくる。

「あなたの言うことをどうして信じられると思うのよ？」エマが尋ねる。

「信じなくてもいい。お願いだから今日は友達の家に泊まって。携帯電話はここに置いていくのよ。彼に行き先を知られないように。リチャードの怒りはいつもすぐに消え去る。とにかく自分の身を守って」

私はアパートメントを出て、背後でドアが閉まる鋭い音を聞く。

ダークブルーのカーペットを見つめながら、のろのろと廊下を歩く。エマは私に言われたことすべてを改めて考えているはずだ。誰を信用すればいいのか悩んでいるだろう。

もしエマが私の言ったとおりにしなければ、リチャードは怒りを彼女にぶつけるかもしれない。特に、彼が私を見つけることができなければ。もっと悪いことに、リチャードがエマを説得して気を変えさせ、結婚式を強行してしまうかもしれない。

ふたりの関係において私が果たした役割をエマに明かすべきではなかった。自分の罪の意識を軽くしたいという欲求よりも、彼女の身の安全を優先すべきだった。恐ろしい真実を知るよりも現実を誤認しているほうが、エマが攻撃される危険性は低くなる。

リチャードの次の一手はなんだろう?

彼が戻るまで、あと二十四時間。何をすればいいのか、私にはまるでわからない。

廊下をゆっくり歩いていく。エマから離れたくない。エレベーターに乗りこもうとしたところで、ドアが開く音が聞こえる。私が視線をあげると、アパートメントの玄関に立っているエマが見える。

「あなたのせいで結婚式をやめたくなったとリチャードに言えというの？」エマが言う。

私はすばやくうなずく。

「そう。全部私のせいにしていいの」

エマは眉をひそめ、首を傾けて、また私を上から下までじろじろと見る。

「それが一番安全な解決策よ」私は言う。

「私にとってはね」エマは言う。「でも、あなたは安全じゃないわ」

37

「会いたくてたまらなかったよ、スイートハート」リチャードが言う。

彼の声にあふれる愛と優しさに、私の胸の中で何かがよじれる。

元夫が三メートルも離れていない場所に立っている。数時間前にシカゴから戻り、自宅に寄ってジーンズとポロシャツに着替え、エマのアパートメントに来たところだ。

私はベッドルームのクローゼットの中で膝をつき、古めかしい型の鍵穴からのぞいている。私が身を隠し、なおかつ優位に立てる位置はそこしかない。

エマはスウェットパンツとTシャツ姿でベッドに腰かけている。ナイトテーブルには鼻炎薬とティッシュペーパーの箱、それと紅茶が入ったカップが置いてある。私はそれらの手触りを思った。

「〈エリズ〉でチキンスープと搾りたてのオレンジジュースを買ってきた」リチャードが言う。「それと亜鉛も。僕のトレーナーによると、夏風邪はこれで一発で治るそうだ」

「ありがとう」エマは言う。弱々しい声には説得力がある。

「セーターを持ってこようか？」リチャードが尋ねる。

私は体をこわばらせる。リチャードの姿が視界をさえぎる。彼は私が隠れている場所へと向かっている。

「むしろ暑いわ」エマが言う。「濡らしたタオルを持ってきてくれる？　額にあてたいの」

そんな会話は練習していない。エマは臨機応変に対応している。

私はリチャードが向きを変えてバスルームに向かうまで、息を止めていた。

かすかに体を動かす。何分もひざまずいていたので、脚が痛い。

エマは私のいるほうを一度も見なかった。私の暴露話を聞いて、まだ動揺しているのだろう。私を完全に信用したわけではないらしい。そんな彼女を責めることはできない。

「私の人生をこれ以上いじりまわさないで」エマは昨日、エレベーターの近くに立っている私にそう言った。「私はあなたに言われたからって、電話でリチャードとのことを終わらせるつもりはないわ。結婚式をいつ取りやめるかは私が決める」

それでもエマは今夜、私がそばにいることを許している。私は携帯電話を握りしめ、リチャードを観察している。彼女を守るのだ。

エマが病気だと言えば、リチャードは無理をしてでも訪ねてくるだろうと私たちは予想した。仮病を使えばいろいろな問題が解決する。リチャードがエマの動きを追跡しているとすれば、彼女がヨガのレッスンを受けなかったことの説明にもなるし、自分の家で寝ていたいというのも納得してもらえる。キスができなくてもしかたがないということになるだろう。ましてやベッドをともにするなど無理だと。

「ほら、どうぞ」リチャードが部屋に戻ってくる。

ベッドにかがみこんだリチャードの背中が邪魔をして、私にはそれ以上、彼の動きが見えなくなる。それでもリチャードが濡らしたタオルをエマの額にのせ、彼女の髪を後ろに撫でつけているところを想像する。愛情のこもった目でエマを見つめているところを。

膝頭が硬い木の床にこすりつけられているように感じられる。腿は燃えているかのように痛む。私は立ちあがって脚をぶらぶらさせたくなるが、その音がリチャードに聞こえてしまうかもしれない。

「こんな状態を見られたくないわ」エマが言う。「ひどい顔だもの」

もし私が真実を知らなければ、彼女は本心からそう言っていると思っただろう。

「君は病気のときでも世界一美しい女性だよ」リチャードが言う。

私はリチャードのことをよく知っている。彼はどんな言葉も心の底から言う人だ。エマがいちごのシャーベットを食べたいとか、履き心地のいいカシミアの靴下がほしいとか言えば、リチャードはマンハッタン中を駆けずりまわってでも最高の品を探してくるだろう。エマにそのほうがうれしいと言われれば、彼女の横の床で眠るだろう。私の心から消し去るのが最も難しいのは、彼のそういうところだ。私にはそれしか見えない。今この瞬間、鍵穴を通して見えるのがリチャードの横顔でしかないように。

私はきつく目を閉じる。

そしてすぐに目を開ける。見たくないものを見逃すのがいかに危険かはもう学んだ。いずれそうなるのは避けられないが、もしエマがリチャードの期待に応えられなかったらおしまいだ。エマが自分の理想の妻ではないと思えば、リチャードは彼女を傷つける。そして傷跡を隠すためのジュエリーを与えるだろう。エマがリチャードの望む家族を作れなければ、彼はエマの現実を叩きのめしてねじ曲げ、彼女自身にさえも認識できないものにしてしまう。最悪なのは、物であれ人であれ、エマが一番愛するものを奪うことだ。

「モーリーンに言っておくよ、明日の予定はキャンセルだと」リチャードが言う。完璧だと私は思う。これで私たちはいくらか時間を稼げて、どうすればエマにとってベストな結果になるかをじっくり考えられる。

しかしエマは同意しない。「いいえ、きっと少しやすめばよくなるわ」

「君がそれでいいなら。だが、一番大事なのは君だよ」リチャードが言う。

クローゼットの扉を隔てていても、私は彼の引力を強く感じる。

今夜、私はエマがリチャードとの距離を広げ始めることを期待していた。しかし彼がここに現れてものの数分で、彼女はためらいを覚えてしまっているようだ。

鍵穴から、つながれたふたりの手が見える。リチャードの親指がエマの手首を撫でている。

私はクローゼットを飛びだして、ふたりを引き離したい衝動に駆られる。リチャードはエマの心を揺さぶっている。彼女を誘惑し、自分のもとに引き戻そうとしている。

「モーリーンにはここに来てもらわないと。ウエディングドレスを見せたいの」エマが言う。そのドレスは今、私から二十センチと離れていないところに吊されている。エマがリチャードの目に触れないようにと、ここにしまいこんだのだ。「私たち、結婚式にまつわる用事をいろいろ片づけなければならないし。私があなたにひとりでケーキの試食をさせるつもりだなんて思ってないわよね？」エマはからかうような調子で続ける。

こんなはずではない。今のエマは、二十四時間前にこの部屋で、あんなにすてきなリチャードがどうしてそこまで冷酷になれるのかと私に尋ねたエマとは別人だ。

私はもう姿勢を保っていられない。じりじりと少しずつ、私は立ちあがる。エマのワンピースやシャツが私を包みこみ、なめらかな生地が顔の前を滑る。

ハンガーが金属のロッドにあたり、ウインドチャイムのように繊細な音を一音だけ奏でる。

「なんの音だ？」リチャードがきく。

私には何も見えない。

彼のシトラスの香りが私を包む。いや、それはただの想像だろうか？　私は浅く息を吸う。心臓が激しく打っている。今にも気絶して、体がドアにぶつかりそうで怖い。

「私のベッド、古くてきしむのよ」エマが体を動かすと、奇跡的にベッドが音を立てる。「あなたのベッドで眠るようになるのが待ちきれないわ」

またしても、私は彼女の見事なごまかしっぷりに呆然となる。

そしてエマは言う。「でも、あなたに教えてもらわなきゃならないことがあるの」

「なんだい、スイートハート？」リチャードは尋ねる。

エマがためらう。

私は体をかがめ、鍵穴からのぞく。彼女はなぜ会話を引き延ばしているのだろう。リチャードが頭が切れることはわかっているはずだ。仮病だと見破られる前に彼に出ていってほしいとは思わないのだろうか？

「ヴァネッサが今日、電話をかけてきたの」エマは言う。

私は目を見開き、息をのみそうになるのをかろうじて押し殺す。エマにまたしてもはめられたことが信じられない。

リチャードは吠えるように悪態をつき、ドレッサーの横の壁を蹴る。その震動が床板を通して私にも伝わってくる。彼は拳を握っては開くことを繰り返している。しばらく壁に向かって立ちつくしていたリチャードは、やっと振り向いてエマを見る。

「すまない、ベイビー」彼の声はこわばっている。「ヴァネッサが今度はどんなたわ言を君に吹きこんだんだ？」

エマはリチャードを信じることを選んだ。これまでの行動は私をだますためだった。

私はここで警察に電話をかけることもできる。でもエマとリチャードに私が不法侵入したのだと言われたら、警察はどう思うだろう？

エマの服で窒息しそうだ。この小さなクローゼットには空気が足りない。私は罠にはめられた。喉が詰まり、閉所恐怖症の発作に襲われるのを感じる。

「いいえ、リチャード、そうじゃないの」エマが言う。「ヴァネッサは謝ってきたわ。もう私にはかかわらないと言っていた」

頭がくらくらする。こんな展開は予想だにしていなかった。エマの意図がまるで読めない。

「あの女は前にもそう言った」リチャードが言い返す。彼の荒い息遣いが聞こえる。「それなのに電話は続き、僕のオフィスに押しかけることもやめず、手紙を書き続けている。ヴァネッサは止まらないだろう。あの女は正気では――」

「ハニー」エマがさえぎる。「大丈夫よ。私は彼女を信じる。これまでとは口調も違っていたわ」

まるで脚が溶けだしたかのように力が入らない。エマがなぜこんな嘘を重ねているのか、私にはまったくわからない。

リチャードがため息をつく。「ヴァネッサの話はやめよう。二度と話題にしないですむといいんだが。ほかに何かしてほしいことはあるかい？」

「眠りたいだけよ」エマが言う。「それに、あなたに風邪をうつしたくない。もう帰ったほうがいいわ。あなたを愛してる」

「明日二時に君とモーリーンを迎えに来るよ」リチャードが言う。「愛している」

そのまま私がクローゼットに潜んでいると、数分後にエマがドアを開ける。

「リチャードは帰ったわ」エマが言う。

私は膝を曲げ伸ばしして顔をしかめる。先ほどの会話の予期せぬ展開についてエマを問いつめたいが、彼女の顔にはなんの表情も浮かんでいない。ただ私に出ていってほしいのだ。

「出ていく前に何分か、ここで待たせてもらってもいい？」

エマはためらい、それからうなずく。「リビングルームに行きましょ」私はエマがこっそり値踏みするように自分を見ていることに気づく。彼女は警戒している。

「私たち、次はどうする？」私は言う。

エマが眉をひそめる。〝私たち〟という言葉の選択が彼女を怒らせたらしい。

「それは私が見きわめるわ」エマは肩をすくめて言う。

彼女はわかっていない。一刻も早く結婚式を取りやめるべき緊急事態であることを理解していない。リチャードがあれだけの短い時間でここまでエマに影響を及ぼせるとしたら、彼女にケーキを食べさせ、腰を抱き寄せて幸せにすると約束の言葉を耳元でささやいたらどうなってしまうだろう？

「彼が壁を蹴るのを見たでしょう」私は声がうわずる。「リチャードがどういう人か、まだわからないの？」

これはエマだけの問題ではない。そうなるという確信を私は持てなくなっているのだが、たとえリチャードがエマを解放したとしても、彼があんなにもさまざまなやり方で私を傷つけたことに変わりはない。それに、私の前の妻は？　リチャードから贈られた〈ティファニー〉を持っていることに耐えられなかったあのダークブラウンの髪の女性にも、彼はきっと暴力をふるっていたはずだ。

私の元夫は習慣にのっとって生きている。日課に縛られている。あのつややかなターコイズ色のショッピングバッグに入っていたのがどんなに美しい宝石だったとしても、それはリチャードの謝罪のしるしだ。彼の狙いは醜い傷跡を隠すことでしかない。

エマはわかっていない。私がリチャードの未来の妻になりうるすべての女性を救うつもりでいることを。

「すぐにやめたほうがいいわ。長引けば長引くほど、事態は悪くなる――」

エマが私をさえぎる。「私は、私が見きわめると言ったのよ」

彼女は玄関まで歩いていってドアを開ける。私はしかたなくエマの横を通り過ぎ、外へ出る。

「さよなら」エマが言う。二度と会わないつもりだと、私は本能的に感じる。

だが、そういうわけにはいかない。

私はもう、自分なりの計画を推し進める必要があるとわかってしまった。そのアイデアの種がまかれたのは、リチャードが私の名前を聞き、私が電話をかけてきたというエマの嘘を聞いて、怒りを爆発させるのを見たときだった。ほんの数分前にリチャードが通ったのと同じ、ダークブルーのカーペットが敷かれた廊下を歩いていきながら、私の頭の中でそのアイデアが少しずつ形をなしていく。

エマは明日、モーリーンがウエディングドレスを見に来ると思っている。それからリチャードと三人でウエディングケーキの試食をしに行くつもりでいる。

本当はそこで何が起こるのか、エマはまだ知らない。

38

新しい生命保険証券の規約がプリンターから吐きだされてくる。

私はページをクリップでとめて、マニラ封筒に入れる。選んだのは自然死だけでなく、事故による死亡と、四肢に障害を負った場合もカバーするプランだ。

それを自分のデスクに置き、横にシャーロット伯母さんに宛てた手紙を添える。それは今まで書いた中で最もつらい手紙だった。その中に、残高がふくれあがった銀行口座の情報を記し、伯母さんが簡単に引きだせるようにしておいた。伯母さんは私が自分にかけた生命保険の唯一の受取人でもあった。

私に残された時間はあと三時間。

私は〝やることリスト〟を取りあげ、やり終えた項目にしるしをつけて消す。部屋は片づいている。ベッドメイクもきちんとされている。私物はすべて整理して、衣装だんすにしまってある。

今日のもっと早い時間に、ほかにもふたつ、すべきことを終わらせていた。マギーの両親に電話をかけること。それからジェイソンにもだ。

ジェイソンは最初、私の名前を聞いてもぴんとこなかったらしく、思いだすのに時間がかかった。私はいらいらと歩きまわり、かつて私たちが顔を合わせたことも彼は忘れているのではないだろうかと不安になった。

その話をする代わりに、ジェイソンは動物保護施設への寄付に対して感謝の言葉を私に浴びせ、それから大学を出たあとの自分の人生について手短に話した。彼はキャンパスで出会った恋人と結婚していた。「彼女はずっとそばにいてくれた」ジェイソンの声に感情がこもった。「僕は誰に対しても腹を立てていた。大部分は自分に怒ってたんだ。妹を助けられなかった自分に対して。僕は飲酒運転で逮捕されてリハビリ施設に入院したんだが……恋人が僕の心の支えになってくれた。彼女は決して僕を見放さなかった。翌年、彼女と結婚したんだ」

妻は中学校の教師をしているとジェイソンは言った。彼女は私と同じ年に卒業していた。だからジェイソンは教育学部の卒業式に来て、〈ピアジェ・ホール〉の隅に立っていたのだ。彼女の卒業を祝うために。

私の罪悪感と不安がひとつの嘘を作りあげた。あれは私とは無関係だった。

私は悲しみを覚えずにいられなかった。恐怖に導かれるまま、あまりにも多くの人生の選択をしてきてしまった女のために。

今もなお、私は恐れている。けれども、もはやその恐怖に縛られてはいない。

リストに残っている項目はあとほんの少しだ。

私はノートパソコンを開いてブラウザの履歴を消去する。ダブルチェックして、誰がこのコンピュータにアクセスしようとも、私が航空チケットとチェーン展開していない小さなモーテルを検索した痕跡が見つからないようにする。

エマは私ほどリチャードを理解していない。彼がどこまでやるか、少しもわかっていない。最悪な瞬間のリチャードがどんなふうになるかは、想像するのも不可能だ。

私が止めなければ、リチャードはどこまでも突き進むだろう。だが彼は多少は慎重になるかもしれない。万華鏡を回転させるように、現実を消し去って新たにまばゆいイメージを作りあげる方法を見つけだすだろう。

私はベッドに服を並べ、時間をかけて熱いシャワーを浴び、筋肉の凝りをほぐそうとする。バスローブに身を包み、洗面台の上の鏡の曇りをぬぐい去る。

残り二時間半。

まずは髪からだ。湿った髪をブラシで梳かして、きっちりとシニョンにまとめる。

注意深くメイクを施し、リチャードが二回目の結婚記念日にくれたダイヤモンドのイヤリングをつける。手首には〈カルティエ〉のタンクをはめる。秒単位で時間を確認できるようにしておくことが重要だ。

私が選んだ服はリチャードとバミューダに行ったときに着ていたものだ。雪のように白いシースドレス。ビーチサイドで挙げる簡素な式ならウエディングドレスとしても使えそうだった。彼が数週間前に私に送り返してきた服の中にあったものだ。それを選んだのは、その服にポケットがついているからという理由もあった。

残り二時間。

私はフラットシューズを履き、このあと必要になるものを集める。リストを細かく破り、トイレに流す。それが回転してインクがぼやけていくさまを見守る。

出ていく前にするべき最後の項目が残っている。リストの中でも最もつらいことだ。やり遂げるにはありとあらゆる強さをかき集めなければならない。それに、これまで私が積み重ねてきたノウハウのすべてを。

シャーロット伯母さんはアトリエとして使っている予備のベッドルームにいる。ベッドルームのドアは開いている。

キャンバスが部屋中に何列にも並べられ、木の床には絵の具のしぶきが飛び散っている。一瞬、私はその美しさに見とれる——セルリアンブルーの空。きらめく星々。夜明け前のはかない瞬間の地平線。野の花々が奏でるラプソディ。古いテーブルの風雨にさらされた木目。パリのセーヌ川にかかる橋。女性の頰のやわらかな曲線。乳白色の肌には年輪を感じさせる皺がある。私はこの顔をよく知っている。これはシャーロット伯母さんの自画像だ。

伯母さんは自分の作りだした風景の中で制作に没頭している。筆さばきは以前よりも奔放だ。伯母さんのスタイルは最近ますます大胆になっていた。

伯母さんのこんな姿を記憶にとどめておきたいと私は思う。

少しして伯母さんが顔をあげ、目をしばたたく。「まあ、そこにいたのね。見えていなかったわ」

「邪魔したくなかったの」私は静かに言う。「ちょっと出かけてくるけど、キッチンに昼食を用意しておいたから」

「すてきな装いね」シャーロット伯母さんが言う。「どこへ行くの？」

「仕事の面接よ」私は言う。「けちのつけようがない格好にしようと思って。結果は今夜話すわね」

私は部屋の向こうのキャンバスに目を向ける。ヴェネツィアの運河の上で、建物から建物へと吊された洗濯物の列。シャツやパンツやスカートがはためいていて、見ている私にもそよ風が感じられるほどだ。

「行く前にひとつだけ約束して」私は言う。

「今日はやけに偉そうじゃない？」シャーロット伯母さんがからかう。

「真面目に聞いて」私は言う。「大事な話よ。夏が終わる前にイタリアへ行かない？」

伯母さんの唇から笑みが消える。「何かあったの？」

私は部屋の向こうまで歩いていって、伯母さんに抱きつきたくなる。けれどもそんなことをしたら、家を出ていけなくなりそうで怖い。

それにどのみち、すべては手紙に書いてある。

〝あの日のこと、覚えている？　太陽の光の中には虹の色が全部含まれていると教えてくれた日のことを〟私は手紙にそう書いた。〝伯母さんは私の太陽の光だった。私にどうやって虹を探せばいいか教えてくれた……。どうか私たちのためにイタリアに行って。きっと私を連れていってね〟

私は首を振る。「何もないわ。サプライズで連れていってあげようと思ってたの。でも面接に受かって就職したら、一緒に行けなくなるんじゃないかと心配で。それだけよ」

「そのことはあとで考えましょう。今は面接に集中して。何時からなの？」

私は腕時計を確認する。「一時間半後よ」

「頑張って」伯母さんが言う。

私は伯母さんにキスを投げ、そのキスが伯母さんのやわらかな頰に着地するところを想像する。

39

白いドレスを着て、細長いブルーのカーペットの端に立つのは人生で二度目だ。私はリチャードが近づいてくるのを待った。

エレベーターのドアが彼の後ろで閉まる。しかしリチャードは動かない。

廊下の向こうからでも、彼の視線の強烈さを感じる。私は何日もわざとリチャードの怒りをかきたててきた。彼がどうにか怒りをおさめたところを、わざわざ蒸し返すような真似までして。今の私は結婚生活の間、こう振る舞わなければならないと自分を戒めていたのとは正反対のことをしている。

「驚いた？」私は尋ねる。「私よ、ネリーよ、スイートハート」

時刻はきっかり二時。エマは私が立っている場所から十メートル以上離れたリビングルームにモーリーンと一緒にいる。彼女たちは私がここにいることを知らない。私は一時間前に配達員のあとについてドアを抜け、こっそり建物の中に入った。制服を着て長方形の箱を抱えた配達員が何時に到着するかは知っていた。今日の午後にエマに届けられるよう、一ダースの白バラを注文したのはこの私だ。

「もうエマにはかかわらないと言ったんじゃなかったのか？」リチャードが言う。

「気が変わったの」私は応じる。「あなたのフィアンセとまた話がしたくなって」

私はふたつのポケットの中にあるものにそれぞれの手で触れる。最初に何を取りだすことになるかはリチャードの反応次第だ。彼がカーペットの上を一歩進む。私は思わずびくっとして、あとずさりせずにいられない。夏の暑さにもかかわらず、ダークスーツを着て金色のシルクのネクタイを締めたリチャードはどこまでも洗練されている。彼はまだ、私が期待したほど動揺しているふうには見えない。

「本当に？　何を言うつもりだ？」その声は危険なほど穏やかだ。

「まずはこの話からね」私は言い、一枚の紙を引っ張りだす。「これはあなたがラヴノーを注文しなかったことを示す、Ｖｉｓａの請求書」彼は遠い位置にいるので、それが実は私宛の請求書だということは文字が小さすぎて見えないはずだ。リチャードにその証拠を見せろと言われる前に、たたみかけなければならない。私はほほえんでみせるが、胃はひっくり返っている。「それに、これもエマに説明するわ。あなたが携帯電話を通じて彼女の居場所を追跡していることをね」彼と同じくらい低く落ち着いた声を保つ。「あなたが私にしたみたいに」

リチャードの体がこわばるのが感じられるほどだった。

「君は一線を越えた、ヴァネッサ」リチャードがまた一歩進む。「君がめちゃくちゃにしようとしているのは僕のフィアンセだ。僕はやっと君とのことを乗り越えたというのに、君はまたすべてをぶち壊す気か？」目の端で私はエマのアパートメントのドアまでの距離を測り、体を緊張させて身構える。

「あなたはデュークのことで嘘をついた」私は言う。「あなたがあの子に何をしたのか、私は知っている。それをエマに話すわ」これは嘘だ。私の愛するデュークに何が起きたのかは結局わからなかったし、リチャードが実際にデュークに危害を加えたとは思っていない。しかし狙いはあたったらしい。リチャードの顔がみるみる怒りにゆがむ。「それに精子検査のことでも嘘をついた」口の中はからからで、言葉をうまく発するのが難しいほどだ。私は一歩さがり、アパートメントのドアに近づく。「ありがたいことに、あなたは私を妊娠させられなかった。あなたに子どもを持つ資格はないわ。あなたに傷つけられたあと、私は写真を撮った。証拠を集めた。私がそうできるほど賢いと、あなたは思ってなかったんでしょう？」

私は元夫を怒らせるとわかっている言葉を注意深く選んだ。

それが見事に機能している。

「私がすべてを話せば、エマはあなたを捨てるわ」もはや声の震えを止められないが、その言葉に真実が含まれていることは否定のしようがない。「私の前にあなたを捨てた女性と同じように」大きく息を吸って、最後のひと言を放つ。「私もあなたを捨てたかった。私はあなたのかわいいネリーではなかった。私はあなたと結婚生活を続けたくなかったのよ、リチャード」

リチャードが怒りを爆発させる。

そう、これだ。私が期待したのは。

しかしリチャードがこれほど早く理性を失うとは思っていなかった。これほどすばやく動くというのも計算外だった。

私がエマのアパートメントのドアに駆け寄るよりも、彼が私に飛びかかるほうが早かった。

リチャードの両手が私の喉を絞めあげ、酸素の供給を止める。

叫ぶ時間があったはずなのにと私は思う。ドアを叩いてエマとモーリーンに気づかせることができたら、ふたりにリチャードの変貌ぶりを目撃させられたのに。いくらリチャードでも、この暴力をなかったことにはできない。これは手帳の中にも、トランクルームを捜しても見つけられない具体的な証拠となる。私が全員を——私と、エマと、リチャードの未来にかかわるすべての女性を救うために必要なもうひとつの保険証券だ。

モーリーンとエマが現れれば、リチャードは暴力を止めるだろうとあてこんでいた。あるいは少なくとも、彼女たちがリチャードを止めてくれるだろうと。今の彼には私を殺したいという欲求を抑える理由が何もない。

私の喉笛は押しつぶされそうになっている。すさまじい痛みだ。膝が崩れる。アパートメントのドアに向かって左手を伸ばしてみても、なんの役にも立たないのはわかっている。エマは今、未来の義理の姉の前で、ウエディングドレスを着てまわってみせているのだ。リビングルームの壁を隔てた反対側で起こっている出来事にはまるで気づかずに。

リチャードはほとんど音も立てずに飛びかかってきた。私の喉から出ているゴボゴボという音は、エマにも、この階に住むほかの誰にも届かない。

リチャードは私を壁に押しつける。熱い息が私の頬をかすめる。すぐ近くに覆いかぶさってきた彼のこめかみに、銀色の三日月形の傷跡が見える。

私はめまいに襲われる。

ポケットから催涙スプレーを取りだそうとするが、リチャードに頭を壁に打ちつけられ、スプレーを取り落とす。それはカーペットを転がっていく。

視界が暗くなる。黒い縁が迫ってくる。私は必死になってリチャードの向こうずねを蹴るが、彼は私の反撃などものともしない。

肺が燃えるようだ。私は死にもの狂いで空気を求める。

ぎらつくリチャードの目が私の目を見つめる。私はリチャードの体に爪を立てる。

手がリチャードのジャケットのポケットの中にある、何か硬いものにあたる。私はそれをつかむ。

〝私たちを救え〟

最後の力を振り絞り、私はそれを彼の顔に叩きつける。

リチャードが叫び声をあげる。

彼の額から真っ赤な血が噴きだす。

私は手足が重くなって、体から力が抜け始める。何年も、もしかしたら生涯で一度も感じたことがないかもしれない穏やかさに包みこまれる。

のしかかっていた力がふいに消え、私は暗闇の中で気を失いそうになる。私は倒れこみ、荒い息を吸いこむ。激しく咳きこみ、それから嘔吐（おうと）する。

「ヴァネッサ」女性の声が遠くから聞こえる。

私は片方の脚を折り曲げ、残りの手足を投げだした形でカーペットに横たわっているが、体が浮いているように感じる。

「ヴァネッサ！」また声がする。エマだ。

私には頭を横に向けることしかできない。割れた陶器のかけらが視界に入ってくる。人形の壊れたかけら――晴れやかにほほえむブロンドの花嫁とハンサムな花婿。それは私たちのウエディングケーキの飾りだった。

その横でリチャードが無表情のまま両膝をついている。顔面を血が流れ、白いシャツを赤く染めている。

私は痛みを感じながら息を吸いこみ、それからもう一度息を吸う。もはや元夫には脅威を感じない。リチャードは垂れた髪に目を覆われている。彼は動けない。

新鮮な酸素を肺に取りこみ、私は少し力を取り戻す。しかし喉が腫れあがっていて、唾ものみこめない。なんとか後退していって座る姿勢を取り、廊下の壁にもたれかかる。

エマが私のそばに駆け寄る。裸足で、私と同じく白いドレスを着ている。ウエディングドレスだ。「叫び声が聞こえたから様子を見に来たんだけど、そうしたら……

いったい何があったの？」

私は話せない。浅い呼吸を繰り返すのがやっとだ。

エマの視線が私の首筋に注がれる。「救急車を呼ぶわ」

ふいに戸口に現れたモーリーンが驚きに声をあげても、リチャードはなんの反応も示さない。

「何がどうなってるの？」モーリーンが尋ねる。

彼女は私をにらみつける――弟に見捨てられた情緒不安定な妻として、自分が追い払った女を。それからリチャードを見る――手塩にかけて育て、無条件で愛する男を。

モーリーンは弟のもとに行くことを選ぶ。手を伸ばして彼の背中に触れる。「リチャード？」

リチャードが手を持ちあげて額に触れ、手のひらについた血を見つめる。ショック状態にあるような、奇妙な遠い目つきをしている。

〝僕は血を見るのが大嫌いだ〟それは彼が私に最初に言ったことのひとつだった。私はふと気づく。リチャードはどんな方法で私を傷つけようとも、決して私に血を流させたことはなかった。

モーリーンは部屋の中へ走っていき、ペーパータオルの束を手に戻ってくる。リチャードの横にひざまずいて傷口にそれを押しあてる。「何がどうなってるの？」より鋭い口調で再び尋ねる。「ヴァネッサ、なぜあなたがここにいるの？　リチャードに何をしたの？」

「彼が私を傷つけたのよ」私は声がかすれ、ひと言何か言うたびに、割れた陶器のかけらが刺さっているかのように喉が痛む。

しかし最後にこれだけは言っておく必要がある。

私は大きな声を出そうとして顔をしかめる。「リチャードが私の首を絞めた。殺されるところだったわ。結婚していた間、彼がいつも私にしていたみたいに」

モーリーンが息をのむ。「リチャードがそんなことを……いいえ、そんなばかな……」

それから彼女は黙りこむ。そのまま首を振り続けているが、肩を落とし、表情はぼんやりしている。私の首筋に赤くくっきりとついているであろう指の跡を見るまでもなく、モーリーンは私の言葉が本当だとわかっているのだろう。

モーリーンが立ちあがる。リチャードの顔からペーパータオルをはがし、傷の具合を調べる。再び話しだした彼女の口調はてきぱきしているが、思いやりに満ちている。

「そんなに大きな傷じゃないわ。縫うほどの怪我じゃないと思う」

リチャードはその言葉にも反応しない。

「何もかも私に任せてちょうだい、リチャード」モーリーンはそう言いながら壊れた人形のかけらを拾い集める。片手でそれを包むと、両腕を弟の体に巻きつけ、自分の頭を彼の頭へと寄せる。モーリーンの声はかろうじて聞き取れるくらいの大きさだ。

「いつだって私があなたの面倒を見てきたわ、リチャード。あなたの身に悪いことなんて起きさせない。心配しなくていいのよ。私がここにいる。私が全部なんとかする」

その言葉には当惑させられた。私を一番驚かせたのはそこにこめられた奇妙な感情だ。モーリーンの声には、怒りも悲しみも混乱も含まれていない。

私は最初、彼女の声に満ちているものを聞き分けることができない。なぜなら、それはあまりにも場違いな感情だからだ。

私はようやく、それがなんなのかに気づく。満足感だ。

40

目の前の建物は南部の大邸宅という感じだ。大きな柱が何本もあり、建物をぐるりと囲むポーチにはロッキングチェアがずらりと並べられている。しかしその敷地に足を踏み入れるには、警備員のいる門で写真つきの身分証明書を見せなければならなかった。警備員は私の持ってきた布製のバッグを調べている。彼は中に入っているものを見て眉をあげるが、ただうなずいて私を奥へ通す。ニュースプリングズ病院の患者たちが何人か、庭でガーデニングをしたり、ポーチでトランプをしたりしている。その中に彼の姿はない。

リチャードがこの精神病院に入って二十八日目になる。集中セラピーを受けているところだ。それは私に対する傷害容疑で告発されるのを避けるために彼がした取引の一部だった。

幅広の木の階段をのぼってエントランスに向かうと、長椅子からひとりの女性が立ちあがる。手足は細く、アスリートのように引きしまっている。まばゆい午後の太陽が目に入り、私はすぐには誰なのか認識できない。

それから近寄ってきた女性を見て、それがモーリーンだとわかる。

「あなたが今日ここにいるとは知らなかったわ」私は言う。別に驚くことではない。リチャードに残されたのはモーリーンだけなのだから。

「毎日来ているのよ」モーリーンが言う。「仕事は休暇をもらっているの」

私はあたりを見渡す。「彼はどこに？」

法廷弁護士から連絡が来て、リチャードが私に会いたがっていると言われたとき、最初は応じていいものかどうか迷った。やがて彼と会うのは自分にとっても必要なことだと悟った。

「リチャードはやすんでいるわ」モーリーンが言う。「先にあなたと話したかったの」

一対のロッキングチェアを指さす。「ここでいいかしら？」

モーリーンは脚を組み、ベージュのリネンのパンツスーツの皺を伸ばす。彼女が用件があるのは明らかだ。私はモーリーンが口火を切るのを待つ。

「あなたとリチャードの間に起きた出来事は、本当に恐ろしいことだと思っているわ」モーリーンは話を始める。私は彼女が色が薄くなった私の首の痣にちらりと目をやったことに気づく。しかしモーリーンは口にしている言葉にはそぐわないエネルギーを発している。背筋を伸ばして座り、顔には私に対する同情の色がいっさい見えない。

モーリーンは私のことが好きではない。これまで一度も好きになってくれたことがなかった。当初は私も彼女と仲よくなりたいと思ったものだけれど。

「あなたがリチャードを責める気持ちはわかるわ」モーリーンが言う。「でも、そんな単純な話じゃないのよ、ヴァネッサ。弟はいろいろと大変な目に遭ってきたの。あなたが知っている以上に。あなたの想像をはるかに超えて」

その言葉に驚き、私は目を丸くせずにいられない。彼女はリチャードを被害者に仕立てあげようとしている。

「リチャードは私を襲ったのよ」私は怒鳴らんばかりの勢いで言う。「殺されるところだった」

モーリーンは私の怒りも意に介さず、咳払いをして話を続ける。

「私たちの両親が死んだとき――」

「車の事故でね」私は言葉を挟む。

モーリーンは合いの手にいらだった様子で眉をひそめる。一方的にしゃべりたかったようだ。

「そう、父はステーションワゴンの運転を誤った。車はガードレールに衝突して横転した。両親は即死よ。リチャードはよく覚えていないんだけど、警察はタイヤ痕から見て、父がスピードを出しすぎていたんだと言ったわ」

私は思わずのけぞる。「リチャードはよく覚えていないって……彼も車に乗っていたの？」

「ええ、そうよ」モーリーンがじれったそうに言う。「その話をしようとしているの」

私は呆然とする。私が思っていた以上に、リチャードは自分のことを隠していたようだ。

「あれはリチャードにとってひどい経験だった」モーリーンは先を急ぐように続ける。細部は端折って、話の核心に早くたどり着きたがっているふうに思える。「リチャードは後部座席に閉じこめられた。こめかみを強打していた。車の外枠がねじ曲がっていて、リチャードは外に出られなかった。しばらくして、通りかかった別の車の運転者が救急車を呼んだ。リチャードは脳震盪を起こしていて、縫わなきゃならない怪我をしていたけれど、もっと悲惨な事態になっていたかもしれなかった」

こめかみのあの傷跡はバイクの事故だとリチャードは言っていた。

私は少年のリチャードを想像する――事故に遭い、めまいを起こして痛みに襲われている彼。母親を求めて泣き叫ぶ彼。しかし両親が目を開けることはない。ひっくり返ったステーションワゴンのドアを必死にこじ開けようとする彼。窓に拳を打ちつけて怒鳴る彼。そして、血。そこには大量の血が流れていたに違いない。

「父は癇癪持ちで、腹を立てるといつもスピードを出して運転していた。事故の前、父は母と口論していたんじゃないかしら」モーリーンの話す速度が少しゆっくりになる。彼女はかぶりを振る。「ありがたいことに、私はリチャードにはいつもシートベルトを締めるように言っていた。リチャードは私の言うことを聞いたの」

「知らなかったわ」私はそう言うのがやっとだ。

モーリーンが向き直って私を見る。まるで私が彼女をもの思いから目覚めさせたかのように。「そう、リチャードはあの事故のことを私以外の誰にも話さなかった。あなたに知っておいてほしいのは、父が癇癪を起こすのは運転しているときばかりではなかったということ。父は母を虐待していた」

私ははっと息を吸いこむ。

〝父は母に対して常にいい夫ではなかった〟私の母さんの葬儀のあと、リチャードはバスタブの湯に浸かりながらも震えていた私にそう言った。

リチャードが地階のアパートメントのトランクルームに隠していた彼の両親の写真を思い起こす。子どもの頃の思い出を封印するために、それを文字どおり地面の下に埋める必要があったのだろうか。リチャードにとってもっと楽しい話を語りやすくするために。

私の上に影が落ちる。私は本能的にすばやく頭を巡らせる。「ごめんなさいね、お邪魔して」ブルーの制服を着た看護師がほほえんでいる。「弟さんが目を覚ましたら知らせてほしいとおっしゃっていたから」

モーリーンがうなずく。「リチャードをここに連れてきてもらえる、アンジー？」私のほうを向く。「あなたたちはリチャードの部屋よりもここで話したほうがいいと思うの」

私たちは歩み去る看護師を見守る。看護師が視界から消えると、再びモーリーンが話しだす。今は冷ややかな声になり、言葉はそっけない。

「いいかしら、ヴァネッサ。今のリチャードはもろくなっている。今後はリチャードにかまわないでほしいの。同意してくれるわね？」

「私をここに来させたのは彼のほうよ」私は抗議する。

「今のリチャードは自分が何を望んでいるかなんてわかっていない」モーリーンが言

う。「一カ月前、リチャードはエマと結婚したいと思っていた。彼女が完璧だと信じていた」声にかすかにあざけりがまじる。「エマのことなんてほとんど知らなかったのに。かつてはあなたと結婚したいと思っていた。リチャードにはいつだって、こういうふうに見えていてほしいと望む人生があったの。何年も前にリチャードが両親のために買ったケーキの飾りみたいな、理想の花嫁と花婿になりたいと思っていた」

私は人形の底に記されていた、事実と合致しない日付のことを思う。「あれはリチャードがご両親のために買ったものだったの?」

「リチャードはそのこともあなたに話さなかったのね。あれは両親の結婚記念日のためだった。リチャードが計画を立てたの。私たちでディナーを用意して、ケーキを焼こうと。両親にすてきな一夜を過ごしてもらって、また愛しあうふたりに戻ってほしかった。でも車の事故が起きて、リチャードは両親に人形をプレゼントすることができなかった。中は空洞だったわ」モーリーンが続ける。「ケーキの飾りよ。あの日、廊下で壊れたかけらを見て、私が思ったことはそれだった。試食のときにケーキのデザイナーに見せるために、リチャードはあれを持っていこうと思ったんでしょう。でもリチャードは本当に結婚に向いていないのよ。今はそんなことが起きないようにするのが私の務め」

モーリーンがふいにほほえむ。心からの笑顔だ。私はぞっとする。しかしその笑顔は私に向けたものではない。近づいてくる弟のためだ。モーリーンは立ちあがる。「しばらくふたりきりにしてあげるわ」

私はいまだに謎であり、同時にもはや謎ではなくなった男の横に座る。彼はジーンズにシンプルなコットンシャツを着ている。顎には不精ひげが生えている。睡眠時間はたっぷり取っているにもかかわらず、疲れた顔をして、肌つやも悪い。彼はもう、かつて私を魅了し、しだいに私を脅かすようになった男ではない。そこにいるのは覇気のない平凡な男だ。彼がバスを待っていたり、通りのキオスクでコーヒーを買っていたりしても、私は振り返って見ることはないだろう。私の夫は何年もの間、私の精神のバランスを崩そうとした。彼は私を消し去ろうとした。

私の夫はセントラル・パークの丘を明るいグリーンのそりで滑りおりる私の腰を強くつかんだ。父さんの命日にはラムレーズンのアイスクリームを買ってきてくれた。とりたてて理由がなくても、私に愛の言葉を書き置きしてくれた。

リチャードがついに口を開き、私がずっと聞きたかった言葉を言う。

「すまない、ヴァネッサ」

リチャードが私に謝ったことなら以前にもある。しかし今の言葉は、そのときとはまるで違うのが私にはわかる。

やっと本心から出た言葉になったのだ。

「君が僕にもう一度チャンスをくれる方法はあるかい?」リチャードが尋ねる。「僕はよくなっている。僕たちはまたやり直せる」

私は庭に目をやり、緑の芝生を見渡す。リチャードが最初にウエストチェスターの家を見せてくれたとき、私はこんな光景を思い描いたものだった。ポーチのブランコを揺らしながら並んで座っているふたり。けれども、それは結婚して何十年も経ってからの姿だ。ふたりで築いてきた日々によって固く結びつけられ、お互いに気に入っているエピソードを語りながら、ふたりでひとつの思い出を作りあげる。

リチャードに会えば怒りを覚えるだろうと思っていたが、今感じているのは憐れみだけだ。

リチャードの問いかけに答える代わりに、私は布のバッグを手渡す。彼が一番上にあった黒いジュエリーボックスを取りだす。そこには結婚指輪と婚約指輪が入っている。

「これを返したかったの」私は箱を開けるリチャードに言う。私はずっと過去にとらわれて生きてきた。そろそろ彼に返して、本当に前に進まなければならない。

「僕たちは養子を迎えてもいい。今度は完璧にうまくやれるはずだ」リチャードが言う。

彼は目元をぬぐう。リチャードが泣いているのを見たのは初めてだ。

モーリーンがたちまち私たちの間に現れる。彼女はバッグと指輪をリチャードから取りあげる。

「ヴァネッサ、そろそろ帰る時間よ。外まで送るわ」

私は立ちあがる。モーリーンに言われたからではなく、もう用がすんだからだ。

「さよなら、リチャード」私は言う。

モーリーンは私の前に立って階段をおり、駐車場へと向かう。

私はゆっくりとした足取りで彼女のあとをついていく。

「結婚式のアルバムは好きにしてくれていいわ」私はバッグを指さす。「それは私からリチャードへのプレゼントだった。だから彼のものよ」

「覚えているわ」モーリーンが言う。「テリーはいい仕事をした。結局のところ、彼があの日、あなたたちに予定を合わせてくれて幸運だったわね」

ふいに足が止まる。結婚式で危うくフォトグラファーがいない事態になるところだったなどという話を、私は誰にもしたことがなかった。

それにあれは十年近くも前の話だ。私でさえ、テリーの名前をすぐに思いだしはしなかった。

モーリーンと目を合わせながら、私を騙(かた)る女性からの電話でフォトグラファーの予約がキャンセルされたことを思いだす。モーリーンは私たちが誰を使う予定か知っていた。モノクロの写真も撮ったほうがいいと私に勧めたのは彼女だ。私はリチャードへのプレゼントについてモーリーンに意見を求めたとき、テリーのウェブサイトのリンクも送っていた。

モーリーンの氷のように冷たいブルーの目は、リチャードとそっくりだ。彼女が今何を考えているのか推し量ることはできない。

私はモーリーンが休暇のたびに私たちの家に来たことを思いだす。彼女の誕生日にするのは、私が楽しめないとわかっていることばかりだった。モーリーンは結婚せず、子どもも持たなかった。彼女の口から友人の名前を聞いたこともなかった。

「アルバムは私がどうにかするわ」モーリーンは駐車場の端で足を止め、私の腕に触れる。「さよなら」

私は肌にあたる冷たくなめらかな金属の感触に気づく。

視線を落とすと、彼女が私の指輪を右手の薬指にはめているのが見える。

モーリーンは私の視線を追う。

「なくさないようにするためよ」

41

「今日は会ってくれてありがとう」私はケイトに言い、彼女のソファのいつも私が座っていた場所におさまる。

ここには何カ月も来ていなかったが、部屋はまるで変わっていない。コーヒーテーブルには数冊の雑誌が散らばり、窓枠には雪用の手袋が置かれている。向かいにある大きな水槽の中では、緑の海藻のまわりで二匹のエンゼルフィッシュが舞い、オレンジと白のクマノミや蛍光色のテトラが石のトンネルを抜けながら泳いでいる。

ケイトも変わっていない。大きな目には同情がたたえられ、長いダークブラウンの髪は肩の後ろへ梳かしつけられている。

私がこっそりケイトに会いに行った最初のときのことは、リチャードにばれてしまった。私はしばらく間を空け、次のときはリチャードにはシャーロット伯母さんと会ってくると言った。それからわざと携帯電話を伯母さんのアパートメントに残し、ここまで三十ブロックを歩いた。

「私、離婚したの」私は口火を切る。

ケイトがかすかにほほえむ。彼女はいつも私に感情を見せないよう注意を払っている。だがほんの数回しか会っていなくても、私にはケイトの気持ちが読み取れる。

「リチャードは私を捨てて別の女性に乗り換えたのよ」私の言葉に、ケイトの顔から笑みが消える。「その女性ももう彼と別れたわ」私はすばやくつけ加える。「リチャードは神経衰弱みたいになって……私を傷つけようとして、それを目撃した人もいた。彼は治療を受けているの」

私はケイトが事情をのみこもうとする様子を見守る。

「よかった」彼女は口を開く。「それでリチャードは……もう脅威じゃなくなったのね？」

「そのとおりよ」

ケイトが頭を横に傾ける。「彼があなたを捨てて、別の女性に乗り換えたというのは？」

今度は私がかすかにほほえむ番だ。

「彼女は完璧な代わりの人だった。その女性を見て、私が最初に思ったことはそれだったわ……今は彼女も安全よ」

「リチャードはいつだって何もかも完璧なのが好きだった」ケイトが言う。椅子にもたれて右脚を左脚の上に交差させてのせ、心ここにあらずという様子でくるぶしをもんでいる。

最初にケイトに会ったとき、彼女は私にほんの数えるほどの質問しかしなかった。しかしそれは私の頭の中でもつれている考えを解きほぐす助けになった。〝リチャードがあなたを不安定な状態にさせようとするのは、どうしてだと思う？　そんなことをする動機はなんだと思うの？〟

二度目にケイトに会いに来たとき、彼女はふたりの間にあるサイドテーブルに置かれたティッシュペーパーの箱に手を伸ばした。私は泣いてなどいなかったけれど。

ケイトは腕を伸ばして私にティッシュペーパーをよこし、私は彼女の手首の太いカフブレスレットに視線を落とした。

彼女は腕を動かさず、私が見入っていても何も言わなかった。

あの特徴的なブレスレットを見たからといって驚くべきことはなかった。そもそも、リチャードの元妻を捜そうと思ったのは情報収集も目的のひとつだった。

私の前に彼と暮らしていたダークブラウンの髪の女性を見つけるのは難しくなかっ

た。ケイトはまだ市内に住み、電話帳に名前が載っていた。私はきわめて慎重に振る舞い、〈モレスキン〉の手帳に面会のことを記録するときも彼女の名前は書かないようにした。市内に出かけていることをリチャードに知られてしまったときは、セラピストにかかっていると言い逃れをした。

しかしケイトはさらに慎重だった。

彼女は私の話に最後まで耳を傾けてくれたが、自分がリチャードと過ごした間に起きたことは語りたがらなかった。

その理由がわかったと思ったのは、三度目にケイトを訪ねたときのことだった。

それまでケイトは私をアパートメントに迎え入れると一方の側に寄り、リビングルームまで私を先に歩かせた。話が終わったという合図にケイトが立ちあがると、私は玄関へと歩いていき、彼女は後ろから私を見送りに来た。

三度目にここへ来たとき、私がとにかくリチャードとは距離を置いてシャーロット伯母さんの家にとどまるべきだろうかとつい声に出すと、ケイトは唐突に立ちあがって紅茶を勧めた。私は混乱しながらも、うなずいた。

キッチンに歩いていく彼女の背中を私は見つめた。

ケイトは右足を引きずっていた。そのせいで体を上下に動かしながら、その動きを前に進む力にしていた。話している最中に何度も彼女がマッサージしていた脚に、かつて何かが起こったのだ。足を引きずらなければ歩けなくなるような何かが。

紅茶をのせたトレイを掲げて戻ると、ケイトは言った。「何を言いかけていたの？」

彼女は紅茶を勧めたが、私はかぶりを振った。両手の震えを抑えられなかった。

私はケイトがつけている繊細なプラチナのネックレスを見た。手首にはカフブレスレット、右手にはエメラルドの指輪。シンプルな服装にそぐわないほど、どれもとても精緻で高価なものだった。

「言いかけたのは……彼と離れるわけにはいかないということよ」私は声を詰まらせながら言った。

私はそれからすぐにケイトの家を出た。リチャードがこの瞬間にも私の携帯電話にかけてきているのではないかと、急に恐ろしくなったのだ。それ以来、今日までケイトには会わなかった。

「事件については警察の記録がある。それにモーリーンが間に入って、リチャードは彼女が監督することになったの」今、私はケイトに言う。

ケイトがきつく目をつぶる。「よかったわ」

「あなたの脚は……」私は言いかけたものの、声が尻すぼみになる。

ケイトが感情のこもらない声で言う。「階段を何段か落ちたの」一瞬ためらい、視線を水槽の魚へと移す。「リチャードと私はある晩、口論になった。私がとても大事な行事に遅刻したからよ」彼女の声は今ではずいぶん和らいでいる。「家に帰って、彼はベッドに入り……私は家を出た。スーツケースを持って」唾をのみこみ、片手でふくらはぎをもみ始める。「エレベーターじゃなくて階段で行こうと決めた。チャイムの音を誰にも聞かれたくなかったから。でもリチャードは……彼は眠っていなかった」

ケイトはふと顔をゆがめ、それから気を取り直して話を続ける。

「リチャードと会うことは二度となかった」

「お気の毒に」私はケイトに言う。「今はあなたも安全なのね」

ケイトがうなずく。

「元気でね、ヴァネッサ」

彼女は立ちあがり、私を送って玄関まで行く。

私は廊下を歩きだし、背後でカチリと鍵がかかる音を聞く。それからすばやく振り向いてケイトのアパートメントを見る。遠い昔に見たとある光景を思いだし、脳の中で点と点がつながる。

〈ラーニング・ラダー〉で私が教室の片づけをしているとき、外から見つめていたレインコート姿の女性。私が窓に近づくと、彼女は奇妙なぎくしゃくした動きでその場を立ち去った。

足を引きずっているような動きで。

42

私はブラインドの隙間から差しこむ日光が体をあたためるのを感じて目を覚ます。私が横たわっているのはシャーロット伯母さんの予備のベッドルームのベッドだ。私の部屋。私は手足をヒトデのように伸ばし、ベッド全体を味わいながら思う。それから左手を伸ばし、アラームが鳴りだす前に時計を止める。

起きたことすべてを頭の中で反芻し、謎のまま残っているかけらをつなぎあわせていると、眠れなくなる夜はまだときどきある。

しかし、もう朝を恐れることはない。

私は起きあがってローブにくるまる。手早くシャワーを浴びてこようと思い、デスクの横を過ぎると、そこにはヴェネツィアとフィレンツェへの旅の予定表が置かれている。シャーロット伯母さんと私は十日後に出発する。まだ夏は終わっていないし、私がサウス・ブロンクスの保育園で教え始めるのはレイバー・デーのあとからだ。

一時間後、私はアパートメントの建物からあたたかな空気の中へと出ていく。急いではいないので、どこかの子どもがチョークで描いた石けり遊びのしるしを汚さないように気をつけながら歩道をゆっくり歩く。八月のニューヨークはいつもより静かだ。ペースも普段より遅く思える。私は観光客の一団がスカイラインの写真を撮っている横を通り過ぎる。年配の男性がひとり、石の階段に腰かけて新聞を読んでいる。花売りのバケツにはポピーやヒマワリ、ユリやアスターがあふれている。帰り道で少し買っていこうと私は思う。

コーヒーショップに到着してドアを引き開け、中の様子をうかがう。

「おひとりですか？」ウエイトレスがメニューを手に通り過ぎながら尋ねる。

私はかぶりを振る。「ありがとう。でも人と待ち合わせなの」

彼女が隅にいるのが見える。白いマグカップを口元に持っていくところで、ゴールドの結婚指輪が日光を受けてきらめく。私は足を止め、それを見つめる。

彼女のもとに駆け寄りたがっている自分と、もっと時間をかけて心の準備をしたいと思っている自分がいる。

そのとき彼女が視線をあげ、私たちの目が合う。

私が歩いていくと、彼女ははじかれたように立ちあがる。おずおずと手を伸ばし、彼女は私を抱きしめる。

体を離すと、私たちはそろって目元をぬぐう。それから、笑いを爆発させる。

私はブースに体を滑らせ、彼女の向かいに座る。

「あなたに会えて本当にうれしいわ、サム」私は言い、彼女のまばゆいビーズのネックレスと笑顔を見る。

「ずっと会いたかった、ヴァネッサ」サムが言う。

私もあなたに会いたかった。

しかしそう口にする代わりに、私はバッグの中に手を伸ばす。

そして、おそろいの〝幸せのビーズ〟を取りだす。

エピローグ

ヴァネッサは歩道を歩いている。ブロンドが肩のまわりでゆるやかに揺れ、腕は体の脇で軽快に振られている。彼女が歩いている通りは、夏の昼間はいつもより静かだが、私が目星をつけておいた場所の近くには一台のバスが停まっている。角には数人のティーンエイジャーがたむろしていて、ひとりがスケートボードでスピンするのを見ている。ヴァネッサはその子たちのそばを通り過ぎ、フラワースタンドの前で立ち止まる。しゃがんでバケツの中からポピーの花束を抜き取る。彼女はほほえんで花売りからおつりを受け取り、自分のアパートメントに向かって歩き続ける。

その間、私の目はヴァネッサから一瞬も離れない。

前に観察していたとき、私は彼女の感情を推し量ろうとした。〝敵を知れ〟孫子の兵法書に書かれていたことだ。その本を大学の授業で読んだとき、その一行が心に響いた。

ヴァネッサは私が脅威だとは気づかなかった。ヴァネッサは私が彼女に見せたいものだけを見た。私が作りだした幻想を真に受けた。

ヴァネッサは私がエマ・サットンだと思っている。私がリチャードと不倫するよう仕向けた罠に落ちた罪のない女だと。私がリチャードと不倫するよう仕向けたのは自分だとヴァネッサが認めたことに、私はまだ呆然としている。罠を仕掛けたのは私のほうだと思っていたのに。

どうやら、知らないうちに私たちは共謀者になっていたらしい。

私が本当は何者なのか、ヴァネッサは知らないけれど。それは誰も知らない。

私はここで立ち去ることもできる。そうすればヴァネッサは決して真実を知ることはないだろう。彼女は完璧に立ち直ったように見える。もしかしたら、このまま知らないでいるほうがいいのかもしれない。

私は握りしめた写真に目をやる。長年の間に何度も触れてきたせいで、写真の縁はすりきれている。

写真に写っているのは幸せな家族に見える。父親、母親、えくぼのかわいい少年と、歯の矯正をしている少女。私が十二歳のとき、フロリダで暮らしている間に撮られたものだ。家族が崩壊する何カ月か前に。

それは午後十時過ぎで就寝時間は過ぎており、私は寝ているはずだったが、まだ起きていた。玄関のベルが鳴り、母の声がした。「私が出るわ」

父は自分の部屋にいた。しばしば夜にしていたように、試験の採点でもしていたのかもしれない。

ぼそぼそと声がして、それから父が廊下を走って階段に向かうのが聞こえた。「ヴァネッサ！」父は叫んだ。あまりに緊迫した声に、私は思わず部屋から飛びだした。靴下は音を立てずにカーペットの敷かれた床を滑り、私はそっと弟のベッドルームを通り過ぎて階段の上まで行った。そこでしゃがみこむと、階下で繰り広げられているすべてを陰に隠れて見ることができた。

私は母が腕組みをして父をにらみつけるのを目撃した。父が両手を大げさに動かしながら話すのを目撃した。わが家の三毛猫が母をなだめるように、母の脚にまとわりつくのを目撃した。

玄関のドアを荒々しく閉めた母は、父に向き直った。

その瞬間の母の顔を、私は一生忘れない。

「向こうが言い寄ってきたんだ」父は言い張った。私とそっくりな丸いブルーの目がいっそう大きく広がった。「僕の勤務時間を狙ってしょっちゅうやってきては、教えてくれとせがんできた。僕は追い返そうとしたのに、彼女がずっと……でも何もなかった。本当だ」

しかし何もなかったわけではなかった。一カ月後、父は出ていったからだ。喧嘩をするたび母は父を責めた。父を不倫に誘いこんだ女子学生のことも責めた。喧嘩をするたびに〝ヴァネッサ〟という名前を吐き捨て、その言葉を口にするたびに苦い味がするとばかりに顔をゆがめた。それは両親の間でうまくいかないすべてを象徴する記号になった。

私も彼女を責めた。

大学卒業後、私はニューヨークを訪れた。彼女のその後は突き止めていた。彼女はヴァネッサ・トンプソンになっていた。私も名前が変わっていた。父が出ていったあと、母は旧姓のサットンに戻したのだ。私も成人してその名前に変えた。

ヴァネッサは緑豊かな郊外の大きな家に住んでいた。ハンサムな男と結婚していた。彼女に値しない幸せを満喫していた。私はヴァネッサに会いたかったが、近づく方法が見つからなかった。彼女はめったに家を出ず、私たちが自然に顔を合わせるすべはなかった。

旅を早めに切りあげて帰ろうと思ったとき、私はあることに気づいた。

ヴァネッサの夫にならば近づける。

リチャードの職場を探しあてるのは簡単だった。私はすぐに、彼が角のコーヒーショップで毎日午後三時頃にダブルエスプレッソを買うことを覚えた。リチャードは習慣を守るタイプの男だった。私はノートパソコンを持っていってテーブルに陣取った。次に彼が入ってきたとき、私たちの目が合った。

私は男に誘いをかけられるのは慣れていたが、今回は追う側だ。きっとヴァネッサも私の父にそうしたのだろう。

私はリチャードに最高にまぶしい笑顔を向けた。「ハイ、私はエマよ」

リチャードは私とベッドをともにしたいと思うだろう。たいていの男はそうだ。一夜限りの関係でもいい。それが彼の妻にばれれば充分だ。

やられたとおりにやり返す。その対称性に私は魅了された。それは正義だ。

だがベッドをともにする代わりにリチャードが提案してきたのは、彼の会社で募集しているアシスタントの仕事に応募することだった。

二カ月後、私は彼の秘書のダイアンの後任におさまっていた。

さらに数カ月後、私は彼の妻の後任におさまっていた。

私は手の中の写真をまた見おろす。

こんなにもいろいろなことを誤解していたなんて。

父のことも。

〝私は大学時代、既婚の男にだまされた〟ブライダルショップで会ったあの日、ヴァネッサは私にそう言った。〝彼は私を愛してくれていると思っていた。妻がいるなんて、彼は一度も言わなかった〟

リチャードのことも誤解していた。

〝リチャードと結婚すれば後悔することになる〟ヴァネッサはそう言った。私のアパートメントでリチャードが私の横に立っていたとき、彼女は見るからに怯えていて、こうも言った。〝彼はあなたのこともきっと傷つけるわ！〟

ヴァネッサがそう言ったあと、リチャードがどんなふうに私を自分のほうへ引き寄せたかを思いだす。私を守る仕草に思えたが、リチャードの指先は私の肌に食いこみ、紫色の痣を残した。彼はその瞬間、ヴァネッサをにらみつけていて、自分が何をしているかわかっていなかったと思う。翌日、私はブライダルショップでヴァネッサと会った。彼女を自分のもう一方の側で味方につけておくようにしたのだ。

そして何よりも、私はヴァネッサのことを誤解していた。ヴァネッサも私のことを誤解していたと知らせてあげるのがフェアというものだろう。

私は姿を現して通りを横切り、ヴァネッサに近づく。

彼女は私に名前を呼ばれる前に振り向く。私の存在に勘づいていたに違いない。

「エマ！」ヴァネッサが言う。「こんなところで……何をしてるの？」

ヴァネッサは私に対しては正直だった。それは簡単なことではなかっただろう。彼女があんなにも必死に私を救おうとしてくれなかったら、私はリチャードと結婚していたはずだ。だがヴァネッサはそれだけでは終わらなかった。自分の命を賭して、これ以上ほかの女性がリチャードの餌食になるのを防いでくれたのだ。

「ごめんなさいと言いたくて」私は口を開く。

ヴァネッサは眉根を寄せたまま、続きを待っている。

「それと、あなたに見せたい写真があるの」私は写真を手渡す。「これが私の家族だった」

その写真を見つめるヴァネッサに、私は遠い昔の十月、眠っているはずだったあの夜から始まる自分の物語を語る。

はじかれたようにヴァネッサが顔をあげ、私の顔をしげしげと見る。

「あなたの目」抑揚のない口調で言う。「見覚えがあると思ったわ」

「あなたには知っておいてもらったほうがいいと思ったの」私は言う。

ヴァネッサが写真を返してくる。「あなたのことがずっと謎だったのよ。あなたは突然現れた。インターネットで探しても、数年前まであなたは存在していなかった。住所と電話番号以上の情報はほとんど何も見つからなかったわ」

「私が本当は何者か、知らないほうがよかった？」私は尋ねる。

ヴァネッサは一瞬考える。

それから、かぶりを振る。「真実は前に進むための唯一の方法よ」

ふたりとも、それ以上言うべきこともなく、私は近づいてきたタクシーに手をあげて合図する。

私は車に乗りこんで振り返り、リアウインドウを見つめる。

私は片手をあげる。

ヴァネッサも一瞬私を見つめてから、手をあげる。まるで私を鏡で映しているような動きだ。

彼女が背を向けて歩み去るその瞬間、タクシーも動きだす。呼吸をするごとに、私たちの距離は広がっていく。

謝辞

グリアとサラより——

私たちは、編集者で発行者であるセント・マーティンズ・プレスのジェニファー・エンダーリンに日々感謝せずにはいられません。彼女の優秀な頭脳のおかげで、この本を格段によい作品に仕上げることができました。また、その比類なきエネルギーと洞察力、そして見事な手腕によって、この本を想像よりはるか高く遠くまで送りだすことができました。

ケイティ・バッセル、ケイトリン・ダレフ、レイチェル・ディーベル、マルタ・フレミング、オルガ・グリック、トレイシー・ゲスト、ジョーダン・ハンリー、ブラント・ジェーンウェイ、キム・ラドラム、エリカ・マルティラーノ、ケリー・ノードリング、ギーゼラ・ラモス、サリー・リチャードソン、リサ・サンツ、マイケル・ストーリングス、トム・トンプソン、ドーリ・ワイントラウブ、ローラ・ウィルソンという最高の出版チームに恵まれたことを、私たちは幸運に思っています。

聡明で寛大な驚くべきエージェントのヴィクトリア・サンダースと、彼女のすばらしいスタッフたち——ヴィクトリア・サンダース・アンド・アソシエイツのバーナデット・ベイカー＝ボーマン、ジェシカ・スパイヴィー、ダイアン・ディッケンシード――それからメアリー・アン・トンプソンにも感謝します。

ベニー・ナウアーには大変お世話になりました。初期の編集で的確に指摘をくださり、何より〝明白な緊張感〟というものの本当の意味を教えてもらいました。

海外の出版社の皆さん、特に夢のようなディナーでお相手してくださったパン・マクミラン・UKのウェイン・ブルックス、それからゴッサム・グループのシャーリ・スマイリーにも深く感謝します。

グリアより――

まずこの本は、私にいつも刺激と笑いをくれる才能豊かな共著者で、かつ大切な友人でもあるサラ・ペッカネンがいなければ存在しえませんでした。このすばらしい旅のパートナーになってくれてありがとう。

編集者としての二十年の間で、私は一緒に仕事をした作家の方々から数えきれないほど多くのことを学びました。中でも、作家ジェニファー・ウェイナーと彼女のエージェントのジョアンナ・プルチーニにはたくさんのことを教わりました。また、サイモン＆シュスターの元同僚たちにもお礼を言いたいです。アトリア・ブックスでよき先輩だったジュディス・カー、尊敬するピーター・ボーランド、この業界で最も才能ある若き編集者のサラ・カンティーンなど、多くの人たちをかけがえのない友人だと思っています。

幼稚園から大学院に至るまで、特にスーザン・ウォルマンやサム・フリードマンなど、私は幸運にも自分を信じてくれる多くの恩師に出会うことができました。早くから私の読者になってくれたマーラ・グッドマン、アリソン・ストロング、レベッカ・オーシンズ、マリーン・ノーゼンチャックに深く感謝します。

出版業界内外の多くの友人にも恵まれ、陰からたくさんの応援をもらいました。キャリー・エイブラムソン（と、その夫でワイン・コンサルタントのリー）、ジリアン・ブレイク、アンドレア・クラーク、メーガン・ダウム（彼女の詩から、サムの詩の着想を得ました）、ドリアン・ファーマン、カレン・ゴードン、カーラ・マカフリー、リアテ・シュテーリク、ラウラ・ファン・シュトラーテン、エリザベス・ウィード、テレサ・ゾロ。ナンタケット読書クラブにも格別な謝意を。

ダニー・トンプソンとエレン・カッツ・ウエストリッチは、肉体面、精神面の両方で私の健康維持に尽力してくれました。

そして家族のみんな。

ヘンドリックス家のビル、キャロル、ビリー、デビー、ヴィクトリア。アロッカ家のパティ、クリストファー、ニコラス。ケッセル家のジュリー・フォンテーヌ、ラヤ、ローネン。

壁を乗り越えられるよう常に私を鼓舞してくれるロバート・ケッセル。

本への愛情を語ってくれて、真っ先に読者になってくれて、いつも頑張ってと言ってくれるマークとイレーヌ・ケッセル。

いつも一緒にいてくれるロッキー。

そしてペイジとアレックスに最大の感謝を。子どもの頃の夢を追いかける母親に希望を与えてくれてありがとう。

最後に私の変わらぬ目標であるジョンへ。私ならできる、やるべきだと言ってくれただけではなく、事あるごとに手を取って導いてくれたことに感謝します。

サラより――

十年前、グリア・ヘンドリックスが私の担当編集者になりました。そのあと、彼女は愛する友人となりました。そして今は、チームとなって本を執筆しています。彼女と共同で創作できることはこのうえない喜びです。彼女が私を支え、意欲とひらめきを与えてくれることに心から感謝しています。これからの十年も何が起こるのか、今から待ちきれません。

創作過程において支えになってくれたスミス家のみんなに感謝します。エイミーとクリスは励ましと笑いとワインで力になってくれ、リズは早々に原稿を読んでくれ、ペリーは心のこもった助言をしてくれました。

マーケティングからウェブサイトまであらゆる知識を伝授してくれたキャシー・ノーラン、いつも助けてくれるレイチェル・ベイカー、ジョー・デンジャーフィールド、キャシー・ハインズ、私の著書を楽しくセンスよく宣伝してくれるプロモーションチーム、フェイスブック仲間、読者の皆さん、そして明るく支えてくれる作家仲間のみんなに感謝します。

次の山にのぼる強さを私に与え続けてくれるシャロン・セラーズ、賢くウイットあふれるサラ・カンティーンもありがとう。グレン・レイノルズ、ジャド・アッシュマン及びゲイザースバーグ・ブック・フェスティバルの関係者の皆さんにもこの場を借りてお礼を申しあげます。

すばらしい飼い犬のベラは、執筆中の私のかたわらで辛抱強くお座りをして待っていてくれました。

ナナ・リン、ジョニー、ロバート、サルディア、ソフィア、ベン、タミー、ビリー、かけがえのないペッカネン・チームのみんなへ、愛している。

そして何より、わが息子たちジャクソン、ウィル、ディランにいつまでも変わらぬ感謝を。

訳者あとがき

ここで書く内容紹介は、作品を堪能したあとに目を通されることを強くお勧めいたします。

本作の前半では、ふたりの女性の視点を通して物語が展開していきます。

まずひとりめの女性は、マンハッタンで暮らす二十七歳のネリー。昼は保育園で先生をし、夜はレストランでアルバイトをしている彼女は、九歳年上でヘッジファンド・マネージャーのリチャードとの結婚を間近に控えています。夢を持った多くの友人に囲まれ、都会で忙しい日々を送ってきましたが、裕福で容姿端麗なうえに気遣いもすばらしい、まさに理想の男性のリチャードと出会い、結婚生活という人生の新たなステージへと向かうところです。幸せな未来に向かって順風満帆のはずですが、婚約をした頃から無言電話がかかってくるようになったりと、どこか得体の知れない不安に絶えずさいなまれていました。
もうひとりの女性は、そのリチャードと離婚し、伯母の家に身を寄せているヴァネッサ。今はマンハッタンにある高級百貨店で販売員の仕事をしていますが、偶然にもリチャードが婚約したという話を耳にしてしまいます。彼の再婚を受け入れられないヴァネッサは、心身ともにぼろぼろの状態に陥りながら、しだいにある行動へと駆られていくのですが……。

本編を読む前につい右記のあらすじに目を通してしまった皆様、ここまででどんなストーリーを予想されたでしょうか。ぜひ続きをいろいろと推理しながら本作を読み進めてみてください。おそらく大半の方が中盤で最初の大どんでん返しをお見舞いされることでしょう。

しかし本書はまだまだ終わりません。前半の大胆なトリックに続き、後半からは種明かしに入るかと思いきや、そうひと筋縄にはいかないのが本書の醍醐味(だいごみ)です。さらに過去と現在を絡めながら、読者をますますミスリーディングの迷宮へといざないます。

巧妙な仕掛けの連続で読者の興味を最後まで引っ張るエンタメ性もさることながら、

やはり心理スリラーの真骨頂である登場人物たちの心理的駆け引きが抜群におもしろいのも、この作品の魅力と言えます。多くの心理スリラー作品同様、本作でも憎悪や執着などの人間のおぞましい本質をまざまざと思い知らされることでしょう。ですが、ここでの登場人物は負の感情に支配された背景についても丁寧に描かれており、理解不能な異常性で恐怖をあおる存在というよりもむしろ、誰しも一歩間違えれば同じ負のスパイラルに陥りかねないというリアルな恐怖を突きつけられるように感じられます。後半で謎が紐解かれていくと同時に彼ら登場人物の血の通った人間味が増していく筆致が圧巻で、その両方が昇華された先に待っている不思議と心地よい読後感をぜひ体感してみていただければ幸いです。

読者を翻弄するトリックと緊迫した心理が見事に融合した本作品が誕生したのも、グリア・ヘンドリックスとサラ・ペッカネンというふたりの強力なタッグが実現したからにほかなりません。ヘンドリックスはアメリカ大手出版社のサイモン&シュスターで二十年ほどのキャリアを積んだベテラン編集者で、彼女が担当して作家デビューを果たしたひとりがペッカネンでした。ペッカネンはそれまでに八作の長編作品を発表しており、特に女性の心理を緻密に描く作品スタイルに定評があります。

本書は二〇一八年一月の発売と同時に超話題作となり、またたく間に『ニューヨーク・タイムズ』のベストセラー入りを果たしました。さらに『ガール・オン・ザ・トレイン』を制作したアンブリン・パートナーズが映画制作権を獲得し、ヘンドリックスとペッカネンが脚本を担当することも決定しているそうです。あの仕掛けをどう映像化するのか、今から気になってしかたがありません。

ふたりの共同作業は本作にとどまらず、二〇一九年に出版された二作目の〝*An Anonymous Girl*〟もベストセラーとなり、すでにテレビシリーズ化が決まったと報じられました。そして、二〇二〇年には三作目の〝*You Are Not Alone*〟も発売されました。これらの作品の邦訳も、いつか実現されることを切に願っています。

二〇二一年二月

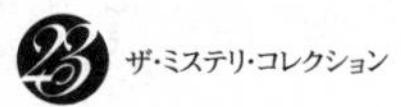

ザ・ミステリ・コレクション

完璧(かんぺき)すぎる結婚(けっこん)

2021年 4月 20日　初版発行

著者　グリア・ヘンドリックス＆サラ・ペッカネン

訳者　風早柊佐(かざはやひさ)

発行所　株式会社 二見書房
東京都千代田区神田三崎町2-18-11
電話 03(3515)2311［営業］
03(3515)2313［編集］
振替 00170-4-2639

印刷　株式会社 堀内印刷所
製本　株式会社 村上製本所

ISBN978-4-576-21039-1
https://www.futami.co.jp/

＊の作品は電子書籍もあります。

そして彼女は消えた
リサ・ジュエル
氷川由子［訳］

15歳の娘エリーが図書館に向ったまま失踪した。10年後、エリーの骨が見つかり…。平凡で幸せな人生の裏でじわじわ起きていた恐怖を描く戦慄のサイコスリラー！

背信
キャサリン・コールター
守口弥生［訳］

ハリウッドで若い女優の連続殺人事件が発生、交友関係から大物プロデューサーに行き当たる。一方、ワシントンでは名だたる富豪が毒殺されそうになり…最新作！

過去からの口づけ ＊
トリシャ・ウルフ
林 亜弥［訳］

殺人未遂事件の被害者で作家のレイキンは、事件前後の記憶も失っていた。しかし新たな事件をFBI捜査官のリースと調べるうち、自分の事件との類似に気づき…

ミッシング・ガール ＊
ミーガン・ミランダ
出雲さち［訳］

10年前、親友の失踪をきっかけに故郷を離れたニック。久々に家に戻るとまた失踪事件が起き……。〃時間が巻き戻る〃斬新なミステリー、全米ベストセラー！

秘めた情事が終わるとき ＊
コリーン・フーヴァー
相山夏奏［訳］

無名作家ローウエンのもとに、ベストセラー作家ヴェリティの共著者として執筆してほしいとの依頼が舞い込むが…。愛と憎しみが交錯するジェットコースター・ロマンス！

世界の終わり、愛のはじまり
コリーン・フーヴァー
相山夏奏［訳］

リリーはセックスから始まる情熱的な恋に落ち結婚するが彼は実は心に闇を抱えていて…。NYタイムズベストラー作家が贈る、ホットでドラマチックな愛と再生の物語

赤と白とロイヤルブルー
ケイシー・マクイストン
林 啓恵［訳］

アメリカ大統領の息子と英国の王子が恋に落ちるLGBTロマンス。誰にも知られてはならない二人の恋は切なく燃え上がるが…。全米ベストセラー！